Un prince charmant pour Noël

Amanda Bayle

Un prince charmant pour Noël

Cyplog

Éditions CyPLoG
2bis, rue de l'évangile
34770 Gigean

Couverture : © Cora Graphics

Photo de couverture : © Depositphotos

ISBN 978-2-38139-085-7

Dépôt légal : octobre 2023

Remerciements

Merci à ma famille qui me soutient chaque jour un peu plus dans tout ce que j'entreprends.

Merci aux deux hommes de ma vie, mes moteurs et mes sources d'inspiration au quotidien.

Et merci aux lectrices et aux lecteurs, de plus en plus nombreux et enthousiastes, votre fidélité est ma plus belle récompense.

Partie 1

Miss Parfaite et le Connard

Santa Claus is comin' to town
Bruce Springsteen

[…] You better watch out
You better not cry
You better not pout
I'm telling you why
Santa Claus is comin' to town
Santa Claus is comin' to town
Santa Claus is comin' to town
He's making a list
He's checking it twice
He's gonna find out
Whose naughty or nice
Santa Claus is comin' to town
Santa Claus is comin' to town
Santa Claus is comin' to town […]

Chapitre 1

Clémence

— Gabriel !

Ma voix écorche les oreilles de tous mes collègues de travail au moment où j'ouvre la porte de l'agence en hurlant son nom.

Le concerné hausse un sourcil à ma vue. Je fonce sur lui, furieuse comme je l'ai rarement été.

— Tu n'es qu'un connard !

Quelqu'un sur ma droite – Véronique, certainement, cette vieille coincée du cul – pousse un petit cri outragé. Je l'ignore et me précipite toujours sur ma proie. Un bel animal, je dois bien l'admettre, un mètre quatre-vingts au bas mot, des cheveux dorés ondulés – ouais, dorés, même pas blonds, le blond, c'est trop banal pour Gabriel –, des yeux azur, des traits parfaits et des dents aussi blanches que celles de la nana de la pub Colgate. Un sosie de Thor, dieu du tonnerre, ou de Brad Pitt dans la trentaine. Mais, en cet instant, je m'en cogne complètement de sa plastique de rêve, j'ai juste envie de l'étriper.

Il me regarde avancer vers lui sans manifester la moindre émotion, pas même un peu d'inquiétude. Il a tort. Il faut avouer qu'en règle générale je ne suis pas du genre à me mettre en colère ou à faire un esclandre, mais aujourd'hui… S'il y a bien une chose que je ne supporte pas, c'est de recevoir un coup de poignard dans le dos.

Je me plante face à lui, les mains sur les hanches pour m'empêcher de lui serrer le cou. Toujours assis sur sa chaise, il croise les bras sur sa poitrine, l'air serein.

— C'est ta nouvelle façon de dire bonjour, Clem ?

Clem ! Il n'a pas le droit de m'appeler ainsi. Seuls mes amis et ma famille m'appellent Clem, et il ne fait partie d'aucune de ces deux catégories.

— Cette vente était pour moi ! Cette maison était pour mes clients, j'avais mis une option dessus !

Il me regarde en silence, un long, très long moment. Je fulmine, mes mains tremblent, je souffle comme un bœuf, je sais que mes joues sont rouges parce que j'ai l'impression de les sentir cramer et mes cheveux sont certainement en pétard, puisque je viens d'ôter la capuche de ma veste en entrant dans les locaux. Je dois avoir l'air d'une folle hystérique, mais je m'en moque !

Je n'ai pas l'intention de lâcher l'affaire.

Il finit par esquisser un petit sourire et hausse les épaules en se laissant aller contre le dossier de son siège de bureau.

— Fallait être plus rapide que moi, voilà tout.

Je manque de m'étouffer.

— Plus rapide ? Mais c'est moi qui ai repéré cette baraque, j'ai fait du porte-à-porte pour ça, j'ai parcouru des dizaines de quartiers jusqu'à trouver la perle rare pour *mes* clients ! Je l'affiche sur le tableau hier soir, et ce matin, qu'est-ce que j'apprends ? Que TU l'as vendue !

Nouveau mouvement des épaules, air encore plus narquois.

— Peut-être que si tu quittais pas l'agence à dix-sept heures tapantes, tu aurais pu m'empêcher de la proposer à *mes* clients quand ils ont passé la porte. Peut-être même que je t'aurais écoutée… ou pas.

J'ouvre et referme la bouche plusieurs fois, soufflée. Il vient de me reprocher de quitter mon poste à l'heure ?

— Tout le monde ne vit pas pour son travail, connard !

Deux fois de suite en l'espace de dix minutes ! Moi qui ne

m'énerve jamais, ne hausse jamais le ton, n'agresse jamais personne, je bats tous mes records. Si à la première insulte il n'a pas bronché, ce coup-ci, ses sourcils parfaits se froncent et il se lève lentement de son fauteuil pour me toiser de toute sa hauteur.

Je ne suis pas vraiment petite, enfin, je ne suis pas particulièrement grande non plus, mais je n'ai jamais eu à me plaindre de mon mètre soixante. Malgré tout, en cet instant, j'aurais aimé ne pas devoir me dévisser le cou pour lui tenir tête.

— Je crois que tu oublies à qui tu parles, déclare-t-il d'une voix profonde.

Je devrais probablement sentir la menace dans son ton. En fait, je la sens réellement, mais je suis si furieuse que je n'en tiens pas compte.

— À un petit merdeux qui s'approprie le travail des autres dans leur dos.

Petit merdeux ? Waouh, tu as quoi d'autre comme insulte en réserve, Clem ? Parce que là on dirait une mamie de soixante-dix piges qui engueule son petit-fils !

J'entends les roulettes d'une chaise de bureau derrière moi.

— Clem, stop, arrête !

Puis la voix de Julia et ses pas précipités pour nous rejoindre. Mais je crois que j'ai perdu la raison.

— Ça t'amuse de voler les commissions de tes collègues ? Comme si tu avais besoin de ça, monsieur Je-roule-en-Mercedes-cabriolet ! C'est un jeu pour toi toutes ces conneries, hein ?

Deux mains se posent sur mes épaules.

— Allez, viens prendre un peu l'air, tu en as besoin.

La voix de Julia, encore. Mes yeux lancent des éclairs, je ne lâche pas le visage parfait du play-boy à la manque en face de moi. Ses traits sont figés et il semble tendu, certainement pas autant que moi quand la propriétaire de la maison m'a informée, devant mes acheteurs, qu'elle avait déjà vendu son bien à un de mes collaborateurs la veille au soir. Comme il n'y a que six agents immobiliers dans cette boîte et seulement un homme, j'ai vite compris qui était le coupable, ou plutôt le traître.

— Clem, insiste Julia en me tirant en arrière.

Je freine des quatre fers, fulmine, m'apprête à cracher une autre salve d'insultes au visage de Gabriel, mais ma collègue et amie finit par avoir le dessus et me pousse sans ménagement à l'extérieur.

La pluie nous cueille.

— Merde, j'ai pas pris ma veste, marmonne Julia à mes côtés en se tassant sous l'avancée de toit de la vitrine de l'établissement.

— J'ai envie de l'étriper !

Mon cri du cœur franchit très probablement la fine paroi de verre de l'agence et je fais profiter encore un peu de ma colère à mes collègues de travail. Dans la rue, quelques passants me jettent des regards circonspects sous leur parapluie.

— Calme-toi, me chuchote Julia.

Elle grelotte dans sa chemise rose et sa jupe portefeuille. Ses yeux noirs se froncent dans ma direction, comme si je n'étais qu'une enfant en train de faire une crise.

— Que je me calme ? On sait toutes les deux qu'il l'a fait exprès !

Elle secoue la tête.

— Peut-être pas.

— Mes fesses, oui ! C'est un petit…

— Stop ! m'interrompt-elle en levant une main. Je pense que tu as déjà bien assez insulté le fils du grand patron pour la journée, voire pour la semaine ou le mois, si tu veux mon avis.

Furieuse, je fais les cent pas. Je n'ai pas pris la peine de remettre ma capuche et la pluie dégouline le long de mes cheveux et dans mon cou. Merde, c'est froid ! Les paroles de Julia se fraient un chemin jusqu'à mon esprit. Je me fige soudain et nous échangeons toutes les deux un regard lourd de sens.

Mince, j'ai insulté le fils de mon patron. Et devant tous mes collègues en plus ! Et non pas une, mais deux fois ! Ou peut-être trois, je ne sais plus.

Dans un gémissement, je plonge mon visage entre mes mains.

— Fait chier !

Julia s'approche et me tire un peu à l'abri de l'averse.

— Qu'est-ce qu'il t'a pris ? Ce n'est qu'une vente !

J'écarte mes doigts pour l'observer.

— C'est la seule vente que j'aurais pu conclure ce mois-ci et je comptais dessus pour le cadeau de Noël de Mathis.

Je lis la compréhension dans les yeux de mon amie. Elle soupire et secoue la tête.

— Tu devrais rentrer. Prends ta journée, repose-toi, calme-toi. Heureusement, le directeur n'était pas encore là.

Ouf, je limite les dégâts. À moins que ce petit pisseux de Gabriel n'aille se plaindre à son papa… Et voilà, je recommence avec mes insultes de vieille femme. Je devrais vraiment rentrer chez moi, Julia a raison.

Chapitre 2

Gabriel

Le silence est tombé dans l'open space. Je sens sur moi l'attention des trois collègues toujours assises à leur bureau. Sans me tourner vers elles, je devine leur expression. Sibylle, la plus jeune, a probablement plaqué une main sur sa bouche pour étouffer un fou rire. Véronique, notre quinquagénaire vieille fille et un peu coincée sur les bords, doit écarquiller ses prunelles vertes derrière ses lunettes en losange. Quant à Alexandra, elle arbore très certainement un petit sourire narquois. Je pivote dans leur direction et… bingo, sourire en coin, regard brillant et empreint d'une satisfaction étrange. Je ne sais pas si elle se moque de moi ou si elle est contente d'avoir assisté à la déchéance de Clémence.

Je balaie le bureau du regard et toutes trois rebaissent les yeux sur leur travail, comme si rien ne s'était passé. Aucune d'entre elles ne fera le moindre commentaire, et pour cause, elles ne veulent pas m'énerver.

Lentement, je me rassieds. Merde, Clémence m'en a foutu plein la gueule ! Je l'avais peut-être un peu cherché. Mais je ne m'attendais tout de même pas à cette réaction ! Miss Parfaite a déboulé dans l'agence comme une furie, les cheveux en bataille, un air de tueuse et les vêtements trempés par la pluie. Cela ne lui ressemble absolument pas.

T'as fait fort cette fois, Gab, t'es arrivé à faire disjoncter Mme Placide.

Miss Parfaite, Mme Placide, autant de surnoms qui illustrent parfaitement Clémence. Cette femme est l'employée modèle. Toujours à l'heure, toujours aimable avec les clients, même quand elle passe une mauvaise journée. Volontaire, sociable – bien qu'elle soit assez distante avec ses collègues hormis Julia –, celle qui rapporte les pains au chocolat pour tout le monde dès qu'elle en a l'occasion... bref, elle m'énerve.

C'est peut-être pour ça que je lui ai volé cette vente, je voulais la piquer, elle, fissurer cette image de perfection qui me colle la gerbe.

Bravo, t'as tapé dans le mille, tu l'as transformée en Mme Hystérique.

Je dissimule un sourire derrière mon écran. Le spectacle en valait la peine, la voir aussi furieuse, ses cheveux – d'ordinaire parfaitement « brushés » – totalement dépeignés, son habituel air avenant effacé par une expression de rage à l'état brut, ouais, ça en valait la peine. Je revois ses yeux chocolat me lancer des éclairs, une authentique petite furie.

Mission accomplie !

De nouveau, je cache mon sourire. Si les autres me voient me marrer, elles vont me prendre pour un psychopathe. Après tout, cette femme m'a insulté devant témoins, je devrais avoir l'air furax ou au moins gêné. La vérité, c'est que je n'en ai rien à foutre ! Je ne compte plus le nombre de fois où l'on m'a traité de connard, devant témoins ou en privé. De toute façon, c'est tout à fait ce que je suis : un connard, un emmerdeur, un enfoiré. J'assume totalement ma nature.

Quand on est un « fils de », c'est presque une obligation d'être un trouduc pour tirer son épingle du jeu. Quoi que vous fassiez, les gens vous jugent et vous voient comme le pire des opportunistes, tout ça parce que votre père a une petite fortune dont vous êtes potentiellement l'héritier. J'ai donc décidé d'endosser le rôle jusqu'au bout, quitte à passer pour un connard !

Le fait que j'aie refusé, à la sortie du lycée, que mon paternel me place comme directeur d'agence sans aucune qualification n'entre pas en ligne de compte pour les regards extérieurs. Les autres employés se disent certainement que j'ai fui les responsabilités, comme le sale gosse de riche que je suis, et que j'ai préféré un poste moins contraignant d'agent immobilier. La vérité, c'est que je ne méritais pas d'être directeur, tout simplement. Je ne vole pas le travail des autres, je reste conscient de mes capacités, contrairement à ce que tous pourraient croire.

En revanche, j'aime les défis et j'ai décidé que je serais l'agent *number one* de cette entreprise. La seule à se mettre en travers de ma route, c'est Miss Parfaite, et elle n'est pas prête. Elle aura beau faire tous les sourires enjôleurs du monde à ses clients, je serai le meilleur !

Julia rentre dans le bureau, grelottante, les bras serrés autour de son buste. Il tombe des cordes à l'extérieur et un vent violent balaie la rue piétonne dans laquelle se trouvent nos locaux. Le mois d'octobre a été humide et froid, et cette année, d'exceptionnelles chutes de neige ont eu lieu un peu partout, mais nous avons été épargnés par la poudreuse. La ville de Tours voit peu souvent la neige et si quelques flocons s'invitent parfois chez nous, ils fondent dès qu'ils touchent le sol et le recouvrent rarement d'un voile blanc.

— Clémence prend sa journée, nous annonce Julia. Elle n'est… pas très en forme.

D'un regard, elle met au défi ses collègues de faire le moindre commentaire sur l'éclat de son amie. Car Julia et Clémence sont les deux seules à être véritablement amies dans cette boîte. Elles se soutiennent et s'entraident même.

Julia se réinstalle derrière son poste et me jette un coup d'œil en coin. Grande brune aux prunelles noires, elle est l'opposé physique de sa pote, Miss Parfaite. Toutes deux travaillaient déjà dans cette agence avant que je n'arrive, il y a un peu plus d'un an.

Je suis le « petit nouveau ».

Avant de débarquer à Tours, j'ai fait mes armes dans la

société au sein de deux autres agences, une à Blois et une à Vendôme. Chaque fois, j'ai gagné le titre de meilleur agent, et comme toujours, j'ai perdu tout intérêt au travail une fois la distinction en poche. Le défi, le challenge, c'est l'unique chose qui me motive.

La porte s'ouvre de nouveau et Arthur, le directeur, fait son entrée à la bourre, selon ses habitudes. Si, sur le papier, je n'ai pas les qualifications pour ce poste, ce petit merdeux de vingt-cinq ans ne vaut clairement pas mieux. Il doit sa place à ses diplômes et au piston.

Arthur est le fils d'un ancien camarade de fac de mon paternel et je sais pertinemment que c'est la seule raison pour laquelle il a obtenu ce job. J'ai, un instant, envisagé de renseigner mon père sur son incompétence, avant de décider que je n'étais pas ce genre de connard là, du moins pour l'instant. Je préfère demeurer dans l'ombre et attendre le bon moment pour frapper. Peut-être que j'en profiterai pour revendiquer le bureau d'Arthur. Après tout, au cours de ces dernières années, j'ai acquis suffisamment d'expérience pour être légitime. Néanmoins, pour cela, il faudrait que je sois lassé du travail d'agent, et ce n'est pas encore le cas. Alors, oui, je ferme ma gueule, mais je note tous les manquements de notre directeur.

Cela dit, aujourd'hui, je ne suis pas mécontent de son retard. S'il avait été présent lors du pétage de plombs de Clémence, son éclat ne serait pas resté sans conséquence. Car si je n'en ai rien à foutre qu'elle m'ait insulté devant tout le monde, Arthur, lui, n'aurait pas toléré un tel comportement, d'autant plus dirigé à l'encontre du fils du grand patron. Clémence aurait aussitôt écopé d'un blâme, peut-être même d'un licenciement pour faute grave, et si cet abruti vire la meilleure employée de la boîte, il n'y aura plus aucun défi pour moi !

Ouais, une fois encore je suis un putain d'égoïste qui ne pense qu'à sa satisfaction personnelle. Malgré tout, mes objectifs servent en partie Clémence : sans mon ambition, elle aurait pu perdre sa place ce matin.

Sans ton ambition, elle n'aurait pas manqué une vente et ne serait pas entrée en furie dans ce bureau…

Ouais, ce n'est pas faux. Mais je préfère me dire que j'ai

mis un peu de piquant dans sa vie.

Un peu de piquant, ou un peu de stress ?

L'un ne va pas sans l'autre.

Mouais... T'aurais quand même pu te dispenser de lui rappeler que t'étais le fils du boss.

Je grimace. Pour le coup, j'ai merdé. Jamais je ne me cache derrière l'image de mon père, bien au contraire, je fais toujours mon possible pour me dissocier de lui et de son influence. Pourtant, lorsque ce petit bout de femme m'a attaqué, j'ai réagi comme un « fils de ».

Abruti.

Ouais, cette fois je ne trouve aucun argument pour plaider ma cause. Disons que j'ai été pris par surprise, je ne m'attendais pas à une telle réaction de la part de Mme Placide. Je pensais qu'elle m'ignorerait et se contenterait de me lancer un regard sombre, comme à son habitude.

Donc, quand on te bouscule un peu, tu te planques derrière ton paternel.

J'étouffe un grognement de dépit, furieux contre moi-même. Quelqu'un s'approche et se penche vers moi : Arthur. Sa tête de jeune premier apparaît dans mon champ de vision, un sourire niais aux lèvres. Deux boutons d'acné ornent son front.

— J'ai bien reçu ton e-mail hier soir, bravo pour cette vente.

J'acquiesce sans lui rendre son sourire. Je ne l'ai jamais entendu féliciter les autres agentes lorsqu'elles concluaient une vente. Une fois encore, mon nom de famille m'octroie un traitement différent. Une énième façon de lécher le cul du grand boss à travers moi.

Ouais, Arthur est définitivement un tocard, et en plus... il pue de la gueule.

Chapitre 3

Clémence

— Tu as fait quoi ?

J'écarte le téléphone de mon oreille en grimaçant. À l'autre bout du fil, Aurore, ma sœur cadette, s'est étouffée avec une gorgée de café. Je l'imagine installée à son bureau, l'air horrifié après la révélation que je viens de lui faire. Assise derrière le volant de ma voiture, je dégouline littéralement sur mon siège, encore trempée par la pluie.

— J'ai traité le fils du patron de connard.

Silence sur la ligne, je retiens un rire nerveux.

— Le fils du patron, c'est le top model ambulant ?

— Lui-même.

Nouveau silence, puis, tout à coup, ma frangine éclate de rire.

— J'aurais voulu voir ça !

Je soupire et lève les yeux au ciel.

— C'est pas drôle, Aurore, surtout qu'il s'est empressé de me rappeler à qui je m'adressais.

— Humm, pas super courageux, le top model.

— Arrête de l'appeler comme ça.

— Comment tu veux que je l'appelle alors ? Tu ne m'as

jamais dit son prénom.

— Ne l'appelle pas, il ne mérite même pas qu'on parle de lui.

— Waouh, il t'a vraiment mise en colère.

Je ne réponds pas. Aurore me connaît bien, elle sait qu'il faut me pousser à bout pour m'énerver de la sorte. Je souffle un grand coup et secoue la tête.

— Bref, du coup, j'ai posé ma journée.

— C'était préférable.

Je crois entendre une voix familière derrière ma sœur.

— Luc est au bureau avec toi ?

— Oui, il est passé voir le nouveau *skin* de notre jeu.

Skin, jeux vidéo… Ma frangine est une geek qui bosse dans un studio de développement de jeux vidéo et son mec, Luc, est le roi des geeks. Un *streamer* professionnel qui gagne sa vie en testant des jeux. Ces deux-là sont ensemble depuis presque un an à présent et ils forment un duo haut en couleur.

— Je pense que je vais regretter cette question, mais... c'est quoi un *skin* ?

Elle se lance aussitôt dans des explications complexes qui me semblent durer une éternité. Je finis par la couper.

— Oui, bon, en gros tu développes une tenue de lutin de Noël pour l'héroïne de votre jeu.

— Pas seulement de lutin ! Je prévois de créer toute une panoplie ! Armes de Noël, accessoires, effets, la totale !

Je me retiens de lui demander à quoi peut bien ressembler une « arme de Noël ». Ma sœur nourrit une véritable passion pour Noël et tout ce qui s'y rapporte, et comme tous les ans, elle laisse la magie des fêtes de fin d'année s'inviter dans son travail et son quotidien. À son image, je suis une grande fan de Noël et c'était d'ailleurs la raison première de mon appel.

— Justement, en parlant de jeux vidéo, j'attends encore de savoir quelle console vous me conseillez, ton geek et toi, pour Mathis. Comme j'ai un surplus de temps libre aujourd'hui, je vais commencer mes cadeaux de Noël.

— Ah…

— Vous n'avez toujours pas décidé ? Je vous ai pourtant posé la question il y a plusieurs semaines et tu m'as dit que vous alliez en discuter !

Comme je ne suis pas vraiment branchée technologie, j'espérais pouvoir compter sur les deux geeks de la famille à ce sujet.

— Eh ben, figure-toi que c'est un véritable débat entre nous et… tu sais que nous aimons toutes les consoles, alors… c'est difficile de choisir.

Je pousse un profond soupir et lève les yeux au ciel.

— OK, c'est bon, j'ai compris, je vais me débrouiller.

— Désolée, sœurette.

— Elle devrait lui prendre la Switch, lance Luc quelque part derrière elle.

Ma sœur soupire à son tour.

— Pourquoi la Switch ? Pourquoi pas la PlayStation 5 ?

— Nan, la Xbox, intervient une seconde voix masculine. Il va s'éclater avec ça !

— Ah, s'il te plaît, Martin, ne rajoute pas ton grain de sel, c'est assez compliqué comme ça, s'exaspère ma sœur.

Martin est le patron d'Aurore, un mec plutôt sympa, que j'ai eu l'occasion de rencontrer quelques fois, et tout aussi barré que ma frangine et son homme dès lors qu'on fait allusion au gaming. Je secoue la tête, dépitée.

— Tu sais quoi, je vous donne une heure pour en débattre et je te rappelle dans le rayon du magasin.

— Une heure ! Mais comment veux-tu que…

— À tout à l'heure, Aurore.

Je coupe sans lui laisser le temps de protester. Mon regard se pose sur le pare-brise inondé de pluie. Si mon esprit se tourne déjà vers les festivités de Noël, la météo, elle, ne les évoque pas vraiment. Humidité et grisaille sont au rendez-vous depuis plus d'une semaine, ce qui colle parfaitement à mon humeur d'aujourd'hui. Je songe à mon altercation avec Gabriel. Je n'arrive pas à croire qu'il ait eu le culot de me piquer ma vente.

Tu n'aurais pas dû afficher l'annonce sur le tableau du bureau ; au contraire, tu aurais mieux fait de te la garder sous le coude.

Oui, très certainement, mais mon honnêteté et ma naïveté

ont pris le dessus, une fois encore. Tous mes collègues savaient que je comptais présenter cette maison à mes clients ce matin, jamais je n'aurais pensé que l'un d'entre eux me couperait l'herbe sous le pied !

La colère remonte en moi, j'inspire profondément pour la chasser. Gabriel ne mérite pas que je me mette dans cet état. C'est un petit con qui se croit tout permis parce qu'il est le fils de Jean-Pierre Dubret, directeur du groupe Dubret et propriétaire des agences immobilières du même nom implantées un peu partout dans la région Centre-Val de Loire. Pour Gabriel, ce travail n'est qu'un passe-temps et je suis sûre qu'il y a plus sur son compte épargne que tout ce que j'ai pu gagner au cours de ma vie. Raison pour laquelle je suis si furieuse.

Non seulement je me suis sentie idiote face à mes clients ce matin, mais en plus je méritais cette vente, je méritais la commission qui allait avec. *Je* suis la mère célibataire qui se saigne pour son enfant ! *Je* suis celle qui a bossé comme une malade pour trouver la baraque parfaite pour ce jeune couple qui rêve de fonder une famille, pendant que M. Connard, alias Gabriel, glandait au bureau devant son écran d'ordi.

Du calme, oublie cet imbécile et tire-toi d'ici, tu n'as pas payé le parcmètre.

Je me ressaisis et démarre mon vieux Scénic. Le moteur se met en route à la seconde tentative, la batterie commence à faiblir, je vais devoir investir. Un sifflement inquiétant s'élève de sous le capot depuis plusieurs jours et je sais qu'une visite au garage s'impose, mais, pour le moment, je préfère faire l'autruche et monter le son de l'autoradio.

Je m'insère dans la circulation et prends la direction de la zone commerciale. J'espère qu'il y aura des décos de Noël en tête de gondoles, j'ai bien l'intention d'étouffer ma colère sous une avalanche de guirlandes.

Deux heures plus tard, je ronge mon frein en poussant mon Caddie. J'ai réussi à mettre la main sur quelques décos, mais pas suffisamment à mon goût. Oui, je sais, nous sommes le trente octobre et tout le monde se prépare pour Halloween ou, à défaut, la Toussaint. Les rayons des magasins étaient, pour la plupart, surchargés de têtes de mort, d'ailes de chauves-souris et de masques en tous genres. J'aurais dû m'en douter : ma propre maison est envahie de toiles d'araignées collantes, de fausses citrouilles lumineuses et de petits fantômes blancs accrochés un peu partout. Comme tout préado qui se respecte, Mathis, mon fils, adore Halloween.

Dépitée par mes pauvres trouvailles, je me dirige vers une zone que je redoute presque : le rayon high-tech. Là, je m'immobilise devant les consoles de jeux et envoie un SMS à ma sœur.

Moi : Alors, verdict ?

Aurore : … Joker !

Pour la énième fois de la matinée, je soupire. À quoi ça sert d'avoir deux geeks dans la famille, s'ils ne sont pas fichus de me conseiller ?

Totalement perdue, je fixe les boîtes de jeux qui s'alignent sous mon nez. Certains titres me parlent. Même si je n'ai jamais vraiment été une adepte du gaming, j'ai suffisamment vu ma frangine jouer pour connaître quelques noms. Malgré tout, je suis incapable de choisir la console qui conviendra le mieux à mon fils.

— Je peux vous aider, madame ?

Une voix veloutée, terriblement sexy, de celles qui font chavirer mon petit cœur d'artichaut. Car, oui, j'ai un cœur d'artichaut, je l'avoue bien volontiers. Mes yeux se tournent vers le propriétaire de ce timbre magnifique et… mon palpitant manque un battement. Waouh, quel beau spécimen masculin ! Grand, élancé, cheveux bruns, prunelles bleues, un véritable fantasme ambulant.

Le fantasme a au moins dix ans de moins que toi…

Et alors ? L'amour n'a pas d'âge ! Il s'agit peut-être de mon prince charmant, celui que j'attends depuis des années ! Et si toutes mes mésaventures de la matinée m'avaient conduite jusqu'à lui, si nous étions destinés à nous rencontrer, là, au rayon des geeks ?

Tu délires !

Oui, et ? J'ai bien droit à mon conte de fées moi aussi, non ?

Il t'a appelée « madame »…

Voilà qui douche aussitôt mes fantasmes ridicules et me donne l'impression d'avoir l'âge de ma mère. Refroidie, j'esquisse néanmoins un sourire et explique au prince prépubère mon dilemme. Il hoche la tête avec sérieux et m'annonce :

— Je pourrais vous présenter les avantages et les inconvénients de ces trois consoles durant une heure, toutefois, avant ça, je préfère vous avouer que nous sommes en rupture de stock de la Xbox Series X et de la PlayStation 5, et que nous ne savons pas encore quand nous serons réapprovisionnés.

J'écarquille les yeux. Ce jeune prince va-t-il finalement sauver ma journée ?

— Vous voulez dire qu'il ne vous reste que des Switch ?

Il grimace en acquiesçant.

— Mais c'est parfait ! Voilà qui résout mon dilemme ! Je vais prendre une Switch.

Une demi-heure plus tard, je me retrouve de nouveau derrière le volant de ma voiture, mon compte en banque allégé – pour ne pas dire carrément dans le rouge –, un méga pack Switch Mario Kart posé sur mon siège passager. C'est probablement le cadeau de Noël le plus cher que j'aie fait à mon fils jusque-là et, pour tout avouer, je n'ai pas vraiment les moyens. Cependant, je vois déjà ses yeux pétiller de joie quand il le déballera et j'en occulte presque la somme que je viens de débourser… presque.

Le jeune prince charmant avait l'air ravi de sa vente. S'il savait que je lui ai fait un chèque sans provision…

Mon téléphone vibre dans mon sac, j'ai un message :

Julia : N'oublie pas ton costume pour ce soir. J'ai dit à Arthur que tu avais un souci avec ton fils pour excuser ton absence, mais il espère bien te voir au repas d'Halloween.

Oh non, le repas d'Halloween, j'avais totalement zappé ! Une soirée costumée qui doit rassembler les employés des six agences immobilières Dubret.

Je me tape le front contre mon volant. Le comité d'entreprise organise régulièrement de petits événements de ce genre et je reconnais que je suis loin d'en être friande. Julia me traite d'asociale. Ce n'est pas tout à fait vrai. Disons que je suis plutôt méfiante à l'égard des liens qu'on peut nouer dans le cadre professionnel. D'ailleurs, elle est la seule à être devenue mon amie, après six années à bosser ensemble.

J'ai véritablement confiance en elle et je pense que la réciproque est vraie. Le fait qu'elle ait couvert mes arrières aujourd'hui témoigne bien de la relation que nous avons. Heureusement qu'elle est là pour me rappeler la soirée d'Halloween, sans quoi je l'aurais probablement ratée. Après mon esclandre de ce matin, mieux vaut faire profil bas et me mêler aux autres employés de Dubret.

Cela ne devrait pas être difficile, je suis une experte en sourires forcés et expressions hypocrites. Ne pas me faire remarquer, être toujours aimable, agréable, serviable, c'est une ligne de conduite que je m'impose au travail.

Ton image en a pris un sacré coup ce matin...

Raison de plus pour me rattraper ce soir.

Mon téléphone se met à sonner dans ma main et je sursaute avant de décrocher.

— Oui, Aurore ?

— Alors, tu as choisi laquelle ? me demande aussitôt ma sœur.

Je lève les yeux au ciel.

— La Switch, les deux autres étaient en réapprovisionnement.

Un éclat de rire retentit derrière elle.

— Aboule le fric !

Ma frangine grogne.

— Merci, Clem, j'ai perdu dix euros à cause de toi.

— Merci, Clem ! lance un Luc visiblement ravi.

— Vous avez parié sur la console que je prendrais ? Vous n'avez vraiment rien d'autre à faire dans ce bureau ?

J'hésite entre l'exaspération et l'amusement. Pas la peine de me trouver en face d'Aurore pour deviner la tronche qu'elle doit tirer. Ma sœur déteste perdre, encore plus quand c'est face à son mec.

— Tu sais que Noël, c'est dans deux mois environ. Les stocks auraient eu le temps de se refaire.

Je secoue la tête comme si elle pouvait me voir.

— Hors de question de m'y mettre au dernier moment ! La

magie de Noël, c'est maintenant qu'elle commence ! D'ailleurs, j'espère que tu as déjà pensé à mon cadeau !

Elle glousse à l'autre bout du fil.

— En tout cas, tu as l'air de meilleure humeur.

Je réfléchis un instant. Est-ce que je suis de meilleure humeur ? Mon regard se pose sur la console à mes côtés et, de nouveau, j'imagine les yeux de Mathis pétiller quand il déballera son cadeau.

— Oui, je me suis un peu changé les idées. Mais tu sais ce que je dois faire ce soir ? Participer au repas d'Halloween de la boîte.

Aurore grogne.

— Ô joie ! ironise-t-elle. C'est une soirée déguisée ?

— Bien entendu.

— Et tu as prévu quoi comme tenue ?

Je grimace. Je n'ai rien prévu de particulier, hormis remettre un vieux costume que j'avais acheté des années plus tôt pour une soirée à thème.

— Tu te souviens du Nouvel An chez Cyndie ?

Aurore éclate de rire.

— Tu vas être superbe. J'espère que tu trouveras ton prince charmant.

— J'y compte bien !

En réalité, je ne me fais aucune illusion à ce sujet : aucun prince ne sera de la partie ce soir.

Chapitre 4

Gabriel

J'attrape ma cape sur le siège passager et coupe le moteur. Sur le parking, ma Mercedes détonne un peu au milieu des voitures familiales plus ou moins récentes et plus ou moins propres des autres employés déjà sur place. Je sais d'avance que je fais partie des rares célibataires qui bossent pour les agences Dubret. Une longue soirée m'attend. Le problème des gens en couple, c'est qu'ils ne font que parler de leur quotidien de couple. Ce qu'ils ont fait, ce qu'ils ont vu au cinéma, les dernières vacances qu'ils ont passées, tout se conjugue à deux et parfois même à trois, quatre, cinq ou six quand des marmots s'invitent dans leur vie.

Au moins, ce soir, il ne devrait pas y avoir de mômes. Je ne supporte pas les gosses. Les entendre crier et les voir courir dans tous les sens entre les jambes des adultes me donne des pulsions meurtrières. Ai-je un jour été aussi dissipé ?

Tu étais pire que tous les gamins que tu as pu rencontrer.

Ouais, j'en suis bien conscient. C'est certainement la raison pour laquelle je n'aime pas les enfants, je leur envie leur statut de petits cons auxquels on pardonne tout ou presque. Peut-être qu'une part de moi éprouve encore le désir de courir dans tous les sens et de piquer les verres des adultes pour picoler en douce dans le dos de mon paternel.

Je soupire et pose mon chapeau sur ma tête. Mon déguisement n'a rien d'Halloween, mais c'est volontaire. Aller à contre-courant, me distinguer des autres, me faire remarquer, c'est ma seule raison de vivre après tout.

Le comité d'entreprise a organisé notre soirée dans un complexe à l'extérieur de la ville. Ce n'est pas la première fois que je viens ici, le CE a déjà loué cette salle pour plusieurs activités, repas de fin d'année, père Noël des enfants – une torture à laquelle j'ai bien l'intention d'échapper cette année –, barbecue de l'été… La société Dubret aime créer une ambiance conviviale au sein de son entreprise et mon père n'hésite jamais à mettre la main à la poche pour tout un tas d'événements de ce genre.

Ce soir, toutefois, le grand patron ne nous honorera pas de sa présence, et pour cause, il est en train de se dorer la pilule sur une plage de Tahiti avec sa troisième femme, laquelle est plus jeune que moi, soit dit en passant. Mais Marc Gredin, son directeur adjoint, devrait être là.

J'aime bien Marc. C'est probablement le seul employé de mon paternel qui ne passe pas son temps à lui lécher les bottes et qui ose lui dire parfois ses quatre vérités. C'est d'ailleurs certainement ce qui lui a valu son poste de directeur adjoint. Contrairement à ce qu'on pourrait croire, Jean-Pierre Dubret préfère aux hypocrites les esprits vifs à la langue acérée. Après tout, lui-même n'a pas monté sa société immobilière en faisant des ronds de jambe aux plus puissants, mais bien en se battant bec et ongles pour se faire une place dans un milieu très fermé.

La portière de ma voiture claque dans mon dos, j'entends le « clic » de la fermeture automatisée alors que je m'avance dans l'allée gravillonnée bordée d'une petite haie de buissons jusqu'à l'entrée de la salle polyvalente.

Déjà, je capte le murmure des discussions et la musique en fond. Une musique de variété, choisie pour plaire au plus grand nombre et que je vais probablement détester toute la soirée. Un agent de sécu garde la porte – après tout, c'est un événement privé – et me demande mon invitation, que je lui tends en jetant un coup d'œil à l'intérieur.

Plusieurs tables rondes sont installées un peu partout sur les pourtours de la pièce, toutes recouvertes de nappes noir et orange, des toiles d'araignées synthétiques tombent du plafond, quelques ballons se battent en duel au milieu de l'espace central où se situe la « piste de danse ». J'ai l'impression de me rendre au bal de l'école. Heureusement, il y a un vrai buffet dans un coin et pas seulement des bonbons, et un bar où je compte bien passer une bonne partie de ma soirée.

Danser ? Sur cette musique de merde ? Très peu pour moi. Manger et boire, en revanche…

Le malabar vient de me laisser entrer avec un mouvement de la tête et un « bonne soirée » marmonné. J'ai à peine fait quelques pas qu'une voix chaleureuse m'accueille.

— Gabriel ! Mais… c'est quoi cet accoutrement ? On avait dit thème Halloween, pas conte de fées !

Marc éclate de rire en avançant vers moi. Son costume de zombie n'a rien à voir avec ma cape, mes bottes, ma chemisette blanche et mon chapeau de prince. Il me tend une main que je serre, c'est probablement avec lui que je vais picoler toute la soirée. Je hausse les épaules.

— Il paraît que le prince charmant est un misogyne sexiste, grossier et un adepte du non-consentement, un vrai personnage de film d'horreur.

Nouvel éclat de rire.

— Tu dis ça, mais tu espères seulement qu'elles vont toutes te tomber dans les bras, me chuchote-t-il.

— Grillé.

Marc secoue la tête, l'air mi-amusé, mi-exaspéré. Aucune femme ne me tombera dans les bras et nous le savons parfaitement. La plupart des employées de l'entreprise sont en couple, ont des familles, des responsabilités, et les rares célibataires… je me les suis déjà faites. Nan, cette nuit, la queue du prince restera sagement dans son futal trop serré.

Je lance un regard autour de nous. La soirée ne vient que de commencer et les lumières n'ont pas encore été tamisées. Parmi les personnes présentes, je remarque des tenues de squelettes, de sorcières, de zombies, de tueurs en série… Pour le moment, je suis le seul à jouer la carte de l'originalité, ce qui n'est pas vraiment une surprise. Je salue quelques connaissances d'un signe de la tête ou d'un mouvement de la main.

— Un petit verre ? me demande Marc.

— T'en as mis du temps à me le proposer.

Nous gagnons ensemble le comptoir du bar et je jette un regard dégoûté aux différents cocktails d'Halloween. La Lampée du Vampire, Cervelle de Zombie, Potion magique, Danse du Démon ? C'est quoi toutes ces merdes ? Moi, je veux un gin, classique.

Le barman hausse les sourcils devant ma commande et Marc se penche vers moi.

— Tu es censé choisir un cocktail.

— J'étais censé me déguiser en monstre, et pourtant je suis le prince de la soirée.

Le bras droit de mon père lève les yeux au ciel en soupirant et, d'un geste de la tête, valide ma commande auprès du barman, habillé en Dracula. Waouh, quelle originalité !

Marc demande une Lampée du Vampire et le type lui sert une saloperie rouge sang probablement bourrée de colorants. Nous prenons nos verres et trinquons.

— Alors, comment va Sandrine ?

Marc esquisse un sourire.

— Elle entame son huitième mois, flambée des hormones, sautes d'humeur, crises de larmes ou moments d'euphorie pure, c'est que du bonheur.

Je ris avec lui. Il a beau se plaindre, je sais qu'ils espéraient tous les deux cet enfant depuis des années et la grossesse de sa femme était plus que désirée. Je fais un rapide calcul.

— Début du huitième mois ? Vous allez passer les fêtes de Noël à la maternité ?

Il acquiesce, toujours souriant.

— Oui, c'est fort probable. Un magnifique cadeau de Noël nous attend.

Aucune ironie derrière ces paroles, il est vraiment heureux et transpire un bonheur que j'ai du mal à comprendre.

— Et toi, encore célibataire ?

Je hoche la tête.

— Ouais, et c'est pas près de changer.

Il se remet à rire.

— Elle finira par te tomber dessus un jour, tu ne la verras même pas venir.

— Qui ça ?

— Ta Cendrillon, mon beau prince.

Ça, ça m'étonnerait. Ma vie me plaît telle qu'elle est et je n'ai pas l'intention d'en changer. Faire une rencontre, inviter une femme dans mon quotidien, parler avenir avec elle, faire des projets… Nan, ce n'est définitivement pas pour moi. J'aime ma liberté. Je suis probablement un putain d'égoïste, mais c'est comme ça, je ne suis pas prêt à faire le moindre effort, la moindre concession pour une tierce personne. Les coups d'un soir me suffisent largement, je garde ma précieuse indépendance et ne fais de promesses à personne.

Une voix familière attire mon attention vers l'entrée de la salle et je hausse les sourcils, stupéfait. À côté de moi, Marc éclate de rire en déclarant :

— On dirait que je me suis trompé de princesse finalement.

Chapitre 5

Clémence

— Tu aurais quand même pu faire un effort !

Je lève les yeux au ciel devant la remarque de Julia.

— Je ne voulais pas investir dans un stupide costume d'Halloween pour une soirée rasoir à laquelle je n'avais, de toute façon, pas envie de participer.

Ma collègue et amie soupire. Elle arbore une tenue de spectre vaporeux sous laquelle elle a enfilé une robe noire moulante. Son maquillage est si bien réalisé que j'ai failli avoir une attaque lorsqu'elle a sonné à ma porte un peu plus tôt. Heureusement, Mathis était déjà chez mes parents. Mamie et papi font les nounous, pour leur plus grand plaisir. Je sais d'avance que mon fils va passer une soirée de roi. Frites/burger au menu, cinéma et très probablement une glace juste avant d'aller au lit – ou comment saper toute mon autorité en seulement quelques heures.

Je chasse mes inquiétudes maternelles et reviens à Julia, qui vient de tendre nos invitations à l'agent de sécurité de l'entrée.

— Tu devais la jouer discrète, me fait-elle remarquer.

— Et donner à Gabriel la satisfaction de me voir longer les murs ? Certainement pas.

Ma colère à l'égard de mon collègue gronde toujours. Ce n'est pas dans mes habitudes, je ne suis pas vraiment rancunière et plutôt la gentille, celle qui arrondit les angles et évite les conflits.

— N'oublie pas que tu dois lui présenter tes excuses.

Je soupire.

— Non, maman, je n'oublie pas.

Julia me lance un coup d'œil exaspéré. Je m'en veux aussitôt d'être désagréable avec elle. Aujourd'hui, j'ai du mal à me reconnaître.

— Excuse-moi, toute cette histoire… Ce n'est pas ta faute.

Elle me jette un regard compatissant.

— Je comprends pourquoi tu es furieuse contre lui. Il m'a déjà volé quelques clients, c'est un connard, confirme-t-elle. Malgré tout, c'est le fils du grand patron.

Ouais, un connard intouchable, ou presque. Je soupire.

— Viens, allons jouer les faux-culs deux ou trois heures, et ensuite je te paie une vodka bien tassée à la maison.

— Alléluia ! approuve-t-elle. Mais pas trop tard, j'aimerais rentrer avant que Maxence ne ronfle sur le canapé.

Je glousse. Ma collègue et son mari forment un couple adorable et si ce dernier n'est pas là ce soir, alors que les conjoints des employés étaient conviés à cet événement, c'est parce qu'il garde leurs jumeaux, deux petits monstres de trois ans qui leur en font voir de toutes les couleurs.

— Tu crois que les jumeaux vont l'épuiser ?

Elle éclate de rire.

— Je ne crois pas, j'en suis certaine !

Nous venons de pénétrer dans la salle et je grimace sous l'éclairage beaucoup trop violent. J'aurais voulu faire une entrée discrète, mais comme tous les employés ne sont pas encore là, les quelques présents fixent la porte comme une meute de chiens affamés, prêts à critiquer à voix basse les tenues des arrivants avant de les accueillir d'un sourire hypocrite. Oui, je déteste les manifestations organisées par la boîte.

Si je suis là ce soir, c'est uniquement pour faire bonne figure. Mon costume décalé en est d'ailleurs la preuve : je n'avais aucune intention de faire des efforts. Je préfère garder mon argent pour les cadeaux de Noël que je compte offrir à ma famille plutôt que de le dépenser en futilités de ce genre. Oui, je pense encore à Noël ; Halloween, ce n'est vraiment pas pour moi.

Une sorcière s'approche de nous, un verre à pied rempli d'un liquide vert fluo à la main. Je mets une seconde avant de reconnaître Véro qui, pour l'occasion, n'a pas lâché ses lunettes losanges. Il faut dire que hormis la robe, qui change de ses tailleurs habituels, et le chapeau sur sa tête, elle n'a pas fait beaucoup d'efforts elle non plus. Peut-être parce qu'elle ressemble déjà à une sorcière… Je passe le visage de ma collègue de travail en revue : joues creusées, teint marqué par des années de nicotine, rides au coin des lèvres et des yeux, nez busqué, cou fripé… En effet, il ne lui manquait finalement que le chapeau et le balai pour se fondre dans le décor d'Halloween.

— Ah, vous voilà, nous accueille-t-elle avec un air pincé. Je commençais à me demander si je n'allais pas être la seule femme de notre agence.

Elle ne se doute probablement pas que cela a failli être le cas. Si seulement je n'avais pas insulté Gabriel, je serais bien au chaud sous un plaid, blottie sur mon canapé avec mon fils, un bol de bonbons posé entre nous deux, captivée par l'écran de la télé. Ce soir, *Hocus Pocus* est diffusé sur le câble. J'enrage de rater ça ! Ce film est l'unique entorse que je fais à mon dédain d'Halloween. J'ai converti Mathis et, chaque année, c'est presque une tradition : nous zappons sur toutes les chaînes jusqu'à trouver une rediffusion de ce chef-d'œuvre de Disney des années quatre-vingt-dix.

Tant pis, nous le regarderons demain après-midi sur Netflix. À moins qu'il ne soit pas disponible sur la plateforme ! Alors, peut-être sur Disney+.

Tout à mes réflexions existentielles, je ne me rends pas tout de suite compte que Véro me fixe. Elle m'a visiblement posé une question et je n'ai pas écouté un traître mot de ce qu'elle vient de me dire.

— Excuse-moi, tu m'as parlé ?

Elle lève les yeux au ciel.

— Toujours dans la lune, toi, hein ?

Je lui souris en me mordant la langue. Je suis peut-être souvent distraite, mais j'ai de bonnes raisons ! Mon cerveau est sans cesse accaparé par une tonne de pensées en tous genres, dont la plupart tournent autour de Mathis. A-t-il bien mis sa veste ce matin avant de partir ? Est-ce qu'il a songé à emporter un goûter ? A-t-il bien terminé ses devoirs la veille au soir ? À quelle heure finit-il les cours aujourd'hui ? Que vais-je bien pouvoir préparer à manger pour le dîner ?

Pour peu qu'une transaction avec des clients vienne s'ajouter à cette cogitation permanente, je deviens totalement sourde, voire hermétique, aux remarques cinglantes de la doyenne de la boîte.

— Je te demandais l'explication de ton costume.

Je baisse les yeux vers les pans de ma robe. Deux autres femmes nous rejoignent, je les ai déjà rencontrées, elles travaillent dans une agence de Blois et elles ont passé une bonne partie du barbecue de l'été à picoler avec Julia et moi, cachées dans les buissons devant le complexe.

— Julia, Clémence, j'avais peur que vous ne veniez pas, lance la blonde qui, si je ne me trompe pas, s'appelle Amélie.

Son amie, tout aussi blonde, mais longue comme une tige, approuve d'un hochement de tête et me détaille. Impossible de me souvenir de son prénom, je le demanderai à Julia plus tard.

— Blanche-Neige ? Mais… pourquoi ? C'est une soirée sur le thème d'Halloween, pas de Disney.

Elle-même arbore une tenue de démone qui moule ses jambes interminables et dont la queue traîne derrière elle, et sa collègue est déguisée en pirate zombie. Pas très original, tout ça.

— Mais justement, je suis l'incarnation de la pire phobie féministe. Une femme traquée pour son apparence, jugée sur son seul physique, condamnée à servir de ménagère pour une bande d'hommes qui la gardent enfermée chez eux, soi-disant pour la protéger d'une sorcière qu'elle-même, pauvre petite chose fragile, ne serait pas capable d'affronter. Et, cerise sur le gâteau, comme si je ne souffrais pas assez de cette vie éclaboussée par la misogynie qui m'entoure, un homme m'embrasse sans mon consentement !

Un blanc souligne ma réponse et je me demande si je n'en fais pas un peu trop. La féministe en moi approuve toutes mes paroles, mais la petite fille que je suis continue d'adorer les princesses Disney et rêve de son prince charmant. Véro écarquille les yeux et je sais qu'elle n'a rien saisi de ce que je viens de débiter. Le féminisme la terrifie – toutes ces femmes, seins nus, qui protestent sans aucune pudeur ! –, mais en plus elle ne comprend absolument pas le second degré.

Heureusement, Amélie et la grande tige, elles, ont capté mon humour et éclatent de rire.

— C'est pas faux, acquiesce la démone. Mais ton pendant masculin ne sera peut-être pas d'accord avec toi.

Mon pendant masculin ? D'un geste de la tête, elle me désigne le bar au fond de la pièce, et ma mâchoire manque de se décrocher. Il est là, mon fameux prince charmant : Gabriel.

Je crois rêver ! Ce prétentieux arbore une tenue complète de prince, des bottes jusqu'au chapeau à la d'Artagnan ! Et il me fixe, l'air aussi stupéfait que moi. Si je m'étais imaginé qu'un seul employé ce soir afficherait ce genre de costume, j'aurais laissé ma tenue de Blanche-Neige au placard. Et comme si cela ne suffisait pas, il faut que ce soit lui, le prince de la soirée, celui qui me sort par les yeux !

— Il faut dire qu'il incarne plutôt bien le personnage, souffle Amélie.

Elle a raison, bien entendu, personne ne porterait mieux ce déguisement que notre Apollon au physique parfait avec son sourire séduisant et ses cheveux soyeux. Je me fais tout à coup l'impression d'être une Blanche-Neige low cost, passable, mais un peu fripée avec ma robe aux coutures fragiles et ma perruque qui me gratte.

Merde, Clem, ressaisis-toi ! Ne lui laisse pas le plaisir de voir à quel point il t'intimide !

Quoi ? M'intimider ? Gabriel, l'enfoiré ? Certainement pas ! Je secoue la tête et me détourne de lui avant de relancer la conversation avec les trois femmes qui nous entourent Julia et moi. Malgré tout, je ne rate pas le sourire amusé de mon amie et celui de l'homme qui se tient près du prince et qui n'est autre que le bras droit du grand patron : Marc Gredin.

Eh merde, j'avais oublié que l'éphèbe blond était cul et chemise avec ce type. Si jamais il lui venait à l'idée de lui raconter la façon dont je l'ai agressé verbalement ce matin… Je sens la lettre de licenciement arriver à grands pas. Il faut absolument que je trouve un moyen de parler avec Gabriel et de m'excuser auprès de lui, quoi qu'il m'en coûte.

Je ne peux pas me permettre de perdre mon poste. Je suis la seule source de revenu de mon foyer, qui se compose uniquement de Mathis et moi-même. Sans salaire, adieu notre petit pavillon et son jardin, nos loisirs et notre équilibre familial. Non, pas question que je fasse ça à mon fils. Si je dois ravaler ma fierté, je le ferai. Il n'y a rien dont je ne sois pas capable pour mon bébé. C'est déjà assez compliqué pour lui de n'avoir qu'un seul parent, il n'a pas en plus besoin d'une mère stressée en recherche d'emploi. La stabilité, voilà ce qu'il lui faut. Et si pour cela je dois cirer les bottes du prince de la soirée, je suis prête à le faire.

Alors, pourquoi est-ce que tu trembles presque de colère ?

Chapitre 6

Gabriel

Je tire mon paquet de Marlboro de ma poche et en sors une avec un soupir de soulagement. La soirée bat son plein à l'intérieur et le DJ a l'air décidé à me flinguer les tympans avec la merde qu'il diffuse en boucle. De la danse, de la pop, de la variété… mais sérieusement, qui a fait cette playlist ? Je m'attends d'une seconde à l'autre à entendre *La Danse des canards* ou *Les Sardines*.

Même les trois ou quatre gins que je me suis envoyés au bar en compagnie de Marc ne suffisent pas à me faire oublier cette ambiance lourdingue. Le paquet de clopes que j'ai entre les mains témoigne de mon état d'esprit. Je suis un fumeur occasionnel et les seuls moments durant lesquels je fume sont ceux où je m'emmerde et où je ne me sens pas à ma place, comme ce soir. Et dire que j'aurais pu rejoindre des amis en boîte de nuit…

Ta conscience professionnelle te perdra.

Je ricane. Conscience professionnelle, mon cul ! Si je suis ici, c'est uniquement pour représenter la famille Dubret, à la demande expresse de mon père. Cette soirée me gonfle, comme la plupart de celles qu'organise le comité d'entreprise.

Habituellement, je ne fais qu'une brève apparition, histoire de m'assurer que personne ne m'oublie, mais, ce soir, je me suis engagé auprès de mon paternel et je suis condamné à rester jusqu'à la fin des festivités. J'espère seulement que les derniers employés ne s'attarderont pas après une heure du mat – heure à laquelle le vigile est censé tous les foutre dehors.

Cependant, je ne suis pas uniquement là pour faire plaisir à Jean-Pierre, mon père. J'ai une ambition personnelle, un objectif qui pourrait paraître futile à un grand nombre, mais qui me tient à cœur. Après tout, je suis le roi de la futilité !

Malheureusement, en dépit de mon charisme naturel et de tous les sourires que j'ai pu faire au cours de la soirée, je suis loin de mon but.

— Gabriel ?

Une voix féminine, derrière moi. Je pivote, ma clope à la main, mon briquet dans l'autre, et m'immobilise face à la princesse de cet Halloween : Clémence.

Cette dernière me lance un regard appuyé. Sa tenue est clairement de moins bonne qualité que la mienne et j'ai remarqué quelques fils qui s'échappent du bas de la jupe jaune et du corsage. Malgré tout, elle a fait sensation et tous les employés sont tombés sous le charme de cette Blanche-Neige improvisée. Je m'apprête à l'accueillir avec l'amabilité dont elle a fait preuve avec moi le matin même, mais quelque chose me souffle de me contenir et je lui adresse mon éternel sourire *white*.

— Tiens, voilà l'héroïne de la soirée. Que me vaut l'honneur ? En règle générale, c'est le prince qui accoste la princesse. Ou qui l'embrasse sans son consentement…

Elle pince les lèvres. Son petit discours sur la condition féminine de Blanche-Neige ne m'a pas échappé et, même si je sais qu'elle a raison sur toute la ligne, je tiens mon rôle jusqu'au bout : celui du connard misogyne.

Elle ne relève toutefois pas ma remarque et fixe le paquet de Marlboro dans ma main.

— J'ignorais que tu fumais.

Je hausse les épaules.

— C'est mon seul vice.

Un mensonge, bien entendu. Je bois, je fume, je pète, je rote, je baise… un vrai prince charmant, quoi !

— Tu sais qu'il y a un espace réservé aux fumeurs de l'autre côté du bâtiment.

Je sens le reproche dans sa voix et plisse les paupières. Elle ne va quand même pas me faire la morale !

— Ouais, mais j'aime bien la vue sur le parking. C'est important la vue, quand on s'en grille une, c'est cinquante pour cent du plaisir.

Ses lèvres fines se pincent. Elle les a recouvertes d'un gloss carmin qui les rend plus brillantes et appétissantes qu'habituellement.

Comment ça, appétissantes ? T'as trop bu, ou quoi ?

Probablement. Je porte ma tige à ma bouche et l'allume sous son regard inquisiteur.

— Tu voulais quelque chose ?

Elle se secoue, comme si elle se souvenait soudain de la raison de sa présence ici. La fraîcheur de cette soirée d'octobre lui arrache un frisson : elle n'a pas mis de veste pour sortir.

— Oui, je…

Hésitation, coup d'œil aux alentours, rouge aux joues, elle prend une profonde inspiration, comme pour se donner du courage – il en faut pour m'affronter.

— Je voulais m'excuser pour ma conduite de ce matin. Je n'aurais pas dû t'insulter, même si…

Elle ne termine pas sa phrase. Je hausse un sourcil.

— Même si ?

— Laisse tomber, je n'aurais pas dû, c'est tout. Je suis désolée.

Eh bien, après l'éclat du début de journée, je ne m'attendais pas à des excuses de sa part. J'avoue que je suis presque déçu. La Clémence folle furieuse était plus intéressante que la princesse qui admet ses torts. Je pourrais me contenter d'accepter sa contrition et d'oublier toute cette affaire, toutefois… quelque chose dans son regard m'interpelle. Elle enrage ! Ses yeux scintillent de colère et je devine aussitôt qu'elle n'avait aucune intention de me présenter la moindre excuse ! Mais alors pourquoi…

Elle a peur de perdre son boulot, gros malin !

Bien sûr ! Et c'est un peu ma faute. Si je ne lui avais pas sournoisement rappelé que j'étais le fils du boss, elle ne se tiendrait probablement pas devant moi ce soir, l'air constipé, me soufflant un repentir absolument pas sincère.

Je pourrais la rassurer, lui dire que je me moque totalement qu'elle m'ait insulté et que c'est une histoire oubliée, qu'elle ne risque pas de perdre son travail, mais je suis un connard. Qui plus est, je peux tirer cette situation à mon avantage. Alors, au lieu de lui présenter mon sourire charmeur, je me contente de la détailler des pieds à la tête. Mon examen dure assez longtemps pour la mettre mal à l'aise, néanmoins elle ne bronche pas et me fait face, de moins en moins aimable.

— C'est vrai que tu m'as insulté devant témoins, je me suis senti… humilié.

Elle serre les dents et m'adresse un regard faussement contrit.

— Une fois encore, je m'en excuse.

Et une fois encore, je sais qu'elle n'est pas sincère.

— Si les collègues n'avaient pas assisté à ça, les choses seraient différentes.

Clémence ne peut s'empêcher de lever les yeux au ciel.

— Ce n'est pas non plus la fin du monde ! Je ne t'ai pas frappé, que je sache.

Je retiens un sourire.

— Tu ne devrais pas minimiser l'effet de tes paroles sur moi.

— Comme si on ne t'avait jamais traité de connard… marmonne-t-elle.

Hum, j'ai l'impression que Clémence l'Hystérique n'est plus très loin. Je constate qu'elle a une bien piètre opinion de moi.

— Jamais dans le cadre de mon travail.

Elle soupire.

— Écoute, je suis désolée, je ne vois pas ce que je peux dire ou faire de plus. Si je pouvais remonter le temps, je ne me comporterais pas de la même façon, je peux te l'assurer.

— Tu me frapperais ?

Je vois la commissure de ses lèvres trembler, comme si elle

retenait un sourire amusé.

— Peut-être.

J'essaie d'avoir l'air fâché ou ennuyé par la situation, mais c'est de plus en plus difficile. Mme Placide s'avère avoir finalement un caractère et cela me surprend. J'ai envie de la piquer, non, de l'emmerder. Je tire une autre taffe sur ma clope.

— J'imagine que tu crains pour ta place.

Plus d'agressivité tout à coup, elle écarquille les yeux, captant parfaitement ma menace sous-jacente. Je suis véritablement un connard.

— Oui, avoue-t-elle. Si tu pouvais éviter de rapporter cet incident à Arthur, ou même à ton père, je t'en serais réellement reconnaissante.

Nouvelle bouffée de ma cigarette. Je sais que je la torture, mais ne pipe mot durant quelques secondes.

— Et qu'est-ce que j'y gagne ?

De nouveau, elle ouvre de grands yeux, choquée. Puis ses paupières se plissent et elle me jette un regard lourd de mépris.

— Qu'est-ce que tu veux ?

Je manque d'éclater de rire, mais me retiens. Je suis un salaud de profiter ainsi de la situation, malgré tout l'occasion est trop belle et finalement je vais peut-être parvenir à atteindre mon objectif de la soirée…

Je finis ma clope et l'écrase dans un cendrier placé près de l'entrée de la salle, avant de lui faire face. Sa perruque brune est légèrement de travers et le nœud rouge qui l'orne est asymétrique, ce qui lui donne des airs de princesse bourrée. J'ai de plus en plus de difficultés à rester sérieux. Miss Parfaite perd en crédibilité à cause d'un ruban mal noué. Seule la lumière tamisée qui filtre par la porte vitrée nous éclaire et je remarque à quel point sa peau est pâle pour la première fois. Elle a finalement bien choisi son costume et incarne plutôt bien Blanche-Neige.

— Comme tu passes très peu de temps au bureau, je pense que tu n'as pas dû lire la fiche d'information concernant les activités de fin d'année proposées par le comité d'entreprise.

Est-ce qu'elle vient de serrer les dents ? Oui, j'en ai bien l'impression.

— Si je ne suis pas souvent au bureau, c'est parce que je passe beaucoup de temps sur le terrain, avec mes clients, contrairement à toi.

Je balaie sa réponse d'un geste négligent de la main.

— Tu as lu cette fiche, oui ou non ?

— Oui, grogne-t-elle.

— Alors, tu dois savoir qu'un week-end sur les pistes est prévu mi-novembre.

— Sur les pistes de Tignes, dans les Alpes, oui, je sais. Cela dit, je doute qu'il y ait beaucoup de neige aussi tôt dans l'année.

Je laisse fuser un petit rire.

— Avec les chutes exceptionnelles qu'il vient d'y avoir sur tous les massifs, Tignes envisage même d'ouvrir des stations qui ne sont habituellement accessibles qu'à la mi-décembre.

Un silence souligne ma réplique et elle commence à trépigner sur place.

— Est-ce que tu vas finir par me dire où tu veux en venir ?

— Je veux que tu participes à ce week-end.

Cette fois-ci, elle écarquille tellement les yeux que la frange de ses sourcils disparaît sous la perruque de son costume.

— Tu veux que j'aille skier ? Mais… pourquoi ?

— Nous n'avons pas assez d'inscrits et l'activité risque d'être annulée. Le comité n'a des tarifs intéressants qu'à partir d'un certain nombre de personnes et si nous ne l'atteignons pas…

Pas de réponse, elle m'observe avec la bouche légèrement entrouverte, l'air totalement ahuri.

— Je me moque que tu ne saches pas skier, tout ce que je souhaite, c'est que tu mettes ton nom sur la liste des participants.

Aussitôt, elle se ressaisit et redresse les épaules. Je n'avais jamais remarqué qu'elle était si petite, le haut de sa tête atteint à peine mon menton, et pourtant, avec cette façon de me toiser, elle paraît bien plus imposante.

— Je sais skier ! Et très bien, même !

— Oh, alors c'est parfait, ce sera une bonne occasion

d'exercer tes talents.

A-t-elle capté l'ironie de mon ton ? Probablement, car ses yeux lancent de nouveau des éclairs.

— Je ne peux pas participer à cette sortie, j'ai un fils et personne pour le garder !

Je manque de lui proposer de venir avec son gosse – après tout, le comité finance la chambre, peu importe le nombre de personnes qui dorment à l'intérieur –, mais je me mords la langue au dernier moment. Un enfant ? Pendant mon week-end de ski ? Certainement pas ! Je sais que les autres employés viennent seuls ou en compagnie de leur conjoint, aucun d'entre eux n'emmène ses gamins à Tignes. Pour les parents, c'est aussi l'occasion de profiter d'un peu de temps loin de leurs marmots avant d'affronter les terribles festivités de fin d'année et le fameux père Noël.

— Pourtant, ce soir, ton fils n'est pas là. Tu as donc trouvé quelqu'un pour le garder.

— Ce n'est qu'une soirée, pas tout un week-end !

Un week-end à rallonge plus précisément. Dans sa grande bonté, mon père accorde le vendredi et le lundi à ses employés qui participent à la sortie. La boîte peut se permettre de gérer un effectif moindre à cette période de l'année, surtout sur deux petites journées.

— Je suis certain que tu vas trouver.

Elle plisse les yeux.

— Ce n'est pas un chien que je peux mettre en pension, Gabriel. Il s'agit d'un enfant !

Je pousse un soupir théâtral.

— Un enfant qui sera ravi que sa mère le couvre de cadeaux de Noël avec la paie qu'elle aura gagnée grâce au travail qu'elle n'aura pas perdu.

De nouveau, je joue les gros enfoirés et j'avoue que j'aime ça. Mon objectif n'est pas de faire virer Clémence, mais plutôt de la faire céder. Je veux profiter de ces quelques jours sur les pistes et, même si je peux me permettre de m'offrir ce séjour moi-même, je n'ai pas l'intention de lâcher l'affaire.

Je suis l'instigateur de ces sorties à Tignes depuis presque quatre ans maintenant, et je ne supporterai pas que l'une d'entre elles soit annulée. Si je suis parvenu à convaincre deux personnes au cours de la soirée, il me manque encore trois ou quatre participants pour atteindre la limite imposée par l'hôtel afin de bénéficier d'un tarif intéressant. Le CE est dirigé par une vieille mégère, Astrid, l'ex-femme d'un ami de mon père, et je sais qu'elle ne m'a pas à la bonne. Si l'activité n'a pas lieu cette année, elle ne la reproposera pas l'année prochaine, j'en suis persuadé. De plus, je connais la plupart des employés qui se sont inscrits sur la liste, et ils ont tous participé les années précédentes. Nous avons passé de purs moments de convivialité et, même si je ne suis pas un adepte du copinage au travail, j'ai apprécié chacun de ces instants.

Une bonne entente, des relations saines, un personnel détendu et heureux, c'est tout le secret d'une entreprise qui marche. Face au week-end à Tignes, la soirée d'Halloween fait pâle figure, tout comme les interminables repas organisés par le comité.

Clémence me fusille toujours du regard, les mains sur les hanches, ses doigts tellement crispés que les jointures ont blanchi. Je veux bien parier qu'elle est en train de se broyer la peau et qu'elle aura de belles empreintes bleues demain matin.

— Tu sais que tu es…

— Un connard, ouais, tu me l'as déjà dit plusieurs fois aujourd'hui et devant témoins.

Sa respiration fait gonfler sa poitrine et le corsage de sa robe se soulève de plus en plus vite. Malgré moi, mes yeux sont attirés par ce mouvement rapide. Elle est plutôt menue et, en dépit du faux corset de ce costume mal taillé, son décolleté reste sage, un peu trop sage peut-être…

T'as bu combien de verres, au juste ?

— Donc c'est ça ta condition ? Si je participe à ce week-end, on oublie tout ce qu'il s'est passé ce matin ?

— Ouais.

— Et tu penses que je vais te croire sur parole ?

J'esquisse un sourire insolent.

— On dirait que t'as pas vraiment le choix.

Un ange passe, le silence s'éternise tandis qu'elle me fixe, l'air soupçonneux. Je m'apprête à lui sortir de nouveaux arguments quand elle ouvre finalement la bouche.

— J'accepte à une condition.

Je n'en reviens pas.

— Je pense pas que tu sois en position de marchander, Clem.

Elle fronce les sourcils, plus sévère que jamais.

— Ne m'appelle pas Clem, seuls mes amis le font.

OKayyyy, prends-toi ça dans la gueule.

Elle enchaîne sans me laisser le temps de réagir.

— J'accepte de m'inscrire pour ce week-end stupide à la neige, si tu t'engages à ne pas parler au boss de notre altercation de ce matin ET si tu me jures que tu ne me voleras plus jamais une vente.

Le coin de mes lèvres frémit.

— Et comment tu peux être certaine que je tiendrai ma promesse ?

Elle pousse un soupir théâtral.

— On dirait que je vais devoir te faire confiance.

Durant quelques secondes, nous nous toisons mutuellement. Si elle pense vraiment que je ne lui piquerai plus de vente sous le nez, elle est bien naïve. Tout à coup, je crève d'envie de voir Miss Parfaite sur une paire de skis.

— Marché conclu.

Je lui tends la main pour clore notre accord et elle s'en saisit aussitôt. Yes ! C'est Astrid qui va faire la gueule.

Chapitre 7

Clémence

— Tu es prête, maman ?

Je lève les yeux au ciel. Mathis, mon fils, me parle à travers la porte des toilettes que je viens à peine de refermer sur moi.

— Mat, j'ai dit cinq minutes !

— Mais il ne pleut plus !

— Est-ce que je peux faire pipi tranquillement, ou c'est trop te demander ?

Je l'entends soupirer et s'éloigner en traînant des pieds. Malgré moi, un sourire fend mon visage en deux. Depuis le début de l'après-midi, il attend patiemment, avec son copain Timothé venu squatter chez nous, de faire la tournée du quartier pour récolter des bonbons. En réalité, les deux lascars se moquent des sucreries, ils sont plutôt excités comme des puces à la perspective de se pavaner dans leurs beaux costumes.

Vivement que cette journée se termine ! Il fait froid, gris, humide même, et je n'ai absolument pas envie d'aller frapper à la porte de tous les voisins en m'abritant sous un parapluie qui risque de se retourner à la première rafale. Car, pour couronner le tout, une mini tempête touche la région et les vents violents ronflent sauvagement.

Charmante journée pour se balader. Si cela ne tenait qu'à moi, je serais blottie sous un plaid sur mon canapé, un bon livre à la main. Mais j'ai promis à Mathis et une promesse est une promesse. De plus, je sais qu'il me boudera lorsqu'il apprendra que je vais partir skier sans lui à la fin du mois qui vient. Mon fils adore la neige, mais ce qu'il ignore, c'est que ce week-end serait terriblement ennuyeux pour lui. Un voyage organisé par le comité d'entreprise de la boîte où travaille sa mère n'a rien de très excitant pour un enfant de huit ans. D'autant plus que les autres inscrits viennent soit seuls soit avec leur conjoint, mais aucun avec leur progéniture, d'après ce que m'en a dit Julia.

En rentrant dans la salle après avoir conclu ce stupide deal avec Gabriel, ma collègue m'a rassurée en m'informant qu'elle participait à cette sortie elle aussi, en compagnie de Maxence.

— Nous y sommes allés l'année dernière également, mais il n'y avait pas encore suffisamment de neige pour réellement en profiter. Quoi qu'il en soit, le lieu est magnifique et il propose beaucoup d'activités ! Tu vas voir, on va s'éclater.

S'éclater ? Je m'imagine plutôt comme la cinquième roue du carrosse, tenant la chandelle pendant que mon amie et son mari savoureront ces quelques jours sans leurs deux terreurs. Non, je sais d'avance que je ne vais pas apprécier ce week-end, et le pire, c'est que je n'aime même pas skier.

Et comme tu veux rabattre le caquet de cet abruti prétentieux de Gabriel, tu vas quand même chausser une paire de skis.

Oui, je l'avoue, j'aime avoir le dernier mot et j'ai très bien vu le regard qu'il m'a lancé quand je lui ai affirmé que je maîtrisais parfaitement ce sport : sceptique et condescendant.

Pourquoi ? Est-ce que je renvoie l'image d'une femme qui préfère siroter un chocolat chaud devant un bon feu de cheminée au lieu de s'éclater sur les pistes glaciales, le vent fouettant son visage, la morve au coin du nez et les lèvres ravagées par le froid ?

Un peu, mon neveu !

J'arrive pas à croire que j'ai dit oui. Assise sur l'abattant des toilettes – non je n'avais pas vraiment envie de faire pipi, je voulais juste que mon fils me lâche la grappe cinq minutes –, je pose mon front entre mes mains jointes. Non seulement ce week-end ne m'enchante absolument pas, mais en plus je suis angoissée à l'idée de m'éloigner autant de Mathis.

Depuis sa naissance, je ne suis jamais partie sans lui. Si mes parents le gardent quelquefois chez eux pendant les périodes de vacances scolaires, je sais qu'il ne se trouve qu'à une trentaine de kilomètres de moi, tout au plus, et que je peux venir lui faire un coucou n'importe quand. Mais, là, je serai à des centaines de kilomètres de lui !

Respire calmement, ce n'est plus un petit bébé, tout se passera bien.

Mais si, c'est toujours un petit bébé, c'est *mon* petit bébé ! Je chasse la boule qui me noue la gorge et essaie de me ressaisir. Pour l'instant, j'ignore encore à qui je confierai mon fils pour cette sortie, alors je ne vais pas commencer à stresser en songeant au moment de la séparation, c'est inutile.

Malgré tout, cette situation est difficile pour moi, même si je sais que je n'ai pas vraiment le choix. Gabriel oserait-il me faire perdre mon travail ? Je n'en ai aucune idée et je n'ai pas du tout envie de tenter le diable. Car c'est tout à fait ce qu'il est : le diable déguisé en prince charmant avec un prénom d'ange.

Voilà que tu le mystifies maintenant ! Ce type ne mérite même pas que tu t'arrêtes sur lui !

C'est vrai, je me prends la tête pour rien. Peut-être que j'ai conclu un deal stupide avec lui, mais, une fois ce week-end terminé, tout rentrera dans l'ordre. Je ne serai plus sur la sellette et je pourrai reprendre tranquillement mon travail, sans inquiétude.

En espérant qu'il tiendra parole… Oh merde, je sens que je vais devoir lui faire de la lèche pendant plusieurs mois encore. Orgueilleux comme il est, il doit adorer qu'on lui cire les pompes. Un gémissement franchit mes lèvres, je l'étouffe pour ne pas alerter Mathis et son copain.

Les alerter ? Tu plaisantes ? Ils font tellement de bruit que tu pourrais hurler dans les W.-C. sans même qu'ils s'en aperçoivent.

Comme pour confirmer ma pensée, un cri de guerre s'élève quelque part à l'étage, suivi d'un gros « boum » évoquant la chute d'un corps et d'éclats de rire stridents. Je soupire en me massant les tempes, la migraine commence à pointer le bout de son nez. Finalement, cette sortie dans le quartier sera salutaire, tout le monde va prendre l'air et se calmer un peu.

Se calmer ? Tu rêves !

Nouveau soupir.

La sonnette de la porte d'entrée retentit soudain.

— Maman, ça sonne ! braille Mathis dans l'escalier.

Je lève les yeux au ciel.

— J'ai entendu, chéri. J'arrive.

Dépitée, je quitte ma retraite toute relative pour affronter de nouveau le chantier qui règne dans la maison. Les garçons ont fait très fort, le capharnaüm est impressionnant, des Lego traînent un peu partout, certains assemblés en structures très… abstraites, d'autres laissés à l'abandon sur le sol, une voiture télécommandée trône sur la table basse de mon salon, des pantins de bois sont accrochés dans les fausses toiles d'araignées qui décorent la rampe de l'escalier, un ballon se trouve en travers de mon chemin dans l'entrée, et tout ça, ce n'est que la partie émergée de l'iceberg.

Je sais qu'il y a certainement bien plus de chantier dans tous les coins de toutes les pièces, mais je préfère garder un champ de vision restreint pour le moment. Il sera bien temps de me désespérer tout à l'heure, quand je demanderai aux enfants de m'aider à tout ranger et qu'ils joueront très probablement les tire-au-flanc en prenant tout leur temps pour mettre un seul et unique Lego dans sa boîte.

Retenant un énième soupir – je vais finir par manquer d'air à force de me dégonfler de la sorte –, j'approche de la porte en saisissant au passage le bol de friandises déposé sur la console de l'entrée. Comme je n'attends personne, j'en déduis que mes visiteurs sont vraisemblablement d'autres marmots, aussi terribles que ceux qui règnent aujourd'hui sur mon domicile, qui viennent réclamer leur dû d'Halloween.

J'ouvre la porte de la maison et me fige.

— Gabriel ?

Mon collègue de travail se tient bien là, devant moi, son sourire moqueur faisant écho à ma stupéfaction.

— Salut, Clem, me lance-t-il avec insolence.

Je reste bêtement immobile, ma main crispée sur la poignée, le bol de friandises dans l'autre. Il porte un long manteau de laine qui lui descend jusqu'aux genoux et sous lequel je devine un pull noir, un jean bleu délavé et de vieilles Stan Smith qui ont connu des jours meilleurs. Habituée à le voir en costume au bureau – j'ignore pourquoi il s'habille ainsi, même Arthur ne met pas de costume –, je lui trouve une allure bien différente dans ces vêtements plus sobres.

— Mais qu'est-ce que tu…

Je ne termine pas ma phrase, rendue muette par la surprise. Le sourire du démon s'affirme et il lève une main pour agiter un bout de papier soigneusement plié en deux.

— C'est la fiche d'inscription, pour le week-end à Tignes.

Une brique tombe dans mon estomac et je me renfrogne.

— Ça valait vraiment le coup de venir chez moi un samedi ?

Il acquiesce, l'air très sérieux.

— Le comité doit avoir une réponse définitive sur le nombre de participants d'ici lundi !

Et alors ? J'aurais très bien pu remplir ce foutu formulaire à la première heure lundi matin. Sa présence ici n'est absolument pas justifiée et plutôt suspecte. Je plisse les yeux.

— Comment tu as su où j'habitais ?

— Ton adresse apparaît sur ta fiche employée.

Ma fiche employée ? Ce document sur lequel j'ai renseigné des informations purement personnelles dans l'éventualité où mon patron aurait à contacter ma famille s'il devait m'arriver un quelconque accident ?

— Mais… tu n'as pas le droit de consulter ma fiche !

Un sourire arrogant illumine son visage.

— Tu vas me dénoncer, peut-être ?

Je me mords la langue. Ce mec est vraiment imbuvable, j'ai plus que jamais envie de lui rabattre son caquet.

Rageuse, j'attrape le bout de papier.

— Je te le rapporte lundi matin complété.

— Tsss tsss tsss, je ne pars pas d'ici sans cette feuille remplie, oppose-t-il d'un air suffisant.

Une vague de fureur me submerge. Je ne suis pas du genre à m'emporter facilement, mais ce type parvient à me faire sortir de mes gonds en un temps record.

— Je n'ai pas que ça à faire, figure-toi.

Il observe ses ongles d'un air distrait.

— Vraiment ? Mon père sera ravi de le savoir.

Voilà qu'il recommence. Je ravale un grognement de rage et rentre dans la maison sans l'inviter à me suivre. Culotté, il franchit de lui-même le pas de la porte laissée ouverte.

Tu aurais dû la lui claquer au nez !

Une fois encore, je m'en veux de ma propre bêtise.

— Qui c'est, maman ?

La voix inquiète de Mathis me parvient depuis le haut de l'escalier. Il a dû lire l'énervement sur mon visage et adopte aussitôt une attitude méfiante.

— C'est un collègue. Descends, je vais te le présenter.

J'ai beau prendre un ton apaisant, ma supplique sonne faux. Malgré tout, Mathis nous rejoint et dévisage Gabriel. Ce dernier ne semble pas ravi de se retrouver face à mon fils et je crois bien l'avoir surpris en train de jeter un coup d'œil furtif à mon salon. Oui, ma petite maison est bien modeste et clairement en chantier, et alors ? Je l'emmerde, cet idiot orgueilleux !

— Mathis, voici Gabriel, un de mes collègues de travail. Gabriel, je te présente mon fils, Mathis.

Ils échangent une poignée de main hésitante.

— Tu es le patron de ma maman ? demande Mat.

De nouveau, un sourire condescendant apparaît sur le visage du démon blond. J'interviens avant qu'il ne réplique.

— Non, non, Gabriel occupe le même poste que moi. C'est seulement un agent immobilier, pas le patron de l'agence, et il ne travaille avec moi que depuis un an, à peine.

Et toc, prends-toi ça dans les dents, M. Fanfaron. Tu n'as pas plus de mérite que moi au sein de l'entreprise, peu importe qui est ton père. Mathis l'observe toujours d'un air circonspect et j'ai l'impression que mon collègue n'est pas particulièrement à l'aise face à mon fils.

Un mec qui n'aime pas les gosses, décidément, il n'a que des qualités...

— Est-ce que tu vas venir avec nous chercher des bonbons ? demande Mat.

Je hausse un sourcil et laisse M. Connard se dépatouiller avec des excuses bidon.

— Euh, non, je n'ai pas vraiment le temps, je... j'étais juste venu pour...

— Il m'a seulement apporté un formulaire, chéri. Je remplis ça rapidement et nous pourrons y aller.

Pourquoi ai-je volé au secours de Gabriel ? Aucune idée. Peut-être parce que je redoutais qu'il vende la mèche pour Tignes avant que je n'en aie parlé à Mat.

— Tu peux retourner jouer avec Timothé, je t'appellerai quand j'aurai terminé.

L'air toujours sceptique, il acquiesce et remonte lentement l'escalier, non sans avoir détaillé de nouveau mon collègue planté dans l'entrée. Je surprends un regard de ce dernier vers les pompes éparpillées sur le sol. J'ai beau me battre avec mon fils, pas moyen de lui faire ranger ses chaussures dans le coffre qui leur est réservé. Cela m'exaspère chaque jour, mais je mets silencieusement au défi Gabriel de formuler la moindre remarque.

Heureusement pour lui, il s'en dispense et se contente de m'emboîter le pas jusqu'à la cuisine. Là aussi, quelques jouets traînent sur le plan de travail et des miettes du quatre-heures des enfants encombrent encore la petite table à laquelle nous mangeons le plus souvent, Mat et moi. Je repousse rapidement ces dernières et pose le foutu formulaire sur le plateau en bois avant de partir à la recherche d'un stylo, quelque part dans le salon.

Gabriel se tient à l'entrée de la pièce et détaille tout ce qui l'entoure. Oui, c'est le bordel. Habituellement, je dédie mon samedi au rangement et au gros ménage hebdomadaire, mais, avec la venue de Timothé, mes projets sont contrariés et... je m'en fiche. Ma maison est pleine de vie, rien d'aseptisé ici, seulement de la chaleur et du chantier. Ma mère m'a appris que la seule priorité à avoir dans une maison, c'est de récurer ses W.-C. et de vider régulièrement son évier. La vaisselle sale est dans le lave-vaisselle, les chiottes scintillent, le reste attendra demain.

Je mets finalement la main sur un stylo et retourne dans la cuisine, où Gabriel patiente sagement. Je pourrais lui proposer quelque chose à boire, ou une part de la tarte aux pommes qui trône sur le plan de travail – enfin, du quart de la tarte que les enfants n'ont pas encore dévoré –, mais… non. D'une part je n'ai pas envie d'être aimable avec lui, mais en plus il s'impose en débarquant chez moi de la sorte, j'oublie donc toute forme de politesse et soupire en remplissant son maudit formulaire.

Tout à coup, je plisse les yeux.

— Quatre jours ! C'est plus qu'un week-end, ça !

— Tignes est à plus de sept cents bornes de Tours, l'entreprise offre gracieusement le vendredi et le lundi à ses employés pour faire le trajet.

Il insiste bien sur le « gracieusement », mais nous savons tous les deux que la boîte peut tout à fait se permettre ce genre de largesse pour une poignée de ses employés.

Je serre les dents. Je n'avais pas pensé au voyage ! Mon vieux Scénic tiendra-t-il le coup ? J'en doute très fortement, surtout depuis que le moteur fait ce son étrange et peine au démarrage.

— Et en train ?

Il éclate franchement de rire et ce son m'arrache un sursaut. Je crois ne l'avoir jamais entendu rire sincèrement. La plupart du temps, il ricane ou émet un petit bruit de circonstance.

— Le train te fera passer par Paris pour ensuite redescendre à Tignes ; en espérant qu'il n'y aura pas de retard et que tu ne rateras pas ta correspondance, le trajet prendra deux fois plus de temps.

Le problème, c'est que ma voiture n'est plus de première jeunesse. Mais pas question d'avouer ça à M. Je-roule-en-Merco. Même si je n'ai pas honte de mon Scénic, j'ai encore ma fierté. J'élude donc le problème du transport – je trouverai une solution avant mon départ – et finis de remplir le formulaire en tirant la tronche.

— J'aime la façon charmante que tu as de perdre, me lance-t-il.

Lentement, je relève la tête, vibrante de colère.

— Je n'ai pas perdu, monsieur Je-suis-le-fils-du-patron, j'ai cédé.

— C'est pas un synonyme de *perdre*, ça ?

Bon sang, j'ai envie de le gifler, lui et son air arrogant. Rageuse, je lui colle son foutu document sur le torse avec suffisamment de force pour le faire reculer d'un pas.

— Tiens, ton maudit papier ! Si ça ne tenait qu'à moi, je te dirais de te le fourrer où je pense, mais une espèce de petit opportuniste me fait vicieusement chanter, alors je vais faire profil bas. Parce que ce n'est peut-être qu'un jeu pour toi, mais, pour moi, c'est toute ma vie que tu menaces. Tire-toi d'ici avant que je ne change d'avis.

Ses yeux se plissent et j'ai l'impression qu'il s'apprête à me répondre, néanmoins il ravale sa réplique. C'est plus sage pour lui. Peu de gens sont capables de me faire péter un câble, toutefois, en l'espace de deux jours, il va finir par me rendre complètement hystérique.

— On peut y aller, maman ?

La petite voix timide de Mathis met fin à notre duel de regard. Mon fils se tient dans l'encadrement de la porte, vêtu de son beau costume de pirate zombie, prêt à faire feu pour la chasse aux bonbons. J'espère qu'il n'a pas entendu ce que je viens de lancer à la tronche de mon enfoiré de collègue. Je lui adresse un sourire rassurant, en dépit de la fureur qui me fait trembler des pieds à la tête.

— Oui, chéri, on peut y aller. Gabriel partait justement.

Ce dernier semble se mordre la langue. Son petit air victorieux a disparu de son visage pour être remplacé par une expression que je ne lui ai encore jamais vue. Est-ce que ce serait de la culpabilité ? Non, je penche plutôt pour de la fureur. Le fils à papa ne doit pas avoir l'habitude qu'on hurle sur lui de la sorte.

Silencieusement, il plie le formulaire et le glisse dans sa poche, sans cesser de me dévisager. Qu'est-ce qui lui arrive ? Il n'a jamais mis une femme en colère ? J'en doute sincèrement.

Avec un hochement de tête, il m'adresse un sourire pincé. Une mèche blonde lui balaie le front et accentue encore son image de perfection. Je hais ce mec !

— Je file dans ce cas. À lundi, Clem.

Il tourne les talons, direction l'entrée, et ébouriffe au passage les cheveux de Mat.

— Salut, bonhomme, bonne récolte !

Mon fils lui lance un merci enthousiaste.

Finalement, peut-être qu'il ne déteste pas les enfants… Quoi qu'il en soit, je suis ravie de le voir sortir de chez moi et pousse un petit soupir de soulagement quand la porte se referme derrière lui.

Enfin débarrassée… jusqu'à lundi.

Chapitre 8

Clémence

Le rire de ma sœur m'arrache une grimace. Une main plaquée sur ses lèvres, elle se bidonne sans retenue avant de s'exclamer :

— J'arrive pas à croire que tu te sois embarquée là-dedans. Tu détestes le ski !

Je soupire en secouant la tête.

— Ça, je le sais bien, figure-toi. Mais qu'est-ce que j'aurais pu faire d'autre ? Le laisser me faire renvoyer pour un simple petit « connard » ?

Une moue déforme le visage d'Aurore. Nous sommes venus, Mathis et moi, rendre visite à ma frangine dans son nouvel appart. Après avoir été voisins pendant presque un an – année au cours de laquelle ils ont été en couple durant une bonne dizaine de mois –, Luc et elle ont finalement décidé d'emménager ensemble. Par chance, un logement plus grand que les leurs et avec balcon-terrasse s'était libéré dans leur résidence et ils ont aussitôt sauté sur l'occasion. Voilà une semaine qu'ils cohabitent, ce qui ne change pas vraiment leurs habitudes puisqu'ils vivaient déjà quasiment l'un sur l'autre depuis plusieurs mois, Luc ayant très vite délaissé son appart pour squatter chez ma sœur.

— S'il t'avait traitée de connasse devant toutes tes collègues, tu aurais pris un pied phénoménal à le faire renvoyer.

Je secoue la tête et marmonne :

— C'est le fils du boss, il n'aurait pas été viré, il aurait reçu un avertissement ou un blâme, tout au plus.

Aurore hausse les sourcils, moqueuse.

— Oui, je sais que je suis allée trop loin, pas la peine d'insister sur le sujet. Il se trouve que, maintenant, il me fait chanter.

— Tu n'étais pas obligée de lui dire que tu savais skier. Tu aurais pu passer un week-end à te la couler douce à l'hôtel, en profitant du bar pendant que les autres se seraient gelé les miches sur les pistes.

Je ferme les yeux.

— Il a tout de suite pensé que je ne savais pas skier et… ça m'a énervée.

— Décidément, ce mec t'énerve beaucoup, toi qui es toujours si pondérée.

Je soupire.

— Bon, tu fais mon procès, ou quoi ? T'es censée être de mon côté, je te rappelle que tu es ma sœur !

— Mais je suis de ton côté ! À quoi elle ressemble, cette tête de nœud ? Même si tu as évoqué un « top model » quand il est arrivé dans la boîte, vu le dégoût qu'il t'inspire maintenant, j'imagine au moins un Queudver dans *Harry Potter*.

Nouveau soupir de ma part.

— Pas du tout, c'est un Adonis ambulant, du genre statue grecque.

— Avec une petite bite ? murmure-t-elle en jetant un coup d'œil en direction de Mathis qui est en train de jouer à la Xbox avec Luc.

Bien évidemment, en bons geeks qui se respectent, ma frangine et son mec ont déballé en priorité les cartons qui contenaient leurs consoles, PC et jeux vidéo.

Je réponds sur le même ton, exaspérée.

— Comment veux-tu que je sache s'il a une petite bite ?

— Les statues grecques en ont une.

— Pourquoi est-ce qu'on est en train de parler de la bite de Gabriel ?

— Mais c'est toi qui en parles !

— Mais non je…

Je ferme les paupières et prends une profonde inspiration.

— Cette conversation ne mène nulle part.

Ma sœur sourit comme une abrutie.

— Quoi ?

— Je parie que tu te poses la question maintenant ?

— Quelle question ?

— S'il a, oui ou non, une petite bite !

J'abandonne la partie et lui lance un regard que j'espère sévère, mais mes lèvres tremblent et ne parviennent pas à réprimer un sourire, qui se transforme bien vite en véritable fou rire. Aurore se bidonne avec moi, si fort que les garçons daignent s'arracher à leur jeu pour venir voir ce qui nous amuse autant.

— Qu'est-ce qui se passe ? demande Mathis.

— Rien, chéri, c'est tata qui dit des bêtises.

— Pourquoi ça ne me surprend pas ? lance Luc en saisissant une chaise pour s'asseoir avec nous autour de la table flambant neuve qui trône dans leur salle à manger.

Aurore lui tire la langue comme une gamine, et il réplique en lui faisant la grimace. Ces deux-là ont deux ans d'âge mental, ce n'est pas possible.

— Tu leur as posé la question ? me chuchote Mat.

Je souris. Après avoir cogité pendant près d'une semaine et beaucoup discuté avec Julia, j'ai finalement expliqué à mon fils que je devais m'absenter pour un voyage particulier avec mes collègues de travail. Face à son air déconfit, je lui ai demandé ce que je pourrais bien faire pour qu'il ne voie pas le temps passer durant ces quelques jours et sa réponse est en partie la raison qui nous a conduits ici aujourd'hui. Je me penche vers lui et lui souffle :

— J'allais justement le faire.

Il m'adresse un petit sourire plein d'espoir. Quand je lève les yeux vers Aurore et Luc, ils m'observent tous deux et je peux lire la question sur leurs traits.

— Comme Mat est un peu triste à l'idée que je parte, il aurait bien aimé pouvoir passer le week-end en votre compagnie.

J'entends mon fils retenir son souffle. Aurore lance un regard à Luc et j'ai l'impression d'assister à un véritable dialogue muet entre eux. Intérieurement, je ne peux m'empêcher d'être jalouse face à cet échange complice. Ma sœur mérite le bonheur qu'elle a trouvé auprès de cet homme et je pense qu'il n'y a pas de mec qui lui soit plus complémentaire que lui, je suis profondément heureuse pour eux deux. Malgré tout, leur amour me rappelle sans cesse que, de mon côté, je suis seule, terriblement seule, et depuis très longtemps.

L'unique homme de ma vie, c'est mon fils, et même si je l'aime d'un amour inconditionnel, je n'oublie pas que je ne suis pas qu'une maman, mais aussi une femme.

Ma quête du prince charmant a un jour failli aboutir. J'avais rencontré Xavier, l'homme parfait à mes yeux, gentil, beau, respectueux, drôle ; s'il m'avait fait sa demande, j'aurais dit oui sans la moindre hésitation. Il était entré dans ma vie à l'aube de mes vingt et un ans, et pendant trois merveilleuses années, j'ai été comblée. Puis, un jour, j'ai découvert que j'étais enceinte. Cette grossesse n'était pas prévue, nous venions tout juste d'emménager ensemble, je prenais la pilule et nous n'avions jamais parlé de bébé. Si j'ai accueilli cette annonce avec beaucoup d'enthousiasme et de bonheur – après tout, je venais de m'installer avec l'amour de ma vie, mon prince charmant, mon happy end –, Xavier s'est montré bien plus pondéré. Au fil des mois, il s'est peu à peu éloigné, détaché de moi, jusqu'à finalement disparaître totalement de mon existence.

Mathis n'a jamais été reconnu par son père, pour la simple et bonne raison que ce dernier m'a totalement ghostée. À ce jour, je ne sais ni où il habite ni ce qu'il est devenu et je m'en moque éperdument. Je ne veux pas de cet homme dans la vie de mon fils.

Depuis cette trahison, je n'ai d'ailleurs fait entrer *aucun* homme dans la vie de Mat. J'ai bien eu des aventures, des rencontres, des coups de cœur – je tombe amoureuse à peu près tous les six mois, parfois même tous les trois mois –, mais jamais je n'ai pris le risque d'inviter un de ces flirts dans notre maison. Je n'ignore pas que mon cœur est fragile, qu'il est trop faible et se laisse rapidement séduire par un beau sourire et quelques attentions, cependant, heureusement, mon esprit et mon instinct maternel, eux, sont impitoyables.

Néanmoins, mon petit côté fleur bleue rêve d'une histoire telle que celle d'Aurore et Luc, et leur bonheur m'éclabousse un peu trop souvent ces derniers temps.

— Dis donc, Luc, ce ne serait pas le week-end où nous avions décidé d'aller faire un peu de karting ? lance ma sœur à son mec d'un air de conspiratrice.

Je n'ai pas besoin de regarder Mat pour deviner que ses yeux brillent déjà.

— Humm, si, il me semble bien, confirme Luc. Et tu ne voulais pas aussi décorer tout l'appartement pour les fêtes de Noël ?

— Mais tout à fait, approuve Aurore en hochant la tête.

À côté de moi, Mathis couine presque d'envie. S'ils continuent, ces deux-là vont l'achever.

— J'envisageais même également une sortie au cinéma. Je crois qu'il y a encore un film de super-héros qui va paraître, rajoute ma sœur.

Cette fois-ci, mon fils m'agrippe la main d'un geste désespéré.

Je rentre dans le jeu de ces deux idiots et pousse un soupir théâtral.

— Oh, j'ai l'impression que vous allez être bien pris ce week-end dans ce cas. Vous n'aurez jamais le temps de vous occuper de Mat. C'est dommage, il se faisait une telle joie de venir.

Mon fils tourne brusquement la tête vers moi, les yeux écarquillés, la bouche grande ouverte, l'expression d'un poisson hors de l'eau sur le visage. Aurore et Luc éclatent de rire en même temps. J'essaie de conserver mon sérieux, mais, devant l'air ahuri de mon bébé, c'est impossible et mes lèvres se mettent à trembler.

— Vous me faites marcher ? demande-t-il d'une voix hésitante.

— Mais bien sûr ! s'écrie Aurore. Quel intérêt j'aurais à aller au karting seulement avec Luc ? Il conduit comme un pied ! Je gagnerais à tous les coups ! Il me faut un second adversaire.

Luc hausse un sourcil.

— Dit celle qui a failli nous faire passer par-dessus un parapet au sommet d'une montagne l'année dernière.

Ma sœur balaie sa remarque d'une main.

— Ce n'était pas une montagne, juste une petite colline. Et puis, nous sommes en vie, non ?

Mon fils se trémousse sur sa chaise à côté de moi.

— Alors c'est vrai, je peux venir et on fera vraiment tout ça ?

— Ouaip, on ira peut-être même manger à Burger King, parce que ta tante cuisine super mal et, quand je vous aurai mis la pâtée au kart, je serai trop fatigué pour m'activer derrière les fourneaux.

Aurore lui donne une tape sur l'épaule tandis que Mat saute de joie à mes côtés. Un sourire orne mon visage. Je suis soulagée. Devoir le laisser me minait presque autant que de partir. Cela peut sembler étrange à bon nombre de gens, après tout, de nombreux parents s'accordent quelques jours sans leurs enfants de temps en temps, mais laisser mon fils est une véritable épreuve. Il est toute ma vie depuis le jour où ses yeux se sont posés sur moi, et j'ai du mal à le voir grandir et s'éloigner petit à petit.

— Est-ce qu'on pourra aussi aller chercher les cadeaux de Noël ? demande-t-il à Aurore.

Ma sœur hausse les sourcils et me jette un regard auquel je réponds d'un hochement triste de la tête. Eh oui, il grandit trop vite.

— Mais… c'est le père Noël qui fait les cadeaux, bégaie-t-elle, choquée.

— Pfff, je sais qu'il n'existe pas, tata. Je ne suis plus un bébé.

Luc éclate de rire.

— Ne dis pas ça à ta tante ! Elle, elle y croit encore.

Mat me lance un coup d'œil perplexe tandis que les deux tourtereaux échangent un autre de leurs regards complices.

S'ils continuent, ils vont finir par me déprimer ! Heureusement, Émoji, le chat chartreux de ma sœur, m'offre une distraction en bondissant sur la table. Son initiative est aussitôt approuvée par Kratos, le rottweiler de Luc, qui aboie gaiement.

— Nan, Kratos, on ne bouffe toujours pas le chat, même s'il est sur la table, commente mon beau-frère.

Mat éclate de rire et je souris moi aussi en voyant ma sœur foudroyer le chien du regard. Elle a beau avoir l'air sévère, nous savons tous qu'il la fera craquer d'un simple coup d'œil. Attendrie, j'observe Aurore. Elle a tellement changé en l'espace de ces quelques mois aux côtés de Luc ! Elle semble plus épanouie, plus heureuse et moins maniaque du contrôle. Elle tolère même la présence de Kratos, elle qui était terrifiée par les chiens l'année dernière à cette époque.

Oui, la vie de ma frangine a pris un virage à cent quatre-vingts degrés.

Et ta vie à toi, Clem ?

Rien, *nada*, le néant. Ma vie est un long fleuve tranquille, très, très tranquille…

Chapitre 9

Gabriel

— Hey, Gab, par ici !

La voix de João, mon pote, me parvient difficilement par-dessus le son des basses. Je le repère rapidement dans un coin de la boîte de nuit où nous avons prévu de passer la soirée. Sa tâche : nous dénicher une table. La mienne : nous rapporter à boire. Combo gagnant pour nous deux et je me fraie un chemin jusqu'à lui, une bouteille de gin sous le bras et deux verres dans la main.

Ce soir, nous avons décidé de tester une nouvelle boîte qui vient d'ouvrir dans la périphérie de Tours. Si l'endroit ne payait pas de mine de l'extérieur – un vieux bâtiment perdu au milieu de nulle part –, j'avoue que l'intérieur en jette. Décoration industrielle, effets de son et lumière à la pointe de la technologie, deux pistes de danse, une salle VIP, plusieurs alcôves sombres pour ceux qui recherchent une atmosphère plus intime – pour peu qu'on puisse trouver de l'intimité dans ce genre de lieu –, ouais, le potentiel est là pour passer une bonne soirée.

Tout en m'approchant de João, je glisse un regard sur la piste où se déhanche déjà une petite foule, bien qu'il soit encore tôt. Il faut dire que la musique met tout de suite dans l'ambiance, même si, pour ma part, je ne suis pas vraiment fan de ce style de son qui tambourine dans mes oreilles plus qu'autre chose. Ouais, je suis peut-être en train de devenir un vieux con, mais la techno, la transe et compagnie, ce n'est pas mon truc. Malgré tout, je me surprends à marquer la cadence avec mes épaules.

— Eh, mais c'est qu'il danserait presque, ce con ! me lance João en éclatant de rire.

— Même pas en rêve !

Mon pote secoue la tête.

— J'ai jamais compris ce que tu viens foutre en boîte, alors que t'aimes pas la musique qui y passe.

— Je viens pour l'ambiance.

Oui, m'ambiancer, sortir de chez moi, mettre un peu de folie dans mon quotidien, voilà pourquoi je kiffe ce genre d'endroit. J'y fais de nouvelles rencontres, souvent de nouvelles conquêtes, découvre de nouveaux sons à détester et parfois même à apprécier. Et puis… je me sens l'âme d'un ado quand je pose les pieds dans une boîte de nuit. Un adulte qui aurait tout à coup cessé de vieillir, loin de ses responsabilités et de sa routine.

Je nous sers, à João et moi, un verre bien tassé et nous trinquons.

— Qui doit nous rejoindre ? me demande mon ami en se laissant aller contre la banquette sur laquelle il s'est installé.

— Francis et sa meuf, je crois.

João hausse un sourcil.

— Et sa meuf ? Depuis quand il est en couple ?

J'esquisse un sourire.

— Oh, une ou deux semaines.

Mon pote se remet à rire.

— Alors, ça sent déjà la fin.

Je ricane à mon tour. Francis est incapable de garder une fille à ses côtés plus de trois semaines. Soit son sale caractère les fait fuir, soit il les largue sans aucune justification du jour au lendemain. Je n'ai jamais compris pourquoi il s'obstinait à nous présenter toutes ses conquêtes ; à mes yeux, elles ne sont que des plans cul pour lui, rien de plus. Celle de ce soir ne fera pas exception, elle finira par tomber aux oubliettes, comme toutes les autres.

Tu ne vaux pas bien mieux.

Ouais, je l'avoue, moi non plus je ne garde pas une seule femme dans ma vie, mais pour une simple et bonne raison : je n'en ai pas envie.

Mon existence de célibataire me plaît, je fais ce que je veux, quand je le veux et sans que personne ne vienne contrecarrer mes projets ou me prendre la tête. J'ai bien tenté l'aventure « couple » à deux ou trois occasions, mais chaque fois je me suis fait plaquer. Apparemment, d'après ma dernière ex en date, je suis invivable, un gosse pourri gâté et trop égoïste pour penser à quelqu'un d'autre que lui. Elle n'a peut-être pas entièrement tort. Je reconnais que je n'ai pas un caractère facile et que j'ai l'habitude d'obtenir tout ce que je désire. Est-ce que ça fait de moi un égoïste sans cœur ? Je n'en sais foutre rien et je m'en branle.

— Alors, c'est bon, t'as eu l'accord pour ton week-end à Tignes ?

Je souris à João par-dessus mon verre en acquiesçant.

— Quand Astrid me l'a annoncé au téléphone, elle avait l'air encore plus constipée que d'habitude.

Mon ami se remet à rire. João est du genre solaire comme gars, toujours en train de se marrer.

— Tu viens toujours avec moi ?

Il confirme d'un hochement de tête.

— Et comment ! J'ai bien besoin de prendre un peu l'air.

Sa façade joviale s'étiole légèrement. Il faut dire que cette année a été plutôt rude pour mon pote. Après avoir perdu sa grand-mère maternelle, qu'il aimait profondément, sa femme lui a avoué qu'elle le trompait avec un autre homme depuis plusieurs mois déjà. Je savais que leur relation avait des hauts et des bas, mais j'étais loin de m'imaginer qu'il portait des cornes.

João a immédiatement quitté le domicile conjugal pour venir squatter quelque temps chez moi avant de se trouver un appartement. En instance de divorce, il refuse le moindre contact avec son ex et passe tous ses samedis soir à « rattraper le temps perdu durant toutes les années où il a vécu avec cette pétasse ». Tournée des bars et des boîtes de nuit, rendez-vous Tinder, il se fait plaisir. Malgré tout, en dépit de tous ses éclats de rire et de son enthousiasme, une lueur de tristesse éclaire parfois son regard quand il aperçoit une femme qui ressemble un peu trop à Lisa ou un couple en train de roucouler amoureusement.

J'ai du mal à m'imaginer ce qu'il peut ressentir. Contrairement à moi, João est un romantique et il a rencontré son épouse à la sortie du lycée. Je me souviens du jour où il me l'a présentée, ses yeux brillaient et il n'arrêtait pas de sourire. Malheureusement, le conte de fées s'est vite transformé en cauchemar. Durant des années, ils n'ont cessé de rompre et de se remettre en couple, une relation toxique à bien des égards, mais personne n'est jamais parvenu à le leur faire comprendre.

Je m'y suis pourtant attelé plus d'une fois, prenant le risque de perdre mon meilleur ami, celui que je connaissais depuis le bac à sable – littéralement, nous avions la même nounou et nos parents étaient voisins à cette époque –, néanmoins rien n'y a fait. João a fini par demander Lisa en mariage et j'ai été son témoin. Jamais je ne me suis senti aussi mal à l'aise que lors de cette cérémonie : j'avais le terrible pressentiment que mon ami courait à la catastrophe.

Et le voilà, trois ans plus tard, enchaînant les gins pour oublier que la date du jugement de son divorce arrive à grands pas. Quand je vois tout ce qu'il a enduré et le mal que lui fait encore Lisa, alors qu'il n'a plus aucun contact avec elle, je me sens plus soulagé que jamais d'être seul. Je n'aimerais pas qu'un jour quelqu'un ait une telle emprise sur moi. L'amour rend con et fait mal, et mon meilleur pote n'est pas le seul à me l'avoir prouvé, mes parents en sont également un très bel exemple.

Ma mère m'a d'ailleurs passé un coup de fil en fin de journée pour cracher encore sur mon père et sa nouvelle épouse. Elle n'a jamais accepté qu'il la quitte, même si c'était il y a déjà plus de quinze ans et qu'il a eu le temps de se remarier deux fois depuis. Sa nature volage l'a toujours fait souffrir, cependant, durant des années, elle a fermé les yeux, refusant de voir la vérité en face. Finalement, c'est lui qui est parti, sans un regard en arrière.

— Hey, mon pote, ça va ? T'as l'air à l'ouest ce soir ?

Je me secoue et adresse un sourire un peu crispé à João.

— Ouais, ça roule, juste un peu de fatigue.

C'est un pur mensonge et il le sait pertinemment, mais il n'insiste pas.

En réalité, je me sens… étrange depuis une semaine, comme blasé de tout. L'euphorie de la vente que j'ai conclue sept jours plus tôt s'est bel et bien envolée et j'ai du mal à saisir pourquoi. En règle générale, je jubile pendant plusieurs jours après un coup de ce genre, voire plusieurs semaines parfois, mais là, rien. Seul l'appel d'Astrid a un peu égayé mon train-train quotidien.

Tout ça parce que tu joues un mauvais coup à Clémence.

Non, absolument pas ! J'ai vraiment envie d'aller skier ! Toutefois… je dois bien avouer que j'ai pris un malin plaisir à annoncer à ma collègue que les réservations étaient faites. Ce sont d'ailleurs les uniques mots que nous avons échangés ces cinq derniers jours. Même si elle n'a jamais été très bavarde avec moi, elle ne m'a pas adressé la parole depuis que j'ai quitté sa maison, samedi.

Tu n'aurais pas dû t'imposer chez elle.

Ce n'était probablement pas l'idée du siècle. Non seulement j'ai bafoué son intimité et sa vie privée, mais en plus j'en suis ressorti… bizarre. Ouais, je me rends compte à présent que cette sensation étrange qui me turlupine depuis plusieurs jours a pris corps en moi au moment où j'ai posé un orteil chez Clémence.

Cette petite maison de banlieue m'a complètement retourné le cerveau et je ne comprends absolument pas pourquoi. Elle n'avait rien d'exceptionnel, un logement des plus classiques, construit dans les années quatre-vingt-dix, avec un jardin. Et pourtant, dès que j'ai franchi le seuil, quelque chose m'a touché. Est-ce que c'était le charmant bordel qui régnait dans chacune des pièces, l'odeur de tarte aux pommes qui embaumait tout le rez-de-chaussée, les cris et les rires que je captais depuis le premier étage, ou la rencontre avec le fils de ma collègue ? Je n'en sais foutre rien.

C'est cette maudite fin d'année qui te perturbe, c'est tout.

Ouais, ça doit être ça. Noël approche et ce n'est clairement pas ma période préférée.

Sors-toi ça de la tête !

Je porte mon verre à mes lèvres et me concentre sur la piste. Deux femmes me lancent déjà des œillades sans équivoque auxquelles je réponds d'un clin d'œil.

— Jolies, commente João.

— Un peu trop jeunes.

Elles ne doivent pas avoir plus de vingt-deux ans et j'ai l'impression qu'elles sont à moitié bourrées.

— Et alors ? T'as l'intention de les épouser ?

— Certainement pas !

Dans un rire, mon pote se dirige droit vers les deux filles et, ni une ni deux, les ramène à notre table. Je les accueille d'un sourire charmeur qui les fait glousser. Ouais, pas de doute, elles sont bourrées. Une part de moi sait que je ne devrais pas les draguer. En d'autres circonstances, avec moins d'alcool dans le sang, elles n'agiraient probablement pas de la même manière. Mais, ce soir, j'ai besoin de distraction, j'ai besoin de m'amuser, de m'évader, et d'oublier quelques instants le regard noir que m'a lancé Clémence un peu plus tôt dans la journée. Car c'est bien ça qui me hante, ces prunelles brunes qui me fusillent et qui me jugent sans même me connaître.

C'est pas la première à le faire. Dis donc, t'es bien susceptible tout à coup !

Je fais taire cette petite voix moqueuse et me concentre sur la blonde au décolleté pigeonnant à mes côtés. Elle m'adresse un sourire coquin en trempant sensuellement ses lèvres dans son verre. Aussitôt, ma bite est au garde-à-vous. Si mon esprit bat la campagne, mon corps, lui, est au taquet et prêt à profiter de tous les plaisirs que cette jeune femme au regard lascif me promet silencieusement. Elle est en train de me parler, mais je l'écoute à peine, totalement obnubilé par ses lèvres gonflées. En face de moi, je vois João qui bave presque dans le décolleté de la seconde miss.

Finalement, il n'y a pas que la décoration qui vaille le coup de venir dans cette boîte…

Chapitre 10

Clémence

Lundi matin, je suis un peu fébrile et nerveuse. Le départ pour Tignes est prévu pour vendredi. Après notre discussion à ce sujet, Julia m'a proposé de faire la route avec elle et son mari, ce qui m'arrange. Ma voiture n'est absolument pas en état de voyager, d'après le garagiste, j'ai une courroie à changer – distribution ou accessoire, je ne m'en souviens plus.

Je dois déposer Mat chez Aurore et Luc jeudi soir à Blois et le seul fait d'y penser me retourne l'estomac. J'ai l'impression d'entendre la voix de ma mère dans mon crâne.

Respire, tout va bien se passer.

Bien sûr que tout va bien se passer, j'ai toute confiance en ma sœur et mon beau-frère pour prendre soin de mon fils, mais mon cœur de maman saigne malgré tout. Cette première véritable séparation risque d'être difficile pour moi.

L'agence est vide, je suis arrivée un peu plus tôt ce matin, car j'ai rendez-vous avec des clients en ville dans une demi-heure et je devais récupérer le dossier de location pour leur présenter l'appartement qu'ils souhaitent visiter. J'aime avoir toutes les cartes en main et pouvoir répondre à chaque question qu'on me posera. Contrairement à ma vie privée, j'ai toujours été très organisée et minutieuse dans mon travail. Ma maison est en chantier, mais mes dossiers sont rangés par ordre alphabétique dans mes tiroirs de bureau.

En me dirigeant vers le point café de l'open space, je passe devant le tableau d'affichage où sont placardées différentes annonces internes à la société. Le programme des activités à venir y figure à côté de l'organigramme de la boîte, une liste des fournitures à commander est également épinglée afin que chacun puisse venir inscrire ses besoins avant que Véro n'appelle le fournisseur et…

— Qu'est-ce que c'est que ça ?

Une note que je n'avais encore jamais vue attire mon attention :

Repas de Noël – père Noël des enfants

Le quinze décembre aura lieu notre soirée annuelle « Père Noël des enfants ». Comme chaque année, tous les employés de la société sont conviés, ainsi que leurs enfants, à participer à cet événement. Pour l'occasion, un buffet sera servi, suivi d'une animation avec le père Noël et de la distribution des cadeaux aux enfants. Thierry Frouville – qui a durant des années endossé le costume du père Noël – ayant pris sa retraite, nous sommes donc à la recherche d'un nouveau volontaire pour tenir ce rôle et enjoliver la soirée de tous les enfants des employés de la société.

Si vous vous sentez l'âme d'un père Noël, veuillez remplir le formulaire ci-dessous et le faxer à Astrid Moignan, représentante du président du comité d'entreprise, avant le vingt novembre.

Le père Noël des enfants, un événement que j'avais totalement occulté, trop angoissée par le week-end à Tignes et par mes ennuis avec Gabriel. Un document est joint à la note et, sans surprise, je constate qu'il est vierge. Arthur n'est clairement pas du genre à jouer les pères Noël et, comme la majorité des employés de cette agence sont des femmes, je doute que le comité trouve son bonheur ici. Mais soudain, une idée me vient.

Non, tu ne vas quand même pas faire ça !

Et pourquoi pas ?

Parce que tu as décidé d'enterrer la hache de guerre et c'est la raison pour laquelle tu as accepté ce week-end à Tignes.

Oui, mais j'ai un arrière-goût de défaite qui me reste en travers de la gorge. Je lance un coup d'œil à l'extérieur pour m'assurer que personne n'arrive, et j'arrache le formulaire du tableau d'affichage. Le numéro de fax d'Astrid Moignan figure dessus. Un fax, pas un e-mail, pas de scan donc… pas de trace, seulement le numéro de l'agence, personne ne pourra deviner que je suis à l'origine de l'envoi du document.

Ma main tremble presque d'excitation quand je m'empare d'un stylo sur le bureau le plus proche. En lettres capitales et bien nettes, j'écris un nom dans la liste encore vierge des volontaires :

GABRIEL DUBRET.

La vengeance est un plat qui se mange froid... ou entouré de gamins au cours d'un repas du comité d'entreprise.

Partie II

Tout ce qui se passe à Tignes…

Let it snow! Let it snow! Let it snow!
Franck Sinatra

[…] When we'll finally kiss goodnight
How I'll hate going out in the storm!
But if you'll really hold me tight
All the way home I'll be warm.
Oh, the fire is slowly dying
And, my dear, we're still goodbying
But as long as you love me so
Let it snow! Let it snow! Let it snow! […]

Chapitre 11

Gabriel

— Bonjour, Gabriel Dubret de la société Dubret, nous avons une réservation.

L'hôtesse d'accueil de l'hôtel m'adresse un charmant sourire avant de consulter son ordinateur. Debout à mes côtés, João me sert un clin d'œil pas vraiment discret et je lève les yeux au ciel. Depuis qu'il a quitté Lisa, mon meilleur ami s'est transformé en un mâle en rut et s'affole dès qu'une femelle se trouve sur son chemin. Celle qui vérifie ses fichiers informatiques est plutôt jolie, mais professionnelle, et rien dans son attitude ne trahit un intérêt quelconque pour mon abruti de pote ou moi-même.

La nuit a été longue, le trajet pénible, j'ai failli emboutir trois chauffards sur l'autoroute, toutefois nous sommes enfin arrivés à Tignes. Pour profiter un max de ce séjour, nous avons fait le choix de partir de nuit et nous nous sommes relayés derrière le volant pendant que l'autre piquait un petit somme. Malgré tout, je suis claqué et j'espère bien me reposer quelques heures avant de chausser mes skis.

— Vous avez réservé une chambre à deux lits, me confirme l'employée de l'hôtel. Aux noms de M. Dubret et M. Dos

Santos.

— C'est bien ça.

— Je peux voir vos pièces d'identité, s'il vous plaît ?

Je m'empresse de sortir ma carte, aussitôt imité par João. Le comité d'entreprise offre le séjour aux conjoints, mais comme je m'occupe personnellement des réservations, j'ai un peu grugé pour faire venir João avec moi. Après tout, la chambre est payée, peu importe que je sois seul ou accompagné, et je sais qu'aucun des employés n'ira cafter auprès d'Astrid, tout le monde la déteste.

À moins que…

Je songe soudain à Clémence et au tour que je lui ai joué. La Miss Parfaite est-elle revancharde ? Non, elle n'irait pas jusque-là.

T'en es sûr ?

J'ai tout à coup un très mauvais pressentiment que je chasse aussi vite qu'il est apparu. Après tout, qu'est-ce que je risque ? Je suis le fils du grand patron, ne l'oublions pas.

Tu penses comme un trouduc privilégié.

Ouais, je l'avoue.

L'hôtesse d'accueil nous donne des badges, puis nous informe que nous aurons un accès illimité à la piscine chauffée et au restaurant. Un Jacuzzi est également réservé aux membres de la société et l'établissement propose un service spa avec massage de relaxation en supplément si nous le désirons. Je sais déjà que je vais m'offrir cet extra. En définitive, c'est le moment ou jamais de décompresser avant d'affronter cette fin d'année.

Après nous avoir indiqué comment rejoindre notre chambre, elle nous souhaite un bon séjour avec un sourire charmant.

— Tu lui as tapé dans l'œil, me souffle João alors que nous nous dirigeons vers l'ascenseur.

Je lève les yeux au ciel.

— Mais non, elle est juste professionnelle ! Toutes les femmes qui me sourient ne veulent pas forcément entrer dans mon pieu !

— Bien sûr que si, quand elles te sourient de cette manière-là.

Je soupire.

— C'est p't-être toi qui lui as tapé dans l'œil.

Mon pote secoue la tête en appuyant sur le bouton qui nous mènera au troisième étage.

— Nan, j'suis pas son type. Trop latino certainement.

J'éclate de rire. Si on ne peut pas rater les origines portugaises de mon ami, elles sont loin d'être un frein quand il s'agit de faire des conquêtes. Son charme, ses cheveux bruns ondulés, ses prunelles sombres et sa peau mate en séduisent plus d'une.

— Tu sais quoi ? J'te parie cent euros qu'elle trouve un moyen de te filer son numéro avant la fin du week-end, me lance-t-il au moment où l'ascenseur atteint sa destination.

— Ça marche ! Et si c'est à toi qu'elle le donne, tu devras couper cette tignasse infernale.

Il lève les yeux au ciel.

— Mais c'est quoi ton problème avec mes cheveux ?

— Rien, si ce n'est que j'en ai marre de sortir en boîte avec ma serpillière.

Ma remarque me vaut un coup de poing dans l'épaule que je n'esquive même pas.

Notre chambre est assez proche de l'ascenseur, spacieuse, confortable, elle est meublée de deux grands lits, deux armoires et deux petits bureaux. Les couleurs crème et marron offrent un décor résolument moderne avec des arabesques sur les murs et un éclairage qui met en valeur chaque détail de la pièce. Ouais, c'est une belle chambre. La salle de bains attenante est tout aussi agréable avec une douche à l'italienne et un immense miroir.

— Tu sais quoi ? me lance João. J'vais directement m'enfermer là-dedans, et j'espère que tu as l'intention de dormir parce que je suis pas près d'en sortir.

Il me désigne les W.-C. et je secoue la tête, exaspéré.

— La grande classe !

— Ça fait facile cinq heures que j'me retiens, j'espère que la faïence de l'hôtel est solide.

Je lève les mains.

— Stop, c'est bon, j'ai pigé, n'en rajoute plus.

Mon pote se marre en entrant dans les chiottes et je commence à déballer quelques affaires. Nous n'avons pris que nos valises, notre matos de ski nous attend bien sagement dans la caisse.

Mon regard se perd en direction de la fenêtre et je m'arrête un instant pour admirer le paysage. Je remarque pour la première fois que la chambre dispose d'un petit balcon sur lequel je me rends. La température avoisine les trois degrés et je n'ai pas ma veste, je me gèle les miches, mais tant pis, le point de vue vaut le détour. Des sommets et des reliefs enneigés partout où mes yeux se posent ! Le soleil fait scintiller la poudreuse qui pare le panorama de son somptueux manteau blanc. J'inspire à pleins poumons et me gave de cet air si pur et si frais.

Et dire que Clémence pensait qu'il n'y aurait pas de neige. J'ai hâte de voir la tête qu'elle fera.

Quoi ? Mais pourquoi je songe encore à elle ? Elle m'a lancé un sort, je suis maudit, ou quoi ?

Furieux contre moi-même, je retourne dans la chambre et ferme la fenêtre. Ma collègue de travail n'a absolument rien à foutre dans mon crâne en cet instant. Et pourtant, elle semble y avoir établi domicile depuis des jours. En fait, depuis que je suis allé chez elle pour lui déposer le formulaire d'inscription.

Je ne comprends pas pourquoi. Elle ne m'adresse même plus la parole et fait tout pour m'éviter au bureau – ce qui n'est pas bien difficile étant donné qu'elle passe la plupart de son temps en visite avec ses clients. Si, avant notre altercation, nous n'avions jamais été particulièrement proches en tant que collègues, cette fois-ci, c'est le froid polaire entre nous. Elle m'en veut de l'avoir piégée et, même si la situation m'a fait marrer au début, j'avoue que je commence à saturer de ses petits regards noirs et de son air pincé dès que je suis dans son champ de vision.

Et voilà, je suis de mauvaise humeur maintenant.

T'es crevé, mec, te prends pas la tête et pieute-toi quelques heures. Ça ira mieux ensuite.

Ouais, c'est probablement la meilleure chose à faire. Ni une ni deux, je me fous en boxer et me glisse entre les draps frais du lit près de la porte-fenêtre. Tant pis pour João s'il voulait celui-là, il n'avait qu'à pas s'enfermer dans les chiottes. J'espère qu'il ne va pas les boucher pendant que je roupille.

Un sourire orne mon visage quand je ferme les yeux et laisse le sommeil apaiser mon corps et mon esprit.

Chapitre 12

Clémence

— Bon sang, mais c'est quoi toute cette neige ?

Je n'en reviens pas. Partout où mon regard se pose, du blanc, du blanc et encore du blanc. Même le toit de l'hôtel et la rambarde de la terrasse disparaissent sous une épaisse couche de poudreuse.

— Bienvenue à Tignes, me lance Julia en éclatant de rire.

— Mais nous ne sommes que mi-novembre ! Il ne devrait pas y avoir autant de neige !

— Tu suis les informations de temps en temps ? Ils parlent des chutes exceptionnelles de cette année depuis fin octobre !

Je secoue la tête, abasourdie. Non, je ne regarde pas les infos, j'ai arrêté depuis longtemps. Chaque soir, le présentateur me déprimait avec ses nouvelles toutes plus inquiétantes les unes que les autres. Un attentat ici, une fusillade là, un corps retrouvé démembré, des manifestations, le réchauffement climatique, l'inflation, les pandémies…

J'ai dit stop au moment où je me suis rendu compte que j'avais la boule au ventre dès que le générique commençait. Je me contente de jeter un coup d'œil aux journaux en ligne quand j'ai le temps, et parfois les réseaux sociaux me renseignent, même si je prends toujours avec beaucoup de recul toutes les informations qui y circulent.

Maxence sort nos valises du coffre et me tend la mienne.

J'ai déposé Mathis chez ma sœur hier. Exceptionnellement, il n'ira pas en cours aujourd'hui. Officiellement, il a une gastro ; officieusement, je suis une mauvaise mère qui déscolarise son enfant pour pouvoir partir en week-end. Si seulement j'étais enthousiaste à l'idée de ce séjour, je pourrais me sentir coupable à l'égard de l'école de mon fils, mais comme c'est loin d'être le cas… *fuck*, un petit mensonge n'a jamais fait de mal à personne.

Je me tourne vers l'hôtel et pousse un sifflement.

— Trois étoiles, rien que ça ?

Julia hoche la tête.

— Quand le comité d'entreprise fait les choses, ce n'est pas à moitié.

Je ne peux qu'acquiescer. La société doit vraiment bien se porter pour se permettre d'offrir un tel confort à ses employés.

Nous franchissons le seuil de l'établissement. Une charmante hôtesse très souriante nous attend à l'accueil. Après nous avoir retrouvés sur son ordinateur, elle nous délivre nos passes et nous informe que nous avons un accès illimité au restaurant. La piscine chauffée est également disponible, mais je n'ai pas pris mon maillot. Qui songerait à emporter son maillot de bain pour un week-end au ski ?

Probablement ceux qui s'offrent un séjour dans un trois-étoiles ou en spa…

Ce n'est pas mon cas. J'ai abandonné l'idée du spa en vacances le jour où j'ai accouché de Mathis. Certains diraient que je me prive beaucoup trop pour mon fils, et bla-bla-bla.

Au moment où nous gagnons un des ascenseurs de l'hôtel, deux hommes quittent le restaurant sur notre droite.

— Gabriel ! s'écrie Julia. Tu es déjà là ?

Je grince des dents. Moi qui espérais retarder un max le moment où je tomberais face à mon collègue, voilà qu'il se pointe à peine cinq minutes après notre arrivée. Vêtu d'un jean noir et d'un pull beige, il domine de sa haute taille et de sa prestance tous les autres clients qui passent près de lui. Ses cheveux blonds sont parfaitement peignés, sa légère barbe – qu'il rase habituellement – ombre son menton d'une manière flatteuse, et même son expression étonnée lui donne du charme. Ce mec est une couverture de magazine ambulante.

Il me fait aussitôt penser au prince du film d'animation *Shrek 2*, celui qui tente de voler Fiona à l'ogre. Comment s'appelle-t-il déjà ? Charmant ! Quelle ironie !

Un homme se trouve à ses côtés, assez grand lui aussi, mais de type plus méditerranéen, les cheveux bruns et la peau mate. Waouh, c'est une bombe ! Je perds un instant mon souffle et je dois me forcer à détourner les yeux du sourire *ultra white* qu'il nous adresse. Et voilà, je sens que je vais tomber amoureuse, encore. Oui, oui, d'un seul regard, j'en suis tout à fait capable !

— Hey, salut ! s'exclame finalement Gabriel. Vous êtes les premiers arrivés.

— Non, pas les premiers apparemment, commente Julia.

Il balaie sa remarque d'un mouvement de la main.

— On a roulé toute la nuit.

Quoi ? Mais ils sont malades ? Tout ça pour être là avant tout le monde. Gabriel et son besoin compulsif d'être toujours le premier.

— Toute la nuit ! Vous êtes arrivés à quelle heure ?

— À peu de choses près, six heures. On espérait profiter à fond de cette première journée.

Je hausse un sourcil.

— Et alors, les pistes sont bonnes ?

Il pose ses prunelles sur moi pour la première fois et son expression change aussitôt. D'avenante, elle devient froide, presque glaciale. Eh, oh, si quelqu'un ici doit être furax, c'est bien moi ! Son pote éclate de rire et répond à sa place.

— Aucune idée, on a roupillé toute la matinée et, là, on sort à peine de table.

Je me retiens de lever les yeux au ciel. C'était bien la peine de conduire toute la nuit…

Hey, minute, il vient de dire « *on* a roupillé » ? Est-ce qu'ils sont en couple ? Merde, voilà qui ruine tous mes espoirs concernant le magnifique mâle brun.

Ils sont trop beaux tous les deux, il y avait forcément anguille sous roche.

Gabriel semble se ressaisir et me présente.

— João, voici ma collègue Clémence, et tu as déjà rencontré Julia et son mari Maxence l'année dernière. Clémence, mon ami, João Dos Santos.

L'ami en question me tend une large paume dans laquelle je niche la mienne. Waouh, sa peau est chaude ! J'ai envie de me coller à lui.

Non mais tu déraillles complètement, ma vieille !

Heureusement que ma conscience est là pour remettre mon cœur d'artichaut à sa place. Je murmure un « enchanté » un peu trop timide à mon goût et note que Gabriel, lui, ne me tend pas sa main. Quelle mouche le pique ? J'ai fait tout ce qu'il a voulu, rempli son foutu formulaire, déposé mon fils chez ma sœur, fait farter mes vieux skis, chargé ma valise de pulls bien chauds et me voilà à Tignes, alors que j'aurais pu me faire porter pâle au dernier moment et tout annuler sans que cela affecte le séjour de qui que ce soit. Après tout, c'est la saison des gastros et l'excuse inventée pour Mat aurait tout à fait pu fonctionner pour moi aussi. Et pourtant, je suis là. J'en suis la première surprise, mais une part de moi se refusait à laisser Gabriel gagner.

C'est d'ailleurs peut-être pour cette raison qu'il fait la gueule : il espérait que je ne viendrais pas. Après tout, il n'avait besoin que de ma signature sur son maudit formulaire, et ma présence ici ne semble finalement pas du tout le réjouir. J'en ressens tout à coup une joie sadique.

Tu voulais que je vienne ? Eh bien, je suis là, mon grand, faut faire avec à présent.

— Oh, eh bien, si vous voulez bien nous attendre, nous irons sur les pistes ensemble, lance Julia avec enthousiasme.

Je la foudroie du regard. Mais qu'est-ce qui lui prend ? Moi, sur les pistes avec Charmant ? Elle veut ma mort, ou quoi ? Si je suis secrètement ravie que ma présence le dérange, je n'ai aucune envie de passer cette première journée avec lui ! Et ce, même si son pote – ou amant – chaud bouillant nous accompagne.

— Je récupère vos abonnements si vous voulez, propose Gabriel. Je les ai fait faire avant le séjour. On se retrouve au funiculaire.

Décidément, il est bien pressé de chausser ses skis. Julia et Maxence approuvent et je hoche la tête, muette de dépit. Je pourrais tout à fait refuser, prétexter que je suis fatiguée et que je veux me reposer un peu, mais j'ai roupillé presque tout le long du trajet. Il faut dire que nous sommes partis à six heures du mat et que j'avais à peine dormi, trop nerveuse de passer ces quelques jours loin de Mathis.

Charmant et son pote nous saluent et se dirigent vers la sortie de l'hôtel.

— Aller skier avec eux ? T'es sérieuse ?

Mon sifflement furieux a l'air de surprendre Julia.

— C'est pour ça qu'on est ici, non ? Faire en sorte que tu rentres dans les bonnes grâces du fils du patron. Et c'est loin d'être gagné, vu la façon dont il te regarde. Qu'est-ce que tu lui as fait encore ?

L'ascenseur qu'a rappelé Maxence vient d'arriver et nous nous tassons à l'intérieur.

— Mais rien du tout ! Je ne lui ai pas adressé la parole depuis trois semaines !

— C'est peut-être ça le problème. Gabriel n'est pas de ceux qu'on ignore, réplique ma collègue.

Je lève les yeux au ciel.

— Et ce pote, est-ce qu'ils sont… en couple ?

Julia me dévisage avant d'éclater de rire.

— Non, non, pas que je sache. Il était là l'année dernière aussi, c'est son meilleur ami, d'après ce que j'ai compris.

Humm, intéressant.

— Non, non, ôte-toi tout de suite cette idée de la tête, il est marié.

Eh merde, y a toujours un couac.

— Quelle idée ? Je n'ai aucune idée dans la tête.

Mon air innocent ne prend pas et le son du rire de Maxence remplit l'ascenseur.

— On te connaît par cœur, Clem. Toi et tes délires de prince charmant.

— Des délires ? Tu n'as qu'à dire ça à Cendrillon.

Nous venons d'atteindre le troisième étage et gagnons nos chambres respectives.

— Allez, enfile ta plus belle combi de ski et rejoins-nous sur le parking dans un quart d'heure, m'ordonne Julia.

Je marmonne un « oui, maman » et m'enferme dans ma chambre. La pièce est agréable, spacieuse, bien décorée, mais je n'en profite pas le moins du monde puisque je rumine déjà la journée d'enfer qui m'attend. J'abandonne ma valise dans un coin et m'assieds sur le lit – très confortable au demeurant. Si j'adore jouer dans la neige avec mon fils, observer les décors féeriques en cette période de l'année et me balader en raquettes, je n'aime pas skier.

Petite, je passais presque toutes mes vacances d'hiver chez mes grands-parents, en Auvergne, dans leur chalet au pied des pistes de ski du Mont-Dore. Mes cousins étaient férus de sports d'hiver, nous nous lancions dans de véritables compétitions de ski, allant jusqu'à prendre des risques inconsidérés en quittant plus souvent qu'à notre tour les pistes balisées. L'insouciance bienheureuse de la bande d'ados que nous étions a pris fin le jour où l'une d'entre nous s'est blessée.

Je me souviens de ce moment, gravé à tout jamais dans ma mémoire, et un frisson me parcourt de la tête aux pieds. J'entends encore les cris de douleur, je ressens la panique, la peur…

Une crise d'angoisse se profile à l'horizon, j'inspire profondément et sors mon portable de mon sac à main pour envoyer un message à ma sœur.

Moi : Nous sommes bien arrivés. Est-ce que tout va bien ?

Elle ne met que deux minutes à me répondre.

Aurore : *Yes*, ton fils vient de se prendre la pâtée sur la Switch à *Mario Kart*.

Je lève les yeux au ciel.

Moi : Luc pourrait le laisser gagner de temps en temps, ce n'est qu'un enfant.

Aurore : C'est moi qui lui ai mis la pâtée ! Le laisser gagner ? Et puis quoi encore ? Il doit apprendre la dure loi

de la vie.

Moi : En jouant à la console ?

Aurore : Tout à fait ! Alors, y a de la neige ?

Pour toute réponse, je m'approche de la fenêtre, notant au passage que la chambre est munie d'un petit balcon, et prends une photo du site magnifique pour la lui envoyer.

Aurore : Waouh ! Luc dit que c'est un panorama très instagrammable.

Une fois encore, je lève les yeux au ciel. Mon beau-frère est un influenceur dans son domaine – celui du jeu vidéo – et passe beaucoup trop de temps sur les réseaux sociaux.

Aurore : Tu vas skier ?

J'inspire profondément.

Moi : Yep. On m'attend déjà au pied des pistes.

Aurore : Qui ?

Moi : Mon abruti de collègue et son pote.

Aurore : Petite bite ?

Un rire franchit mes lèvres et j'envoie une émoticône qui se marre. Ma sœur a toujours le don de dire ce qu'il faut pour me remonter le moral.

Aurore : Ne tombe pas amoureuse de son pote !

J'écarquille les yeux.

Moi : Je ne t'ai même pas parlé de lui !

Aurore : Ouais, mais je te connais ! Pas de conte de fées à la noix ! Le seul conte auquel tu as droit de songer, c'est celui du père Noël.

Exaspérée, je secoue la tête. C'est facile pour elle de dire une chose pareille : elle a déjà trouvé son prince charmant.

Moi : Mouais, j'vais essayer. Je vous appelle ce soir, embrasse mon bébé pour moi.

Aurore : Ah d'accord, donc le bébé a droit à un baiser et pas moi ? Je suis vexée ! ☹

Moi : Je t'embrasserai quand tu laisseras mon fils gagner une partie de console face à toi.

Aurore : Même pas en rêve ! Bon ski, et ne tombe pas !

Moi : J'vais essayer.

Le sourire aux lèvres, je range mon portable dans ma poche et observe de nouveau la vue qui s'étale sous mes yeux. Il faut bien l'avouer, le paysage est à couper le souffle. J'ai toujours aimé l'hiver, peut-être parce que je suis née en février, et la neige a une vertu très particulière sur moi : elle m'apaise. Malgré tout, songer à l'activité qui m'attend fait remonter mon angoisse en flèche.

Nerveuse, je retourne à ma valise pour en tirer ma combinaison que j'enfile par-dessus mes vêtements. Il fait déjà un froid de canard dehors, je n'ose imaginer la température sur les hauteurs. Une paire de gants, un bonnet beige en grosse laine et des lunettes de soleil complètent ma tenue. Dans un sac à dos, je fourre mon portable, ma carte bleue et mes papiers d'identité, sans oublier un paquet de mouchoirs. On n'a jamais suffisamment de mouchoirs sur soi, d'autant plus quand le froid hivernal vous donne la goutte au nez.

Un miroir fixé au mur près de la porte de la salle de bains me renvoie mon reflet. Ma combi grise n'est pas de première jeunesse, mais elle est encore en parfait état et me va à ravir. Il faut dire que je n'ai pas pris un gramme depuis des années, et ce n'est pourtant pas à mon hygiène de vie que je le dois. Je passe plus de temps à réchauffer des plats tout préparés qu'à me mettre derrière les fourneaux, pour le plus grand plaisir de mon fils qui trouve que ma cuisine laisse à désirer. Malgré tout, je rentre toujours dans mon jean en taille trente-huit, et si mon bassin n'avait pas gardé des traces de ma grossesse, je pourrais descendre au trente-six. Ma mère dit que le stress et mon rythme de vie me bouffent de l'intérieur et m'empêchent de grossir, elle a peut-être raison.

Quoi qu'il en soit, du haut de mon mètre soixante, attifée de ma combinaison, de mon bonnet et de mes larges lunettes de soleil, je peux facilement passer pour une ado. Cette pensée me fait sourire. Qui aurait cru qu'une vieille combi de ski me ferait l'effet d'une cure de jouvence ?

Amusée, je finis par quitter la chambre pour rejoindre Julia et son mari, qui doivent certainement déjà m'attendre près de leur monospace.

Mission du jour : ne pas me casser la figure, et encore moins devant Gabriel.

Ce prétentieux serait bien trop heureux de me voir m'étaler

dans la poudreuse. Je ne lui ferai pas ce petit plaisir, c'est hors de question !

Mais d'où te vient cet esprit de battante tout à coup ?

Probablement de ma sœur. Apparemment, elle n'est pas la seule à vouloir remporter la victoire aujourd'hui.

Chapitre 13

Gabriel

— Alors, qu'est-ce qu'elle t'a fait ?

Je me tourne vers João installé sur le siège passager. Nous avons récupéré les abonnements pour le télésiège et nous attendons Julia, son mari et Clémence sur le parking en bas des pistes.

— Qui ça ?

Mon pote lève les yeux au ciel.

— Ta collègue, la plus petite des deux, celle qui ressemble à une souris timide.

Clémence ? Une souris timide ? On voit bien qu'il ne la connaît pas.

— Crois-moi, ne te fie pas aux apparences, elle est loin d'être celle que tu penses.

— Oh, oh, je sens de la rancœur.

— Non, aucune.

— Ne mens pas ! Je t'ai vu te fermer comme une huître pas fraîche dès qu'elle a franchi ton champ de vision.

— Je t'interdis de me traiter d'huître pas fraîche !

João éclate de rire.

— Ne change pas de sujet ! Qu'est-ce qu'elle t'a fait ?

Je soupire et laisse ma tête reposer contre mon siège.

— Elle m'a traité de connard.

— Et alors ? C'est loin d'être la première, et ce ne sera certainement pas la dernière.

— Elle l'a fait devant toutes mes collègues de travail.

— Ah… Raconte.

Sans me faire prier, je m'exécute, allant même jusqu'à lui rapporter ma visite chez Clémence. Contre toute attente, alors que je pensais qu'il prendrait ma défense face à cette furie, il s'esclaffe.

— Tu es un sombre connard, cette fille a raison.

— Quoi ? Mais pas du tout ! Je n'ai fait que mon taf, et si elle avait été au bureau au moment où les clients sont venus, elle aurait pu me dire de ne pas leur proposer cette maison, que c'était son exclusivité.

João me lance un regard exaspéré.

— Elle était probablement en train de s'occuper de son fils au moment où tu lui piquais son exclusivité, imbécile !

Je lève les yeux au ciel.

— Épargne-moi le refrain de la mère célibataire, s'il te plaît.

— Elle est mère célibataire en plus ?

Son expression effarée fait naître un sentiment étrange en moi. Est-ce que ce serait… de la culpabilité ?

— Oh, ça va, à t'entendre, on dirait que j'ai volé une vente à Marie Curie !

— Pourquoi Marie Curie ?

— J'en sais rien, ça sonnait bien. Enfin, tout ça pour dire que c'est pas une sainte, non plus. Avec ses petits airs de Mme Parfaite, elle n'hésite pas à démarcher les clients de ses collègues.

C'est un mensonge, bien sûr. J'essaie juste de justifier ma conduite injustifiable et João s'en doute immédiatement. Un sourcil levé, il me demande :

— Elle t'a déjà fait du tort ?

— À moi, non, mais…

Il éclate de rire.

— Bon, alors qu'est-ce qu'elle t'a fait ? Parce que te traiter de connard ne méritait certainement pas que tu lui fasses du chantage pour qu'elle participe à ce week-end, et encore moins que tu lui jettes le genre de regard que tu lui as lancé tout à l'heure.

Je ferme les yeux et secoue la tête.

— J'en sais rien. Elle m'énerve, c'est tout. Elle est trop… parfaite.

— C'est toi qui dis ça ?

— Je suis pas parfait. Je donne simplement l'illusion de l'être.

Ouais, une illusion qui cache bien mes défauts. João me sourit.

— Eh bien, peut-être qu'elle aussi n'est qu'une illusion. Ils sont là, affûte ton plus beau sourire et arrête de faire ta tête de con.

Moi, une tête de con ? Jamais !

La bonne blague.

Maxence, le mari de Julia, vient de garer son monospace à quelques places de nous. L'avantage de skier à cette époque de l'année, c'est que les stations ne sont pas encore prises d'assaut par les touristes, et l'endroit est relativement calme. Le parking en atteste à lui seul : il est loin d'être blindé comme il peut l'être en pleine période de vacances de février.

Nous récupérons notre équipement avant de les rejoindre. Pour l'occasion, j'ai dû sacrifier le style de la Mercedes et y ajouter un coffre de toit pour y ranger nos snowboards. Une Merco avec un coffre de toit, un sacrilège aux yeux de beaucoup d'amoureux de l'automobile, mais un mal nécessaire pour ce séjour.

De l'autre côté du parking, nos compagnons ont déjà tout leur barda et je constate que Maxence a également un snow, tandis que les deux femmes ont opté pour une paire de skis plus classique. Mon regard tombe sur Clémence qui enfile un petit sac à dos sur ses épaules.

Ses skis ne sont pas de première jeunesse, tout comme ses bottes, et je me demande si sa combi ne date pas de son adolescence. D'ailleurs, c'est tout à fait de quoi elle a l'air : une ado avec son sac à dos rose et son bonnet à pompon beige. Rien à voir avec la furie qui m'a insulté devant tout le bureau.

— Mauvaise nouvelle, il est trop tard pour prendre le funiculaire aujourd'hui, on ne pourra pas monter sur le glacier de la Grande Motte, nous allons devoir nous contenter des télésièges, leur annonce João.

— Les télésièges sont ouverts ? s'étonne Julia.

Je réponds avec un large sourire vengeur en direction de Clémence.

— Toutes les stations sont ouvertes avec les chutes de neige exceptionnelles de ces dernières semaines. On peut skier à peu près partout dans le coin.

Ma collègue ne moufte pas et j'en suis presque déçu. João m'adresse un regard exaspéré et j'arbore un air innocent. Quoi ? J'ai même pas le droit de la piquer un peu ?

— Va pour le télésiège dans ce cas, lance Maxence, enthousiaste. J'avoue que je suis pas contre me faire quelques petites pistes avant de monter sur le glacier demain.

Ni une ni deux, nous sortons tous du parking. Toujours très sociable, João engage la conversation avec Julia et son mari. À quelle heure sont-ils partis ce matin ? Ont-ils fait bonne route ? Comment vont leurs enfants ?

Comment ça, *leurs* enfants ? Ah oui, Julia nous a baratinés durant des heures l'année dernière au sujet de ses jumeaux. Elle doit probablement y faire très souvent allusion au bureau également, mais je ne l'écoute pas.

En fait, je suis assez surpris par la capacité de João à se souvenir de ce genre de détails. Mon pote est comme ça, très observateur et très attentif aux personnes qui l'entourent. C'est loin d'être mon cas. Je laisse donc mon meilleur ami prendre en main la conversation et traîne un peu à l'arrière, non loin de Clémence.

Cette dernière est étonnamment silencieuse et je me demande si elle ne balise pas un peu. Les regards qu'elle jette autour d'elle m'ont l'air presque affolés.

— Alors, ça fait longtemps que tu n'as pas chaussé une paire de skis ?

C'est moi qui viens de lui poser cette question ? Mais pourquoi je lui parle ? Elle semble aussi étonnée que moi et me lance un regard surpris avant de détourner ses yeux bruns.

— Pas mal de temps, oui. En fait, je ne me souviens même plus quand j'ai dévalé une piste pour la dernière fois.

Sa voix est calme, douce, rien à voir avec ses agressions verbales d'il y a quelques semaines. Serions-nous sur le point d'enterrer la hache de guerre et de nous comporter comme des personnes civilisées ? L'avenir nous le dira.

— Clémence a passé toute son enfance au pied des pistes du Mont-Dore, en Auvergne, dans le Puy-de-Dôme, intervient Julia.

Son amie lui lance un regard sombre.

— Pas toute mon enfance, faut pas exagérer.

João ralentit pour se placer au niveau de la jeune femme.

— Le Mont-Dore ? J'ai descendu quelques pistes là-bas, c'est un coin très sympa, même si les volcans sont loin d'égaler en hauteur les glaciers de Tignes. Tu es originaire de la région ?

Elle secoue la tête.

— Ma mère, oui, mais j'ai toujours vécu en région Centre. Ce sont mes grands-parents qui habitaient au cœur du massif du Sancy, j'allais passer presque toutes mes vacances chez eux.

Le massif du Sancy ? J'en ai déjà entendu parler, mais je n'y suis encore jamais allé. Alors, elle ne mentait pas quand elle m'a affirmé qu'elle savait skier. D'ailleurs, son équipement le prouve bien – quoiqu'elle aurait pu emprunter son matos à une amie.

— Du coup, les sports d'hiver, ça te connaît.

Elle se tourne de nouveau vers moi et je lis la surprise dans ses yeux. Elle n'arrive visiblement pas à croire que je m'adresse vraiment à elle. Finalement, j'ai peut-être un peu trop fait ma tête de con avec elle.

— Assez, oui. Mais, depuis quelques années, c'est plutôt luge et bataille de boules de neige.

— Tu n'as toujours pas appris à Mathis à skier ? lui demande Maxence.

— Non, et je n'en ai pas particulièrement envie. J'essaie de limiter mes visites aux urgences.

João me jette un regard interrogateur et je lui souffle :

— Mathis, c'est son fils.

Étonnant que je me souvienne du prénom du gamin. D'ailleurs, je me rappelle même son visage et le son de sa voix lorsqu'il m'a salué quelques semaines plus tôt. Je ne suis pourtant pas particulièrement physionomiste.

Pour être physionomiste, il faut s'intéresser aux gens...

Je fais taire cette petite voix moqueuse et écoute d'une oreille la conversation des autres. Clémence lance des regards curieux en direction de João. Est-ce qu'il lui plaît ? Nan, je m'imagine des trucs ! Mme Parfaite n'est pas du genre à avoir un crush. Je connais un peu sa façon de travailler, très méthodique, qui ne laisse rien au hasard, et d'après moi, le travail reflète bien souvent la personnalité profonde d'un individu. Elle serait plutôt du style à décortiquer un homme sous tous les angles avant de décider si, oui ou non, il est apte à entrer dans sa vie. C'est peut-être ce qu'elle est en train de faire avec mon pote d'ailleurs.

Je fronce les sourcils ; bizarrement, cette idée ne me plaît pas. Je n'ai même pas envie d'imaginer qu'il puisse se passer quelque chose entre ces deux-là. Est-ce que c'est la raison qui me pousse à m'intercaler entre eux au moment de monter dans le télésiège ? Probablement.

Une fois en hauteur, le vent nous fouette le visage et je prends une profonde bouffée d'air frais.

— C'est magnifique, s'extasie Clémence.

Assise à mes côtés, elle regarde tout ce qui l'entoure avec des yeux émerveillés. Je ne m'attendais pas à ce qu'elle témoigne de l'enthousiasme, elle semblait tellement réticente à l'idée de ce week-end.

— Je t'avais dit que le décor valait le déplacement.

Elle acquiesce à la remarque de Julia. C'est vrai que le panorama est sensationnel. Habituellement, si tôt dans l'année, seuls les monts sont véritablement enneigés, mais cette année, une épaisse couche de poudreuse recouvre tous les reliefs, même les plus bas en altitude.

— J'adore la neige, murmure-t-elle. Une fois en haut des pistes, je prendrai une photo pour Mathis.

— Tu aurais dû l'emmener, lui dit son amie.

Elle secoue la tête.

— Il ne sait pas skier et… un week-end, c'est vraiment court pour lui, c'est beaucoup d'organisation, deux jours de déscolarisation et beaucoup de route.

J'écoute la conversation entre les deux femmes sans intervenir. J'ai comme l'impression que Clémence est une maman très protectrice. Cela dit, je ne suis pas déçu qu'elle ne soit pas venue avec son fils. Même si le gamin m'a l'air bien élevé – pour le peu que j'aie pu en juger –, je ne suis pas fan des gosses et j'ai remarqué qu'ils sont souvent surexcités au moindre flocon de neige.

Et alors ? Ce n'est pas comme si tu avais prévu de passer le week-end exclusivement avec Clémence…

C'est vrai. Si son marmot s'était joint à elle, je les aurais tout simplement évités et cela n'aurait pas été un problème. Mes pensées se contredisent elles-mêmes aujourd'hui, qu'est-ce qu'il m'arrive ?

La fatigue du trajet.

Oui, probablement. Je chasse ma collègue de travail de mon esprit – difficile quand son parfum fruité me caresse le visage à chaque mouvement du télésiège – et me concentre sur les pistes. Après tout, c'est pour cela que je suis là, non ? Skier, profiter du site et me vider la tête, rien de plus.

Chapitre 14

Clémence

Je range mon téléphone dans mon sac à dos après avoir pris une série de clichés du paysage qui m'entoure. Même si j'adore l'Auvergne et les volcans, où j'ai l'habitude de passer mes vacances, ce dépaysement est finalement le bienvenu et je suis ravie de découvrir de nouveaux horizons. Il faudra que j'emmène Mathis ici, j'imagine déjà sa réaction et je vois les étoiles dans ses yeux.

Mon fils me manque.

C'est terrible, j'ai l'impression d'être une mère hyper possessive et incapable de se sevrer de la présence de son enfant, mais c'est comme ça.

— J'espère que tout se passe bien avec les jumeaux et tes parents, souffle discrètement Julia à Maxence.

— J'en suis certain. Nous les appellerons tout à l'heure si tu veux.

Je souris intérieurement. Finalement, il y a deux mamans angoissées, ce week-end. Malgré tout, je me sens un peu seule, perdue, différente, comme si j'avais laissé un morceau de moi à Blois – et c'est d'ailleurs un peu le cas d'une certaine façon.

— Vous êtes prêtes, les filles ? nous lance João, l'ami chaud bouillant de Gabriel.

Il a, pour sa part, déjà chaussé son snow, à l'image de mon collègue de travail qui ne cache pas son impatience de dévaler cette première piste.

— Pas la peine de nous attendre, nous allons tous au même endroit, fit remarquer Julia.

Gabriel lui adresse un sourire charmeur.

— On sait jamais, si vous tombez, mieux vaut qu'on reste près les uns des autres.

Je manque de m'étouffer.

— Et qui te dit qu'on va tomber ?

Il hausse les épaules.

— Une intuition.

Je serre les poings et m'apprête à répliquer, mais un coup de coude de Julia m'en empêche. Ne pas m'engueuler avec Gabriel, c'est ma seule obligation du week-end. Mais il me cherche ! Son regard est braqué sur moi et, même s'il porte de larges lunettes teintées, je devine la provocation dans ses yeux.

Je pince les lèvres, ajuste mon bonnet, enfile mes lunettes de soleil – oui, je n'ai pas de lunettes de ski à la dernière mode, mais une simple paire de Ray-Ban qui fera bien l'affaire – et chausse mes skis en ravalant toutes les répliques que j'aimerais lui balancer au visage.

Sûre de moi, je lance :

— Le premier qui tombe paie l'apéro à tout le monde ce soir.

— Vendu ! s'exclame João avec enthousiasme en m'adressant un clin d'œil complice.

Un clin d'œil ! J'ai le palpitant qui s'affole.

Calme-toi, espèce de midinette en chaleur !

La voix de ma sœur qui retentit dans mon crâne me fait l'effet d'une douche froide. Contrairement à moi, Aurore ne s'est jamais entichée d'un type à cause d'un sourire un peu trop charmeur ou… d'un clin d'œil. Ma tendance à tomber en pâmoison devant le premier qui me témoigne un peu d'intérêt l'exaspère. D'un autre côté, elle-même s'est toujours comportée de façon tellement sélective avec les mecs qu'elle a failli rater l'homme de sa vie. Heureusement que sa grande sœur, un peu trop romantique, lui a remis les idées en place au bon moment !

Oui, je m'attribue une partie du mérite de la réussite de la vie amoureuse de ma sœur, à défaut de la mienne. Mon altruisme me perdra.

Maxence et Gabriel s'élancent déjà sur la piste, João sur leurs talons. Julia se rapproche de moi et je lui confie :

— Je fais la maligne, mais j'ai un ski qui se déchausse à la moindre bosse.

Elle s'esclaffe.

— Alors, pour moi, ce soir, ce sera mojito.

Je la foudroie du regard.

— Merci pour ta foi en mes capacités !

D'un coup de bâton, elle s'éloigne en riant et je lui emboîte le pas, ou plutôt le ski, ou le bâton, enfin, je la suis, quoi. La piste n'est pas très difficile et je retrouve vite mes vieux réflexes, malgré tout je sens que je serai toute courbaturée demain matin. Le glacier, ce sera probablement sans moi. Loin devant, j'aperçois la combinaison rouge de Maxence, la bleue de João et celle – beaucoup plus sobre et certainement bien plus chère – noir et blanc de Gabriel. Les trois hommes n'hésitent pas à s'écarter un peu de la piste pour profiter des petites bosses qui leur servent de tremplin et enchaîner les sauts. Maxence effectue même quelques figures que je salue d'un sifflement.

— Waouh, ton homme assure !

Julia sourit.

— Oh oui, et il n'y a pas qu'au snow qu'il saute bien, si tu vois ce que je veux dire.

J'ouvre en grand la bouche, comme une ahurie. Même si nous sommes plutôt proches, Julia ne m'a jamais fait d'allusions sur sa vie sexuelle. Elle n'est pas le genre d'amie qui se confie sur son intimité, mais plutôt le genre de celles qui écoutent. Mais je peux, moi aussi, être de celles qui écoutent, d'autant plus lorsque le sujet est si intéressant.

— Alors là, tu m'intrigues, dis-m'en plus !

Elle m'adresse un petit clin d'œil espiègle.

— Eh bien, disons qu'il est plutôt insatiable.

— Waouh ! Maxence ? On ne s'en douterait pas, il est si… discret !

— Il faut se méfier de l'eau qui dort.

Nous échangeons un regard complice et nous nous mettons à rire. Une certaine insouciance monte en moi. Pour la première fois depuis des années, je me retrouve seule, célibataire, libre comme l'air, plaisantant avec une amie sans avoir à m'inquiéter de ce que je vais préparer pour le dîner ou du nombre de machines à laver qu'il me reste à faire.

Mathis me manque toujours, c'est un fait, mais je me sens soudain plus légère sans le poids de la maternité.

— Et le beau brun, tu crois que c'est une eau qui dort ?

Julia soupire.

— Arrête de le mater ! Je t'ai dit qu'il était marié !

Je hausse les épaules.

— Et alors ? Ce n'est pas parce que je consulte le menu que je vais commander !

Elle se met à rire et se rapproche de moi d'un air de confidente. Nous traînons volontairement à l'arrière et beaucoup de skieurs nous dépassent à toute allure.

— Je ne sais pas ce qu'il en est du beau brun, mais il paraît que Gabriel est chaud bouillant.

Je manque de m'étaler dans la neige et me rattrape in extremis en m'écriant :

— C'est une information dont je me moque éperdument !

— Tu t'en moques tellement que tu as failli tomber de surprise.

Elle se fiche de moi.

— Parce que je n'ai aucune envie de m'imaginer ce petit con au lit ! D'ailleurs, comment tu peux savoir un truc pareil ?

— Je croyais que cette information ne t'intéressait pas ?

Son air vainqueur mériterait que je la pousse dans la neige. Nous dévalons quelques mètres supplémentaires avant qu'elle ne lâche le morceau.

— C'est Catherine, une des agentes de Blois, qui me l'a dit. En fait, lors de notre séjour l'année dernière, Gab et elle se sont accordé un interlude sexuel dans le Jacuzzi de l'hôtel.

Gab ? Depuis quand mon amie appelle-t-elle mon pire

ennemi Gab ?

— Pourquoi est-ce qu'elle t'a raconté ça ? Tu la connais bien ?

Je suis peut-être vieux jeu, mais je trouve ce genre de révélation suffisamment intime pour ne la confier qu'à une personne proche.

— Non, elle en a juste parlé à tout le monde.

— Waouh, la grande classe.

Julia acquiesce en riant.

— Je crois qu'elle espérait quelque chose de plus qu'un simple coup vite fait dans le Jacuzzi, mais elle en a été pour ses frais. D'après João, Gab ne se case avec personne.

Je fronce le nez.

— Sa Majesté est trop bien pour le commun des mortels, probablement. Et depuis quand tu l'appelles Gab ? C'est devenu ton pote ?

Julia soupire et me lance un regard que je devine exaspéré derrière ses lunettes de ski.

— Tout le monde l'appelle Gab, Clem, il serait temps que tu t'en rendes compte ! Et tu sais, il n'est pas si désagréable que ça. Bon, c'est vrai que c'est un connard égoïste la plupart du temps, mais il lui arrive d'être drôle et sympa en dehors du travail.

Effarée, je me tourne vers elle dans une glissade à peine contrôlée qui manque de me propulser dans la poudreuse. Loin devant nous, j'entends les trois hommes me siffler en riant, ils espéraient visiblement me voir finir les fesses dans la neige. Loupé, les gars, je ne vous rincerai pas toute la soirée au bar.

Du calme, tu n'es pas encore en bas de la piste.

— Parce que tu le fréquentes en dehors du travail ?

Ma question sonne comme un reproche. Julia s'est immobilisée et pousse un profond soupir.

— Oui, chaque fois que le comité organise une soirée.

— Oh…

Comme je ne participe pas très souvent à ces fameuses soirées, je n'ai pas pu la voir discuter avec le beau blond de l'agence. Les imaginer tous les deux en train de passer un bon moment m'énerve un peu.

Pourquoi ?

Est-ce que j'ai peur que Gabriel retourne Julia contre moi, ou qu'il me vole mon amie, comme il m'a volé ma vente quelques semaines plus tôt ?

Tu deviens parano.

Oui, probablement.

— Relax, Clem, je ne suis pas pote avec lui !

Ma voix est boudeuse lorsque nous reprenons notre descente.

— Si, je vois bien que tu me fais des infidélités avec le diable de la boîte.

Elle se met à rire.

— *Gabriel*, c'est pas plutôt un nom d'ange ?

— Un ange diabolique dans ce cas.

— Tu exagères.

Oui, peut-être, ou pas. Nous sommes à mi-chemin de la piste et je profite pleinement du paysage.

— Cet endroit est vraiment beau.

— Plus beau que ton Auvergne ?

— Bien sûr que non ! Mais j'avoue qu'il y a tout de même un potentiel.

À mes yeux, aucune montagne, aussi magnifique soit-elle, ne peut rivaliser avec l'Auvergne.

C'est une région que je porte dans mon cœur avant tout pour tous les bons moments en famille que j'y ai vécus. Elle rit et je note qu'elle est à peine essoufflée, alors que de mon côté je respire comme une asthmatique sur le point de rendre l'âme.

Seigneur, je ne vais pas survivre à ce week-end.

Je lève les yeux et cherche du regard les trois hommes qui nous devancent largement. Ils ont encore quitté la piste pour faire quelques figures à l'écart et je remarque que Gabriel ne se débrouille pas si mal. Hors de question d'en faire le commentaire cela dit, je ne voudrais pas laisser croire que je lui trouve la moindre qualité.

Oui, je réagis comme une gamine rancunière, mais c'est dans ma nature. Je peux être la personne la plus adorable qui soit, mais, le jour où quelqu'un me déçoit ou me trahit, je me transforme en une connasse froide et implacable – du moins, c'est ainsi que me définit Aurore et je pense qu'elle est celle qui me connaît le mieux sur cette planète. Gabriel n'est donc pas près de quitter ma liste noire, aussi beau soit-il dans sa combinaison de ski hors de prix.

— Pause ! me lance soudain Julia.

Je m'arrête et lui jette un regard interrogateur. Pliée en deux, elle appuie sur ses côtes.

— Point de côté.

Ah, moi qui ne la trouvais pas essoufflée…

— Ça arrive aux meilleurs d'entre nous.

Elle lâche un rire haché en hyperventilant. Plusieurs personnes nous dépassent, certaines à ski, d'autres à snow. Je remarque qu'il y a beaucoup d'enfants sur la piste et m'en étonne. Ce ne sont pourtant pas les vacances scolaires, tous ces gosses devraient être en classe !

Du calme, Miss Discipline !

Ce ne sont pas tes gosses et tu es mal placée pour critiquer, le tien est probablement en train de se goinfrer de bonbons à l'heure qu'il est, confortablement installé sur le canapé d'Aurore, une manette entre les mains.

Cette idée m'arrache un sourire.

J'avoue que je me sens un peu coupable de ne pas l'avoir amené, mais je sais qu'il passe un super moment en compagnie de ma sœur et de mon beau-frère. Qui plus est, si je veux être totalement honnête avec moi, même si être loin de lui m'angoisse, ces quelques jours en solitaire vont me faire du bien.

Je suis bien consciente de ne pas m'accorder suffisamment de temps pour moi.

Mon regard se porte de nouveau vers nos trois compagnons masculins. Ils sont retournés sur la piste et j'ai l'impression que João a un problème avec son snow, il se déporte de plus en plus vers Gabriel jusqu'à ce que…

Un cri et des éclats de rire nous parviennent : le beau blond vient de plonger, tête la première, dans la poudreuse.

— Enfoiré, tu m'as poussé ! beugle-t-il à l'attention de son ami qui est plié en deux de rire.

Plusieurs personnes les dépassent et, un peu plus loin, un groupe de jeunes les sifflent en s'esclaffant. J'ai du mal à retenir mon exaltation.

— Finalement, ce n'est pas moi qui te paierai tes mojitos ce soir.

Julia hoche la tête.

— Et toi, qu'est-ce que tu prendras ?

Un large sourire fend mon visage en deux.

— Whisky, un bon dix-huit ans d'âge au minimum.

Chapitre 15

Clémence

Je jette un ultime regard à mon reflet et fronce le nez. Pour cette première soirée en compagnie de mes collègues de travail, j'ai opté pour la sobriété : jean slim noir, talons hauts et petit top en soie bleu marine. J'agrémente ma tenue d'un collier effet miroir en argent – cadeau de Noël de mes parents l'année dernière – et d'une veste de tailleur. Je ne serai probablement pas la plus élégante ce soir, mais je m'en moque. Je n'ai pas l'intention d'éblouir qui que ce soit, seulement de passer un bon moment en compagnie de Julia et Maxence.

Lorsque nous sommes rentrés des pistes, tous les autres employés de la société Dubret étaient arrivés. La plupart se trouvaient déjà dans leur chambre, mais certains discutaient autour d'un verre dans le bar de l'hôtel. Julia m'a présenté quelques têtes inconnues auxquelles j'ai offert un sourire aimable sans mémoriser le moindre nom. Engoncée dans ma combinaison, les joues encore rouges et les cheveux en bataille après avoir enlevé mon bonnet, je ne me sentais pas à mon avantage et n'avais qu'une hâte : filer sous la douche.

Je ne dirais pas que je suis du genre à toujours contrôler mon apparence, mais je préfère avoir l'air d'une humaine lorsque je rencontre pour la première fois de nouvelles personnes, ce qui n'était clairement pas le cas. L'image que je renvoie à présent me convient bien mieux. Peut-être que je suis un peu superficielle finalement. Et alors ? Chacun ses petits défauts.

J'ai pu discuter un peu avec Mathis et notre conversation, même si elle a été brève – Aurore et Luc avaient prévu une sortie cinéma –, m'a mis du baume au cœur. Mon fils passe de bons moments en compagnie de sa tante et de son oncle, et j'ai bien l'intention de faire de même ce soir.

Je quitte ma chambre et me dirige vers l'ascenseur. Julia et Maxence se trouvent probablement déjà au restaurant, et si ce n'est pas le cas, je les attendrai quelques instants au bar. Si j'ai d'abord eu peur de m'imposer – après tout, ils pourraient passer ce week-end en amoureux et pas avec un boulet de trente-deux ans qui leur colle aux basques –, Maxence m'a vite rassurée.

— Les discussions que nous avons habituellement à l'heure du dîner tournent autour des dessins affreux que les jumeaux s'obstinent à accrocher sur notre frigo. J'ai hâte d'avoir une conversation d'adultes, a-t-il déclaré.

Julia s'est mise à rire en acquiesçant.

Je suis un peu soulagée, je n'aurais pas aimé dîner seule ce soir. D'ailleurs, j'aurais certainement opté pour un service dans ma chambre, loin des regards curieux de nos collègues de travail. Car l'hôtel n'affiche pas complet à cette période de l'année et je me demande même si les employés de Dubret ne sont pas les seuls clients ce week-end.

Une porte s'ouvre quelque part derrière moi. Je jette un coup d'œil par-dessus mon épaule et retiens mon souffle : le beau João vient de quitter sa chambre. Inconsciemment – ou pas –, je ralentis l'allure.

Mais qu'est-ce que tu fais ?

Rien de mal ! Il est charmant et la perspective de me retrouver seule avec lui dans l'ascenseur n'est pas pour me déplaire.

Il est marié !

Oui, je sais ! Je n'ai pas dit que j'allais lui sauter dessus ! Je veux seulement profiter quelques secondes de son sourire ravageur et de son charisme sensuel.

Oh là là, mais tu t'écoutes ?

Bon sang, mais d'où provient cette voix ? Je deviens schizophrène, ou quoi ?

J'appelle l'ascenseur en priant pour que le beau brun arrive avant que les portes ne se verrouillent sur moi. Mais la porte de la chambre claque et, quand je risque un second regard en arrière, une pierre tombe dans mon estomac. Gabriel vient de sortir à son tour et emboîte le pas à son ami.

Eh merde...

Comme une idiote, j'avais oublié qu'ils partageaient tous les deux la chambre. S'il y a bien quelqu'un avec qui je n'ai pas envie de me retrouver dans un ascenseur, c'est Gabriel. Tout à coup, j'espère finalement que les portes auront le temps de se refermer sur moi avant que les deux hommes ne me rejoignent.

— Eh, Clem, tu nous retiens l'ascenseur, s'il te plaît ?

Remerde...

Impossible de faire celle qui n'a pas entendu, nous sommes seuls dans ce couloir. Je me retourne après être entrée dans la cabine et force un sourire en direction de Gabriel. Je lui ai pourtant dit qu'il n'avait pas le privilège de m'appeler Clem, mais il a l'air de s'en moquer cordialement.

— Oui, bien sûr.

Leur chambre se trouve à seulement quelques pas de là, et je n'ai pas besoin de retenir la porte avant qu'ils ne la franchissent. Même si la cage d'ascenseur est plutôt spacieuse, j'ai l'impression qu'elle vient de se rétrécir une fois qu'ils sont à l'intérieur.

— Tu dînes seule ? me demande aussitôt João après m'avoir rapidement détaillée de la tête aux pieds.

Ne rougis pas comme une ado !

Plus facile à dire qu'à faire.

— Non, je... je dois rejoindre Julia et Maxence au restaurant de l'hôtel.

J'ai failli bégayer comme une midinette. Mais qu'est-ce qu'il m'arrive ? Et pourquoi je fuis le regard de Gabriel qui, lui, m'observe sans la moindre gêne ? Quelque chose ne tourne pas rond chez moi ce soir, la fatigue de la journée me détraque le cerveau, je ne vois pas d'autre explication.

— Et vous deux, vous dînez ici ?

João échange un coup d'œil avec son pote, ils sont vraiment très complices.

— On va déjà prendre un verre ou deux au bar, on avisera ensuite, me répond-il.

Cette fois-ci, je braque mes prunelles sur Gabriel et le surprends… en train de mater mon décolleté ! Ses yeux se lèvent et rencontrent les miens. Il pourrait au moins paraître embarrassé ! Mais non, il se contente de m'observer d'un air un peu trop sérieux. Qu'est-ce qui lui prend ?

Entre son accueil glacial du début d'aprèm et ce matage en règle, je le trouve vraiment bizarre ! Jamais, au bureau, je ne l'ai vu plonger ses yeux dans mon décolleté.

Comme je le fixe depuis plusieurs secondes sans rien dire, il finit par hausser un sourcil interrogatif. J'ouvre la bouche :

— Tu me dois un verre, il me semble.

João lâche un éclat de rire.

— C'est vrai ! Tu es tombé !

Aussitôt, Charmant se renfrogne.

— Tu m'as poussé.

— Je t'ai à peine bousculé.

— J'étais en train d'envoyer un SMS, je n'étais pas concentré !

João se met à rire.

— Si tu n'as pas d'équilibre, ne monte pas sur un snow.

L'ascenseur vient d'atteindre le rez-de-chaussée et ils se chamaillent encore tandis que nous rejoignons le bar, séparé du restaurant par un claustra en bois qui donne un aspect à la fois élégant et chaleureux à la pièce. Les deux hommes se disputent toujours comme un vieux couple quand je jette un coup d'œil dans la salle de restaurant : personne. Julia et Maxence sont probablement dans leur chambre.

— Et à qui est-ce que tu envoyais un message, au juste ? À ta femme de ménage, pour lui demander de récurer derrière ton frigo ?

— Ta gueule, je lui ai donné congé pour le week-end.

Le rire de João retentit de nouveau et je souris. Gabriel a-t-il vraiment une femme de ménage ? Ou est-ce qu'il entre simplement dans le jeu de son ami ?

L'espace bar se compose d'un long comptoir en chêne derrière lequel s'alignent une multitude de bouteilles qui scintillent à la lueur des spots encastrés au plafond, et de quelques petites tables rondes autour desquelles quelques clients dégustent un apéritif.

João et Gabriel se dirigent vers les tabourets de bar et je leur emboîte le pas en écoutant leurs gamineries. Se rappellent-ils seulement que je suis là ? Au moment où je me pose cette question, Charmant tire un siège pour moi. Un geste de galanterie ? Cela ne lui ressemble pas, mais je l'accepte volontiers. Oui, je suis une féministe, toutefois je choisis mes combats et la galanterie n'est pas le mien.

Le barman s'avance déjà vers nous.

— Bonsoir, madame et messieurs, que désirez-vous boire ?

Les trois hommes se tournent vers moi. Waouh, trois regards mâles sur ma petite personne ! De quoi me donner des bouffées de chaleur ! D'autant plus que le serveur n'est pas mal non plus.

Ressaisis-toi, ils attendent juste que tu commandes ! Tu t'en souviens ? Bar, consommation, alcool...

Je me secoue mentalement et réfléchis à toute vitesse.

— Je prendrai un whisky.

J'ai l'impression de sentir le regard de Gabriel me brûler tellement il devient intense.

— Glenfiddich, Chivas, Aberlour ? débite le serveur avec un petit sourire en coin.

— Aberlour.

Les prunelles vertes du barman s'illuminent légèrement.

— Dix, douze ou dix-huit ans d'âge ?

Waouh, je ne m'attendais pas à ce qu'ils aient un tel choix ! Mais, après tout, je suis dans un trois-étoiles. J'observe Gabriel et je retiens un éclat de rire. Mon collègue a les lèvres entrouvertes et l'air ahuri. Est-ce que je vais oser prendre le plus cher ? João m'adresse un clin d'œil complice dans le dos de son ami.

— Dix-huit ans, s'il vous plaît.

Je suis sûre que Charmant a les moyens. Je précise une dernière chose à l'attention du barman.

— Sans glaçons, bien entendu.

Le rire de João s'élève encore une fois.

— Il ne faudrait pas le noyer ! s'exclame-t-il.

Toujours sous le choc, Gabriel commande un gin et son ami, un rhum. Tous deux pivotent vers moi tandis que le barman nous sert.

— Tu bois souvent du whisky sec ? m'interroge mon collègue. Ou c'est pour me faire payer ?

Il ne précise pas ce que je voudrais lui faire payer et je me demande si João connaît la véritable raison de ma présence ici.

— C'est mon apéritif favori. Même si j'ai rarement l'occasion de déguster un dix-huit ans d'âge.

Je ponctue ma phrase d'un clin d'œil et saisis le verre que me tend le barman avec un large sourire. Nous levons tous les trois nos consommations et trinquons à ce week-end hivernal. Je trempe mes lèvres et savoure le whisky. Délicieux, doux en bouche, boisé et malté, il glisse sur ma langue et coule dans ma gorge comme un feu brûlant et chaleureux. Je ferme un instant les paupières pour m'imprégner de ses arômes délicats et, quand je les rouvre, c'est pour découvrir les regards stupéfaits de Gabriel et João.

— Quoi ? Ne me dites pas que vous n'avez jamais vu une femme boire du whisky ?

Mon collègue secoue la tête.

— Jamais comme ça, en tout cas.

Je ne comprends pas sa remarque et me demande comment l'interpréter quand João change de sujet.

— Alors, Clémence, comment est-ce que tu as trouvé cette première piste ?

— Très agréable, je dois bien l'avouer. Mais je ne donne pas cher de ma peau demain. Je n'ai plus skié depuis des années et je pense que les courbatures seront terribles au réveil. J'ai déjà l'impression de sentir mes muscles s'ankyloser.

Le whisky me réchauffe et mes pommettes s'enflamment. J'espère qu'ils ne s'en rendront pas compte. L'alcool a tendance à me faire rougir à la première gorgée, un effet secondaire que je déteste et qui me donne l'air déjà bourré alors que je n'ai descendu qu'un seul verre.

— Je ne connais qu'un remède pour éviter les courbatures : faire un plongeon dans l'un des Jacuzzi de l'hôtel, déclare Gabriel.

Je grimace.

— Le Jacuzzi ? Ce n'est pas trop mon délire, j'ai l'impression de perdre mon temps à ne rien faire.

— Tu ne fais pas rien, tu te détends.

— Se détendre ne fait pas partie de mon vocabulaire de mère célibataire.

Hum, on dirait que le whisky est plus fort qu'il n'y paraît, deux petites gorgées et je me plains déjà de ma vie.

— Mais l'enfant n'est pas là, remarque João. C'est l'occasion ou jamais.

Est-ce que c'est une proposition ?

Marié !!!! Combien de fois faudra-t-il te le rappeler ?

Malgré moi, mon regard tombe sur les mains du jeune homme. Aucune alliance en vue, étrange…

Et alors ? Plein d'hommes mariés n'arborent pas d'alliance. Certains par choix, d'autres pour ne pas se blesser au travail, d'autres encore la portent autour du cou…

Décidément, ma conscience ne lâche pas l'affaire.

C'est toi qui devrais lâcher l'affaire.

Et voilà que je me remets à me disputer avec ma voix intérieure. Navrant.

— Si ça peut t'éviter les courbatures demain, tu ne devrais pas hésiter, insiste Gabriel.

Je plisse les paupières, suspicieuse.

— Toi, tu tiens vraiment à me voir tomber sur une piste.

Il m'adresse un sourire par-dessus son verre.

— C'est mon seul objectif du week-end.

Son air canaille me coupe le souffle. Merde, Charmant est vraiment beau, dommage qu'il soit aussi con. Oui, j'ai la rancune tenace et elle noircit clairement le portrait de mon collègue à mes yeux.

— Quel acharnement ! commente João.

Gabriel hausse les épaules.

— J'ai seulement hâte de voir Miss Parfaite manger la neige.

— Miss Parfaite ? Moi ?

J'éclate de rire.

— Je t'assure qu'il n'y a pas grand-chose de parfait chez moi.

Le regard qu'il pose sur moi laisse penser qu'il n'est pas de cet avis. Merde, mais pourquoi je rougis ? Ah oui, le whisky. Heureusement, Julia et Maxence choisissent ce moment pour arriver. Mon amie porte une robe qui flatte sa longue silhouette et son mari, un jean noir et une chemise grise à fines rayures, qui lui donnent l'air très classe. Je les observe tous deux tandis qu'ils commandent leur apéritif – offert par Gabriel, bien entendu –, et une pointe de jalousie me tiraille la poitrine. Ils sont beaux, amoureux, soudés, complices… ils me rappellent beaucoup trop ma sœur et son geek de petit ami.

À leurs côtés, j'ai l'impression d'être la cinquième roue du carrosse, l'éternelle célibataire incapable de trouver chaussure à son pied. Ce n'est pourtant pas peine d'en essayer, des « chaussures » ! Je flirte, je tombe sous le charme d'un homme à peu près toutes les deux semaines, j'accepte des premiers rendez-vous, parfois des deuxièmes et même des troisièmes, mais force est de constater que les choses dépassent rarement l'étape du premier mois de relation. Et quand bien même certains mecs la franchissent, aucun d'entre eux n'a jamais mis les pieds chez moi, et encore moins dans la vie de Mathis.

Julia dit que je tombe amoureuse aussi rapidement que je largue les hommes : comme Lucky Luke, plus vite que mon ombre, sauf que ce n'est pas dans leur cœur que je tire, mais plutôt dans le mien, beaucoup trop sensible et fragile.

Je sirote lentement mon whisky en écoutant d'une oreille la conversation qui s'oriente principalement sur le programme du lendemain. Tout le monde a l'intention de monter sur ce fameux glacier dont je n'ai même pas retenu le nom. Ce sera probablement sans moi ; comme je le disais à Gabriel et João, j'ai déjà l'impression de sentir mes muscles hurler de douleur.

Mon regard dérive dans la salle et j'en apprécie la décoration. Même s'il est encore un peu tôt pour ça, l'hôtel scintille sous les guirlandes de Noël et les branches de houx. Tout pour mettre ses clients dans l'ambiance des fêtes de fin d'année. Dans un coin du bar, un immense sapin artificiel est littéralement submergé de boules colorées, d'angelots, de cheveux d'ange et de guirlandes électriques. Mon cœur se réchauffe.

J'ai hâte d'être au mois de décembre. Les fêtes de Noël sont toujours un ravissement pour moi, plus encore maintenant que j'ai un enfant. Cette année, la famille va probablement se retrouver dans le chalet de mes grands-parents, en Auvergne, comme nous le faisons depuis des années. Si ces derniers nous ont quittés il y a quatre ans, leurs filles – ma mère et sa sœur – ont décidé de conserver la maison et d'en faire un pied-à-terre familial. Le mobilier et le style tout en bois de l'hôtel n'est d'ailleurs pas sans me rappeler cet endroit que j'apprécie tant et je me rends soudain compte que je me sens comme apaisée ici.

La neige, les décorations, le feu qui crépite dans la cheminée du restaurant de l'hôtel, oui, j'aime cette ambiance. Pour un peu, j'en oublierais presque les circonstances qui m'ont poussée à accepter ce week-end.

Un serveur s'approche pour annoncer à Julia que notre table est prête. Je n'ai pas tout à fait terminé mon apéritif et la dernière gorgée brûle délicieusement mon œsophage. Mon regard croise celui, amusé, de Gabriel. Quoi ? J'ai les joues rouges ? Probablement. J'ai l'impression que la chaleur irradie de mon visage et je me retiens de porter mes mains à mes pommettes.

— Bon, eh bien, merci pour ce verre. Dommage que tu ne sois tombé qu'une seule fois.

Il grimace un sourire.

— J'ai hâte que tu me paies l'apéro demain soir.

— Tu peux toujours rêver !

— On verra.

C'est un défi ? Je n'ai absolument pas l'intention de tomber demain ! Je n'ai même pas prévu de chausser mes skis ! Pardessus le marché, après le coup que je viens de lui faire avec mon apéritif de luxe, je n'ose imaginer ce qu'il serait capable de commander pour se venger.

Je rumine encore en rejoignant la table de restaurant et,

quand je m'assieds, je me rends compte que nous sommes face au bar et qu'à travers le claustra Charmant m'observe ouvertement. Surprise, je n'hésite pas à planter mon regard dans le sien, mais il ne détourne pas les yeux et je devine un sourire sur ses lèvres. Pourquoi me fixe-t-il ainsi ? Quelques heures plus tôt, il était froid comme un glaçon et ses yeux me crachaient tout son mépris, et voilà que maintenant il semble… curieux ? Je ne cille pas, bien décidée à ne pas perdre ce combat silencieux. Est-ce que c'est le whisky qui me donne chaud ? Ou l'éclat de ses prunelles bleues ?

Les mots qu'il a prononcés un peu plus tôt retentissent à mes oreilles, comme s'il venait de me les murmurer :

« J'ai seulement hâte de voir Miss Parfaite manger la neige. »

Moi, Miss Parfaite ? C'est donc ainsi qu'il me perçoit ? Est-ce l'image que je renvoie ? Car rien n'est plus loin de la vérité.

Mes yeux s'assèchent, j'ai terriblement envie de cligner des paupières, mais il soutient toujours mon regard ! Qu'est-ce qu'il lui prend ? Un nouveau jeu ? Un nouveau défi ?

Il te provoque !

Je n'ai pas l'intention d'être celle qui rompra le contact visuel ! Miss Parfaite ne baissera pas les yeux devant Charmant, aussi charismatique soit-il.

Charismatique ? Je croyais que ce n'était qu'un con ?

Encore cette fichue voix qui me trouble !

Soudain, un serveur passe devant moi et s'immobilise à notre table pour nous donner les cartes et nous présenter le menu du jour. J'ai presque envie de l'enguirlander et de le pousser pour retrouver le regard bleu de Gabriel.

Mais qu'est-ce qu'il me prend ?

C'est le whisky, c'est sûr !

L'alcool a bon dos. Je trépigne sur mon siège en attendant que le serveur daigne s'en aller, et quand enfin il part, Charmant ne me fixe plus. Au lieu de cela, il discute avec une brune pulpeuse perchée sur le tabouret à côté de lui. Je souffle l'air que j'avais inconsciemment retenu dans ma poitrine.

Mais, qu'est-ce que je ressens ? De la déception ? N'importe quoi !

À quoi tu joues, Clem ?

Aucune idée… Perplexe et un peu sous le choc, je me concentre sur ma carte en prenant bien soin de ne plus jeter le moindre coup d'œil en direction du bar, d'où s'élèvent les éclats de rire un peu trop surjoués de la brune.

— Tiens, on dirait que Catherine repart à l'attaque, lance Julia, amusée.

— Hein ?

— La brune, au bar, c'est la femme dont je te parlais cet aprèm, celle qui a couché avec Gab l'année dernière.

— Oh…

Une interjection qui ne traduit nullement ma consternation – enfin, si, un peu. Mes yeux, ces traîtres, se tournent de nouveau vers le comptoir au moment où la fameuse Catherine pose une main aux ongles rouges sur le bras de Charmant. Quelque chose remue au creux de mon estomac, je fronce les sourcils et reporte mon attention sur le menu.

— Tu penses qu'il va se la refaire ? me chuchote Julia d'un air de conspiratrice.

Sa question m'énerve sans que je comprenne pourquoi. Je hausse les épaules.

— J'en sais rien et je m'en moque complètement !

Waouh, même mon fils ment mieux que ça ! Le rire de Catherine retentit une nouvelle fois et me fait grincer des dents. Pourquoi ? Je m'agrippe à ma carte comme si ma vie en dépendait. Quelque chose ne tourne décidément pas rond chez moi, ce soir. Où sont passés les effets euphorisants de mon whisky ? Envolés, déjà ? Aussitôt, mon regard se porte sur la première page.

— Je ne sais pas vous, mais je commencerais bien ce repas par un petit apéro !

Chapitre 16

Gabriel

Bon Dieu, c'est quoi ces griffes ?

Je lance un regard horrifié à João, qui se retient de rire dans le dos de Catherine. Cette dernière vient de poser sa main sur moi et je bloque sur sa manucure. Au bout de chacun de ses doigts, de longues serres rouges semblent prêtes à s'enfoncer dans ma chemise. J'en ai vu, des ongles peints, taillés de toutes les formes, longs, courts, d'une couleur élégante, sobre et parfois un peu fantaisiste, voire excentrique, mais des comme ça, c'est la première fois. Des stilettos de cinq centimètres de long, au bas mot, teintés de rouge et de pois blancs.

Mais comment est-ce qu'elle peut se torcher le cul quand elle va aux chiottes avec des trucs pareils ? J'hésite à lui poser la question.

Minute… ce ne sont pas des petites taches blanches sur ses griffes, mais des flocons de neige ! Le détail jusqu'au bout des ongles.

J'ai toujours pensé que les mains d'une personne en révélaient bien plus sur sa nature que tous les discours. Celles de Catherine sont longues, sa peau, parfaite, certainement très douce à première vue, et ces ongles terribles gâchent un peu l'ensemble, mais soulignent sa coquetterie, son sens du détail et son caractère passionné, voire sanguin.

Je relève les yeux vers son visage et me rends compte qu'elle est en train de me parler depuis un moment et que je n'ai rien écouté de son monologue. J'espère qu'elle ne s'attend pas à ce que je participe. Visiblement pas, puisqu'elle continue sans relâche, ponctuant certaines phrases d'un petit rire suave.

La connaissant un peu, je sais qu'elle parle probablement du travail. Catherine a été une de mes collègues lorsque je bossais à l'agence de Blois. Une bonne agente, déterminée, rigoureuse dans son travail, mais avec un terrible défaut, celui de casser du sucre sur le dos de ses collègues dans l'espoir de se faire bien voir de son responsable. Tout à fait le genre de comportement qui m'exaspère. Si tu veux être la *number one*, produis un meilleur travail que les autres et ne perds pas de temps à les dévaloriser.

Derrière elle, João fait la grimace. Il faut dire qu'elle l'ignore depuis qu'elle est arrivée et nous savons tous les deux très bien pourquoi. J'ai commis la connerie de coucher avec elle l'année dernière et elle essaie sans cesse de me remettre le grappin dessus. Je sais que je ne l'intéresse pas vraiment, mais elle a les dents longues, et se faire le fils du grand patron gonfle son ego.

Voilà pourquoi on ne baise jamais avec ses collègues...

Une leçon que je devrais apprendre.

João nous commande de nouveau un verre, pour lui et moi, et je le remercie d'un mouvement de la tête. Il va me falloir beaucoup de gin ce soir si je dois supporter Catherine et ses assauts pas du tout subtils.

Mon regard se perd dans l'espace bar, qui s'est bien rempli depuis notre arrivée. Plusieurs membres de la société sont accoudés au comptoir, d'autres, installés à de petites tables, d'autres encore ont directement rejoint la salle de restaurant. Mes yeux s'arrêtent sur un sapin de Noël surchargé dans un coin de la pièce. L'hôtel a bien l'intention de mettre ses clients dans l'ambiance des fêtes et, avec le cadre magnifique qu'il propose – architecture en bois, cheminée, boutique de souvenirs où pullulent les peluches de rennes et les villages de Noël

–, ils sont tout à fait dans le thème.

Ce n'est pas mon délire, mais j'avoue qu'ils ont soigné leur déco. Je suis probablement le seul client ce soir qui ne tombera pas sous le charme des babioles dorées et rouges et des boules de gui accrochées un peu partout. En revanche, j'ai vu les yeux de Clémence s'illuminer devant le sapin et ses guirlandes lumineuses.

Clémence, voilà bien deux minutes que je n'avais pas songé à elle, j'explose mon record ! Depuis que nous avons quitté les pistes, toutes mes pensées tournent autour de ma collègue.

Pourquoi ?

Je n'en ai pas la moindre foutue idée, mais c'est en train de me prendre la tête.

Sa façon de skier était parfaite, bien meilleure que je ne m'y attendais. Ouais, j'ai été un abruti misogyne en m'imaginant qu'une mère célibataire ne devait pas tenir sur une paire de skis, qu'elle était bien trop occupée à couver son fils. J'ai eu tort, elle se débrouille plutôt bien, même si j'ai noté qu'elle avait tendance à déchausser du côté droit.

Si tu as remarqué ça, c'est parce que tu as passé tout ton temps à l'observer.

Je plaide coupable.

À ma décharge, je n'étais pas le seul à la mater, João n'a pas non plus donné sa part au chien. C'est qu'il faut bien reconnaître qu'elle était charmante dans sa petite combinaison de ski, ses joues rougies par le vent et le froid, et un sourire éclatant aux lèvres. Je lui ai trouvé une fraîcheur presque juvénile sur cette piste, comme si elle retombait en enfance, ou plutôt à la période de l'adolescence, époque où elle a d'ailleurs dû acheter sa tenue.

Mais ce soir, alors qu'elle commandait un des whiskys les plus chers du bar en me lançant un regard victorieux, ce n'est pas une ado qui était en face de moi, mais bel et bien une femme. Une fois encore, j'avais un a priori et je m'attendais à ce qu'elle boive un vin léger ou un cocktail sucré.

Non mais tu t'entends ? Merde, les femmes boivent des alcools forts, elles aussi ! T'es vraiment un arriéré sexiste parfois.

Sexiste ? Moi ? Non. Enfin, peut-être un peu. Quoi qu'il en soit, ce n'est pas tant qu'elle ait pris ce whisky qui m'a surpris, mais sa réaction à la première gorgée. Comment pourrais-je la décrire ? Orgasmique. Sa façon de fermer les yeux et de passer sa langue sur ses lèvres a carrément foutu le feu à mon boxer. Même João en a perdu ses mots, et, le concernant, c'est un exploit.

Est-ce que sa mimique était calculée ? Non, j'en doute. S'il y a bien quelque chose que j'ai compris concernant Clémence, c'est qu'elle est naturelle en toute circonstance. Elle ne se donne pas un genre, ne se travestit pas sous des comportements ou des attitudes qui ne lui ressembleraient pas, non, elle est elle-même, à cent pour cent.

Ça suffit, sors-toi cette femme de la tête et concentre-toi donc sur la conversation.

Un véritable challenge dans la mesure où je n'ai rien suivi depuis que Catherine a ouvert la bouche. Néanmoins, je fais un effort pour la regarder et ne plus penser à une autre collègue dont je tairai le nom.

Cheveux bruns coupés en un carré soigné, frange qu'elle porte sur le côté et qui donne un peu d'asymétrie à sa coiffure, yeux noirs rehaussés de mascara et d'un épais trait d'eye-liner, un nez qui présente une légère bosse, des lèvres pulpeuses peintes en rouge, elle est plutôt belle, bien qu'un peu trop maquillée. Son fond de teint est légèrement trop foncé et plisse dans les petites rides qui encadrent ses yeux et ses lèvres. Des rides qu'elle tente de dissimuler, comme son âge qu'elle n'avoue jamais à personne.

D'après ses dires, elle aurait à peine trente-cinq ans. Le problème, c'est que je la connais depuis maintenant quatre ans et qu'elle a toujours trente-cinq ans… Je lui donne la quarantaine, peut-être même quarante-cinq. Une femme mûre, compétente dans son travail, assez sûre d'elle pour aborder et draguer ouvertement le fils du grand patron, mais pas suffisamment pour assumer les marques du temps sur son visage.

— Et toi alors, quoi de nouveau dans l'agence de Tours ? Vous avez eu beaucoup de clients cette année ?

Je me secoue et avale une gorgée de gin. Catherine ne sait

que parler du travail, tout le temps. Je me demande si elle a une vie en dehors de l'agence.

Probablement pas.

Dans son dos, João lève les yeux au ciel. Ce genre de conversation le gonfle au plus haut point et je comprends tout à fait pourquoi. On est ici pour se détendre, pas pour parler de clientèle. Un sourire forcé aux lèvres, je lâche une réponse évasive à Catherine.

— Oh, pas plus que l'année dernière.

Elle se redresse un peu sur son tabouret à la manière d'une poule qui fait la belle devant son coq.

— À Blois, nous avons explosé les chiffres !

Si elle savait comme je m'en cogne en cet instant. Mon esprit, en permanence tourné vers l'agence, les chiffres, les statistiques, les clients, s'est mis au repos dès que mes pieds ont foulé le sol enneigé. Cela m'arrive rarement et je n'ai pas l'intention de rallumer la « machine à vendre », comme l'appelle João, avant mon retour à Tours.

— Hey, mon pote, finis ton verre, qu'on aille manger un morceau, me lance ce dernier.

Je retiens un soupir de soulagement. Habituellement, je n'ai aucun mal à me débarrasser d'une femme un peu trop bavarde et entreprenante avec moi, et je n'hésite pas à me montrer parfois grossier si c'est nécessaire. Mais Catherine est une collègue et je n'ai pas envie de me la mettre à dos, même si nous ne travaillons pas directement ensemble.

Ce week-end doit se passer pour le mieux, sans tensions et sans disputes, si je veux qu'Astrid la frigide continue de proposer ce genre d'activité aux employés. Je sais qu'elle m'attend au tournant et qu'à la moindre rumeur de rixe ou de chicanerie elle bannira l'excursion à Tignes de la liste des sorties organisées par le CE, ce qui serait bien dommage et me ferait perdre la face. Je n'aime pas perdre.

— Vous dînez ici ? demande Catherine, des étoiles dans ses yeux trop charbonneux.

— Nan, répond aussitôt mon pote. Je veux faire découvrir un restau en ville à Gab, c'est une soirée entre mecs, désolé.

Je retiens un sourire devant l'air crispé de ma collègue. João aussi sait rembarrer une femme sans aucun tact.

Mon gin avalé cul sec, nous faussons compagnie à Catherine et nous retrouvons bien vite sur le parvis de l'hôtel.

— Bon, on bouffe où maintenant ? grogne João.

— J'croyais que tu voulais me faire découvrir un restau en ville ?

Il secoue la tête.

— J'ai dit ça pour nous débarrasser de l'autre pot de glu ! Elle va te coller tout le week-end, c'est sûr. T'aurais jamais dû te la taper l'année dernière.

Un soupir gonfle ma poitrine.

— Comme si ça ne t'était jamais arrivé de te faire une fille que t'aurais pas dû.

— Nan, moi j'ai fait pire : j'ai carrément épousé la fille que j'aurais pas dû.

Eh merde, je ne voulais pas l'accabler.

Son éternel sourire a disparu et il remonte le col de sa veste. Vite, dire quelque chose pour lui changer les idées…

— Tu sais quoi ? Si on se bourrait la gueule ce soir ?

Il me renvoie un regard complice.

— Je vote pour !

Chapitre 17

Gabriel

Trouver un bar en ville : *check.*

Il faut dire qu'on n'a pas eu longtemps à chercher et nous avons très vite atterri dans une taverne très chaleureuse. La musique rock qui s'échappait du bâtiment et l'enseigne *Les Bons Montagnards* nous ont rapidement convaincus d'en pousser la porte, et nous n'en sommes ressortis qu'à une heure du matin.

Prendre une cuite : *check.*

Laisser mon pote boire jusqu'à ce qu'il oublie qu'il a un jour été marié : *check.*

Le porter sur mon dos pour retourner à l'hôtel : *check.*

Ce con pèse un âne mort, je suis sûr qu'il m'a au moins déplacé deux vertèbres.

Le jeter sur son plumard et m'écrouler dans le mien : *check.*

— Putain, mec, mais combien tu pèses ? T'es épais comme une portière de vélo et j'ai pourtant l'impression d'avoir traîné ma Merco avec son coffre de toit sur mon dos !

Il s'esclaffe.

— C'est le muscle, ça pèse lourd. Tu connais pas ça, toi.

Je lui balance mon oreiller à la tronche.

— Connard. Je fais du sport !

— Je te parle de vrais muscles ! Forgés par le travail, pas dessinés après avoir soulevé un peu de fonte.

João est maçon – un Portugais maçon, un cliché ambulant, ce mec – et il ne perd pas une occasion de me charrier sur mon travail bien moins physique que le sien.

— C'est sûr que c'est pas en tapant sur les touches de ton clavier ou en faisant visiter tes apparts que tu fais gonfler tes biceps, continue-t-il sur sa lancée.

— Je te prends quand tu veux au bras de fer, mon pote, ou même aux développés couchés.

— Oh oui, prends-moi !

OK, cette fois c'est sûr, il est complètement cramé.

— Bordel, mais t'as bu combien de rhums ?

— J'sais pas, pas compté, c'est toi qui payais.

Je grince des dents. Cet idiot va me coûter une fortune ce week-end.

— Bon alors, enchaîne-t-il, quand est-ce que tu te la fais ?

Je tourne la tête vers lui. Allongé sur le ventre, le visage enfoui dans un oreiller, je ne vois qu'un seul de ses yeux et la moitié de son sourire.

— Qui ça ? Catherine ? Jamais ! J'ai déjà fait la connerie une fois, on ne m'y reprendra plus.

— Nan, pas elle, l'autre.

Mes sourcils se froncent.

— Quelle autre ?

— Celle que t'as matée toute la journée et que tu lâchais pas du regard au bar en début de soirée.

Mais de qui il… non !

— Clémence ?

— Yep ! C'était quoi, d'ailleurs, ce contact visuel hyper intense quand elle était dans la salle de restaurant ? Franchement, mec, ça m'a foutu les jetons. J'me suis demandé si tu faisais pas un AVC.

— Tu délires ! Je peux pas la saquer !

— Ah ouais, ben, tes yeux disent l'inverse, et je suis sûr que ta bite aussi.

— Laisse ma bite en dehors de ça !

Il se marre comme seul un type bourré peut le faire.

— C'est vrai qu'elle est plutôt mignonne, même si je préfère celles qui sont un peu plus… carrossées, si tu vois ce que je veux dire.

— Je vois toujours ce que tu veux dire.

Mon exaspération est clairement perceptible dans mon ton.

— Alors, tu te la fais quand ?

— Jamais ! C'est pas du tout au programme, mec, oublie ça.

Laborieusement et bruyamment – il gronde comme un bœuf à chaque mouvement –, il parvient à se retourner sur le côté pour me faire face. Ses yeux d'alcoolo brillent beaucoup trop et ses paupières commencent à tomber. Dans deux minutes environ, il devrait ronfler. Ce qui lui laisse encore cent vingt secondes pour dire toutes les conneries qui vont lui passer par la tête.

— Pourquoi ? Elle a l'air de te plaire.

Quoi ? Mais où est-ce qu'il a pu voir que Clémence me plaisait ? L'alcool était très fort ce soir pour João apparemment.

— En dehors du fait que c'est ma collègue, qu'elle me déteste et que c'est pas loin d'être réciproque et qu'elle se la joue constamment Miss Parfaite au bureau, je te rappelle qu'elle est maman !

Il hausse un sourcil, ou du moins essaie, ce qui ferme à moitié sa paupière droite, lui donnant définitivement la tronche d'un poivrot de base.

— Et alors ? Tu t'es jamais fait une maman ?

— Jamais.

Ma réponse est catégorique et je suis sûr de moi à cent pour cent, à moins qu'un de mes plans cul ne m'ait menti… Bon, on va dire quatre-vingt-dix-neuf pour cent.

— Ben alors, pourquoi tu la mates tout le temps ?

Bordel, mais il va jamais lâcher l'affaire !

— Je la mate pas !

Son rire d'ivrogne embaume la pièce des relents du rhum qu'il a ingurgité toute la soirée.

— Bien sûr que si ! C'est à cause d'elle que t'es tombé dans la neige quand je t'ai poussé, tu l'observais.

Je roule sur le dos et soupire.

— Laisse tomber, OK ?

— Oh, sujet sensible !

— Non, pas du tout. C'est toi qui t'inventes des trucs. Tu ferais mieux de dormir.

Il ricane une nouvelle fois.

— Ouais, et toi, tu ferais mieux de tirer un coup, et vite.

Un silence plane sur la chambre. Je ne mate pas Clémence ! Pourquoi est-ce qu'il s'imagine ce genre de connerie ? Je l'ai peut-être lorgnée une fois ou deux, mais c'était pour m'assurer qu'elle ne chutait pas discrètement pendant que personne ne la voyait ! Je ne l'ai pas « observée » et s'il y a eu un échange visuel plus tôt dans la soirée, c'est elle qui en a été l'instigatrice. Elle s'est mise à me fixer à travers le claustra qui sépare le bar du restaurant et je n'allais certainement pas baisser le regard ! Ses répliques et son naturel m'ont un peu étonné aujourd'hui, mais de là à dire que je l'ai matée. João se fait des films !

Bien décidé à dévoiler le fond de ma pensée à mon pote, je me tourne vers lui et… fais face à un ronflement tonitruant. Le salaud s'est endormi comme une masse, encore tout habillé, étalé sur le lit, ses pompes aux pieds.

Je lève les yeux au ciel et me redresse pour lui enlever ses bottes avant qu'elles ne crépissent ses draps de neige fondue. Tant pis pour ses fringues, je vais pas pousser la fraternité amicale jusqu'à le foutre à poil dans son plumard. Fatigué, je me désape, fais un saut dans la salle de bains et me faxe à mon tour dans mon pieu.

Mon corps accuse le coup de cette première journée, de la route, du changement de climat, de cet après-midi de ski et de cette soirée fortement alcoolisée. Mes paupières se ferment d'elles-mêmes. Mauvaise idée, le lit se met à tourner dangereusement. Merde, je ne pensais pas avoir bu autant ! Je glisse un pied hors de mes draps pour le poser sur le sol. C'est mieux, mais pas génial. Je sais que je n'arriverai pas à dormir dans cet état, alors je finis par allumer la télé fixée au mur en face des deux plumards. Le son ne risque pas de réveiller mon coloc, il ronfle tellement fort que l'hôtel pourrait s'écrouler sur lui qu'il ne l'entendrait même pas.

Moi en revanche… me voilà parti pour une très longue nuit…

Chapitre 18

Clémence

Je n'arrive pas à croire que je vais vraiment faire ça. Je lance un regard à la magnifique pendule accrochée au mur en bois au-dessus du Jacuzzi : trois heures du matin.

Après notre dîner, Julia, Maxence et moi avons terminé la soirée dans l'espace bar, à échanger avec des collègues de la société. Certains venaient des deux autres agences de Tours, d'autres, de Blois ou encore de Vendôme. Je ne connaissais aucun d'entre eux, ne participant presque jamais aux événements organisés par le comité d'entreprise, et j'ai passé un agréable moment en leur compagnie. Plusieurs d'entre eux sont accompagnés de leur conjointe ou conjoint, une femme, de sa meilleure amie et une autre est seule : la fameuse Catherine. Gabriel et João avaient déjà disparu et, d'après cette dernière, ils avaient prévu une soirée entre potes. Est-ce que j'étais déçue ? Absolument pas !

Menteuse !

Je chasse la voix moqueuse dans ma tête d'un mouvement agacé. Je n'étais pas « déçue ». Si Gabriel avait été là, l'attention de tous se serait aussitôt focalisée sur lui et sur son pote. C'est comme ça, non seulement Charmant possède un charisme phénoménal, mais en plus c'est le fils du grand patron. Oui, je me répète, mais c'est la vérité ! Il susciterait probablement beaucoup moins d'intérêt s'il était un employé lambda.

Euh... depuis quand tu trouves que Charmant a un charisme phénoménal ?

Encore cette maudite voix ! Il faut que je songe à me faire exorciser. Quoi qu'il en soit, nous avons passé une bonne soirée en compagnie des autres employés, puis je suis montée me coucher, bien sagement. Il était à peine vingt-trois heures et j'espérais faire une grosse nuit après cette journée dépaysante, mais c'était compter sans mes voisins de chambre...

Apparemment, j'étais la seule à vouloir roupiller, et le couple d'à côté avait prévu quelque chose de bien plus divertissant et bruyant. Si je ne m'étais pas trouvée dans un hôtel à l'ambiance, je l'avoue, plutôt romantique, j'aurais probablement appelé les flics pour tapage nocturne. Heureusement, au milieu des grognements, cris en tous genres et coups de boutoir dans les murs, j'ai capté quelques « oh oui » extatiques, sans quoi j'aurais pu croire qu'ils se battaient. Même en poussant le son de la télé, je percevais toujours les gémissements, et quand les murs ont enfin cessé de trembler, j'étais allongée sur mon lit, les yeux écarquillés, presque choquée.

Même si je ne suis pas du tout du genre prude, je n'avais encore jamais entendu un couple faire autant de bruit ! Mais qui peut bien dormir à côté de ma chambre ? Je sais qu'il ne s'agit pas de Julia et Maxence – un soulagement ! je n'aurais pas pu la regarder dans les yeux après ça –, et ce n'est pas non plus la chambre de Gabriel et João, qui se trouve près de l'ascenseur. Quoi qu'il en soit, j'espère que le boucan ne recommencera pas demain soir. J'aimerais profiter de ma chambre d'hôtel sans que les pervers d'à côté me filent des complexes sur ma vie sexuelle terriblement conventionnelle et dépourvue de hurlements de bêtes enragées.

En tout cas, si je les croise au petit matin dans le couloir, je ne les féliciterai pas. À cause d'eux, je n'ai pas pu trouver le sommeil et les douleurs de mon corps – que j'avais un peu étouffées à l'aide de quelques breuvages magiques et fortement alcoolisés au cours de la soirée – se sont réveillées, m'arrachant un gémissement à chaque mouvement. Dépitée, j'ai fini par quitter la chaleur de mon duvet pour arriver là, dans l'espace spa de l'hôtel.

Et me voici donc devant la bête, un magnifique bain à remous qui – d'après l'hôtesse d'accueil – a été privatisé pour les membres de la société ce week-end. L'endroit est accessible nuit et jour grâce à nos cartes de chambre et se divise en plusieurs sections. Un sauna, un accès à la piscine chauffée et une pièce où se trouve le fameux Jacuzzi. Je m'étonne qu'il n'y en ait qu'un seul, néanmoins la taille de ce dernier et le cadre sous-entendent qu'il n'est pas accessible à tous les clients de l'hôtel, mais uniquement sur réservation.

Les murs de la pièce en gros rondins de bois donnent l'illusion d'être dans un chalet et l'immense baie vitrée offre un panorama splendide sur la chaîne de montagnes et Tignes illuminée par ses décorations de Noël. Éclairage tamisé, douce chaleur qui émane du bassin, pétillement des bulles… tout ici appelle à la relaxation. Je me sens comme une étrangère, moi qui n'ai jamais mis les pieds dans un salon de massage. Je salue silencieusement le service impeccable de l'hôtel : même en pleine nuit, plusieurs serviettes chaudes et des peignoirs reposent sur un banc de bois près du Jacuzzi.

Je m'attendais à trouver l'endroit froid et plongé dans le noir, mais ce n'est pas le cas et, si la lumière des couloirs est éteinte, de petites LED au ras du sol et sous le plafond permettent aux clients de s'y déplacer même au cœur de l'obscurité. Cette ambiance intimiste est à la fois chaleureuse et un peu déprimante à mes yeux. Je me sens seule ici, plus seule que jamais.

Dans un soupir, je m'approche du bassin encastré à même le plancher de bois et y plonge mes doigts. Depuis quand, au juste, n'ai-je pas partagé un moment romantique avec un homme ? Je ne m'en souviens pas. Les trois derniers idiots que j'ai fréquentés n'ont jamais dépassé le stade du premier baiser. Plus le temps passe et plus j'ai l'impression de devenir exigeante en matière de relation amoureuse. Peut-être que je suis trop difficile, peut-être que je suis trop à la recherche du mec parfait, le prince charmant qui viendra me sauver sur son destrier blanc. Mais me sauver de quoi ?

J'ai construit ma vie seule et elle me convient parfaitement telle qu'elle est ! C'est probablement ça le problème. Je ne suis pas prête à laisser qui que ce soit bouleverser mon équilibre. Tomber sous le charme d'un homme, c'est facile ; le laisser entrer dans ma vie, ça l'est beaucoup moins.

Soudain, un « clic » dans mon dos me fait bondir et la porte s'ouvre. Mon cœur s'arrête de battre. À trois heures du matin, j'espérais bien ne pas être dérangée par qui que ce soit ! D'autant plus que je n'ai pas de maillot de bain, mais seulement un ensemble de lingerie sous mon peignoir ! Je pivote pour faire face à l'intrus et je reste bouche bée : Gabriel se tient dans l'encadrement de la porte, l'air aussi stupéfait que moi.

— Salut, lâche-t-il au bout d'un moment.

Est-ce que je viens de rougir comme une pivoine ? Non, c'est seulement la chaleur de la pièce qui me met le feu aux joues.

— Salut.

Waouh, ça, c'est de la réplique, Clem !

— Qu'est-ce que… euh… je ne pensais pas trouver quelqu'un ici aussi tard, dit-il en refermant doucement derrière lui.

— Moi non plus.

Décidément, je suis la reine de la repartie ce soir, ou plutôt cette nuit. Parce que, oui, il fait nuit, et je suis seule dans l'espace Jacuzzi avec… Charmant. Le silence plane entre nous durant quelques secondes.

Allez, dis quelque chose !

— Je n'arrivais pas à dormir. Mais je vais y aller, te laisser tranquille, ce n'est pas grave.

Oui, je préfère m'effacer et fuir cette situation plutôt malaisante. Pour une fois, je m'incline devant Gabriel. Mais ce dernier me bloque le passage.

— Non, ne pars pas ! Je ne vais pas te manger et le bassin est assez grand. Après tout, c'est ton week-end de détente à toi aussi.

S'il y avait eu la moindre trace de moquerie dans son ton,

j'aurais aussitôt tourné les talons et claqué la porte dans mon dos, cependant il n'en est rien. Sa voix est douce, son visage, détendu, et il a l'air aussi étonné et gêné que moi.

Waouh, j'arrive à mettre Gabriel Dubret mal à l'aise ! Je devrais ajouter ça sur mon C.V.

Après une seconde d'hésitation, je hausse les épaules.

— OK.

Après tout, il a raison, moi aussi je suis venue ici pour me détendre.

Non, tu es venue ici parce qu'il t'y a forcée.

Encore cette maudite voix, je la fais taire d'un mouvement de tête. Gabriel m'observe toujours d'un air un peu curieux et il finit par rompre le nouveau silence en me désignant le bassin.

— Bon, eh bien, à toi l'honneur.

Un gloussement m'échappe. Un gloussement ? Sérieusement ? Mais qu'est-ce qu'il me prend ? Je m'avance de nouveau vers le Jacuzzi et ôte mes baskets.

— Tu veux que je me retourne ? me propose-t-il galamment.

Je hausse un sourcil.

— Pourquoi ? Tu as peur de ce que je cache là-dessous ?

OK, je ne pensais pas que cette phrase sonnerait de façon aussi… provocante. Mais je ne suis pas pudique et je n'ai pas de complexe physique, même si mon corps est loin d'être parfait. Et, Dieu soit loué, j'ai pensé à prendre de la lingerie en coton très simple pour ce week-end au ski et non pas de la dentelle affriolante et sexy. Avec un peu de chance, il ne s'apercevra pas que je n'ai pas de maillot.

— Je n'ai peur de rien, réplique-t-il, un brin crâneur.

L'éclairage tamisé me dissimule une partie de son visage, mais je peux clairement voir l'éclat de ses yeux bleus posés sur moi. Un frisson remonte le long de ma colonne. Sans me démonter, je dénoue le peignoir et le laisse tomber près du bassin. Waouh, maintenant j'ai carrément l'impression de sentir son regard sur ma peau dévoilée. Bon sang, mais qu'est-ce qu'il me prend ? C'est de Gabriel qu'il s'agit, le diable en personne !

Sans plus attendre, je me glisse dans l'eau et un gémissement de contentement m'échappe. Elle est délicieusement chaude et chaque muscle de mon corps se détend instantanément. Je trouve rapidement l'emplacement des jets et cale mon dos contre l'un d'entre eux pour savourer ce massage bienvenu.

Gabriel se tient toujours debout près de la porte et, l'espace d'une seconde, je crois le voir hésiter. Finalement, il n'est peut-être pas si sûr de lui qu'il y paraît. Est-ce que je l'intimide ? Cette idée n'est pas pour me déplaire.

— Tu as changé d'avis ?

Il sursaute, comme si je venais de le réveiller, et secoue la tête.

— Oh non, j'ai bien besoin de me relaxer moi aussi.

Sans plus attendre, il enlève son tee-shirt et son pantalon de jogging. Contrairement à moi, il n'a pas pris de peignoir, mais une simple serviette. Et soudain, c'est moi qui détourne le regard : Gabriel n'a ni caleçon ni maillot de bain sous son pantalon. Cette fois-ci, le rouge de mes joues n'a absolument rien à voir avec la chaleur du Jacuzzi. Même si mes yeux ne se sont pas attardés sur son anatomie, j'ai largement eu le temps de constater que rien ne la recouvrait et qu'elle était plutôt… avantageuse. Je vais pouvoir dire à Aurore qu'il n'a rien d'une statue grecque, finalement.

Un exhibitionniste, il ne manquait plus que ça !

Exhibe, ou provocateur ?

Quelle différence ça peut bien faire ? Le résultat reste le même, je me retrouve dans un bassin d'à peine trois mètres carrés en compagnie de mon collègue de travail nu comme un ver. En d'autres circonstances, la situation m'aurait amusée, mais, là, je suis juste mal à l'aise.

Il s'en aperçoit et ne se presse pas pour entrer dans l'eau. Le diable incarné, je le disais ! Pendant qu'il s'immerge, je porte mon regard sur tout ce qui m'entoure et m'applique à ne surtout pas le dévier dans sa direction. Je dois toutefois bien avouer qu'il est magnifique. Un très beau spécimen masculin, grand, élancé, sculpté dans le marbre et suffisamment musclé pour que sa peau se tende sur des vallées que j'aimerais explorer.

Quoi ? Non mais tu délires, là !

Oui, tout à fait, je suis en plein délire. Et je ne peux même pas mettre ça sur le compte de l'alcool que j'ai bu ce soir : voilà bien longtemps que je n'en ressens plus les effets.

— Tu as oublié ton maillot ?

Pourquoi ma voix ressemble-t-elle à un couinement de souris ? Et pourquoi je pointe le doigt sur sa nudité alors qu'il aurait suffi de l'ignorer ? Je suis vraiment la reine des quiches ce soir.

L'amusement perce dans son ton quand il me répond :

— Non. Comme je te l'ai dit, je ne pensais pas trouver quelqu'un ici à cette heure de la nuit. Et puis… je ne suis pas pudique. Toi si, apparemment.

Mes yeux lancent des éclairs dans sa direction. Heureusement, il est parfaitement immergé et je ne distingue à présent de son corps que ses épaules et sa tête, qui dépassent de l'eau.

— Mais pas du tout !

— Alors, pourquoi tu as l'air si gênée ?

Il sourit, moqueur.

— Je n'ai pas l'habitude de voir mes collègues de travail sans leurs vêtements.

Son expression sceptique m'irrite et je détourne de nouveau le regard, agacée. Un silence pesant s'installe entre nous, uniquement troublé par le bouillonnement des bulles à la surface de l'eau. J'essaie de ne pas penser au fait qu'il est à poil à quelques centimètres seulement de moi. Ce bain était censé me détendre, pourtant je me sens sur des charbons ardents, prête à m'enfuir de cette pièce au moindre geste suspect de sa part.

Calme-toi, enfin ! On dirait une jeune pucelle effarouchée !

La voix de ma sœur, moqueuse. Je lui cloue le bec aussi sec. Je suis loin d'être effarouchée, mais il s'agit de mon collègue ! Est-ce qu'on peut parler de harcèlement sexuel dans ce cas de figure ? Probablement. Après tout, il m'impose sa nudité ! Toutefois, nous ne sommes pas sur notre lieu de travail et… je n'ai pas protesté.

Il finit par briser le silence.

— Je croyais que tu n'aimais pas les Jacuzzi, qu'est-ce qui

t'a décidée ce soir ? Les courbatures ?

— En partie, oui. Et les deux obsédés de la chambre voisine qui avaient prévu d'expérimenter toutes les positions du *Kamasutra* en poussant des cris de babouins en chaleur.

Il éclate de rire et je me surprends à sourire moi aussi. Décidément, cette nuit, tout se passe en dessous de la ceinture.

— Et toi, pourquoi est-ce que tu ne dors pas à cette heure-ci ?

Son soupir gonfle ses pectoraux et je m'empêche de le mater.

— J'ai pris une cuite avec João.

— Ah.

— Ouais, il avait besoin de se changer les idées.

Vraiment ? Voilà qui pique ma curiosité. J'aimerais en savoir plus, mais je ne vais pas interroger Gabriel, il trouverait ça étrange.

— Et tu es parvenu à lui changer les idées ?

Un nouveau sourire relève le coin de ses lèvres. Il ressemble encore plus à Charmant avec cette mèche qui balaie son front.

— Faut croire puisqu'il ronfle comme un malade dans son pieu.

— Mais pas toi.

Il secoue la tête.

— L'alcool m'empêche de dormir. Si je bois trop, je peux rester éveillé toute la nuit.

— Tu mises donc sur les effets relaxants du Jacuzzi pour te détendre, ou te dessaouler ?

— Les deux.

Génial, Clem, tu es dans un bain à remous avec un mec à poil et bourré. Tu ne t'attendais pas à ça en embrassant ton fils avant de partir, hein ?

— Et toi, tu as passé une bonne soirée ?

— Oui, le dîner était délicieux, l'hôtel mérite ses étoiles.

Je suis tout à fait sincère, je me suis rarement autant régalée que ce soir.

— Alors, finalement, tu ne regrettes pas d'être là ?

Est-ce que c'est une note d'espoir que je perçois dans sa voix ? Ou de contrition ? Charmant éprouverait-il du remords ?

— J'aurais voulu avoir mon libre arbitre.

— Mais, dans ce cas, tu ne serais pas venue, et tu n'aurais pas pu partager cet instant de pure détente avec ton collègue préféré.

À poil, le collègue, qui plus est...

Mais pourquoi je bloque sur ça, moi ?

— Je t'ai peut-être rendu service, continue-t-il.

Je m'étouffe avec ma salive.

— Rendu service ? À quel moment exactement ? Quand tu m'as volé une vente, ou quand tu m'as servi un horrible chantage ? Peut-être quand tu t'es pointé chez moi avec ton foutu formulaire à la main ?

Mon ton acide lui arrache une petite grimace. Tout à coup, il n'est plus question de détente, mais de règlement de comptes. Il n'aurait pas dû réveiller la bête qui sommeille en moi et qui semble s'animer exclusivement lorsqu'il est dans les parages.

— Tu dramatises un peu, là.

Moi ? Dramatiser ? Je n'en crois pas mes oreilles. Une multitude d'insultes me viennent, mais je les ravale pour lui poser une question.

— Pourquoi est-ce que tu as fait ça ?

Il lève un sourcil qui disparaît sous la mèche qui lui barre le front, cette foutue mèche que j'ai envie de remettre en place.

— Fait quoi ?

— Voler ma vente !

Ma voix monte dans les aigus, ma respiration s'accélère et la colère me fait oublier tout le bien-être que j'ai pu ressentir quelques instants plus tôt dans cette eau délicieusement chaude.

Cette fois-ci, ce sont ses épaules qu'il hausse.

— Parce que je le pouvais, c'est tout.

Je reste bouche bée face à son arrogance. Il reprend :

— Tu es la meilleure agente de la boîte, pour une fois je pouvais te couper l'herbe sous le pied et je l'ai fait.

Je n'en crois pas mes oreilles.

Il a vraiment dit que t'étais la meilleure ?

Ça n'a aucune espèce d'importance ! En revanche, ce qui l'est, c'est qu'il a l'air de prendre tout ça à la légère !

— Ce n'est qu'un jeu pour toi ? Tu aimes battre les autres, c'est ça ? Être le meilleur, le plus malin ?

Il a l'intelligence de ne pas répondre et se contente de m'observer d'un air méfiant. Il fait bien, en cet instant je me retiens de ne pas l'étrangler, ou de le noyer.

— Je me suis défoncée pour trouver cette maison pour mes clients et tu le savais ! Je comptais sur cette vente, j'avais besoin de la commission qu'elle me rapporterait ! Ce n'est pas un jeu pour moi, je travaille pour avoir de quoi faire vivre mon fils ! Tout le monde n'a pas un paternel plein aux as ! J'ai un enfant, des responsabilités, tout ce que je gagne, je l'investis dans son bien-être et son avenir !

— Oh, ça va ! intervient-il enfin. Tu dois bien toucher une pension du père, j'imagine, et j'ai vu où vous habitiez, vous n'êtes pas à la rue, mais dans un beau petit pavillon avec jardin dans une résidence qui ferait pâlir d'envie pas mal de smicards !

Une nouvelle fois, je m'étrangle de colère.

— Il n'y a pas de père, il n'y a que moi ! Et si je vis dans ce pavillon, c'est justement parce que je travaille comme une malade pour payer le loyer !

Ma dernière réplique semble lui avoir coupé la langue et je mords la mienne au passage. Je n'aime pas parler de ma vie privée, et encore moins du fait que j'élève Mathis seule. Ce genre de révélation a tendance à m'attirer la pitié des autres, parfois même le jugement, c'est une information que je ne délivre qu'à mes plus proches amis, et je viens de la donner au diable en personne. Tout à coup, je n'ai plus envie d'être là, ni dans ce Jacuzzi, ni dans cet hôtel, ni dans cette station de ski si loin de mon fils et de ma famille.

Chapitre 19

Gabriel

Merde, Gab, t'es vraiment qu'un con.

Ce qu'elle vient de m'avouer confirme tout à fait cette pensée. Elle élève son fils seule, sans le soutien d'un père. Je n'aurais jamais cru cela. Je savais qu'elle était célibataire, mais j'ai bêtement songé qu'elle était séparée du géniteur de son enfant. Dans quelles circonstances a-t-elle pu l'avoir ?

Tu penses vraiment que c'est le moment de te poser ce genre de question ?

Non, surtout pas alors qu'elle se lève pour quitter le bassin sans plus m'accorder un regard. Merde, merde et remerde. Sans réfléchir, je m'élance pour attraper son poignet.

— Attends, Clem.

Elle se raidit et me lance un coup d'œil mauvais.

— Quoi ?

— Je suis désolé.

Euh... d'où ça sort, ça ?

Je ne suis pas vraiment du genre à m'excuser. En fait, pour être honnête, je ne m'excuse jamais ! Ouais, je suis un connard, on le sait.

Elle a l'air aussi surprise que moi et ne bouge plus, son

poignet toujours prisonnier de mes doigts. Sa peau est douce et chaude, je sens son pouls battre vite, trop vite, tout comme sa poitrine qui se soulève à une allure bien trop rapide. Elle est furieuse, de nouveau à cause de moi. Pourquoi est-ce que ça me met mal à l'aise ? Habituellement, je me contrefous de mettre en colère les autres, s'ils ne sont pas contents, c'est pareil, je m'en balance. Mais pas ce soir, pas maintenant, pas avec Clémence.

— Je n'ai pas pensé aux conséquences de mes actions et je suis désolé.

Encore ! Bordel, qu'est-ce qui m'arrive ? J'ai décidément beaucoup trop bu, je ne vois que cette explication.

Ses yeux bruns me détaillent ; avec cette lumière tamisée, j'ai du mal à lire l'expression sur ses traits, toutefois j'ai l'impression qu'elle se détend légèrement. Je suis encore assis dans le bassin, tandis qu'elle se tient debout devant moi, à demi tournée vers le rebord. En temps normal, je me serais redressé pour être en position de force, mais pas maintenant.

— Je te rembourserai la commission.

Son visage se ferme.

— Je ne suis pas pauvre ! Je n'ai pas besoin de ta charité !

Eh merde, voilà que je la vexe à nouveau. Qui aurait pu croire que Mme Placide cachait finalement un tel tempérament ? J'ai du mal à reconnaître la collègue de travail toujours si souriante et patiente avec les clients comme avec les autres agents de la boîte.

— Je ne te fais pas la charité, je veux seulement m'excuser.

Mes mots sont sincères et j'en suis le premier stupéfait. L'air de la montagne ferait-il de moi un être doté de sensibilité et de cœur ? Elle plisse les paupières.

— Pourquoi maintenant ? Tu as eu dix mille occasions de le faire entre le jour où tu m'as volé cette vente et ce séjour.

Je sens sa méfiance, pourtant elle ne cherche toujours pas à se dégager de ma poigne.

— J'en sais rien.

C'est la vérité. Je ne m'explique pas mon comportement qui ne me ressemble absolument pas. Mais, aujourd'hui, j'ai découvert une autre Clémence, bien différente de la

Mme Placide du travail, et j'ai bien envie d'apprendre à connaître cette Clémence-là.

Non mais tu t'écoutes ? On dirait un Roméo de pacotille dans une comédie romantique à la con.

La cuite est décidément corsée. Quoi qu'il en soit, je n'arrive pas à détourner mes yeux de ceux de ma collègue, debout devant moi. Je lis l'étonnement dans ses prunelles brunes, le doute également et la méfiance. Comment pourrait-il en être autrement ? Je lui souffle le chaud et le froid depuis qu'elle a posé les pieds ici. Dans un soupir, je finis par relâcher son poignet et m'appuie de nouveau au rebord du bassin.

— Écoute, j'ai été un connard, tu avais raison. Mais, maintenant, tu es là, alors autant en profiter, non ? C'est un très bel endroit et je peux me faire pardonner en te faisant passer un super week-end.

Euh… est-ce qu'il n'y aurait pas un double sens à cette proposition ? Merde, voilà que je ne contrôle même plus les mots qui sortent de ma bouche !

Nouveau regard méfiant, mais elle n'a toujours pas quitté le Jacuzzi.

— Je peux savoir ce que tu entends par là ?

Bien sûr, la tournure équivoque de ma phrase ne lui a pas échappé. J'essaie de me rattraper du mieux que je peux pour ne pas passer pour le pervers de service.

— Eh bien, je connais plutôt bien la région et je peux te faire découvrir cet endroit, te donner envie d'y revenir, peut-être plus tard avec ton fils.

Je joue la carte sensible en parlant de son marmot et j'en suis bien conscient. Toujours exploiter les faiblesses de son adversaire. Car même si la femme qui se tient devant moi est bien plus agréable que celle que j'ai pu côtoyer à l'agence, elle reste mon adversaire, la meilleure agente de la boîte, celle que je dois battre ! Le challenge, encore et toujours.

Un silence qui me semble durer un siècle s'écoule entre nous et elle finit par le rompre, ses yeux toujours braqués sur moi.

— Très bien, je t'accorde une chance de me prouver, ce week-end, que tu n'es pas le petit con orgueilleux et pourri gâté que je m'imagine.

OK… elle n'y va pas de main morte, mais je l'ai certainement mérité.

— C'est une opinion un peu dure.

Un sourire froid recourbe ses lèvres fines.

— Il ne tient qu'à toi de la changer.

Elle me lance un défi ? J'adore les défis, et comme toujours je vais bien entendu remporter celui-là.

— Marché conclu ! Et si tu commençais par profiter des bienfaits de ce Jacuzzi ?

Est-ce qu'elle a l'air amusée ? On dirait bien. Sans le vouloir – ou si, peut-être un peu quand même –, je laisse mon regard couler sur elle. Une peau claire sur laquelle la lumière tamisée fait danser des ombres mystérieuses, une poitrine menue, un ventre plat et des jambes galbées, une silhouette qu'elle dissimule souvent sous des ensembles sages, parfois un peu trop grands et surtout terriblement tristes. Du noir, du beige, du gris, un peu de prune de temps en temps, rien qui rende honneur à ce corps splendide.

Splendide, rien que ça ?

Ouais, je la trouve vraiment belle en cet instant et ma bite est tout à fait d'accord avec cette pensée. Heureusement qu'il fait sombre et qu'elle ne peut pas la voir dans le bassin. Qui aurait cru que je banderais un jour devant Clémence Poirier, alias Mme Placide et Miss Parfaite ? Pas moi, c'est certain.

Quand je relève les yeux vers son visage, c'est pour y découvrir un sourcil haussé, une moue dubitative et un regard blasé.

— Ça va ? Le spectacle te plaît ?

Ne réponds pas, ne réponds pas, ne réponds pas…

— Plutôt, oui.

Crétin. Et en plus, j'ajoute à cela un petit sourire insolent. Je m'attends à une gifle ou une autre tirade *made in* Clémence l'Hystérique, mais elle se contente de secouer la tête, exaspérée.

— J'imagine que c'est avec ce genre de proposition que tu as eu Catherine ?

Aïe, douche froide. Je l'avais presque oubliée, celle-là. Je lève les épaules, l'air de rien.

— C'était une soirée beaucoup trop arrosée, pour elle comme pour moi.

— Ce n'est pas ce qu'elle raconte à tout le monde.

Un soupir gonfle ma poitrine. Le jour où j'ai couché avec cette femme, j'aurais mieux fait de me casser une jambe.

Ou de te coincer la bite dans une porte...

Je cherche quelque chose d'intelligent à répondre, mais malheureusement rien ne vient. Mon cerveau est totalement engourdi par l'alcool et ma trique lui a volé le peu de sang qui l'irrigue en temps normal.

Clémence finit par secouer la tête.

— Aussi « tentante » que soit cette proposition, déclare-t-elle en signant les guillemets, je passe mon tour. Il est tard et je devrais monter me coucher.

Je n'insiste pas, mais ne la lâche pas des yeux tandis qu'elle sort finalement de l'eau et s'essuie avec une serviette. Qu'a-t-elle voulu dire avec son « tentante » ? Que l'idée de profiter du Jacuzzi était tentante ? Ou le fait de rester ici avec moi ? Elle s'enroule dans son peignoir et enfile les petites tennis qu'elle avait aux pieds en arrivant.

— Bonne nuit, Gabriel.

Sa voix est douce, veloutée, envoûtante...

Fichus gins !

Je mets du temps à réagir et elle se trouve déjà à la porte quand je lui réponds enfin.

— Bonne nuit, Clem. Repose-toi bien, nous aurons une grosse journée demain.

Elle me lance un dernier regard.

— Tu devrais plutôt dire « aujourd'hui ».

La porte se referme dans son dos et je me laisse aller au fond du bassin. Bon Dieu, mais qu'est-ce qu'il m'a pris de lui proposer de lui faire passer un bon week-end ? Je n'ai rien à prouver ! Si elle veut me détester, je m'en cogne complètement ! Elle peut me voir comme un connard égoïste, je m'en balance ! Et pourtant...

T'es un abruti.

Pourquoi est-ce que c'est la voix de João qui retentit dans

mon crâne ? Et pourquoi je l'entends se marrer aussi ? Je sens que ce week-end risque d'être animé.

Chapitre 20

Clémence

Il est dix heures trente et je comate littéralement sur le siège passager de la voiture de Maxence. Habituellement, ma journée commence aux environs de six heures trente, parfois sept heures ou huit quand je m'octroie le luxe d'une grasse mat, mais ce matin je me suis réveillée à neuf heures ! Et pourtant, je suis complètement naze !

J'imagine que je peux remercier le couple d'à côté qui m'a empêchée de dormir une bonne partie de la nuit. Quant à ma fantastique idée d'aller me détendre un moment dans le Jacuzzi, elle s'est soldée par un échec cuisant dès que Gabriel a pointé le bout de son nez.

J'ai encore du mal à réaliser qu'il s'est mis à poil devant moi et qu'il se trouvait dans le même bain que moi, toujours à poil. Alors même qu'il m'énervait et que je lui crachais des paroles acerbes, je ne pouvais m'arrêter de penser à sa nudité. Quand il m'a attrapée par le poignet, je n'osais même plus bouger, redoutant qu'il se lève et s'expose de nouveau en tenue d'Adam. Bien sûr, j'ai déjà vu des hommes dans le plus simple appareil ! Mais mon collègue de travail, jamais ! Je me sentais totalement déstabilisée. Batifoler dans le Jacuzzi avec le démon de la boîte totalement nu ne faisait pas partie de mes plans.

— On y est ! lance Julia devant moi, excitée comme une puce.

Ce matin, mes compagnons de week-end ont prévu de gravir le glacier dont tout le monde n'a cessé de me parler la veille. Une perspective qui ne m'enchante pas vraiment. Non seulement mon corps est perclus de douleurs – les fameuses courbatures que j'appréhendais –, mais en plus j'ai la tête plongée dans un épais brouillard que rien n'est parvenu à dissiper, pas même les trois cafés que je me suis envoyés au petit déjeuner. Pour couronner le tout, ce glacier m'a l'air haut, vraiment très haut, ce qui sous-entend que la descente sera longue et éprouvante pour mes pauvres jambes qui crient déjà grâce.

Maxence vient de se garer dans un parking souterrain près du funiculaire Perce-Neige qui doit nous conduire au pied du glacier de la Grande-Motte. Julia m'a expliqué que le funiculaire était souterrain et mon petit côté claustrophobe n'a pas vraiment apprécié ce détail. Décidément, je me fais l'effet d'être une vieille râleuse que rien n'enchante durant ce séjour, mais, aujourd'hui, j'avoue que je n'ai pas vraiment le moral. La fatigue peut-être, le dépaysement ou cette sensation étrange de me trouver si loin de mon fils, même si je sais qu'il est entre de bonnes mains.

Maman poule un jour, maman poule toujours…

Dans mon cas, ce serait plutôt maman lionne, surtout quand je suis de mauvaise humeur, comme maintenant. Je déplie mon corps du siège en grimaçant. Je devrais probablement faire plus de sport, j'en suis bien consciente, mais je préfère largement mes soirées Netflix/pop-corn maison à un petit footing à six heures du mat, et les deux sont totalement incompatibles.

— Nous avons de la chance, la station n'est pas encore prise d'assaut, commente Julia, aux anges, en me rejoignant près de Maxence qui décharge nos skis du coffre de toit. Habituellement, c'est bien plus compliqué de trouver un stationnement et nous nous déplaçons uniquement en navette.

Je lui lance un regard.

— Tu es déjà venue ici en pleine saison ?

— Oui, bien sûr ! Je profite du week-end organisé par le CE, mais nous venons souvent en février avec Max.

Elle avait omis de me donner ce détail avant notre départ. Je comprends maintenant pourquoi elle est si à l'aise : elle connaît l'endroit comme sa poche.

Maxence me tend mes skis avant d'attraper ceux de sa femme. Je lâche un long bâillement en me demandant comment je vais pouvoir survivre à cette journée, épuisée comme je le suis, quand un bruit métallique retentit dans le parking. Surprise, je baisse les yeux au sol et…

— Ma fixation de ski !

C'était malheureusement bien prévisible, j'avais clairement senti la faiblesse de l'attache sur la piste hier.

Maxence ramasse la fixation et l'examine sous tous les angles.

— Ben merde alors, elle s'est cassée net ! Une chance que ce ne soit pas arrivé en pleine descente.

Je frissonne rien qu'à cette idée. Me voilà donc plantée, comme une idiote, une paire de skis inutilisables en l'état à la main, la bouche entrouverte et les yeux écarquillés. Est-ce que le dieu des « fatigués des pistes » m'aurait entendue ce matin ? A-t-il exaucé mon souhait en me fournissant la meilleure excuse pour rester en ville – voire à l'hôtel et dans mon lit pour être plus précise ?

— Tu peux peut-être le faire réparer quelque part en ville ? me suggère Julia.

Faire réparer ces vieilleries ? Je n'oserais même pas les présenter à un professionnel. Très mal entretenus durant ces dernières années – le gars qui me les a fartés avant mon départ de Tours n'a pas hésité à m'en faire la réflexion –, je pense que leur réparation me coûterait aussi cher que la location d'une nouvelle paire.

— Non, ce n'est pas grave, vous n'avez qu'à aller skier sans moi.

Ma collègue et amie me lance un regard peiné.

— Tu es sûre ? La vue est vraiment magnifique de là-haut. Tu pourrais monter en funiculaire au moins jusqu'au pied du glacier et profiter du paysage.

Toute seule ? Voilà de quoi me déprimer jusqu'à la fin du week-end.

— Non, je pense que je vais plutôt faire un tour en ville. J'ai aperçu plein de boutiques très sympas et j'aimerais rapporter des souvenirs, peut-être même faire quelques achats de Noël.

C'est un horrible mensonge. La seule chose à laquelle je songe en ce moment, c'est de m'écrouler sur le *king size* moelleux de ma chambre.

— Je vais prendre une navette et retourner à l'hôtel pour me changer. Allez-y, profitez de votre journée en amoureux.

— Tu es sûre ? insiste Julia.

— Certaine !

Quelques instants plus tard, j'attends tranquillement une navette. Le funiculaire se trouve dans le hameau de Val-Claret, à quelques kilomètres de l'hôtel, et si j'ai troqué mes vieilles chaussures de skis contre une paire de bottes bien chaudes, je n'ai absolument pas le courage de faire le trajet à pied. Le cadre est pourtant magnifique, je l'avoue volontiers, avec toute cette neige et cet air vivifiant. Mais mes cinq heures de sommeil pèsent lourd dans la balance et c'est avec un soupir de soulagement que je me laisse tomber sur le banc le plus proche.

D'après Julia, la navette devrait être là d'ici un quart d'heure, je songe déjà au moment où je me glisserai entre mes draps avec délectation. Après une bonne sieste matinale, je me prendrai un petit sandwich à grignoter, puis j'irai faire un tour en ville. Un programme bien moins sportif que celui de mes collègues de travail, mais qui me convient totalement. J'ai néanmoins un pincement au cœur à l'idée de passer cette journée seule. Contrairement à ce que mon statut de célibataire pourrait laisser croire, je suis rarement seule. Mathis occupe une grande partie de mon temps, et même quand je ne suis pas avec mon fils, je rejoins une amie, ma sœur, mes parents… Bref, je suis peu souvent livrée à moi-même, encore moins pendant les vacances – car ce week-end a des airs de vacances, je dois bien le reconnaître.

Je sors mon téléphone de ma poche pour m'occuper. J'ai un message de ma sœur.

Aurore : Salut, sœurette, j'espère que tu profites bien de ton séjour. Ici tout va bien, Mat dort toujours, faut dire que je l'ai pas ménagé hier, on a décoré l'appart.

Pour illustrer son propos, elle m'envoie une photo de son logement noyé sous les décos de Noël. Oui, ma sœur installe ses guirlandes mi-novembre, et si elle ne se contrôlait pas un peu, elle commencerait déjà à le faire le lendemain d'Halloween. Je souris et textote à mon tour.

Moi : Superbe, la déco ! Il manque un petit quelque chose du côté de la fenêtre, il reste un mètre carré à combler 😱. Ici tout va bien, l'attache de mon ski m'a lâchée, pas de descente pour moi aujourd'hui, comme c'est dommage... 😄 Embrasse mon bébé pour moi.

Aurore : J'imagine ta déception 😂. Ah OK, donc des bisous pour Mat, mais toujours pas pour ta sœur et ton beau-frère, je note ! Tu perds des points dans mon estime...

Je ris toute seule sur mon banc.

— Qu'est-ce qui t'amuse autant ?

Je sursaute, un cri au bord des lèvres, une main plaquée sur ma poitrine, l'autre rattrapant de justesse mon téléphone. Gabriel se tient devant moi, son snow sur l'épaule et un sourire moqueur aux lèvres.

— Tu essaies de me provoquer une crise cardiaque ?

— Non, je m'en voudrais quand même un peu.

Un peu, hein ? Je ne relève pas son sarcasme et tente de reprendre un souffle normal.

— Qu'est-ce que tu fais là ?

Il lève un sourcil.

— Bonjour à toi aussi. Tu as bien dormi ?

Je marmonne en replaçant mon portable dans ma poche :

— Pas assez.

— Moi non plus.

Pourtant, on ne dirait pas. Contrairement à moi, son visage n'a pas les traits tirés, des cernes ne soulignent pas ses yeux et il semble frais comme un gardon. Comment fait-il pour avoir toujours l'air aussi parfait ? Même ses cheveux sont bien coiffés, aucun épi, seule une mèche un peu sauvage lui barre le front et lui donne encore des allures de Charmant. Ce mec est un top model ambulant. D'ailleurs, dans sa combinaison de ski et avec ses lunettes dernier cri posées sur sa tête, on pourrait le croire prêt à faire un shooting pour une publicité pour les vacances d'hiver.

Je lance un regard derrière lui.

— Où est João ? Il cuve encore ?

Le sourire de Charmant se fige un peu.

— Nan, il s'apprête à monter dans le funiculaire.

— Et toi ? Tu n'y vas pas ?

— Julia m'a dit que tu avais eu un problème avec tes skis.

Je ne vois pas le rapport, mais j'acquiesce tout de même.

— J'ai perdu une fixation. Ils sont officiellement à la retraite dans le coffre de toit de Maxence.

Charmant hoche la tête.

— Dans ce cas, on va devoir t'en trouver d'autres.

— Hein ?

Est-ce que mon interjection était aussi inélégante qu'elle l'est dans ma tête ? J'ai l'impression que les connexions ne se font plus très bien dans mon cerveau. Ai-je bien entendu ce qu'il vient de dire ?

— J'ai dit : on va devoir t'en trouver d'autres.

Ah oui, c'est bien ce que j'avais entendu. Mais…

— Pourquoi ?

Quelle éloquence ! Voilà que je ne suis même plus fichue de faire une phrase complète.

— Pour que tu puisses skier sur le glacier, bien sûr.

Mais…

— Pourquoi ?

Encore ? Il va finir par me prendre pour une abrutie.

— Parce qu'on a fait un marché hier soir, ou plutôt cette nuit, et que j'ai bien l'intention de l'honorer. Et pour profiter de ce week-end à fond, tu dois absolument gravir le glacier de la Grande Motte. La vue y est sublime, il ne faut pas manquer ça.

Cette fois-ci, je reste muette, ce qui vaut peut-être mieux. Je ne comprends pas pourquoi il insiste pour me faire passer un bon week-end. Je croyais qu'il me détestait, ou tout du moins qu'il ne m'appréciait pas ?

— Je peux très bien profiter de la vue au sommet du funiculaire, je n'ai pas besoin de gravir le glacier.

Il secoue la tête.

— Nan, c'est là-haut que tout se joue. Allez, je te ramène en ville, on va te louer une paire de skis.

Quoi ? Mais depuis quand Gabriel Dubret prend-il toutes les décisions à ma place ?

— Je n'ai pas l'intention de louer quoi que ce soit ! Je n'ai pas d'argent à dépenser dans ce genre de futilités, surtout à cette époque de l'année !

Voilà que je lui ressors la carte de mon compte en banque à sec. Il va finir par m'emmener à la soupe populaire si je continue. Malgré tout, c'est la vérité. Je n'ai pas prévu de budget pour louer des skis et ce genre d'extra risque de me mettre dans le rouge pour la fin du mois, une situation que je préfère éviter.

— C'est moi qui te les loue.

— Je t'ai déjà dit que je n'avais pas besoin de ta charité.

Quelques regards se tournent dans notre direction. J'ai haussé le ton sans le vouloir et notre discussion commence à attirer l'attention. Gabriel soupire.

— Ce n'est pas de la charité ! Je t'ai promis un bon weekend, alors laisse-moi tenir ma promesse, ça n'a rien de plus compliqué que ça. Je ne fais pas ça pour t'en mettre plein la vue ou une autre connerie du style.

Je plisse les yeux et analyse son expression. Est-il sincère ? Et si oui, pourquoi tient-il tant à ce que j'apprécie ce séjour ? Nouveau soupir de sa part et il passe une main nerveuse dans ses cheveux, manquant de faire tomber ses lunettes au sol. Il est mal à l'aise. Serais-je parvenue à égratigner sa carapace ?

— Et si tu décidais juste de rendre les armes et de profiter de l'instant ? Après tout, notre vie est suffisamment stressante au quotidien. On a bien droit à un peu de répit, non ?

Les yeux toujours plissés, je lui réponds :

— J'avais prévu de m'accorder ce répit, confortablement installée sous mes draps.

— Ce que je veux te montrer vaut mille grasses mat.

Je renifle.

— Tu ne dirais pas ça si tu avais un enfant.

Pour tous les parents, le sommeil est précieux. Même si certains d'entre eux ont la chance d'avoir des enfants qui font de grosses nuits et parfois de très longues siestes, ils ont tout de même besoin de recharger leurs batteries pour gérer l'énergie débordante de leurs marmots pendant leurs moments d'éveil.

Gabriel m'adresse un sourire ravageur.

— Alors, on y va ?

Il est sûr que je vais céder, et même si une partie de moi a bien envie de lui répondre par la négative pour effacer ce petit air satisfait de son visage, une autre est curieuse. Curieuse de découvrir ce fameux glacier et ses panoramas dont tout le monde me parle depuis la veille, curieuse de voir jusqu'où Gabriel peut aller pour me faire passer un agréable séjour, et curieuse de mettre à jour ses véritables intentions. Car il ne peut pas seulement agir par bonté d'âme ou pour se faire pardonner, je ne le crois absolument pas. C'est de Gabriel Dubret qu'il s'agit, le challenger de la société, celui qui n'hésite pas à voler le travail de ses collègues pour mieux briller. Il a forcément une idée derrière la tête.

— OK, mais ce glacier a intérêt à valoir le coup !

Chapitre 21

Clémence

Il fait un froid de canard, ma combinaison n'est clairement pas assez épaisse pour me protéger efficacement de ces températures, un vent glacial me fouette le visage et je sens mes lèvres qui tiraillent déjà, mes doigts sont gelés à travers mes gants et je commence à avoir la goutte au nez, mais, merde, Gabriel avait raison, le panorama valait le coup de monter jusque-là.

Mes pieds équipés de chaussures et de skis fraîchement loués – mes bottes étaient restées dans la voiture de Maxence –, je me tiens aux côtés de mon collègue de travail et demeure bouche bée devant les monts enneigés qui nous font face. En bas de la piste, la station semble minuscule !

— Alors ? demande le démon, sourire aux lèvres.

Je hausse les épaules en essayant d'avoir l'air indifférente.

— C'est pas mal.

— Pas mal seulement ? Dans ce cas, pourquoi tu n'as pas fermé la bouche depuis que nous sommes arrivés ? J'ai jamais vu quelqu'un béer de stupeur aussi longtemps.

Il se marre et je me rends compte que j'ai d'ailleurs encore la bouche ouverte.

— Je ne bée pas de stupeur ! J'essaie de reprendre mon souffle ! À quelle altitude on est, au juste ? J'ai l'impression de manquer d'air !

— Trois mille quatre cent cinquante-six mètres.

J'ouvre la bouche – de nouveau – et la referme. Je ne m'imaginais pas que le glacier était si haut ! Une fois arrivés en haut du funiculaire, nous avons encore pris un télésiège qui nous a permis d'atteindre le sommet. Durant quelques secondes, je reste silencieuse face au paysage majestueux qui s'étale à nos pieds. Le temps est dégagé, le ciel est bleu, le soleil fait scintiller la neige, et en dépit du froid mordant, je trouve que c'est une magnifique journée. J'en ai presque oublié ma fatigue.

— Comment tu te sens avec ces skis ?

La question de Gabriel me ramène à l'instant présent. Il m'observe avec attention, peut-être un peu trop d'attention. Ses lunettes me cachent ses yeux et cela me trouble. Une fois de plus, je me demande pourquoi il a tellement insisté pour que nous allions louer du matériel afin de me faire monter jusqu'ici. Gabriel n'a pas la réputation d'être quelqu'un de gentil, encore moins d'altruiste. Qu'a-t-il en tête ?

Je fais quelques mouvements pour m'assurer que mes skis sont bien fixés et mes bottes parfaitement ajustées avant de lui répondre :

— Très bien.

Contrairement à ce à quoi je m'attendais, il n'a pas joué la frime dans le magasin d'accessoires de sport et n'a pas opté pour une paire de skis hors de prix. Son choix s'est porté sur la qualité à un tarif tout à fait raisonnable et, quand il m'a demandé ce que j'en pensais – j'étais tout de même la première concernée, même si je n'ai pas mis la main au portefeuille –, j'ai approuvé son choix. Les skis sont adaptés à ma stature, semblables à mes vieux modèles, mais en bien meilleur état et beaucoup plus récents. J'ai insisté pour louer moi-même les bottes et je dois avouer que celles que j'ai choisies sont bien plus confortables que mes vieilles bottes d'adolescente.

Gabriel a ensuite tenu à nous acheter des sandwichs à la boulangerie et des pâtisseries. Il était déjà plus de onze heures et il m'a fait remarquer, à juste titre, qu'il valait mieux skier le ventre plein. Notre casse-croûte improvisé dans nos sacs à dos, nous avons de nouveau rejoint le funiculaire. L'ascension dans le tunnel n'a duré que quelques minutes, et pourtant j'ai eu l'impression terrible que nous n'en finissions plus de monter. Mon petit côté claustrophobe a vite pris le dessus et je me suis mise à angoisser, hyperventiler, stresser, m'imaginant mille scénarios catastrophes au cours desquels le funiculaire s'écrasait immanquablement au bas du tunnel après une panne quelconque.

Mon collègue a dû percevoir mon trouble, car il s'est mis à parler de tout et de rien, commentant tout ce qui nous entourait, m'obligeant à répondre à ses questions pour détourner mon attention de ma panique. Une fois encore, cette prévenance m'a surprise et interpellée. Pourquoi ? Pourquoi se comporter comme le pire des trous du cul à Tours et se transformer soudain en chevalier servant ? Quelque chose cloche.

— Tu es d'attaque pour la piste noire ? Nous pouvons la prendre pour rejoindre le funiculaire et ensuite… on avisera.

Je sens le défi.

Est-ce qu'il croit que je vais refuser ? Le téléphérique nous a conduits jusqu'ici et je sais très bien qu'il y a maintenant deux options pour redescendre, la piste rouge, pour les skieurs déjà avertis, et la noire, pour les illuminés de la montagne. Même si j'ai dévalé beaucoup de pistes noires durant ma jeunesse – voilà que je pense maintenant comme une vieille femme qui se souvient du temps jadis où elle était encore jeune et fraîche… –, je n'ai plus skié depuis des années. La petite piste verte d'hier n'était qu'un échauffement face à ce qui nous attend, et je sais que je prends un risque, le risque de me blesser et de ne pas être capable d'assurer la descente, et pourtant…

— Bien sûr !

Je suis une idiote. Il me provoque et je fonce tête baissée, une vraie gamine. Et dire que je suis mère de famille…

Le sourire de Gabriel s'élargit et mon cœur manque un battement. Qu'est-ce qui lui arrive à celui-là ?

L'altitude, certainement.

Oui, je ne vois que cette explication. Mon regard balaie les skieurs qui nous entourent. Je scrute chaque visage, chaque combi, espérant apercevoir Julia et Maxence. Eux seuls pourraient me sortir du guêpier dans lequel je suis en train de me fourrer, mais ils ne sont nulle part en vue. Ma stupide fierté m'empêche de reculer et je suis Gabriel le Démon qui se dirige vers la piste.

Allez, Clem, tu peux le faire ! Tu n'es pas si vieille et rouillée que ça ! Le ski, c'est comme le vélo, ça ne s'oublie pas.

Des conneries, tout ça, et j'en suis bien consciente. D'ailleurs, la dernière fois que j'ai skié sur une piste noire, les choses ont très mal tourné.

Ne pense pas à ça maintenant ! Vous étiez de jeunes cons, rien à voir avec l'adulte responsable que tu es devenue.

Responsable, moi ? En cet instant, je n'en suis plus si sûre. Déjà, la pente qui se dessine devant moi me fait frissonner. Gabriel me lance un regard, comme s'il s'attendait à ce que je baisse les bras. Mon orgueil surpasse mes appréhensions. Oui, je n'en ai certainement pas l'air, mais je suis fière, très fière.

— Alors, on y va ?

Son sourire réapparaît et il incline la tête.

— À toi l'honneur.

Chapitre 22

Gabriel

OK, je l'ai provoquée et elle m'en met plein la vue. Contrairement à ce que je pensais, elle sait vraiment skier, elle n'a pas dit ça juste pour la frime. Elle négocie la pente et les lacets avec une aisance qui me laisse presque sans voix. Quelques mètres derrière elle, je n'en perds pas une miette. Même si j'avais remarqué, la veille, qu'elle se débrouillait plutôt bien, aujourd'hui, nous sommes à un autre niveau. Ces pistes sont réservées aux skieurs aguerris, ceux qui n'ont pas peur de prendre des risques et j'étais loin, très loin de m'imaginer Mme Placide en casse-cou.

Nous avons dévalé une bonne partie de la pente quand je l'interpelle. Elle s'arrête pour me donner le temps de me mettre à sa hauteur. En cette période, les touristes sont encore peu nombreux et à cette heure-ci nous sommes presque les seuls.

— Suis-moi, je veux te montrer un truc.

Sans attendre sa réponse, je prends les devants et quitte la piste. Mais quand je m'immobilise pour être sûr qu'elle se trouve dans mon sillage, je m'aperçois qu'il n'en est rien. Figée là où je l'ai laissée, elle secoue la tête.

— On ne doit pas quitter la piste, me lance-t-elle.

Ah, j'assiste au retour de Miss Parfaite, ou plutôt, Miss Dans-les-clous.

— Ce n'est pas loin, seulement à quelques mètres.

De nouveau, elle secoue la tête. Soudain, je décèle quelque chose dans son expression. Ce n'est pas seulement de la contrariété qui marque ses traits, mais plutôt… de l'inquiétude. Est-ce que j'aurais atteint ses limites ? Malgré tout, j'insiste encore un peu.

— On ne s'éloigne pas beaucoup, Clem. Il n'y a aucun risque, je suis souvent venu ici.

— Il y a toujours un risque en montagne.

Sa voix a pris une intonation que je ne lui connais pas. Elle semble avoir peur. Mon côté connard m'incite à la provoquer pour faire renaître en elle son esprit de compétition, mais ma raison s'y oppose. Je reste donc immobile pendant que je la vois lutter contre son hésitation.

— Ce n'est vraiment pas loin ? demande-t-elle au bout d'un moment.

— Vraiment pas. À quelques mètres seulement de la piste.

C'est la vérité, enfin, presque. Après quelques secondes supplémentaires, elle finit par acquiescer et me suit. Le chemin que nous empruntons n'est pas plus escarpé que celui que nous venons de quitter. Je la devance jusqu'à une descente un peu raide qui surplombe deux lacets serrés. Dans mon dos, j'entends le bruissement de ses skis dans la neige et je tends l'oreille pour ne pas manquer une gamelle éventuelle.

Tu es bien prévenant.

Oui, et je m'en étonne moi-même. Néanmoins, si elle fait une chute ici, la situation risque de devenir très vite compliquée. Je connais un peu ce terrain, même si je n'y suis pas venu depuis des mois, et je sais que les secours auront du mal à nous atteindre s'il devait nous arriver quelque chose. Je joue un peu avec le feu en l'attirant ici, mais… j'ai envie de lui faire découvrir cet endroit. Pourquoi ?

Aucune idée. Peut-être parce que j'ai lu dans son expression face au paysage le même ravissement que celui qui m'anime. Peut-être parce que sa témérité et sa fierté me rappellent un peu mon propre tempérament. Peut-être parce que je me souviens du contact de sa peau douce sous mes doigts quand je lui ai attrapé le poignet la veille dans le Jacuzzi.

Quel est le rapport ? Aucun.

— C'est encore loin ?

Son ton est inquiet, je lance un regard par-dessus mon épaule pour m'apercevoir qu'elle s'est immobilisée à quelques mètres de moi, indécise.

— Non, juste après ce pan de montagne, plus que quelques mètres et nous y sommes.

Bien qu'elle acquiesce, je vois clairement qu'elle n'est pas à l'aise. Si la piste noire ne l'a pas effrayée, cette petite escapade hors-piste, elle, la sort de sa zone de confort. Une partie de moi a envie de la rassurer, une autre, de la bousculer un peu. Mes réactions ambiguës deviennent totalement incontrôlables. Il doit y avoir quelque chose dans l'air de cette station qui me brouille l'esprit.

Je m'immobilise soudain à quelques mètres d'un à-pic sur le flanc opposé du glacier et attends Clémence. Le bruit de ses skis qui chassent la neige avant qu'elle ne s'arrête à mes côtés retentit dans le silence qui nous entoure. Un souffle de surprise lui échappe, elle lâche un de ses bâtons, mais ne le ramasse pas, figée, le regard perdu sur le panorama qui se dessine à nos pieds.

— Waouh.

Je souris.

— Je t'avais bien dit que ça valait le coup.

Les montagnes s'étalent devant nous à perte de vue, certaines recouvertes de leur manteau blanc, d'autres, moins hautes, parées de verdure. Nous devinons des vallées, des monts, des lacs et même plusieurs zones d'habitation. L'horizon se déploie face à nous, magnifique et immense.

— De ce côté, tu aperçois les Alpes, là, le mont Blanc.

Elle hoche la tête en suivant la direction que je lui montre.

— C'est… spectaculaire.

Pour une fois, je suis tout à fait de son avis.

— Ça valait le coup de s'éloigner un peu de la piste, hein ?

Elle acquiesce sans même lever les yeux vers moi, perdue

dans la contemplation de ce qui nous entoure. Durant quelques secondes, je l'observe. Si près de moi, elle me semble bien plus petite qu'habituellement. Il faut dire qu'au bureau je suis le plus souvent installé à mon fauteuil, tandis qu'elle court dans tous les sens, bondissant de son poste de travail jusqu'à la photocopieuse avant de se précipiter sur son téléphone en attrapant une pile de documents au passage et de filer en rendez-vous avec des clients.

Ses joues sont rouges, ses lèvres entrouvertes également, quelques mèches de sa chevelure en partie dissimulée sous son bonnet de laine beige s'échappent autour de son visage. Je ne peux pas voir ses yeux derrière ses lunettes de soleil, mais je les imagine brillants face au spectacle devant nous. Cet endroit n'est probablement pas si « secret » que cela. Dans un lieu où tant de touristes viennent chaque année profiter de la montagne et de tout ce qu'elle a à offrir, ce point de vue a certainement déjà été visité de nombreuses fois. Malgré tout, pour moi, c'est un peu « mon point de vue ».

— Il y a un petit abri de berger plus loin en bas, nous pourrions y faire une pause et grignoter nos sandwichs.

Elle suit la direction que je lui indique du regard et acquiesce sans un mot. Tandis que nous gagnons la cabane en pierres, je me demande ce qui lui traverse l'esprit. Son silence devient un peu inquiétant. L'abri n'est vraiment pas très grand, une minuscule maisonnette qui rentrerait entièrement dans mon salon. La porte ne résiste pas quand je la pousse : inutile de placer un verrou ici, il n'y a rien à voler à l'intérieur si ce ne sont trois chaises de bois et une table branlante. Pas de lits, pas de placards, seulement une cheminée encrassée et un tisonnier tordu. Deux fenêtres percent les murs, enfin, pas vraiment des fenêtres, mais plutôt des ouvertures sans vitre, sans menuiserie, seulement occultées par une planche que j'enlève pour faire pénétrer le jour.

Je me tourne vers Clémence qui observe… rien, puisqu'il n'y a rien à observer.

— J'espère qu'il ne va pas y avoir une avalanche et que nous ne serons pas pris au piège dans cette cabane, commente-t-elle avec un demi-sourire.

— Qu'est-ce qui serait le pire ? Être prisonniers dans cette cabane ? Ou être bloquée ici avec moi ?

Elle ôte ses lunettes et plisse les yeux, comme si elle réfléchissait.

— Difficile de choisir entre deux maux de cette ampleur.

— Tu me places au même niveau qu'une avalanche ? Je ne sais pas si je dois me sentir blessé ou flatté.

Un petit rire lui échappe tandis qu'elle se laisse tomber sur une chaise. Je m'installe en face d'elle et nous déballons nos sandwichs.

— Alors, comment tu as découvert cet endroit ? s'enquit-elle entre deux bouchées.

— C'est mon père qui nous y a emmenés ma mère et moi quand j'étais ado.

Elle hausse un sourcil.

— Ce n'était pas vraiment prudent de sa part.

Ah, voilà le retour de Clémence la maman.

— Mon paternel n'est pas vraiment quelqu'un de prudent.

Je me souviens de ce moment en famille comme si c'était hier, et probablement parce qu'il s'agissait de nos dernières vacances ensemble. Quelques mois plus tard, mon père demandait le divorce et mes parents s'entre-déchiraient sur tous les sujets. Leur compte commun, ma garde, celle du chien, de la maison, de la voiture… Si je conserve assez peu de souvenirs de ce divorce houleux – mon esprit a en grande partie occulté les disputes et les bris de verres ou de la vaisselle que ma mère jetait de colère sur le carrelage de la cuisine –, ces vacances-là, en revanche, sont bien gravées dans ma mémoire. Même si leur couple était probablement déjà sur le déclin, je me rappelle cet instant où nous avons découvert ce magnifique paysage et ce casse-croûte partagé dans cette minuscule cabane.

— … un petit paradis.

Je relève la tête et me rends compte que Clémence me parle.

— Pardon ? J'étais perdu dans mes pensées.

Elle m'adresse un sourire moqueur.

— Tu dis « tes » pensées ? Tu en as donc plusieurs ?

Sa vanne me laisse une seconde sans voix et elle éclate de

rire face à mon expression.

— Je disais que cet endroit ressemblait à un petit paradis, précise-t-elle.

OK, elle m'a coupé le sifflet pour la seconde fois en cinq secondes à peine. Oui, un petit paradis, je n'aurais pas mieux décrit ce lieu qui me rappelle tellement de bons souvenirs.

Hey, mec, ressaisis-toi ! Elle te regarde comme si tu étais en train de faire un AVC !

Je me secoue un peu et acquiesce à sa remarque. Merde, je ne m'attendais pas à être aussi perturbé en venant ici. C'est un spot que je visite régulièrement, mais… seul. Je n'ai même jamais emmené João dans cet abri. Alors, pourquoi Clémence ? Je n'en sais foutre rien ! Je voulais lui en mettre plein la vue et cet endroit est idéal pour ça, voilà tout.

— Et comment est-ce que nous allons rejoindre la piste, maintenant ?

— Nous ne la rejoignons pas.

Elle me lance un regard horrifié et j'éclate de rire.

— Je plaisante ! La piste est juste en dessous de nous, un petit dénivelé et nous y sommes.

Son expression s'adoucit légèrement. Je remarque qu'elle frissonne.

— Tu as froid ?

— Ma combinaison n'est pas très épaisse.

Cela semble lui coûter de l'avouer. J'avais bien noté que son équipement était plutôt daté, mais je n'ai pas pensé une seule seconde qu'elle ne serait pas protégée du froid au sommet du glacier.

— La descente va te réchauffer.

Une affirmation tout à fait véridique. La piste noire est difficile et son cœur devrait s'affoler plus d'une fois, de quoi lui donner quelques sueurs – pas froides, si possible.

Chapitre 23

Clémence

— STOP !

Mon cri s'élève sur la piste. J'ai envie de mourir. Nous sommes pratiquement au bas de la descente qui nous ramène au funiculaire et mes jambes hurlent leur protestation face à l'exercice que je leur impose. Sur la gauche, une étendue de neige s'offre à nous, je m'y engage, déchausse mes skis et me laisse lourdement tomber dans la poudreuse, hors d'haleine. Gabriel me rejoint et son visage s'affiche dans mon champ de vision.

Le soleil dans son dos nimbe sa tête d'une auréole, et pourtant ce n'est pas un saint qui se penche sur moi, mais un véritable démon qui s'amuse de ma faible condition physique. Si j'en avais la force, je lui ferais ravaler son sourire moqueur, mais mes bras pèsent une tonne chacun et refusent de lever mon bâton jusqu'à son visage réjoui.

— Qu'est-ce qu'il t'arrive ?

— J'ai besoin d'une pause. Si je continue, je vais faire une crise cardiaque.

Il se met à rire.

— Tu sais que nous ne sommes même pas au funiculaire, il

reste encore une bonne descente jusqu'au pied du glacier.

— Ne me parle plus de ce glacier de malheur !

De nouveau, son rire retentit et il se laisse tomber dans la neige à mes côtés.

— Tu devrais boire un peu, et manger quelque chose de sucré. J'ai acheté des pains au chocolat à la boulangerie ce matin.

— Laisse-moi mourir en paix.

Mais ma supplique ne prend pas et il extirpe déjà les pâtisseries de son sac à dos avant de m'en présenter une. Je secoue la tête.

— J'ai pas la force de mâcher.

Oui, je l'avoue, j'en fais des caisses. Mais je suis vraiment H.S. ! Il hausse les épaules et n'insiste pas, au lieu de ça, il plante ses dents parfaites – oui, même ses dents sont parfaites, ce mec est un complexe ambulant pour tous les êtres humains de cette planète – dans une viennoiserie.

— Délicieux ! Tu as tort de me laisser ta part.

Je grogne et marmonne une vague réponse, les yeux figés sur le ciel bleu qui nous domine. Il est environ quatorze heures et le soleil est pile au-dessus de nous. Je n'ai pas mis de crème protectrice sur mon nez, comme une idiote, et je sais que mon visage sera probablement écarlate quand j'atteindrai le pied de cette maudite montagne. Ma peau pâle ne bronze pas, elle crame.

— À cause de toi, je vais me choper un méga coup de soleil sur le pif.

— Ben voyons. Je suis responsable de tous tes maux, c'est ça ?

— Tout à fait !

Il ne répond pas. Je risque un regard dans sa direction et me rends compte qu'il a enlevé ses lunettes pour m'observer.

— Quoi ?

— Tu commences déjà à avoir le nez rouge.

Mon poing se referme sur une poignée de neige que je lui jette au visage. Mais il esquive mon geste dans un éclat de rire. Avant même de prendre conscience de ce que je fais, je me suis relevée, et je lui balance plusieurs boules formées à la va-vite, qui atteignent presque toutes leur cible.

— Pas mal ! commente-t-il en s'esclaffant toujours. Tu t'entraînes souvent ?

Je réplique sans cesser de le mitrailler.

— Je te rappelle que j'ai un gosse ! Si je ne savais pas lancer des boules de neige, je serais morte à l'heure qu'il est.

Il se marre comme un gamin et se met à me bombarder lui aussi. Malheureusement pour moi, ses projectiles sont bien plus rapides et précis que les miens, et je suis vite submergée. Mais il n'est pas question de perdre cette bataille ! J'arme mon plus beau cri de guerre et lui fonce dessus façon catcheuse. Surpris, il ne réagit pas, encaisse le coup et s'écroule lourdement dans la poudreuse ; moi, à demi allongée sur lui, secouée de rires.

Voilà bien longtemps que je ne m'étais pas autant défoulée sur quelqu'un. Les skieurs nous lancent des regards ahuris, nos rires résonnent dans la montagne comme ceux de deux gosses déchaînés – ce que nous sommes.

À bout de souffle, je roule sur le côté et atterris de nouveau le dos dans la neige, les bras en croix, le regard plongé dans le ciel toujours aussi bleu. Bon sang, je viens de faire une bataille de boules de neige avec Gabriel le Démon ! Mais qu'est-ce qui m'a pris ? Il faut avouer que l'homme qui est couché sur le sol gelé à côté de moi n'a rien à voir avec celui que je côtoie chaque jour au bureau. Son petit air prétentieux, voire supérieur, a disparu au profit d'une expression avenante et charmante. Oui, le démon porte aujourd'hui son masque de Charmant.

Est-ce que je devrais m'en méfier ? OUI !!! Mille fois oui. Est-ce que je le fais ? Joker…

Clem, me dis pas que tu vas encore tomber amoureuse !

Non ! Certainement pas. Mon coup de cœur du week-end, c'est João. Au moins, avec ce crush-là, je suis sûre de ne prendre aucun risque : il est marié.

Alors, pourquoi est-ce que tu dévisages toujours Gabriel ?

Bon sang, la voix de ma conscience ressemble encore une fois à celle de ma sœur. La raison me revient et je me redresse.

— Allez, finissons cette piste noire.

Sans plus le regarder, je récupère mes skis. Il se lève à son tour.

— J'imagine que tu veux rejoindre le funiculaire.

— Oh oui ! Et j'ai bien l'intention de manger une bonne crêpe au Nutella dans ce magnifique restaurant que j'ai aperçu en arrivant.

Je lui lance un coup d'œil en coin. Erreur : son sourire m'éblouit littéralement. Merde, où sont mes lunettes de soleil ? Sur ma tête. Je les baisse immédiatement pour lui cacher mes yeux bien trop expressifs. Il est temps que cette journée en compagnie de Gabriel se termine avant que mon stupide cœur d'artichaut ne fasse des siennes.

Chapitre 24

Gabriel

Clémence a poussé un véritable gémissement en apercevant le toit du restaurant. La fin de cette descente a été rude, et pourtant nous sommes encore à mi-hauteur du glacier. Malgré tout, pour quelqu'un qui n'avait visiblement plus chaussé ses skis depuis des années, elle s'est bien défendue.

Comme prévu, elle s'est aussitôt précipitée vers la terrasse panoramique, bien décidée à manger une crêpe. Nous y avons retrouvé Julia et Maxence, installés devant un café fumant et une gaufre bien chaude. Quelques employés de l'entreprise étaient également présents, mais, après les avoir rapidement salués, j'ai préféré m'asseoir à côté de Miss Parfaite. Mérite-t-elle toujours ce surnom après avoir failli sur la piste ? Oui, assurément. Clémence assume sa personnalité, ses faiblesses, ses sautes d'humeur… elle est authentique. Et quoi de plus parfait que l'authenticité ?

— João n'est pas avec vous ?

Julia secoue la tête.

— Non, il a fait une descente avec nous, puis en bas de la piste, il a reçu un coup de fil et nous a fait signe de remonter au sommet sans lui.

Étonnant. Je sais que mon ami adore se dépenser sur les pistes, et même s'il avait une vilaine gueule de bois au réveil, rien n'aurait pu l'obliger à rester au lit aujourd'hui. Quel genre d'appel a-t-il bien pu recevoir ?

Je n'ai eu aucun scrupule à le laisser gravir le glacier seul le matin même, et pour cause : il connaît le coin aussi bien que moi. Quand je l'ai quitté sur le quai du funiculaire, il tapait déjà la discute avec Maxence et Julia. João est d'une nature sociable et joviale, il se sent à l'aise avec à peu près n'importe qui.

Le serveur vient de poser sous mon nez un café fumant. J'ai fait l'impasse sur la gaufre ou la crêpe, mais celle de Clémence a l'air si appétissante avec son épaisse couche de chantilly recouverte de chocolat noir que j'en ai presque l'eau à la bouche.

— Alors, comment tu as trouvé la vue ? demande Julia à son amie en indiquant le sommet du glacier.

— Magnifique. Mais je ne la verrai pas une seconde fois. Et d'ailleurs, j'ai bien l'intention de poser mes fesses dans le funiculaire dès cette crêpe engloutie.

— Quoi ? Tu ne descends pas à skis ?

— Non, j'ai fait assez de sport pour un an, au moins.

Comme Julia l'observe avec de grands yeux, je précise :

— On a pris la piste noire.

— Ah… je comprends mieux.

Clémence secoue la tête.

— C'était une idée stupide !

— Personne ne t'a forcée.

Elle me sert un regard meurtrier.

— Tu m'as lancé un défi !

Je me mets à rire.

— Absolument pas ! Je t'ai proposé la piste noire et tu as dit OK.

Maxence éclate de rire.

— Vous vous disputez comme un vieux couple.

Clémence et moi arborons soudain un air effaré. Un vieux couple ? Et puis quoi, encore ? Heureusement, mon téléphone se met à sonner et me sauve la mise. Je jette un coup d'œil à l'écran : c'est João.

— Hey, t'es où ?

— À l'hôtel.

Quoi ? Je fronce les sourcils et me lève de table pour m'éloigner un peu. Quelque chose dans le ton trop grave et trop sérieux de sa voix m'alerte.

— Qu'est-ce qu'il se passe ?

— Je dois rentrer. Mon avocat vient de m'appeler, le jugement du divorce a été avancé à lundi matin. Il faut absolument que je sois sur place.

— Merde.

— Ouais. Heureusement que mon avocat travaille le samedi, hein ?

Au prix auquel il le paie, le gars pourrait même bosser les dimanches et quelques jours fériés. D'après ce qu'il m'a confié, ce foutu divorce n'est pas loin de lui coûter son entreprise de maçonnerie.

— Tu comprends, si je veux que le juge m'ait à la bonne, je dois être frais et dispo, prêt à passer pour le parfait mari bafoué par son épouse infidèle.

— Tu étais le mari parfait, mec.

— Arrête de me faire du gringue, j't'ai déjà dit que t'étais pas mon genre.

Je ricane et il reprend plus sérieusement :

— Je fais mes valises, là, mais mon portefeuille a dû rester dans ta caisse, je le trouve nulle part.

Bien entendu, les clés de la Mercedes sont dans mon sac à dos, accroché à mes épaules.

— Je redescends tout de suite. Je vais attraper le funiculaire, je serai là d'ici une vingtaine de minutes, le temps de récupérer la voiture et d'arriver. Tu veux que je te la laisse pour rentrer ?

João est probablement le seul de mes potes à qui je ferais ce genre de proposition. J'ai toute confiance en lui et si je peux l'aider, d'une façon ou d'une autre, à mettre au plus vite un terme à la situation dans laquelle il se trouve, je le ferai sans hésitation. Cette histoire de divorce n'a que trop duré, comme cette relation toxique d'ailleurs.

— Nan, mon avocat m'a pris des billets de train offerts par le cabinet.

— J'espère bien ; depuis ces derniers mois, tu dois être son plus gros client.

João rit. Je lui affirme de nouveau que j'arrive au plus vite et clos l'appel. Merde, mon pote va se tirer et, moi, je vais rester seul ici, avec des collègues de travail pour lesquels je n'ai pas vraiment de sympathie, juste un bref intérêt. Je devrais peut-être rentrer moi aussi. Après tout, une fois cette histoire de divorce terminée, nous pourrons revenir, mon pote et moi, pour fêter dignement sa « liberté ». Mais mon regard tombe sur la table où se trouvent toujours Julia, Maxence et Clémence. Finalement… mon week-end est payé, ce serait dommage de le gâcher.

Chapitre 25

Clémence

Lessivée par cette journée épuisante, je me laisse lourdement tomber sur mon lit après avoir pris une bonne douche chaude. Finalement, j'ai dévalé la pente du glacier sur mes skis en compagnie de Julia et Maxence. Nous avons opté pour une piste facile, et après ce que j'avais enduré avec Gabriel, cette descente m'a paru être une véritable promenade de santé.

Durant tout le trajet, ma collègue n'a cessé de me harceler de questions au sujet du fils du patron. Pourquoi m'a-t-il payé la location de mon matériel ? Pourquoi tenait-il tant à ce que je découvre le glacier ? Pourquoi son comportement a-t-il changé du tout au tout avec moi ? J'ai eu l'impression de subir un interrogatoire de la Gestapo. Heureusement que je ne lui ai pas parlé de ce qu'il s'est passé la nuit dernière dans le Jacuzzi, je pense qu'elle aurait fini par me coller une lampe torche dans les yeux pour me faire avouer des péchés que nous n'avons pas commis.

Malgré tout, je m'interroge moi aussi sur l'attitude de Gabriel. Celui-ci s'est éclipsé rapidement après avoir bu un café en notre compagnie, en marmonnant quelque chose à propos d'un truc qu'il aurait oublié à l'hôtel. Je crois même l'avoir aperçu se diriger vers le funiculaire pour redescendre. Surprenant. Tout comme l'expression un peu figée et grave de son visage. Est-ce que son départ précipité était lié à l'appel qu'il a reçu de João ?

Quoi ? Oui, bon, je l'avoue : j'ai jeté un coup d'œil à son portable avant qu'il ne décroche et j'ai vu le nom de son ami s'afficher. Non, je ne fouinais pas ! C'était inconscient, un réflexe, comme lorsqu'on passe devant la porte d'une maison ouverte et qu'on lance un regard à l'intérieur sans le vouloir.

Mon propre téléphone se met à sonner et je m'étire sur le lit pour atteindre la table de chevet sur laquelle il est posé : une photo de Mathis avec un casque de karting et un SMS.

Aurore : Il a battu Luc ! Un vrai pilote !

J'éclate de rire en imaginant la tronche de mon beau-frère, qui déteste perdre. Sur le cliché, Mat lève une petite médaille, certainement attribuée par le karting pour ceux qui arrivent en tête de course.

Moi : Le geek n'est pas trop vexé ?

Pour toute réponse, elle m'envoie une photo du geek en question qui tire la gueule et m'adresse un joli *fuck* de son majeur dressé devant l'objectif. De nouveau, je m'esclaffe.

Moi : 😂 C'est pour toutes les fois où il ne lui laisse aucune chance aux jeux vidéo.

Aurore : 😂😂😂

Je souris et repose le téléphone. Aujourd'hui, le manque de mon fils est un peu moins présent. Peut-être parce que je suis totalement H.S., ou peut-être parce que, de mon côté, je profite de ce week-end à la montagne. Si je ressentais une certaine culpabilité à l'idée de venir ici sans Mat, qui adore la neige, savoir qu'il passe un bon moment en compagnie de sa tante et de son oncle me soulage. Si bébé est heureux, maman l'est aussi.

Mes yeux me brûlent et je les ferme quelques instants. Je ne vais pas dormir, non, juste reposer un peu mes pupilles asséchées par le soleil et le vent qui m'a fouetté le visage toute la journée. Un très vieux souvenir me revient en mémoire, un souvenir qui date de mon adolescence, quand je passais mes vacances au chalet de mes grands-parents et que ma grand-mère commençait à somnoler le soir sur son fauteuil devant le feu dans la cheminée.

— Mamie, tu dors, lui disais-je alors.

— Non, me répondait-elle. Je repose mes yeux.

Voilà, c'est ce que je vais faire : reposer mes yeux.

Toc, toc, toc.

Mon cœur bondit et je me redresse en sursaut. Dehors, la nuit est tombée et seules les lumières de la rue illuminent la chambre plongée dans l'obscurité. Je mets un moment avant de reprendre mes esprits. Finalement, je n'ai pas fait que reposer mes yeux, j'ai sombré dans un coma profond, allongée sur le lit, en peignoir, les cheveux en vrac après ma douche.

Toc, toc, toc.

Le bruit qui m'a tirée du sommeil réitère : quelqu'un frappe à ma porte.

— J'arrive !

Ma voix est enrouée, presque pâteuse. Bon sang, quelques minutes de plus à roupiller de cette façon et j'aurais oublié jusqu'à mon prénom. Je rajuste rapidement mon peignoir, glisse une main dans mes cheveux emmêlés et me dirige vers la porte. C'est probablement Julia qui vient me demander si je me joins à eux pour le dîner. Je sais déjà que ma réponse sera négative. Je n'ai pas l'intention de passer mon week-end à leur tenir la chandelle et je préfère les laisser profiter un peu de ces instants à deux. Et puis, malgré la sieste imprévue que je me suis accordée, je me sens toujours épuisée et je pense que je vais faire l'impasse sur le repas pour me glisser sous les draps et dormir tout mon saoul. Après tout, c'était aussi l'objectif du séjour, non ? Se reposer. Jusqu'à présent, ce n'est pas vraiment ce que j'ai fait…

J'ouvre en grand et me fige : Gabriel se tient devant moi.

— Encore ?

Le mot franchit mes lèvres sans que j'aie le temps de le retenir. Loin de se vexer, mon collègue éclate de rire.

— J'en connais une qui se réveille de sa meilleure sieste apparemment.

Sa remarque me fait aussitôt rougir. De quoi ai-je l'air ? Une de mes mains se lève pour tenter de domestiquer ma tignasse échevelée.

— J'en connais un qui va se prendre une porte en plein visage s'il continue de se moquer de moi au réveil.

Son sourire s'élargit.

— Je ne me moque pas. Tu es charmante au réveil, et tellement aimable.

L'ironie ne m'échappe pas et je m'apprête à lui claquer la porte au nez quand il la retient d'une main.

— Non, attends ! Je voulais te proposer de dîner avec moi ce soir.

Quoi ? J'ai dû mal entendre.

— João te fait des infidélités ?

Gabriel hausse les épaules.

— Il a dû rentrer à Tours en urgence.

Vraiment ? Je ne verrai plus le beau Portugais ? Mon petit cœur d'artichaut devrait saigner, mais en réalité il est anesthésié par la présence de Charmant qui me sert une nouvelle fois son sourire Colgate. J'ouvre la bouche pour lui demander quel genre d'urgence a obligé son pote à partir, mais la referme en me disant que ce ne sont pas mes affaires.

— Et donc, je suis ta roue de secours pour la soirée ?

Il s'appuie d'une épaule au cadre de la porte.

— Je t'invite au restaurant et, toi, tu vois aussitôt ça de façon négative.

Justement, j'ai du mal à comprendre *pourquoi* il m'invite. Je croise les bras sur ma poitrine, m'assurant au passage que le décolleté de mon peignoir ne bâille pas trop : je n'ai rien en dessous.

— J'envisageais plutôt de me coucher, figure-toi.

— Sans manger ? Qui fait ce genre de chose ?

Son air effaré m'arrache un sourire.

— Une fille vraiment très fatiguée qui a passé sa journée sur les pistes à cause d'un mec vraiment très agaçant.

Retour du sourire Colgate.

— Agaçant, peut-être, mais qui t'a fait découvrir un magnifique paysage.

— Et prétentieux par-dessus le marché.

Notre petit échange paraît l'amuser et je dois avouer que… moi aussi, même si je commence à me les geler debout dans l'encadrement de ma porte, à moitié à poil. Un frisson m'échappe, il ne le manque pas et son regard me détaille de la tête aux pieds avant de revenir à mes yeux. Attends, est-ce que je rougis ? Il semblerait bien.

— Allez, accepte, me supplie-t-il soudain. Si je descends au restaurant de l'hôtel, Catherine la Nympho va encore me sauter dessus.

— Ah, en fait, ce n'est pas une invitation, mais un service que tu me demandes.

— Disons que c'est un peu des deux.

Mon cœur balance, ses prunelles bleues ne me lâchent pas, comme s'il voulait me convaincre à la seule force de son regard. Mon corps hurle son besoin de recharger ses batteries, mais mon cœur, lui, commence à faiblir face à la belle gueule de Charmant.

— Je t'emmène dans un restau où ils préparent des spécialités auvergnates.

Je hausse les sourcils.

— Tu me prends par les sentiments.

— Et ça marche ?

Est-ce que son regard vient de me caresser une nouvelle fois des pieds à la tête ? Est-ce que mon petit cœur de midinette s'affole et que des papillons s'envolent dans mon ventre ? Il fait chaud tout à coup, non ?

Quoi ? Non mais tu délires, là ! C'est de Gabriel qu'il s'agit.

Oui, Gabriel, le fils détestable du boss, celui qui se croit tout permis, y compris me piquer une vente sous le nez. Mon esprit ne l'oublie pas, lui, mais mon estomac se met à gronder, comme s'il avait entendu les mots *spécialités auvergnates*.

— Je pense que mon appétit est sensible à ton charme.

— Je le savais, fanfaronne-t-il. J'appelle pour nous réserver une table.

Hum, malgré son air sûr de lui, il n'était pas certain que j'allais accepter, sinon il aurait déjà fait la réservation.

— Combien de temps pour être prête ?

— Trois quarts d'heure.

Je vise large, j'ai l'habitude de me préparer en quinze minutes montre en main. Déformation professionnelle de mon rôle de maman célibataire.

— Tu n'as qu'à prendre mon numéro et tu m'envoies un message quand tu es OK.

J'hésite une seconde. Est-ce là une manière détournée de demander mon 06 ? Probablement. Et alors ? Ce n'était pas comme s'il prévoyait de me draguer par SMS ou de me harceler.

Qu'est-ce que tu en sais ? C'est peut-être son genre : harceler sexuellement ses collègues de travail jusqu'à ce qu'elles craquent et démissionnent.

Je fais taire la pessimiste en moi et récupère mon portable sur la table de chevet pour y enregistrer son numéro. Un sourire radieux aux lèvres, il s'éloigne dans le couloir pour rejoindre sa chambre. Une fois encore, j'ai du mal à le comprendre. Son attitude n'a rien à voir avec le regard glacial qu'il m'a lancé à mon arrivée et son comportement de petit connard tire-au-flanc à l'agence.

Qui est ce Gabriel joyeux, empathique et galant ? Est-ce sa nature en dehors du travail ? Après tout, beaucoup de personnes se conduisent d'une façon totalement différente dans le cadre professionnel et affichent un visage qui ne leur correspond pas du tout dans le privé. Gabriel fait-il partie de cette catégorie ? J'ai du mal à l'imaginer aussi agréable au quotidien. Je ferais mieux de rester sur mes gardes, quoi qu'en pense mon stupide petit cœur.

À peine une demi-heure plus tard, je suis prête. Mes cheveux sont domestiqués, j'ai enfilé une tenue plus convenable pour un dîner au restaurant et j'ai appliqué de la crème après-soleil sur mon visage. Oui, de l'après-soleil. Comme je le redoutais, ma figure est aussi rouge que les boules du sapin de Noël qui orne le hall d'entrée de l'hôtel. Ma peau chauffe et tiraille, et malgré l'effet légèrement blanchissant de la crème apaisante, elle reste d'un beau rose vif qui donne l'impression que je viens de sortir d'un sauna. Mon ventre est noué au moment où j'attrape mon téléphone pour envoyer un message à Charmant.

Pourquoi est-ce que je suis si nerveuse tout à coup ? J'ai pourtant mangé avec lui en toute intimité à midi et j'ai passé toute la matinée et une grosse partie de l'après-midi en sa compagnie. Peut-être que mon esprit, légèrement reposé après la sieste que je me suis accordée – ou plutôt qui m'est tombée dessus sans me demander mon avis –, est en train de comprendre que Gabriel m'a invitée à un dîner, rien que tous les deux, dans un restaurant. Ce n'est pas juste un repas entre potes, pour la simple et bonne raison que nous ne sommes pas des potes. Non, ce dîner, c'est autre chose, et je n'arrive pas encore à déterminer quoi.

Tu réfléchis trop, Clem, profite !

La voix du cœur, bien moins sage que celle de l'esprit, me pousse à lâcher prise et je lui obéis en envoyant ce SMS à Gabriel. Je glisse ensuite mon portable dans mon sac, pour ne pas être tentée d'annuler ce repas sur un coup de tête, m'installe sur mon lit et attends. Les minutes passent les unes après les autres avec une lenteur exaspérante. Et s'il ne venait pas ? S'il avait changé d'avis ? Il est peut-être tombé sur Catherine la Nympho et a décidé de modifier ses plans. Après tout, entre une partie de jambes en l'air et un dîner avec une maman au visage rougeaud qui ne perd pas une occasion de lui rappeler à quel point il est prétentieux et désagréable, le choix est vite fait.

Le temps s'écoule, un soupir gonfle ma poitrine. Je n'aurais pas dû me préparer, j'aurais dû me douter que tout ça ne mènerait à rien. Si je le croise demain dans les couloirs, je ne lui accorderai même pas un regard et ne lui adresserai surtout pas la parole. J'imagine qu'il a vu tout ça comme un jeu de plus, une nouvelle façon de se payer ma tête, comme il l'a fait avec cette maudite vente.

Dépitée et furieuse, je m'apprête à enlever mes chaussures et à les jeter dans un coin de la pièce quand des coups retentissent à ma porte. Mon cœur bondit dans ma poitrine – cet abruti ne sait vraiment pas se tenir ! – et je saute littéralement de mon lit. Un coup d'œil à mon reflet : mouais, pas terrible, mais il faudra bien faire avec. Je plaque un sourire à mes lèvres et me dirige, légère, vers la porte de la chambre.

Chapitre 26

Gabriel

Clémence étudie la carte en face de moi. Ce soir, elle porte un petit haut en voile qui laisse deviner des dessous en dentelle. Est-ce qu'il s'agit d'un soutien-gorge ? Ou d'un body ? Le tissu est un peu trop opaque et ça va me rendre fou toute la soirée.

Bordel, Gab, t'es un vrai obsédé !

Absolument pas ! Mais il n'y a pas idée de s'habiller de la sorte ! Je m'attendais à une de ses chemisettes habituelles, de celles qu'elle arbore en règle générale au bureau : classiques, élégantes, sages. Au lieu de ça, elle me sort le grand jeu avec ce jean ultra slim noir et ce haut qui me torture.

Le grand jeu ? Carrément ?

Non, j'exagère certainement un peu. Même si ce top est légèrement suggestif, il n'est pas non plus carrément sexy, c'est mon cerveau qui déconne à plein régime. J'ai un mal fou à me concentrer sur la carte et l'observe à la dérobée. Ses joues sont roses, presque rouges, tout comme son nez et son front : le fameux coup de soleil qu'elle avait prédit. Elle aurait pu camoufler le tout sous une couche de fond de teint, mais elle a opté pour un maquillage léger, une touche charbonneuse sur les yeux, du mascara et rien de plus.

D'ailleurs, je ne l'ai jamais vue très maquillée, elle adopte toujours ce style naturel et je trouve qu'il lui va bien. Inconsciemment, je pense à Catherine, dont je pourrais racler le fond de teint à la taloche – João m'a déjà proposé ses services de maçon à ce sujet –, et j'avoue que je préfère le coup de soleil charmant et les taches de rousseur qui apparaissent sur les pommettes de ma compagne de ce soir.

Ton rencard, plutôt.

Non, ce n'est pas un rencard, juste une façon sympa de terminer une journée agréable en sa compagnie. C'est en tout cas ce que j'ai affirmé à João en le conduisant à la gare.

— Mouais, à d'autres ! Tu kiffes cette femme ! Je l'ai remarqué dès hier soir ! a-t-il répliqué.

Il se trompe sur toute la ligne. Bon, certes, son petit haut me perturbe légèrement et je lui trouve un charme qui ne me laisse pas indifférent, mais les choses n'iront pas plus loin. J'ai déjà fait la connerie l'année dernière de coucher avec une collègue de l'entreprise, je ne suis pas près de recommencer.

Malgré tout, je suis convaincu que Clémence n'aurait pas le même comportement que Catherine. Elle ne serait pas insistante, collante, voire harcelante, avec moi.

Non, t'as raison, elle t'enverrait tout simplement bouler vite fait, bien fait.

Bien entendu. Le serveur arrive et me tire de mes pensées tordues. Comme je n'ai pas encore regardé la carte, je feinte en commandant un apéritif pour débuter. Clémence sourit et prend un whisky, pas le plus cher, mais presque. Entre João et elle, ce week-end va me coûter une blinde. Quand le serveur est parti, je lui demande :

— Toujours ta petite vengeance personnelle ?

— Toujours, acquiesce-t-elle. J'avoue que j'en profite un peu : j'adore le bon whisky.

Une fois de plus, je m'en étonne. Je ne sais pas pourquoi, mais je n'aurais jamais imaginé que Mme Placide puisse aimer un alcool aussi fort, cela ne colle pas avec l'image que j'avais d'elle. Pourtant, depuis que nous avons posé les pieds à Tignes, cette image s'étiole de plus en plus et je me rends compte que je me suis probablement trompé sur toute la ligne avec elle. Elle est loin d'être placide, je dirai même plutôt qu'elle est piquante.

Ses yeux bruns parcourent le restaurant.

— J'aime beaucoup ce cadre rustique, c'est très chaleureux, commente-t-elle.

J'approuve d'un signe de tête.

— Je m'en doutais.

Ses prunelles se posent sur moi.

— Vraiment ?

— J'en ai peut-être pas l'air, mais je suis assez observateur et j'ai remarqué qu'au bureau tu avais tendance à te spécialiser dans les maisons qui avaient un certain charme, les vieilles bâtisses pleines d'histoire ou les appartements atypiques.

Elle semble surprise.

— En effet, acquiesce-t-elle au bout de quelques secondes. Tout le contraire de ce que, toi, tu proposes à tes clients.

— C'est vrai, j'aime les biens modernes, épurés, avec une déco contemporaine, mais je sais aussi apprécier ce genre d'ambiance chaleureuse et conviviale.

— Mais tu ne vivrais pas dans une vieille maison de charme, conclut-elle.

Le serveur nous apporte notre commande, ce qui me dispense de lui répondre. Je songe toutefois à mon appart, moderne, bien conçu, pratique, murs blancs, sol blanc aussi, décoration neutre – enfin, si on peut parler de décoration… – style minimaliste. Est-ce que je me sens bien chez moi ? Oui, mais j'avoue que je n'y passe pas beaucoup de temps. Je déménage trop souvent pour réellement m'investir dans un bien immobilier. J'ai d'autres priorités en tête, mon ambition professionnelle entre autres.

Le serveur nous demande si nous avons choisi notre menu, et comme je n'ai toujours pas jeté le moindre coup d'œil à la carte, je me contente de suivre Clémence, qui opte pour une truffade auvergnate.

— Elle ne sera probablement pas aussi bonne que celle que faisait ma grand-mère, mais je n'en ai pas mangé depuis une éternité et j'ai bien besoin de prendre quelques calories en trop après cette journée, me confie-t-elle.

Je m'apprête à lui demander la recette de sa grand-mère quand trois personnes passent le seuil du restaurant : deux employés de la boîte de Blois en compagnie de Catherine. Cette dernière plonge aussitôt ses prunelles dans les miennes et je détourne le regard en grommelant un « merde » entre mes dents. Clémence se tourne vers la porte et glousse.

— Apparemment, tu ne t'en débarrasseras pas si facilement.

— Je l'ai croisée dans le couloir de l'hôtel tout à l'heure, quand je faisais la réservation. Cette femme est tenace.

— On dirait qu'elle aimerait bien mettre la main sur le fils du patron.

Le commentaire n'a rien d'agressif ou de méprisant, au contraire, la situation semble l'amuser.

— Elle n'en ferait pas tant si elle savait que le patron n'a pas parlé à son fils depuis le jour où il l'a appelé pour lui demander de le représenter à la soirée d'Halloween, pendant qu'il allait se griller la pilule sur je ne sais plus quelle île paradisiaque.

Je m'étrangle avec ma salive. Bordel, mais pourquoi est-ce que j'ai dit ça ? Je ne suis pas du genre à évoquer ma relation avec mon paternel, encore moins à m'en plaindre ! Et voilà, maintenant Clémence pose sur moi un regard peiné et je me sens comme un con. Je change aussitôt de sujet.

— Alors, est-ce que tu vas m'expliquer pourquoi tu as si peur de faire du hors-piste ?

Ma question la fait presque sursauter. Elle tente de me dissimuler sa réaction en portant son verre à ses lèvres, mais le subterfuge ne prend pas.

— Tout le monde devrait avoir peur du hors-piste. Il faut toujours respecter la montagne, et le ski n'est pas un sport sans risques, loin de là.

Au lieu de noyer le poisson, elle m'en dévoile un peu plus sans le vouloir.

— Tu parles d'expérience, on dirait.

Est-ce qu'elle vient de rougir ? Sa peau est déjà si rose.

— Je suis toujours la voix de la raison, c'est tout.

Mes paupières se plissent pendant que je la scrute.

— Je suis sûr que non. J'ai l'impression que tu as fait pas mal de conneries étant jeune.

Elle hausse les sourcils et prend l'air choqué.

— Moi ? Jamais !

— Tu joues très mal la comédie.

— C'est un interrogatoire ?

— Peut-être.

Nous nous observons durant quelques secondes en silence et elle finit par pousser un soupir.

— Je n'ai pas fait plus de conneries que les autres ados de mon âge !

Humm, je la sens sur le point de flancher.

— Je n'imagine pas Miss Parfaite en ado rebelle.

Cette fois-ci, elle rougit, j'en suis certain.

— Je ne suis pas parfaite. Et, si, j'ai eu ma période ado rebelle, ou plutôt ado conne plus précisément.

Voilà qui aiguise ma curiosité.

— Et qu'elle est la plus grosse connerie que tu aies faite ?

Un petit rire franchit ses lèvres.

— J'aurais du mal à n'en citer qu'une. J'ai volé dans les supermarchés, pris une cuite à treize ans à peine, fumé – et pas que la cigarette –, piqué la voiture de mes parents à quinze ans pour rejoindre des amis en boîte, fréquenté les mauvais garçons, fugué…

Ah, quand même ! Je ne m'attendais pas à ça. Mon expression la fait rire.

— Tu vois, je suis loin d'être parfaite.

— Et c'est pendant cette période rebelle que tu as pris peur du hors-piste ?

Ses paupières se plissent.

— Tu lâches jamais l'affaire, toi, hein ?

— Jamais, déclaré-je avec un grand sourire.

Elle soupire et baisse les armes.

— Oui, c'est durant cette période que j'ai fait une des plus grosses bêtises de ma vie. Comme mes parents ne savaient plus trop quoi faire de moi, ils se sont dit que je serais peut-être plus facile à gérer si j'allais passer les vacances dans le chalet isolé de mes grands-parents.

— Mais ils se trompaient.

Elle hoche la tête gravement.

— J'étais avec quelques-uns de mes cousins, je devais avoir à peine dix-sept ans et nos grands-parents nous avaient conduits au pied des remontées mécaniques du Mont-Dore pour qu'on puisse skier. Je suis parvenue à convaincre mes cousins, pour la plupart plus jeunes que moi, de quitter la piste.

Une gorgée de whisky interrompt son récit, puis elle continue :

— Malheureusement, ce qui devait arriver arriva, et une de mes cousines s'est cassé la figure. J'entends encore le craquement de son tibia et je revois le sang qui tachait la neige : fracture ouverte. Heureusement, un de mes autres cousins était en formation jeune pompier volontaire et il a su comment réagir. Mais, comme nous étions hors-piste, personne ne nous voyait et on ne pouvait donc pas compter sur qui que ce soit pour donner l'alerte. À cette époque-là, aucun de nous n'avait encore de téléphone portable.

De nouveau, elle fait une pause.

— Tu es partie alerter les secours ?

Elle secoue la tête.

— Nan, j'ai clairement pas du tout géré la situation. J'étais en état de choc, assise à côté de ma cousine qui pleurait de douleur et je ne savais absolument pas quoi faire ! Mes deux autres cousines ont regagné la piste pour aller chercher de l'aide. Elles avaient à peine quinze ans et elles se sont montrées bien plus responsables que moi. Nous n'étions pas très loin de la piste, les secours sont arrivés très rapidement et ma cousine a été prise en charge. Même si la fracture était impressionnante, ce n'était pas très grave, et aujourd'hui elle n'en conserve aucune séquelle, heureusement.

— J'imagine que vous avez tous eu droit à une sérieuse engueulade.

Elle secoue la tête.

— Même pas. Les secouristes nous ont fait la morale, mais mes grands-parents ont estimé que nous nous étions tous punis nous-mêmes. Ils ont même interdit à nos parents de nous engueuler au téléphone et j'avoue que j'aurais préféré qu'ils le fassent. Je me suis sentie si coupable ! J'avais presque besoin d'être sanctionnée.

— C'est à ce moment-là que tu es devenue sage et responsable ?

Un petit sourire recourbe ses lèvres.

— Même pas.

— Une vraie rebelle.

— Tu n'as pas idée, réplique-t-elle avec un clin d'œil.

Merde, mon estomac vient de faire un truc vraiment bizarre, comme une sorte de pirouette. Je porte mon verre à ma bouche pour chasser ce sentiment étrange.

— Et toi ? J'imagine que tu as dû faire pas mal de conneries.

J'arbore un air choqué.

— Moi ? J'étais un ange.

C'est à mon tour de lui adresser un clin d'œil complice et elle se met à rire.

— Allez, c'est à toi de passer à table, insiste-t-elle.

Mon soupir est presque dramatique, j'aurais pu faire un sacré bon acteur.

— Oh, le lot habituel, insubordination, fugue, alcool, un ou deux pétards de temps en temps et la glandouille en cours. En fait, j'ai tellement glandé que j'ai foiré toutes mes études. Tel que tu me vois, je n'ai pas un seul diplôme en poche.

Elle ne cache pas sa surprise.

— Vraiment ?

— Ouais, toute ma carrière est fondée sur mon expérience sur le terrain.

— Le terrain ? Tu parles de ton siège de bureau, j'imagine ?

— Excuse-moi d'avoir des méthodes un peu plus actuelles que toi. On ne t'a jamais dit que le porte-à-porte avait été abandonné au siècle dernier au profit d'un système révolutionnaire qui s'appelle Internet ?

Ma vanne me vaut un froncement de sourcils.

— Mes méthodes fonctionnent !

— Les miennes aussi.

— Je favorise les interactions humaines.

— Je favorise le chiffre.

Le débat pourrait continuer longtemps et nous nous

penchons de plus en plus au-dessus de la table pour nous affronter quand le serveur arrive finalement avec nos plats. Je m'écarte et ne manque pas le regard de Catherine, installée à quelques mètres de nous. Ses yeux foudroient littéralement Clémence. Qu'est-ce qu'elle est en train de s'imaginer ? Qu'il s'agit d'un rencard ? Qu'elle va perdre le beau parti sur lequel elle veut mettre le grappin ?

Il faut dire que notre position pourrait paraître équivoque. Mais il n'y a aucun flirt dans notre échange, seulement une volonté réciproque d'avoir le dernier mot. Et pourtant, je ne me suis jamais senti aussi stimulé au cours d'un repas en tête à tête avec une femme.

Le serveur vient de repartir et je baisse le regard sur la table.

— Eh bien, j'espère que tu as faim.

Nos deux assiettes sont remplies de truffade, une spécialité à base de pommes de terre et de fromage qui doit compter environ mille calories par bouchée, et comme si cela ne suffisait pas, nous avons également droit à un gros plateau de charcuterie disposé entre nous. Pour accompagner le tout, une salade légère grignote un peu de place sur le coin de nos assiettes.

— La verdure, c'est pour nous donner bonne conscience ?

Clémence éclate de rire.

— Tout à fait, c'est la petite touche Weight Watchers du repas.

Elle a déjà ses couverts en main et ses yeux pétillent à la vue de la nourriture. Je la regarde plonger sa fourchette dans son plat, piquer une pomme de terre nappée de fromage, la porter à ses lèvres rouges et fermer les paupières de plaisir. Aussitôt, ma queue se redresse dans mon boxer. Merde, je bande devant une fille qui mange de la truffade ! Mais qu'est-ce qu'il m'arrive ?

Cette expression d'extase sur son visage, ce soupir de contentement, elle a eu exactement la même réaction la veille, quand elle a trempé ses lèvres dans le whisky au bar de l'hôtel.

— Humm, elle est presque aussi bonne que celle de mamie, lâche-t-elle entre deux bouchées.

Oui, entre deux bouchées, car, si je n'ai pas encore attaqué mon assiette, elle-même a déjà gloutonné une grosse partie de la sienne. Je ne m'attendais pas à ce qu'elle ait un si bon coup de fourchette.

— Un peu de vin ?

Elle acquiesce aussitôt.

— Oui, merci.

Pendant que je remplis nos deux verres de blanc sec, elle pioche dans le plateau de charcuterie et je ne peux retenir un petit rire.

— Quoi ? s'étonne-t-elle.

— Tu as un appétit d'ogre, c'est étonnant pour une fille aussi menue.

Elle hausse les épaules.

— J'ai un métabolisme rapide. Pratique quand on est aussi sportive qu'un paresseux.

Je souris et attaque à mon tour mon assiette.

— Et toi, tu es sportif ? demande-t-elle.

— Oui, assez. Je fais un peu de cyclisme, du tennis parfois et je vais à la salle. Mais ce que je préfère, ce sont les sports au grand air, le ski, la randonnée, la voile…

Elle s'est figée, sa fourchette à mi-chemin de sa bouche.

— Waouh, tout ça ! Je comprends mieux pourquoi tu as le cul vissé à ta chaise de bureau la semaine : tu récupères, en fait.

J'éclate de rire. Merde, comment est-ce qu'elle fait ça ? En règle générale, je n'ai pas beaucoup d'autodérision et je prends assez mal la vanne, et pourtant ses piques à répétition m'amusent. Mais où est passée Mme Placide ?

Le reste du dîner se déroule dans la même ambiance et je ne cache plus ma stupeur quand Clémence commande une énorme coupe de glace pour clôturer son repas déjà bien copieux. Ce petit bout de femme est surprenant.

Durant toute la soirée, je sens le regard de Catherine sur nous et je sais déjà que, demain matin, les ragots iront bon train. Cette idée me contrarie. Pas parce que j'en ai quelque chose à foutre de ce que les gens racontent sur moi, mais parce que je ne voudrais pas que la réputation de Clémence en prenne un coup à cause d'un simple repas. Après tout, c'est un dîner platonique entre deux collègues de travail en week-end, rien de plus.

Alors, pourquoi tu ne débandes pas depuis tout à l'heure ?

Aucune idée. L'air de la montagne, certainement…

Chapitre 27

Clémence

Il est presque minuit quand nous regagnons l'hôtel. J'ai la sensation de peser dix kilos de plus que lorsque je suis partie en début de soirée, mais ça en valait la peine : la truffade était excellente. Pas aussi bonne que celle de mamie, mais aucune ne sera jamais à la hauteur de toute façon. J'ai passé un agréable moment, aussi surprenant soit-il, et Gabriel a été fidèle à son physique : charmant. Comme le restaurant n'était pas très loin, nous y sommes allés à pied et l'air vivifiant de la nuit a chassé la somnolence qui s'emparait de moi après ce repas copieux. Malgré tout, je rêve d'un bon lit et de douze heures de sommeil.

Le hall d'entrée de l'hôtel est assez silencieux, même si quelques clients s'attardent au bar et dans le restaurant. Je me demande si Julia et Maxence ont dîné là.

— Un dernier verre ? me propose Gabriel.

Je délire, ou il tente de prolonger la soirée ? Je décline d'un mouvement de tête.

— Il vaut mieux que j'aille me coucher avant de tomber de fatigue.

— Mais où est passée la jeune rebelle que tu m'as décrite ?

Un petit sourire recourbe ses lèvres et je le trouve encore plus beau que d'habitude.

Quoi ? Mais tu t'entends ? Va te coucher avant de dire ou de faire une grosse connerie.

— La rebelle a eu un enfant et a dépassé la trentaine. Le mot *fatigue* adopte une tout autre dimension à mes yeux à présent.

Il se met à rire et m'emboîte le pas jusqu'à l'ascenseur.

— Ah, toi aussi tu es fatigué finalement ?

Ses larges épaules se haussent.

— Je ne vais pas aller prendre un verre tout seul.

Je pourrais lui faire remarquer qu'il y a probablement plusieurs membres de la société au bar, mais je m'en abstiens. Une petite part de moi est ravie qu'il renonce à ce dernier verre seulement parce que je ne suis pas avec lui. Oui, je déraille complètement.

Les portes de l'ascenseur s'ouvrent et nous montons à l'intérieur. Soudain, j'étouffe. La chaleur dans la cabine est intense, je déboutonne ma veste, lance un regard à mon collègue, mais détourne aussitôt les yeux : les siens sont braqués sur moi. Pourquoi est-ce qu'il m'observe comme ça ? Pourquoi est-ce qu'il ne parle pas ?

Une tension s'installe entre nous. La ressent-il ? J'ai l'impression que mes jambes vont se dérober sous moi, je fixe obstinément la porte face à nous, mais j'y vois le reflet de l'homme à mes côtés : il me détaille toujours. Sa présence semble envahir l'espace et son parfum boisé m'enveloppe littéralement.

Tout à coup, j'ai une image qui me vient en tête, celle de nos deux corps enlacés dans cet ascenseur, sa bouche sur la mienne, mes bras noués autour de son cou, ses mains glissant sous mon haut pour caresser ma peau… Je ferme brusquement les yeux pour chasser cette pensée incongrue.

Waouh, il fait de plus en plus chaud ici, ou c'est moi ? J'ai la gorge sèche et mon visage est en feu. Même si j'ai pris un vilain coup de soleil, je ne peux pas lui mettre ma soudaine combustion sur le dos. Il faut que je me rende à l'évidence : mes hormones sont en train de s'enflammer ! La présence du beau mâle à mes côtés y est pour quelque chose, c'est certain.

Mais, bon sang, il s'agit de Gabriel ! Le démon de la boîte, le fils prétentieux du patron, celui qui se croit tout permis et qui n'a pas hésité à me faire un odieux chantage pour m'attirer jusqu'ici !

Je le déteste !

Mon corps, lui, semble se moquer éperdument de mes états d'âme. Si je ne le retenais pas, il se serait déjà jeté au cou de l'Apollon. J'ai l'impression d'étouffer et m'évente discrètement avec ma main. Le troisième étage ne peut pas être si haut que ça ! Depuis combien de temps les portes se sont-elles refermées ? Un siècle ?

Je risque un regard en direction de Gabriel et sursaute presque quand mes yeux plongent dans les siens. L'expression de son visage est indéfinissable. Est-il aussi sensible que moi à l'atmosphère qui règne soudain dans ce tout petit espace clos ? Ou est-ce que je me fais des films ?

Un « ding » retentit, semblable à la sonnette du four – nous sommes peut-être cuits finalement. Ouf, sauvée par le gong. Je m'expulse de l'ascenseur avec beaucoup trop de hâte. Nerveuse, je pivote brièvement vers mon collègue, qui m'observe toujours avec cette expression étrange.

— Bon, eh bien, merci pour cette soirée. C'était très sympa. Bonne nuit.

Il a à peine le temps de me répondre que je tourne déjà les talons. Si sa chambre se trouve presque en face de la cabine, la mienne est un peu plus loin dans le couloir et je m'empresse de la rejoindre. J'ai l'impression de fuir. Non, en fait, ce n'est pas une impression, je fuis bel et bien. Les émotions qui m'ont parcourue dans cet ascenseur n'ont rien de normal et je préfère les oublier le plus rapidement possible.

Ni une ni deux, je déverrouille la porte de ma chambre et me réfugie à l'intérieur. Un soupir aux lèvres, je m'appuie contre le battant clos et ferme les yeux.

Bon sang, Clem, ressaisis-toi ! Ce n'était pas un rendez-vous romantique, seulement un dîner entre collègues ! Qu'est-ce qu'il t'a pris dans cette fichue cabine ?

La fatigue peut-être, le dépaysement ou ce cadre magnifique, je n'en sais rien. Une chose est sûre : je ferais mieux d'aller me coucher, et vite. Mais d'abord : une bonne douche froide.

Je me débarrasse de ma veste et avance d'un pas avant de m'immobiliser.

— Oh non !

Le gémissement de dépit répond à celui, beaucoup plus lascif, de ma voisine de chambre. Le couple infernal a visiblement décidé de remettre le couvert ce soir et les soupirs d'extase me parviennent très distinctement à travers la cloison beaucoup trop fine. Figée au milieu de la pièce, je me questionne sur ce qu'il convient de faire. Cogner au mur en beuglant un « y en a qui veulent dormir, ici ! » d'une belle voix de poissonnière sur le marché ? Aller gentiment frapper à leur porte pour leur demander d'être un peu moins bruyants ou de tempérer leurs ébats, en espérant qu'ils m'entendront cette fois-ci et finiront par ouvrir ? Ou enfouir ma tête sous l'oreiller en essayant de dormir quelques heures cette nuit ?

Toc, toc, toc.

Je sursaute. On frappe à ma porte. Un miracle que je l'ai entendu avec le ramdam que font mes voisins. Dépitée, je vais ouvrir et me trouve face à Gabriel.

— Tu as fait tomber ça dans l'ascenseur.

Il tient mon écharpe dans sa main et me la tend avant de se figer, les yeux écarquillés.

— Tu mates un film porno, ou quoi ?

Je soupire.

— Nan, ce sont les voisins d'à côté qui remettent ça.

Ses sourcils se haussent et un sourire fend son visage.

— Eh ben, ils n'y vont pas de main morte.

— Ils ont fait ça toute la nuit dernière. J'ai essayé de frapper à leur porte pour leur demander de faire moins de bruit, mais ils ne m'ont même pas entendue.

— Ils étaient trop occupés.

La situation semble l'amuser ; moi, beaucoup moins.

— Je pense que je vais de nouveau passer une super nuit.

Il m'observe encore avec ce drôle d'air avant de lâcher :

— Tu n'as qu'à venir dormir dans ma chambre.

Mon cœur fait un bond jusqu'à ma gorge.

— Quoi ?

Ma voix ressemble à un croassement de corbeau.

— Oui, enfin, pas avec moi, bien sûr. Mais il y a deux lits et comme João est parti…

Je demeure muette de stupeur et il finit par hausser les épaules.

— Ouais, c'est peut-être pas une bonne idée. Enfin, comme tu veux. Sinon, tu peux aller te plaindre à la réception.

Comme je ne réponds toujours pas, il se passe une main dans les cheveux, l'air gêné tout à coup.

— Enfin, bon, tiens, ton écharpe.

Il tourne les talons, à ma manière quelques secondes plus tôt, et s'éloigne dans le couloir. Je referme doucement la porte, encore sous le choc. Est-ce qu'il vient vraiment de me proposer de dormir dans sa chambre ? Mais qui est cet homme et qu'a-t-il fait de Gabriel le Démon ? D'où sort ce nouveau côté galant, prévenant et chevalier servant ? À moins qu'il n'espère autre chose.

Là, tu te fais des films, ma vieille. Vous ne jouez clairement pas dans la même catégorie.

J'aurais du mal à le nier. Gabriel est un jeune célibataire friqué au physique d'Adonis. Il lui suffit probablement de claquer des doigts pour que toutes les femmes tombent à ses pieds et je suis certaine qu'il doit choisir les plus séduisantes d'entre elles. Quant à moi, je suis une maman issue de la classe moyenne, sans atouts particuliers. Mon petit cœur de midinette en prend un coup, et c'est en soupirant que je me déshabille avant de me glisser dans la salle de bains. Les gémissements du couple s'amplifient. Peut-être qu'ils vont s'épuiser, mais j'en doute. J'ouvre la douche à fond, le bruit de l'eau finira bien par étouffer leurs cris de plaisir, ou alors par me noyer…

Chapitre 28

Gabriel

Allongé sur mon lit, les yeux rivés au plafond, je me demande encore ce qu'il m'a pris. Proposer à Clémence de venir dormir là, mais qu'est-ce qui m'est passé par la tête ? Quand j'invite une fille dans ma chambre, c'est pour baiser et rien d'autre. Mais les mots ont jailli de ma bouche, comme s'ils avaient leur volonté propre. Je ne suis pas un putain de gentleman ! Je ne suis pas non plus quelqu'un d'altruiste qui rend des services ! Le seul à qui j'en rends, c'est João, et uniquement parce qu'il est mon meilleur ami.

Je suis même pas sûr d'apprécier cette femme, et voilà que je lui propose de venir faire de la coloc dans ma piaule. Y a vraiment quelque chose qui ne tourne pas rond chez moi en ce moment.

Et qu'est-ce qu'il s'est passé dans l'ascenseur, au juste ? Je n'arrivais pas à détacher mon regard d'elle ! Il y a eu une sorte de… courant étrange entre nous.

Nan, tu te fais des films !

Énervé contre moi-même, j'allume la télé fixée au mur en face des deux lits. Je zappe sans conviction jusqu'à tomber sur une émission sur les douanes au Mexique. Merde, je n'imaginais pas mon samedi soir de cette façon. Normalement, je devrais être avec João dans un bar et pas emmitouflé sous ma couette devant un programme bidon. Pendant que je m'abrutis devant les passeurs de drogue qui se font tous choper par les douaniers – les cons ne se sont visiblement pas donné le mot et utilisent encore et encore les mêmes techniques éculées –, je repense au repas en compagnie de Clémence.

Je me suis amusé. Qui aurait pu croire ça ? Mme Placide est en réalité très marrante et d'un naturel désarmant. Elle m'a un peu parlé de ses proches et j'ai ri plus d'une fois à ses anecdotes. J'ai même éprouvé un peu de jalousie : elle vient d'une famille très soudée et aimante, tout le contraire de la mienne.

Voilà que tu tombes dans le drama maintenant, ça, c'est un super samedi soir. Tu veux pas un pot d'Häagen-Dazs et un paquet de mouchoirs tant que t'y es ?

J'étouffe un grognement et me concentre sur les douaniers qui maîtrisent un passeur un peu trop enthousiaste. Je me demande si Clémence a trouvé le sommeil avec les deux excités qui jouxtent sa chambre.

T'es encore en train de penser à elle…

Ouais, je dois avoir attrapé un virus ou une connerie du genre, je ne vois pas d'autre explication à cette soudaine fixette.

Finalement, j'aurais peut-être dû aller faire un tour au bar de l'hôtel. Il n'est pas trop tard, je pourrais sauter dans mon jean et descendre au rez-de-chaussée… Mais, non, l'envie n'est pas là. C'est bien la première fois que je n'éprouve pas le besoin de socialiser. Je me sens bizarre ce soir, j'ai certainement un peu trop mangé.

Je commence à somnoler quand des coups me font sursauter. Je mets un moment avant de réagir que c'est bien à la porte de ma chambre qu'on frappe, et finis par bondir de mon plumard. Quelle heure est-il ? Est-ce que j'ai dormi longtemps ? Les douaniers sont encore à l'œuvre sur l'écran de télé, j'ai seulement dû fermer les paupières quelques minutes.

J'ouvre et tombe nez à nez avec un petit bout de femme emmitouflée dans son peignoir, les yeux cernés, un regard de chien battu : Clémence. Mon estomac fait un truc vraiment étrange et j'ai du mal à avaler ma salive.

— En fin de compte, si la proposition tient toujours, j'aimerais bien squatter le lit de João, murmure-t-elle.

Durant de longues, très longues secondes, je la fixe bêtement avant de réagir.

— Oui, bien sûr, vas-y, entre.

Je me décale pour la laisser passer et me rends soudain compte que je suis en boxer.

Elle t'a déjà vu à poil la nuit dernière...

Oui, mais, la nuit dernière, les choses étaient différentes.

Ah ouais, en quoi ?

Je préfère ne pas répondre à cette question. Mon oreille traîne du côté du couloir et je capte des bribes de gémissements et autres bruits d'extase. Apparemment, le couple est insatiable.

— Ils ont de l'énergie à revendre.

— M'en parle pas, soupire-t-elle. J'espère depuis une heure qu'il va finir par l'assommer contre le mur, mais ça n'arrive jamais. Je suis allée frapper à leur porte, mais ils sont bien trop occupés pour répondre à qui que ce soit.

Debout au pied des deux lits, elle semble exténuée. Je lui désigne le pieu de João.

— Tu peux dormir dans celui-ci.

— Merci.

Sans rien ajouter, elle enlève son peignoir. J'ai à peine le temps d'apercevoir sa tenue de nuit – un short et un débardeur – qu'elle s'est déjà faxée sous les couvertures, et je reste là comme un con au milieu de la pièce.

Cette situation me sort totalement de ma zone de confort, je n'ai jamais été confronté à ce cas de figure. Quand une femme vient passer la nuit dans ma chambre, c'est dans mon lit et pas dans celui d'à côté. Étrangement nerveux, je marmonne quelque chose et m'enferme dans la salle de bains pour m'asperger le visage d'eau froide.

Mais qu'est-ce qu'il me prend ? On dirait un ado qui vient de voir une fille en pyjama pour la première fois ! Heureusement qu'elle est un peu plus mature que moi. Elle n'a même pas réagi à ma tenue, ou plutôt à mon absence de tenue.

Souviens-toi qu'elle t'a déjà vu à poil.

Non, il ne vaut mieux pas que je m'en souvienne, sinon je vais… et voilà, je bande. C'est malin ! Me remémorer cet instant dans le Jacuzzi n'était vraiment pas la chose à faire. Mon boxer ne dissimule absolument pas mon érection et je pousse un soupir exaspéré.

Les yeux fermés, le souffle lent, j'essaie de penser à quelque chose d'absolument pas excitant. De la morve ? Des pieds de cochon cuits en sauce ? De la ratatouille ? Des ongles incarnés ? Une mycose ? Un bonnet péruvien…

Ah, ça commence à fonctionner !

Tout à coup, un bruit sourd retentit dans la chambre, suivi d'une exclamation. J'oublie ma trique et me précipite dans la pièce avant de freiner des quatre fers. Là, devant moi, à quelques pas seulement, Clémence est à quatre pattes par terre, penchée sous le pieu, son petit cul pointé dans ma direction et à peine couvert par le short en dentelle noire qui lui sert de bas de pyjama.

Le temps se fige, ma pomme d'Adam fait un aller-retour et je bugge sur ce fessier rebondi tendu vers moi. Clémence finit par se redresser et pivote sur ses talons, l'air gêné.

— J'avais fait tomber mon téléphone sous le lit…

Sa voix se brise, son visage est plus rouge que jamais, ses lèvres, plus tentantes que toutes celles que j'ai pu embrasser jusque-là. Une tension emplit la chambre, la même que celle qui régnait dans l'ascenseur et qui me prouve que je n'ai pas rêvé ce putain de moment. J'ai l'impression qu'elle ne respire plus. Moi non plus.

Lequel de nous deux bouge en premier ? Je n'en ai pas la moindre idée, mais nos bouches se percutent violemment, je prends son visage entre mes mains, elle passe les siennes autour de mon cou et nos langues se mélangent. Merde, c'est… explosif ! Le genre de baiser qu'on ne voit que dans les séries romantiques ! Nos souffles se mêlent, nos corps s'écrasent l'un contre l'autre, j'enfouis mes doigts dans ses cheveux et j'entends son gémissement. Elle a planté ses ongles dans mes épaules, je les sens griffer ma peau et un frisson descend le long de ma colonne vertébrale. Ses lèvres sont douces, pulpeuses sous les miennes, son souffle chaud caresse mon visage, son parfum fruité flotte tout autour de moi, délicieux, alléchant.

Soudain, elle s'écarte, haletante, les prunelles brillantes.

— Merde, mais qu'est-ce qu'on est en train de faire ?

Sa voix est à peine plus forte qu'un murmure. J'ai dû mal à formuler deux pensées cohérentes et je cherche une réponse qui ne la fera pas fuir. En vain ! Tous mes neurones sont grillés ! Plus aucune connexion ne s'effectue dans ma maudite caboche ! Je finis par hausser les épaules, son visage toujours entre mes paumes, mes yeux posés sur sa bouche.

— On profite du week-end ?

Mais quel con ! Qu'est-ce que je suis en train de lui proposer, là ? Une distraction passagère ? Un petit coup rapide ? Elle va me gifler d'une seconde à l'autre, c'est sûr ! Mais, au lieu de ça, elle fond de nouveau sur ma bouche.

Mes mains glissent sur ses épaules, ses bras, ses hanches, s'enroulent autour de sa taille et je la presse contre moi.

— Je ne t'apprécie même pas, siffle-t-elle sans cesser de m'embrasser.

— Moi non plus.

— Tu es un petit con orgueilleux.

Je réplique :

— Et toi, une madame Je-sais-tout gonflante et casse-pieds.

Nous basculons sur le lit, elle, allongée sous moi.

— Je ne supporte pas de te voir glander au bureau à longueur de journée, continue-t-elle en griffant mon dos jusqu'à mes reins.

Un gémissement m'échappe, semblable à un feulement.

— Et moi, de te voir prendre chaque vente à cœur comme si tu allais sauver le monde.

J'abandonne ses lèvres pour laisser courir les miennes sur sa mâchoire, son cou, sa clavicule. Elle se cambre et je sais qu'elle ne peut pas manquer l'érection qui déforme mon boxer. Ses mains quittent mon dos pour glisser entre nous et explorer mon torse. Chaque caresse me déclenche de véritables frissons. Bordel, mais qu'est-ce qui m'arrive ?

Ma bouche atteint le col de son débardeur, je fais descendre les bretelles pour libérer sa poitrine et me jette dessus comme un affamé. Un gémissement me répond quand je prends un de ses mamelons entre mes dents. Elle respire de plus en plus fort, se presse contre moi, agrippe mes cheveux, érafle mon crâne…

— Tu as des capotes ?

Quelle question…

— Tout un paquet.

Elle glousse et je sens les vibrations de son rire contre ma peau. Je me redresse et l'entraîne avec moi.

— Qu'est-ce que…

Sans lui laisser finir sa phrase, je la soulève sous les fesses. Elle enroule instinctivement ses jambes autour de ma taille tandis que je me dirige vers mon lit.

— Pas question de faire ça dans le pieu de João, y a son odeur partout.

De nouveau, elle rit. J'aime ce son. Merde, c'est encore pire que ça, chaque frémissement de sa gorge me fait bander un peu plus. Je la pose au pied de mon plumard et la déshabille avant qu'elle n'ait le temps de dire ouf.

Mon boxer rejoint son short et son débardeur, et les secondes semblent soudain se suspendre. Elle plonge ses yeux dans les miens, j'essaie de lire ses émotions dans son regard, échoue lamentablement. Cette femme est une véritable énigme pour moi.

Puis sa main se plaque de nouveau sur mon torse et je vibre d'un besoin si brutal que je dois retenir un grondement bestial. Finalement, nous allons peut-être faire concurrence aux deux excités qui l'ont chassée de sa chambre. Mes lèvres trouvent les siennes une fois encore, sa paume se referme sur ma bite tendue comme jamais et mon feulement est étouffé par notre baiser.

Je glisse une jambe entre les siennes pour avoir moi aussi accès à son sexe trempé de désir. Elle gémit, se frotte contre ma paume, s'agrippe d'une main à mon épaule tout en exerçant de l'autre un mouvement de va-et-vient sur ma queue. Je serre les dents, glisse un doigt en elle, savoure ses gémissements, les contractions de son vagin, sa respiration désordonnée. Mon pouce atteint son clitoris, qu'il effleure lentement. Son bassin ondule, ses soupirs emplissent peu à peu la pièce tandis que je la caresse sans jamais lâcher sa bouche.

Son orgasme la fait trembler de la tête aux pieds et un petit cri franchit sa gorge. Le souffle court, elle se laisse tomber sur les draps. À quel moment a-t-elle cessé de me branler ? Je n'en ai pas la moindre idée. Totalement focalisé sur son plaisir, j'ai mis le mien en retrait. Mais alors qu'elle s'allonge sur les couvertures, alanguie et un sourire aux lèvres, ma trique est plus douloureuse que jamais.

J'attrape la boîte de capotes dans ma valise, en ouvre une et m'assieds sur le rebord du lit pour la dérouler sur mon sexe tendu. Merde, mes mains tremblent presque et je me rends compte que mon souffle est saccadé. J'ai rarement été aussi excité par une femme. Alors que je m'apprête à me tourner vers elle pour m'installer entre ses jambes, sa paume se pose sur mon épaule et elle grimpe à califourchon sur mes cuisses avant de s'empaler sur mon érection.

Bordel, elle va me faire péter une durite si elle continue comme ça ! Sa bouche recouvre la mienne, son bassin ondule, je verrouille mes doigts sur ses hanches et lui impose un rythme, mon rythme, celui de l'urgence, du besoin, du désir violent qui m'anime.

Le bruit de nos corps qui se heurtent couvre celui de la télévision, nos gémissements se font écho, nos souffles se mélangent. L'espace de quelques instants, je perds toute notion de temps et de lieu. Clémence se cambre soudain, traversée par un nouvel orgasme, et son sexe se contracte autour du mien. Presque aussitôt, je jouis à mon tour, un râle au bord des lèvres, mon visage dans son cou.

Durant de longues secondes, seules nos respirations erratiques retentissent dans la pièce. Peu à peu, je reviens sur terre et lève les yeux vers la femme que je tiens toujours entre mes bras. Ses prunelles brunes plongent dans les miennes, je crois y lire du doute, de l'inquiétude et peut-être un peu de regret.

Est-ce qu'elle va prendre la fuite ? Lentement, elle se redresse et descend de mes jambes. Mais, au lieu de se précipiter sur ses vêtements, éparpillés au sol, et de claquer la porte derrière elle en quittant la chambre, elle s'assied à mes côtés. La respiration encore un peu haletante, elle m'adresse un petit sourire.

— Waouh, et maintenant, qu'est-ce qu'on fait ?

Bonne question. Mes neurones ne sont toujours pas revenus à leur place et cette question est bien trop compliquée. Alors, je lui souris à mon tour.

— On n'a qu'à dire que ce qui se passe à Tignes…

— … reste à Tignes, termine-t-elle.

Bordel, je crois que je kiffe cette nana.

Chapitre 29

Clémence

L'odeur du café, la meilleure des odeurs à mes yeux le matin. Installée dans la salle de restaurant presque vide, je savoure mon petit déjeuner. Il est presque dix heures trente. Je ne sais plus quand je me suis levée aussi tard pour la dernière fois. Même pendant les vacances ou les week-ends. Et dire qu'adolescente je croyais qu'il n'y avait que « les vieux » qui se réveillaient tôt les week-ends…

Mais, à présent, tu fais partie de la catégorie de ceux que tu appelais « les vieux » à cette époque.

J'étouffe un soupir et noie cette pensée déprimante dans ma tasse. Un gémissement m'échappe, j'ai mal dans les bras, dans le dos, dans les cuisses et les mollets, j'ai même mal aux abdos. Je ne savais pas que j'avais des abdos ! Si les courbatures ne se sont pas trop manifestées la veille, aujourd'hui je cumule celles des deux derniers jours et chaque mouvement est une torture.

Toutefois, certains endroits de mon corps sont endoloris pour une tout autre raison… Je me sens rougir et vérifie que personne ne me regarde. Ma nuit avec Gabriel a finalement été presque aussi sportive que la journée d'hier.

Même si j'ai fini par sombrer dans le sommeil, le bel Apollon m'a tenue éveillée jusque tard, ou plutôt jusque très tôt ce matin. Un frisson me parcourt au souvenir des caresses, des baisers, du contact de son corps chaud et musclé contre le mien… Aïe, non, plus de frissons, plus de frissons !

Comme si le fait de penser à lui l'avait invoqué, Charmant passe le seuil du restaurant. Son regard balaie la pièce et tombe sur moi. Un courant électrique me traverse aussitôt.

Calme-toi, Clem ! Ce n'était qu'une nuit !

Oui, une nuit et rien d'autre. Un moment de plaisir, un… divertissement. Même si je ne suis pas une adepte des « coups d'un soir », je peux gérer cette situation.

Tu crois ?

Je fais taire cette petite voix moqueuse à l'instant où Gabriel s'assied en face de moi, une tasse fumante à la main.

— Bonjour.

Je lui adresse un sourire.

— Salut. Tu as bien dormi ?

Il acquiesce sans me lâcher du regard. Est-ce que ses yeux ont toujours été aussi bleus ?

— Plutôt, oui. Même si je me suis senti un peu seul au réveil.

Je me suis discrètement glissée hors de sa chambre tôt ce matin avant d'aller m'écrouler de nouveau dans mon propre lit. Me réveiller entre ses bras aurait rendu les choses beaucoup trop… compliquées. Qui plus est, arpenter les couloirs de l'hôtel en petite tenue alors que les clients – dont la plupart sont des employés de la société Dubret – se levaient un par un n'aurait probablement pas été une bonne idée pour mon ego.

— Seul ? Tu veux dire que quelqu'un était avec toi une partie de la nuit ?

Je joue les idiotes pour détendre un peu l'atmosphère que je trouve bien chargée. Il sourit et mon cœur manque un battement. Stupide cœur de midinette.

— Figure-toi que j'ai été rejoint par une princesse Disney.

Son allusion à mon costume de Blanche-Neige me fait lever les yeux au ciel.

— T'es sûr que c'était pas un rêve ?

Ses larges épaules se soulèvent.

— Peut-être bien. Un très beau rêve alors, ou plutôt *bon* rêve…

Cette fois-ci, je rougis carrément. Mais quelle nouille ! J'espère que mon coup de soleil dissimule cette soudaine bouffée de chaleur.

— Quel est ton programme pour cette dernière journée ? me demande-t-il.

Soulagée de le voir changer de sujet, je réponds en grignotant un croissant.

— Shopping !

— Shopping ?

— Oui, shopping. J'ai des souvenirs à acheter, des décos de Noël à trouver et peut-être même quelques cadeaux à dénicher.

Son air ahuri m'arrache un petit éclat de rire.

— Tu es au cœur de la montagne, au pied des pistes de ski, dans un environnement magnifique et sublimé par la neige et, toi, tu penses à tes courses de Noël ?

— Il faut toujours penser à ses courses de Noël. Toute cette neige, cette ambiance, les décorations en ville, cet endroit pue la magie de Noël !

Mon enthousiasme semble le laisser de glace.

— Tu n'aimes pas Noël.

Ce n'est pas une question que je lui pose, mais une constatation. Aussitôt, le stupide émoi que j'ai pu ressentir envers lui s'envole. Je suis une inconditionnelle des fêtes de fin d'année et tous ceux qui les méprisent perdent toute mon estime. C'est peut-être une réaction excessive, mais c'est comme ça.

Il hausse les épaules de nouveau et porte sa tasse à ses lèvres avant de me répondre.

— C'est pas que je ne l'aime pas, c'est que je m'en fiche.

Mes yeux s'écarquillent.

— Tu te moques de Noël ?

Il acquiesce.

— Pour moi, c'est un jour comme les autres.

— Tu ne le fêtes pas ?

— Rarement, et certainement pas de la façon dont tu l'entends.

Que veut-il dire ?

Son indifférence à l'égard de cette fête qui compte tant pour moi m'intrigue tout à coup. Peut-être qu'il n'est pas proche de sa famille et qu'il reste seul pour les festivités de fin d'année. Quand bien même, il pourrait les passer en compagnie d'amis, par exemple.

Il n'a peut-être pas tant d'amis que ça, ou aucun d'entre eux ne l'invite...

Cette pensée me serre le cœur. Non mais n'importe quoi ! Voilà que je me fais toute une montagne d'un mec qui n'aime pas Noël ! Mais qu'est-ce qu'il me prend ?

— Et tu crois que tu vas trouver des cadeaux ici ? me demande-t-il.

— Oh oui. Il y a plein de babioles à acheter, des vêtements, des objets de déco, des souvenirs… Je suis sûre que je vais trouver mon bonheur. Oh, ce ne sera pas les seuls cadeaux que j'offrirai, mais je devrais dénicher un petit quelque chose de sympa pour chaque membre de ma famille.

Comme toujours lorsque j'évoque les fêtes de fin d'année, ma voix trahit mon enthousiasme et je sens mon visage se détendre et un sourire monter à mes lèvres. Mais le silence de Gabriel me surprend. Il m'observe tout en buvant son café.

— Tu ne fais pas de cadeaux à tes proches ?

La question est peut-être indiscrète, mais je m'en moque. J'aimerais comprendre l'expression qui marque ses traits en cet instant. Ce mec est difficile à cerner.

— Si, bien sûr, mais pas de babioles ou de trucs dénichés dans une station de ski.

Son ton condescendant me hérisse et me rappelle qui se tient en face de moi : M. Prétentieux.

— Il n'y a pas besoin qu'un cadeau soit cher pour être apprécié.

Ma réplique le fait sursauter.

— C'est pas ce que j'ai voulu dire ! Mais mes parents sont… disons qu'ils ont déjà beaucoup de choses.

Ouais, ses parents sont friqués, ça, je le sais bien.

— Et tu penses qu'ils n'aiment que les objets de luxe ?

Pas de réponse. Est-ce que ça veut dire oui ? Ou est-ce qu'il n'en a aucune idée ? J'ai comme l'impression qu'il n'est pas très doué en relations familiales.

— Les petits présents ont souvent bien plus de valeur quand ils sont offerts avec le cœur.

Il hausse un sourcil sceptique.

Je soupire en secouant la tête.

— J'imagine qu'on ne vient tout simplement pas du même monde, nous n'avons pas les mêmes façons de « consommer ».

Un silence tombe entre nous, un ravin se creuse, non, un véritable canyon qui me rappelle que, même si je ne suis pas à plaindre, mon compte en banque est bien moins fourni que celui de l'homme en face de moi. Je n'ai pas honte de ma condition, cependant je m'aperçois que nous n'avons pas la même vie, pas les mêmes habitudes. Mon quotidien est probablement plus difficile que le sien, malgré tout j'ai conscience de la valeur affective des cadeaux et des sentiments, et je n'échangerais cela pour rien au monde.

Quoi de plus satisfaisant que de voir le visage d'un proche se fendre d'un sourire lorsqu'on lui offre un présent ?

Peu importe le prix de ce dernier. Mais j'imagine que Gabriel perçoit les choses différemment.

— Tu m'apprendrais ?

Sa question me fait sursauter.

— T'apprendre quoi ?

— À faire des cadeaux avec le cœur ?

Je reste muette quelques secondes avant de me mettre à bégayer bêtement.

— Tu… tu… tu veux faire les boutiques avec moi ?

Il hoche la tête en riant.

— Je ne vois pas ce qu'il y a de si surprenant.

— Mais je… je pensais que tu voudrais skier. Après tout, c'est pour ça que tu es venu, non ?

Son regard devient un peu fuyant, comme s'il venait lui aussi de se rendre compte qu'il perdait une journée de piste en m'accompagnant.

— La plupart des collègues de la boîte sont déjà sur les pistes à cette heure-ci et puis… aucun ne skie aussi bien que João. Je vais me faire chier à faire du snow tout seul.

— Plus qu'en venant faire du lèche-vitrines avec moi ?

— Aucune comparaison n'est possible.

Dois-je le prendre comme un compliment ?

Je n'en ai pas la moindre idée. Toujours est-il que mon cœur de midinette vient de s'emballer dangereusement. Je grignote un pain au chocolat pour me donner une contenance et cherche quelque chose d'intelligent à dire.

Malheureusement, mon cerveau semble totalement anesthésié.

— À moins que tu ne veuilles pas de ma compagnie ? me lance-t-il au bout d'un moment.

— Je me demande surtout pourquoi tu tiens tellement à passer cette journée avec moi. Je pensais que tu ne m'appréciais pas, que j'étais, comment tu as dit déjà ? Ah oui, c'est vrai : une madame Je-sais-tout gonflante et casse-pieds.

Un sourire flotte sur ses lèvres.

Je m'empêche de rougir à l'évocation de ces mots qu'il a prononcés cette nuit entre deux baisers enflammés. Pourquoi est-ce que je remets ça sur la table ?

Parce que tu es stupide et que ton cerveau a rendu l'âme…

— Si tu supportes de passer la journée avec un petit con orgueilleux, selon tes dires, je devrais pouvoir supporter une madame Je-sais-tout.

Et voilà, je rougis.

Oui, je l'ai encore traité de con cette nuit, mais le cœur n'y était pas. Cela dit, c'est vrai qu'il est orgueilleux, surtout en cet instant alors qu'il me regarde comme s'il était persuadé que je n'allais pas lui mettre un râteau et le planter là, tout seul à l'hôtel.

Comme si tu étais capable de faire une chose pareille.

Bien sûr que non…

Je suis bien trop gentille pour ça. Ma sœur dirait « trop poire », mais pour ma part, dans ce cas précis, je dirais plutôt « trop curieuse ». Oui, je suis curieuse de voir ce que cette journée peut donner, de charger les bras de Gabriel de souvenirs, de babioles, d'écharpes, de paires de chaussettes, de décos de Noël…

Oui, c'est la curiosité qui me pousse à accepter, et

certainement pas cette étrange sensation qui grandit en moi et qui ressemble beaucoup trop à ce que je ressens face à un crush.

Chapitre 30

Gabriel

Je m'effondre sur mon lit avec un soupir. Bordel, je suis encore plus fatigué qu'après une journée de ski. Clémence m'a trainé dans toutes les boutiques de souvenirs, de vêtements et les épiceries de la station. Heureusement qu'il n'y en a pas tant que cela, ou nous y serions toujours. Qui aurait pu croire que piétiner dans les rayons était aussi crevant ?

En un rien de temps, je me suis retrouvé chargé de paquets en tous genres. Vêtements, décorations de Noël, bonnets de lutin, chaussettes dépareillées, friandises artisanales, fromage, boisson… J'ai très vite compris que ma collègue avait bien l'intention de faire de moi son porteur personnel. Une petite vengeance de plus, j'imagine.

Dans un magasin de souvenirs, elle s'est immobilisée un long moment face à une étagère où s'alignaient plusieurs boules de verre. À l'intérieur de chacune d'elles se trouvaient un paysage, un chalet, une montagne, un sapin de Noël, et de la neige artificielle ou des paillettes. Clémence a secoué presque chacune de ces boules pour faire tomber la neige à l'intérieur, une expression de pur ravissement sur les traits.

— Quand j'étais gamine, je collectionnais ces boules à

neige, m'a-t-elle confié d'un air rêveur. C'est ma grand-mère qui m'avait initiée à ça.

J'ai observé les objets durant quelques secondes avant de déclarer :

— C'est un peu kitch, non ?

Son rire a retenti dans le magasin.

— Oui, c'est terriblement kitch. Toute ma collection s'est brisée pendant un déménagement, le carton est tombé du premier étage, c'était un massacre de boules à neige. Je n'en ai jamais racheté depuis ce jour-là.

L'expression de son visage marquait une certaine nostalgie et, comme je craignais qu'elle ne se mette à pleurer, j'ai aussitôt détourné son attention en lui montrant un portant sur lequel se trouvaient des bracelets de cuir du genre attrape-touristes.

Malheureusement pour moi, elle a tenu à m'en offrir un, et j'ai eu beau protester, je porte maintenant cette horreur noire gravée à mon nom – comme si je risquais d'oublier comment je m'appelle – au poignet.

Malgré tout, j'ai passé un bon moment, une fois encore à ma plus grande surprise. Clémence est même parvenue à me convaincre de prendre une écharpe en cachemire pour ma mère et un passe-montagne pour mon père. Des petits cadeaux qui viennent du cœur, comme elle le dit si bien. Apprécieront-ils le geste ? J'en doute. Non pas que mes parents soient dénués de sentiments, mais ce genre de présent représente si peu à leurs yeux. Ma mère doit avoir une armoire pleine d'accessoires et probablement une demi-douzaine d'écharpes semblables à celle que je lui ai achetée. Quant à mon paternel, il vient de se payer la dernière Maserati toutes options avant de s'offrir des vacances de luxe au soleil. Mon passe-montagne va faire bien triste figure face à tout ce faste.

C'est le geste qui compte, pas le prix ! me souffle la voix de Clémence à l'oreille.

Ouais, maintenant j'entends même sa voix quand je suis seul dans ma chambre. Est-ce qu'elle m'a jeté un sort ? Je commence sérieusement à l'envisager.

Après notre shopping, je l'ai emmenée au bord du lac de Tignes pour profiter du soleil couchant sur un panorama magnifique. Je vois encore ses prunelles s'illuminer et ses lèvres s'entrouvrir en un « oh » d'émerveillement. Je voulais qu'elle apprécie le week-end, je pense que c'est chose faite. La question est : pourquoi ?

Pourquoi je tenais tellement à ce qu'elle passe un bon moment ? Pourquoi ai-je choisi de l'accompagner aujourd'hui plutôt que d'aller dévaler quelques pistes ? Pourquoi l'ai-je de nouveau invitée au restaurant ce soir ? Pourquoi ai-je l'impression de voir l'éclat de ses grands yeux chocolat flotter dans mon crâne dès que je ferme les paupières ? Bordel, mais qu'est-ce qu'il m'arrive ?

Heureusement, toute cette connerie prend fin demain. Tous les employés de l'entreprise quittent l'hôtel, retour à la réalité, fin de la parenthèse Tignes.

Pour la première fois depuis que je suis entré dans la vie active, je ne suis absolument pas ravi d'aller travailler. Sans le vouloir, mon esprit s'évade vers la soirée que je viens de passer en compagnie de Clémence. Nous avons dîné au restaurant de l'hôtel, sous le regard perplexe de Julia et Maxence et les coups d'œil meurtriers de Catherine.

J'imagine que les ragots vont déjà bon train, mais je m'en moque et Clémence aussi, d'après ce que j'ai pu en juger. L'ambiance entre nous était cordiale, presque amicale, et ne trahissait rien d'autre qu'une relation banale entre deux collègues de travail.

Et pourtant...

Ouais, *pourtant*, c'est bien ça le hic. Pourtant, je me sentais sur des charbons ardents chaque fois que son regard percutait le mien. Pourtant, des images de la nuit dernière hantaient mes pensées quand mes yeux tombaient sur sa bouche. Pourtant, j'entendais encore ses soupirs de plaisir et ses gémissements dès que le silence s'installait entre nous. Pourtant, j'ai retenu ma question durant toute la soirée, et même toute la journée, cette question qui me brûle les lèvres depuis que je me suis réveillé seul dans mon lit ce matin : pourquoi est-elle partie comme une voleuse au lever du jour ?

Je soupire et me frotte le visage à deux mains. Il est vraiment temps que toute cette connerie s'arrête. Finalement, ce week-end n'était pas une bonne idée. Forcer Clémence à participer à cette excursion n'était pas une bonne idée, et lui proposer de rejoindre ma chambre n'était définitivement pas une bonne idée. J'ai encore l'impression de sentir son parfum dans mes draps. Minute… non, son parfum est toujours imprégné dans mes draps !

Cette femme est en train de me retourner le cerveau. Non, impossible, pas elle, pas Miss Parfaite, pas Mme Je-sais-tout, pas cette maman dont la vie tourne principalement autour de son enfant ! Cela ne me ressemble tellement pas, elle est si différente de moi !

Mon portable vibre dans ma poche, je l'en extrais. Un message :

João : Audience demain matin à dix heures. Après ça, je serai libre !

Un sourire relève le coin de mes lèvres.

Moi : *Yeah !* On fêtera ça ce week-end. C'est moi qui paie le restau.

João : J'espère bien ! De toute façon, je suis à sec, l'avocat m'a pillé.

Je serre les dents en sentant la colère se frayer un chemin en moi. Je suis furieux contre Lisa qui a fait trop de mal à mon pote, je suis furieux contre cet idiot qui s'est laissé mener en bateau durant toutes ces années malgré mes nombreuses mises en garde et je suis furieux contre cet avocat qui se fait des couilles en or sur le malheur des autres. Je prends une profonde inspiration.

Parfois, on me demande pourquoi je ne me case pas, pourquoi je repousse toutes les femmes ou que je les fais fuir, mais quand je vois comment se terminent les histoires d'amour, je n'ai aucune envie de m'investir auprès de qui que ce soit. Mes parents et João m'ont définitivement prouvé que le mariage n'était qu'une utopie. Être en couple, c'est s'effacer pour le bonheur d'une autre personne, accepter des concessions, souffrir en silence – souvent –, faire des choix de vie qui ne nous correspondent pas forcément, et tout ça, je ne suis clairement pas prêt à l'accepter.

Je réponds à mon pote :

Moi : OK, mais c'est moi qui choisis le restau.

João : Encore un italien, je parie… Vendu. Fais gaffe demain sur la route.

Moi : Yep, bon courage pour l'audience.

João : Merci, mec, ça va le faire.

Je pose mon téléphone sur la table de chevet. « Fais gaffe demain sur la route »… c'est le genre de phrase que pourrait sortir une mère, ou une conjointe. On va finir par ressembler à un vieux couple si ça continue.

Des coups retentissent à ma porte. Surpris, je m'arrache du pieu sur lequel j'étais allongé pour aller ouvrir. Mes yeux tombent sur une femme qui lève vers moi un regard brun brillant. Mon corps se fige, mon souffle se bloque dans ma poitrine. Clémence m'observe, silencieuse.

— Tes voisins de chambre foutent encore le bordel ?

Ma voix est rauque. Je me penche dans le couloir : vide. Elle ne m'a pas quitté des yeux. Ses lèvres rouges m'appellent, j'ai l'impression de sentir encore leur goût contre les miennes. Une tension s'élève entre nous, semblable à celle qui régnait dans l'ascenseur l'autre soir.

Lentement, elle secoue la tête, répondant à ma question par la négative. Non, ses voisins ne foutent pas le bordel. Il n'y a pas un seul bruit, rien qui ne l'empêche de dormir. Si elle est là, ce n'est pas pour squatter le lit de João. Mes neurones se court-circuitent, mon corps se met en mouvement de lui-même et mes bras l'attirent à l'intérieur de la chambre avant que la porte ne claque sur nous. Au moment où ses lèvres s'écrasent contre les miennes, une pensée fugace traverse mon esprit :

Bordel, mais qu'est-ce que tu fous ?

Aucune idée, mais… tout ce qui se passe à Tignes reste à Tignes.

Partie III

La magie de Noël

Christmas Is All Around
Billy Mack

[…] You know I love Christmas
I always will
My mind's made up
The way that I feel
There's no beginning
There'll be no end
'Cause on Christmas
(You can depend) you can depend
It's written on the wind
It's everywhere I go
So if you really love me
C'mon and let it show
C'mon and let it show
So if you really love (you know I love you)
C'mon and let it
If you really love me (you know I love you)
C'mon and let it
Now if you really love me
C'mon and let it show.

Chapitre 31

Clémence

— Alors, ça s'est bien passé ? me demande ma sœur.

Je me trouve dans son appartement, installée autour du mange-debout de la cuisine devant une tasse de thé. Julia et Maxence avaient hâte de revoir leurs enfants – et moi aussi, bien entendu ; aussi, nous sommes partis très tôt de Tignes ce matin, direction Tours. À peine rentrée, j'ai sauté dans mon Scénic pour gagner Blois et retrouver l'amour de ma vie : mon fils.

L'accueil qu'il m'a réservé était moins chaleureux que je l'espérais. Il faut dire que ma frangine et son mec lui ont organisé un week-end de rêve, et s'il était content de mon arrivée, il l'était bien moins de retourner à son quotidien. Comment l'en blâmer ? Les fêtes de fin d'année approchent et c'est un enfant, il a hâte d'être en vacances. Moi aussi d'ailleurs. Cette parenthèse enneigée ne m'a pas vraiment permis de me reposer – la faute à mes voisins de chambre et aux nombreuses… activités physiques que j'y ai menées – et j'attends Noël avec autant d'impatience que mon petit garçon.

Je ne suis pas la seule à me languir des fêtes de fin d'année. L'appartement de ma sœur a littéralement disparu sous les décorations. Guirlandes au plafond, village enchanté installé sur le rebord d'une fenêtre, bibelots dans tous les recoins, couronne sur la porte d'entrée, père Noël accroché à son échelle et suspendu dans un angle du salon… Le trois-pièces d'Aurore et Luc ressemble à une pub de magasin pour les décos de Noël. Il ne manque que le sapin, mais je sais qu'elle s'en chargera dès le premier décembre.

— Youhou, la Lune, ici la Terre, répondez !

Je me secoue et me tourne vers ma frangine, qui fait de grands gestes avec ses bras. Cette folle va finir par tomber de son tabouret. Je réponds à sa question.

— Oui, c'était très sympa.

— Oh, non !

— Quoi ?

Elle arbore une expression horrifiée et plaque une main sur sa poitrine.

— Tu es encore tombée amoureuse.

— Quoi ? Mais pas du tout !

Je lance un coup d'œil inquiet en direction de la chambre d'amis, où Mathis est en train de finir de préparer son sac, mais il a fermé la porte et ne peut pas entendre notre conversation.

— Je suis sûre que si ! Tu as ton sourire de crush.

— Mon sourire de… N'importe quoi !

Et pourtant, c'est vrai, je souris comme une idiote. Avec un effort, j'affiche un air exaspéré qui ne prend absolument pas : ma sœur me connaît trop bien. Elle échange un regard avec Luc, assis en face de nous. Encore un de ces foutus regards complices !

— Allez, accouche, qui c'était ? Un moniteur de ski ? Un employé de l'hôtel ? Un beau vacancier ?

— Je n'ai eu aucun crush !

— Alors, tu as couché avec un mec. Humm… les histoires d'un soir, ce n'est pas vraiment ton genre.

— Je parie que c'est ce gars, lance Luc, un sourire aux lèvres. Celui que tu peux pas saquer et qui t'a fait du chantage pour que tu ailles à Tignes ce week-end.

Merde, si mon beauf s'y met, je ne vois pas comment je vais m'en sortir. Une fois encore, je feins l'exaspération et je me fais de nouveau griller par ma sœur.

— C'est lui ! s'écrie-t-elle.

Je jette un nouveau regard inquiet en direction de la porte de la chambre où se trouve Mathis.

— Chutttt !

Aurore lève les yeux au ciel.

— Oh, Clem, arrête de le surprotéger ! Il découvrira bien un jour que maman a une vie sexuelle !

— Il n'a que huit ans !

— Et tu penses qu'il croit encore que les enfants naissent dans les choux ? me demande Luc d'un air moqueur.

Ils en ont après moi ce soir, ou quoi ?

— Le jour où vous aurez un gosse, vous l'élèverez comme bon vous semblera. Pour l'instant, épargnez-moi vos commentaires sur ma méthode d'éducation, tous les deux.

Un silence souligne ma réplique et… ma sœur se met à rougir ! Quoi ? Est-ce qu'ils me cacheraient quelque chose tous les deux ?

Mathis sort de la chambre, coupant court à notre conversation, son sac de voyage sur l'épaule. Je me souviens encore d'une époque où je devais faire suivre avec moi son sac à langer, son lit parapluie, ses doudous… Quand a-t-il grandi aussi vite ?

— Tu n'as rien oublié, mon chéri ?

Il secoue la tête en posant le sac à mes pieds. Ses yeux se tournent vers Aurore.

— Tu lui as dit ?

Ma sœur soupire.

— Non, pas encore.

Me dire quoi ? Mon regard navigue entre mon fils et ma frangine avant que cette dernière ne lâche d'un ton morne.

— J'ai une mauvaise nouvelle. On n'a pas voulu t'en parler dans le week-end parce que ça n'aurait de toute façon rien changé, mais maman m'a appelée vendredi soir : il y a eu un gros dégât des eaux au chalet de mamie et papi.

Mon cœur manque un battement et je cesse de respirer tandis qu'Aurore m'explique tout. Notre tante, Isabelle, la sœur de notre mère, vit à Clermont-Ferrand, et quand aucun membre de la famille ne squatte le chalet, elle va y faire un tour pour s'assurer que tout va bien. Lors de sa visite bimensuelle, elle a remarqué qu'une canalisation avait explosé – probablement à cause de l'usure et du froid, d'après l'expert de l'assurance. De gros dégâts ont été constatés dans la cuisine, dans une partie du séjour et des chambres. L'eau a endommagé les parquets, les murs, les meubles… Tout sera pris en charge par l'assurance, mais, pour le moment, le chalet est inhabitable.

— Ce qui signifie que nous ne pourrons pas faire Noël là-bas, conclut ma sœur.

Un silence s'ensuit, j'ai l'impression qu'elle vient de m'assommer. Je baisse les yeux vers Mathis, qui me lance un regard éploré. Le Noël au chalet est une tradition familiale qui perdure depuis des années. Du temps où mes grands-parents étaient encore de ce monde, c'était l'occasion pour eux de voir toute la famille réunie, leurs deux filles, leurs gendres, leurs nombreux petits-enfants et arrière-petits-enfants. Depuis leur décès, nous avons continué cette tradition, même si l'année dernière, exceptionnellement, nous l'avons fait en petit comité, Aurore, Mathis et moi, en compagnie d'Élodie, la meilleure amie de ma sœur, de son homme et de Luc. Je ne me suis jamais imaginé fêter Noël ailleurs qu'au chalet !

— Qu'en dit maman ?

Aurore hausse les épaules.

— Elle était effondrée. Pas tellement pour la fête, mais pour le chalet lui-même. C'est la maison de ses parents, celle où elle a passé une grande partie de sa vie. Je n'ai pas osé remuer le couteau dans la plaie en lui demandant si elle avait une « solution de secours » pour le réveillon et le jour de Noël.

Je hoche la tête. Mathis agrippe mon bras.

— Qu'est-ce qu'on va faire, maman ? Il n'y aura pas de Noël cette année ?

Je sens la panique dans sa voix. Mon fils n'a que huit ans, et si, pour nous, cette histoire de dégât des eaux n'est qu'un contretemps, pour lui, cela représente bien plus. Cette fin d'année s'annonçait déjà un peu moins magique que les précédentes, Mathis m'ayant avoué tout penaud, un soir en rentrant de l'école, qu'il ne croyait plus au père Noël. Ce jour-là, mon cœur de maman s'est serré, j'ai vu mon petit garçon perdre un peu de son innocence et de sa naïveté. Alors, le laisser penser qu'il n'y aura pas de festivités cette année…

— Bien sûr qu'il y aura un Noël ! Il sera seulement un peu différent. Tu sais quoi ? On va le faire à la maison, avec tout le monde !

Il écarquille les yeux.

— À la maison ?

— Chez vous ? demande Aurore, stupéfaite.

Je secoue la tête.

— Oui. Pourquoi pas ? J'ai assez de place pour recevoir tout le monde.

Luc et ma sœur échangent un regard. Je devine une légère inquiétude chez mon beau-frère et le rassure.

— Ta mère est invitée aussi, comme c'était convenu au départ.

La maman de Luc est veuve depuis quelques années et son autre enfant, une fille plus âgée que mon beauf, vit en Nouvelle-Zélande. En apprenant qu'elle envisageait de passer les fêtes seule pour ne pas s'imposer auprès de la belle-famille de son fils, maman a immédiatement récupéré son numéro de téléphone pour l'inviter de vive voix à venir au chalet. Je n'ai rencontré Sylvia qu'une seule fois, et sa douceur et sa joie de vivre m'ont aussitôt séduite. Ce sera un plaisir de la recevoir pour Noël.

— Tu es sûre de toi ? me demande Aurore. C'est une grosse organisation et… il va falloir cuisiner.

Je grimace. Je n'avais pas songé à ce détail, mais…

— Oui, je suis sûre. S'il le faut, je suivrai des cours de cuisine.

Luc n'a pas l'air convaincu.

— On s'occupe des desserts, lance-t-il.

— *Tu* t'occupes des desserts, rectifie ma sœur, qui cuisine aussi mal que moi.

J'approuve en déclarant :

— Parfait, comme ça, il y aura au moins une chose de comestible.

Mathis se met à crier de joie et à sauter sur place. Ce projet l'enchante et il a même oublié qu'il ne pourrait pas profiter de la neige cette année. Car, si le chalet de mes grands-parents, niché au cœur des volcans auvergnats, est très probablement recouvert d'un fin manteau blanc à cette heure-ci, en Loir-et-Cher comme en Indre-et-Loire, le temps est à la pluie et au vent.

Quelques instants plus tard, nous quittons l'appartement pour courir jusqu'au Scénic, en essayant de passer entre les gouttes. Échec lamentable, et le rire de Mathis retentit dans l'habitacle quand il s'installe sur son siège.

— Tu as l'air de sortir d'une piscine, maman.

Je jette un regard rapide à mon reflet et grimace à la vue de mes cheveux plaqués sur ma tête, trempés. Le rire de mon fils résonne toujours tandis que je démarre le véhicule et que je savoure ce son qui m'a manqué ces derniers jours. Mon esprit se tourne déjà vers les fêtes de Noël et je réfléchis au menu tout en m'engageant dans la circulation.

Mon sens de l'organisation au travail me fait lamentablement défaut dans ma vie privée et je me demande comment je vais m'en sortir. Et dire que quelques heures plus tôt je me prélassais dans un hôtel trois étoiles avec pour seule inquiétude le plat que j'allais choisir au restaurant le soir même.

Le plat, et l'homme...

Ah, le retour de la petite voix. Je l'avais presque oubliée, celle-là. Me concentrer sur Noël va au moins me permettre de ne plus penser à Gabriel et à tout ce qu'il s'est passé durant ce week-end.

La bonne blague, dès que tu le croiseras au bureau demain, tout refera surface.

Refaire surface ? Pour cela, il faudrait déjà que je sois parvenue à enterrer toute cette histoire, et c'est loin d'être le cas.

Tout en conduisant sous la pluie, direction Tours et ma maison, j'écoute d'une oreille Mathis me raconter son week-end. Et même si j'essaie de me focaliser sur les paroles de mon fils, une appréhension monte peu à peu en moi à la perspective de retourner au travail. Ma sœur a raison, les coups d'un soir, ce n'est pas vraiment mon genre, et encore moins avec un mec que je côtoie tous les jours.

Dans quel pétrin tu t'es fourrée, ma grande ?

Aucune idée. Que ce soit en ce qui concerne mon projet de Noël chez moi ou ma vie sexuelle, je suis dans la merde jusqu'au cou !

Chapitre 32

Gabriel

Mercredi soir, je cogne mon verre contre celui de João.

— À ton divorce !

— À ma liberté !

— À ton compte en banque !

— À celui de mon avocat !

Nous rions tous les deux avant de boire une gorgée. Mon pote a obtenu gain de cause lors du divorce et la maison – qu'il avait construite de ses mains – lui est revenue, ainsi que tout ce qu'il avait demandé. Lisa n'a jamais été vraiment discrète et elle avait semé des preuves de ses infidélités un peu partout, à croire qu'elle espérait que João découvrirait le pot aux roses. Ce dernier a l'air ravi de l'issue du jugement, malgré tout une lueur triste subsiste dans son regard.

— Tu l'aimes toujours ?

Ma question lui arrache une grimace.

— Est-ce que je l'ai jamais réellement aimée ?

— Bien sûr ! Au point d'être totalement aveugle.

— Tu penses que c'est de l'amour ? Ou du masochisme ?

— À mes yeux, l'un ne va pas sans l'autre.

Il rit de nouveau et boit une gorgée de son apéritif.

— Alors, comment s'est terminé le week-end à Tignes ?

Je remarque le changement de sujet, mais ne le relève pas. Un sourire m'échappe.

— Plutôt bien.

— Oh, toi, t'as baisé !

Il éclate de rire. Je prends un air choqué.

— Qu'est-ce qui te fait croire ça ?

— Ta tête de satisfait, je la connais par cœur. Alors, raconte. Qui c'était ? L'hôtesse d'accueil ?

L'hôtesse d'accueil ? Ah oui, je l'avais complètement oubliée, celle-là.

— Nan, c'est à toi qu'elle souriait, j'te l'avais bien dit.

Il secoue la tête, pas du tout convaincu. Soudain, son visage s'éclaire.

— Non, c'est quand même pas *elle* ?

— Qui ?

J'ai beau faire l'innocent, je vois déjà dans son regard qu'il a deviné.

— Ta collègue de travail, celle que tu ne peux pas encadrer ?

J'essaie de nier.

— Il faudrait me payer très cher !

Échec lamentable, João se remet à rire.

— Arrête, tu es grillé. Alors, c'était comment ? Ça s'est passé où ? Qui a dragué l'autre ?

Des questions auxquelles je n'ai pas vraiment envie de répondre. Pourtant, cela ne me dérange pas habituellement de parler de mes conquêtes ou de mes plans cul avec mon meilleur pote, mais, cette fois-ci, les choses sont différentes. Peut-être parce qu'il s'agit d'une collègue, peut-être parce que je la vois tous les jours, ou peut-être parce qu'il s'agit de Clémence…

Tu te prends la tête pour rien ! C'est une fille comme les autres, rien n'est différent !

Ouais, je ne sais pas ce qu'il m'arrive en ce moment. Alors, après une brève inspiration, je déballe tout à João, qui boit mes paroles. Le serveur a le temps de nous apporter nos plats avant que je ne finisse mon récit.

— Et lundi matin, elle s'était encore barrée de la chambre ? me demande-t-il.

— Ouais.

Merde, je me sens mal. Je devrais être soulagé d'avoir tout raconté à quelqu'un, pourtant l'expression de mon pote ne fait qu'amplifier la sensation étrange qui gronde en moi.

— Et mardi, elle ne t'a pas adressé un mot au bureau ?

— Elle m'a dit bonjour, comme d'habitude.

João plisse les yeux, l'air concentré, avant de finalement lâcher d'un ton solennel :

— Je vois seulement deux explications à ce comportement. La première : elle voulait uniquement une histoire d'un week-end et te considère de nouveau comme un simple collègue. La seconde : t'es un mauvais coup et elle préfère ne plus y penser.

Je lui balance mon poing dans l'épaule et il se marre comme un con.

— Si j'étais un mauvais coup, elle serait pas revenue le lendemain soir.

João hausse les épaules.

— Elle n'avait peut-être pas trouvé mieux à se mettre sous la dent. C'est peut-être une insatiable qui cache bien son jeu.

Insatiable ?

Oui, elle l'a été durant ces deux nuits. Malgré tout, je ne l'imagine pas comme une adepte de ce genre de relation, ou plutôt de non-relation. Cela expliquerait son attitude très distante au bureau.

— Mais on dirait bien que ça te travaille, cette histoire. Habituellement, tu oublies les filles dès qu'elles ont quitté ton lit.

— Ça me travaille pas, c'est seulement qu'en général je ne côtoie pas mes plans cul au bureau.

Ouais, *plan cul*.

L'expression est rude, mais elle illustre tout à fait ce qu'il s'est passé entre nous. Un week-end loin des responsabilités et du quotidien de la vie, rien de plus.

— Je sais ce qui te dérange. Quand, le lendemain, tu ne croises pas les nanas que tu te tapes, tu peux les imaginer en train de se languir de toi. Là, tu as la vérité en face de toi tous les jours au bureau : elle t'a utilisé, mon pote. Elle ne se languit pas de toi et a repris le cours de sa vie, pas du tout perturbée par ce qu'il s'est passé entre vous.

Il sourit, très fier de sa connerie.

— J'en crois pas un mot.

João lève les yeux au ciel.

— Ce que tu peux être orgueilleux !

— Écoute, être bon au pieu, c'est comme être bon au ski. Quand on l'est, on le sait ! Et je sais que je suis bon !

Il lève les mains en signe de reddition.

— OK, OK, monsieur Je-suis-un-bon-coup. Alors, à ton avis, pourquoi est-ce qu'elle fait comme si rien ne s'était passé ?

— Parce que c'était le deal. Ce qu'il se passe à Tignes reste à Tignes.

— Mon cul, ce genre de connerie ne fonctionne pas, en tout cas pas avec une personne que tu croises tous les jours. Tu peux faire ça avec une inconnue, pas avec une collègue.

Ses paroles me font réfléchir pendant que je m'enfile le méga burger que j'ai commandé. Est-ce qu'il a raison ? Est-ce que j'ai fait une grosse erreur en couchant avec Clémence ?

Si c'est le cas, je suis loin d'être le seul fautif. Après tout, c'est elle qui est revenue dimanche soir.

Mais tu ne l'as pas repoussée.

Encore heureux !

Même si je porte le prénom d'un ange, je suis loin d'être un saint, et tout le monde le sait.

Je me prends la tête pour rien. Oui, l'accueil de Clémence a été un peu froid mardi matin, mais comme d'habitude. Il faut dire qu'elle n'a jamais été particulièrement chaleureuse à mon encontre et vice versa. Voilà que je me fais des films, alors que tout est de retour à la normale.

C'était ce dont on avait convenu, et c'est ce qui est en train de se passer.

C'est peut-être pas ce que tu aimerais...

Bordel, mais d'où sort cette voix qui me harcèle sans cesse !

Je la fais taire d'une lampée de bière et me concentre sur mon pote, qui me parle de ses projets pour sa nouvelle vie de célibataire.

Malgré tout, quelque chose me tracasse, mais j'ignore encore quoi.

Chapitre 33

Clémence

Vingt-trois novembre, il me reste un mois pour établir le menu de Noël et je n'ai absolument aucune inspiration ! Dépitée, je surfe sur tous les sites de cuisine que je trouve durant ma pause déjeuner au bureau. Pour une fois, je suis seule dans les locaux.

Tous mes collègues sont partis manger à l'extérieur et Julia avait une visite d'appartement avec des clients qui ne pouvaient pas se libérer durant un autre créneau. J'avais prévu de rentrer chez moi, toutefois, en revenant d'un rendez-vous d'état des lieux, j'ai finalement fait un détour par la boulangerie au coin de la rue pour me prendre un sandwich. Un repas pas très équilibré, mais qui devrait me permettre de tenir jusqu'à l'heure du goûter, où j'ai bien l'intention de m'envoyer une ou deux pâtisseries.

Le nez dans mon jambon-beurre, je fais défiler les recettes. Du saumon ? Du rôti ? Du canard ? Et en entrée, des huîtres ? Du foie gras ? Des verrines ? Tous ces plats me semblent si compliqués à préparer pour une allergique de la cuisine comme moi !

— « Cubes de foie gras en habit de fruits secs » et « filets de sole, sauce au champagne » ? C'est pas un peu sophistiqué, tout ça ?

La voix masculine dans mon dos m'arrache un sursaut. Je pivote sur ma chaise pour faire face à Gabriel qui, penché par-dessus mon épaule, observe mon écran.

— Tu essaies encore de me provoquer une crise cardiaque ?

Il hausse les sourcils.

— Je suis là depuis cinq bonnes minutes.

— Tu m'espionnes depuis cinq minutes !

— Mais non ! Je veux dire : dans les bureaux !

Mon cœur tambourine et ce n'est pas seulement à cause de la frayeur qu'il vient de me faire. Depuis notre « retour à la vie réelle », je suis nerveuse dès que je me trouve dans la même pièce que lui. À croire que ce qu'il se passe à Tignes ne reste pas à Tignes, mais bien dans ma tête…

Et voilà que, malgré tous mes efforts depuis… deux jours, nous nous retrouvons seuls tous les deux dans les bureaux.

Quoi ? Seulement deux jours ?

Oui, j'ai l'impression que cela fait une semaine que je cherche à l'éviter tellement la tâche me paraît difficile. Étonnamment, avant ce week-end, je ne croisais Gabriel qu'une ou deux fois dans la semaine au maximum, et voilà qu'à présent il est partout ! Sur le parking, près de la cafetière, dans la rue, parfois même dans la boulangerie, et, bien entendu, à son bureau. J'en viens à me demander s'il ne me piste pas.

Non mais tu deviens complètement parano ! Il ne t'accorde pas le moindre intérêt !

Ah ouais ? Alors pourquoi est-ce qu'il espionne mon écran par-dessus mon épaule ?

Et voilà que je recommence à me parler à moi-même. Il va vraiment falloir que je me fasse soigner.

Il s'est redressé, mais je sens son parfum me chatouiller les narines et ses yeux bleus sont braqués sur moi.

— Tu étais trop absorbée par ton menu de Noël pour m'entendre arriver. Tu vas vraiment cuisiner ça ?

Son air perplexe me vexe. Je hausse le menton.

— Peut-être, je n'ai pas encore décidé.

— Je croyais que tu fêtais Noël au chalet de tes grands-parents en Auvergne et que ta mère gérait les fourneaux chaque année ?

Ah, je lui ai raconté ça ? Mais quand ? Probablement lors d'un de nos repas au restaurant. Qu'est-ce que je lui ai confié d'autre, au juste ? J'ai l'impression d'avoir occulté une grande partie de ce week-end. Non, en réalité, je n'ai rien occulté, disons plutôt que le sexe entre nous occupe toute ma mémoire et laisse peu de place au reste.

— Changement de programme. Il y a eu un dégât des eaux et le chalet est inhabitable pour le moment. Les artisans sont surbookés et les réparations ne seront pas terminées avant la fin de l'année, alors j'ai invité ma famille chez moi pour le réveillon et le jour de Noël.

Mais pourquoi je lui donne tous ces détails ? C'est Gabriel ! Le démon de la boîte ! Pas mon fichu confident.

Il tire le fauteuil de bureau de Julia et vient s'asseoir juste à côté de moi. Quoi ? Mais pourquoi ? Est-ce que la température de l'agence a augmenté tout à coup ? J'ai l'impression de prendre feu.

Ressaisis-toi !

J'essaie ! Mais c'est difficile quand ses prunelles hypnotiques plongent dans les miennes.

— Et tu sais cuisiner ?

La condescendance de sa question me met une gifle en plein visage.

— Tout à fait.

— Pourquoi tu m'as dit que non, alors ?

Merde, je lui ai dit ça aussi ? Mais j'ai été un vrai moulin à paroles ! Je soupire.

— Bon, OK, je suis lamentable. Ce que je réussis le mieux, ce sont les pâtes à la bolognaise, et encore, uniquement parce que j'achète la sauce bolognaise toute préparée et que j'ai juste à rajouter un peu de viande dans les pâtes. D'ailleurs, il m'arrive parfois de les faire un peu trop cuire.

Il se met à rire et je souris, comme une idiote. Il se paie ma tête et ça m'amuse. Mes neurones ont grillé, ou quoi ?

— Tu devrais peut-être te lancer dans des recettes un peu moins compliquées.

Il a raison, bien entendu. Malgré tout…

— J'ai envie de proposer des choses un peu différentes de ce qu'on mange habituellement. J'aimerais que tout le monde passe un super Noël. C'est important pour Mathis.

Waouh, je me confie beaucoup trop à cet homme. J'ai du mal à croire que je le détestais la semaine dernière.

— Et le plus important, c'est pas de passer ces fêtes en famille ?

— Touché.

Avec un soupir, je ferme mes onglets et fais une nouvelle recherche Google : recettes de Noël faciles.

Durant la demi-heure qui suit, nous élaborons le menu de mon réveillon et du jour de Noël. Des plats simples à réaliser, mais qui plairont à toute la famille, et surtout à Mathis. Tout en les sélectionnant, je grignote mon sandwich. Gabriel est toujours assis à mes côtés et joue avec un stylo, comme un ado sur sa chaise en cours de maths, en me donnant son avis.

— Depuis quand tu t'y connais en cuisine ?

Ma question est légèrement condescendante, je l'avoue. Mais j'ai du mal à l'imaginer derrière les fourneaux. Il hausse les épaules.

— Je vais beaucoup au restau.

Ça, je n'en doute pas. D'ailleurs, je m'étonne de le voir prendre sa pause déjeuner ici, habituellement il mange à l'extérieur.

— Et pour Noël, tu vas au restau, aussi ?

Nouveau haussement d'épaules.

— J'en sais rien, peut-être.

Sa réponse me laisse bouche bée.

— Tu ne sais pas ce que tu feras à Noël ?

Pour moi, c'est inconcevable ! Oui, je suis certainement un cliché, mais les fêtes de fin d'année dans ma famille, c'est sacré ! Il me lance un regard étrange avant de lâcher d'un air insouciant :

— J'imagine que j'irai au restaurant avec ma mère le soir de Noël. Elle n'aime pas vraiment rester seule pour le réveillon et déteste le faire chez elle.

— Pourquoi ?

Mais, Clémence, tais-toi ! Cela ne te concerne pas ! D'où te vient cette soudaine curiosité ?

Gabriel fait une grimace.

— Elle n'a jamais aimé les fêtes de Noël. D'ailleurs, quand j'étais gamin, je devais insister pour décorer un peu la maison.

De nouveau, je l'observe, bouche bée et totalement choquée. Mon expression lui arrache un gloussement.

— Ça n'a rien d'extraordinaire, tu sais. Beaucoup de gens n'apprécient pas Noël et tout ce qui s'y rapporte.

— Pour moi, c'est inconcevable.

Ma voix est à peine plus forte qu'un murmure et mon air dramatique le fait rire aux éclats. Merde, voilà que j'ai encore chaud. Mais ce rire, ce visage parfait, ce démon blond à mes côtés… Je vais finir par faire une combustion spontanée.

— Et ton père ?

— Il a toujours été bien trop occupé par son entreprise pour s'inquiéter des fêtes de Noël.

Je sens de la rancœur dans sa voix. J'ai l'impression que Gabriel n'a pas grandi au sein d'une famille aimante, ou en tout cas très unie. Une émotion me traverse. De la pitié ? De la compassion ? De la tristesse ? Aucune idée.

— Tu ne prévois pas de voir ton père pendant les fêtes ?

— Oh si, probablement, enfin, s'il n'est pas encore parti en vacances au bout du monde avec sa nouvelle femme.

OK, cette fois-ci, au son de sa voix, je comprends que l'amour filial ne l'étouffe pas vraiment. Pourtant, à Tignes, quand il m'a montré ce petit refuge perdu au sommet de la montagne, il semblait attaché au souvenir de ses parents et lui découvrant cet endroit pour la première fois. Visiblement, ses sentiments à l'âge adulte ont évolué.

Je me suis beaucoup livrée à lui durant ce week-end, j'ai beaucoup parlé de ma famille, de mon fils, de mon impatience de voir le sapin faire son grand retour dans un coin de mon salon, mais jamais je ne l'ai interrogé sur ses propres projets de fin d'année. Il s'est montré très discret et, contrairement à moi, bien plus réservé à ce sujet. Mon côté bavard me joue toujours des tours et j'ai soudain l'impression d'avoir été un peu égoïste. Malgré tout, il m'a posé des questions et j'ai répondu, tout simplement. Il semblait avide de connaître les détails de ma petite existence et je les lui ai donnés sans vraiment de retenue.

Oui, je suis la reine des pipelettes quand je m'y mets.

Une pulsion me pousse à ouvrir la bouche pour lancer une invitation spontanée et totalement stupide. Heureusement, je me ressaisis au dernier moment et referme les lèvres. Non, inviter Gabriel à se joindre à ma famille et moi-même pour Noël n'est définitivement pas une bonne idée. Non seulement je le connais à peine, mais en plus… je le déteste ! Enfin, je le détestais. J'avoue que mes sentiments à son égard ont évolué.

Ah ouais ? Tu crois ?

La voix narquoise dans ma tête illustre ces propos en me renvoyant en pleine face des images de nous deux au lit. Je les chasse aussitôt et me concentre de nouveau sur mon écran d'ordinateur.

Malgré tout, je reste bien trop consciente de sa présence à mes côtés et de la chaleur que dégage son corps. Un silence s'installe entre nous, chargé d'une tension familière. Est-ce qu'il pense à la même chose que moi ?

Son souffle sur ma nuque me fait sursauter.

— Tu sais, les autres ne seront pas revenus avant une grosse demi-heure.

Apparemment, oui, il pense à la même chose que moi. Mon cœur tambourine, mes joues s'échauffent, ma gorge s'assèche. La voix de la raison m'ordonne :

Ne fais surtout pas ça !

Pour une fois, je l'écoute.

— Ce qui me laisse largement le temps de peaufiner mon menu de Noël.

Je lance un rapide regard par-dessus mon épaule : il sourit, amusé.

— Celui qui arrivera à détourner Clémence Poirier de son objectif n'est pas né.

Il prend ça à la rigolade. Ce mec est vraiment bizarre. La sonnette de l'entrée retentit et Julia arrive. Heureusement que je n'ai pas accepté l'invitation pleine de sous-entendus de Gabriel…

Ce dernier m'adresse un clin d'œil complice avant de se lever et de remettre en place le fauteuil de ma collègue. Zut, je serais presque déçue de ne plus sentir sa présence à mes côtés et son parfum tout autour de moi. Quoique… il reste quelques effluves que j'inspire discrètement, comme une droguée.

— Hey, c'est rare de te voir ici entre midi et deux, me lance Julia en se laissant tomber sur son siège.

Je remarque le regard curieux qu'elle pose sur Gabriel, mais il s'éloigne déjà en direction de la machine à café installée dans un coin de la pièce. Conspiratrice, elle se penche vers moi.

— De quoi vous parliez ?

— De mon menu de Noël.

Julia fronce les sourcils.

— C'est tout ?

— Oui.

Mon amie n'est pas dupe. Sur le chemin du retour de Tignes, elle n'a cessé de me poser des questions sur le déroulement de mon week-end en compagnie de Gabriel. Le soudain rapprochement entre nous lui a semblé louche – et il l'est ! – et elle a essayé de me tirer les vers du nez : sans résultat. C'est une chose d'avouer à ma sœur que j'ai encore une fois succombé au charme d'un beau sourire, c'en est une autre de raconter à Julia que j'ai couché avec le collègue de travail que je détestais la semaine précédente.

Même si je l'aime beaucoup, je ne suis pas prête à lui faire ce genre de confidence. Plus tard, peut-être, quand toute cette histoire sera loin derrière moi et que je ne me sentirai plus aussi… perplexe face à cette situation.

Nerveuse, je me lève et vais me servir une tasse de café. La pause déjeuner est presque terminée et nos autres collègues discutent devant la porte en fumant une cigarette. J'entends la voix haut perchée de Véro à travers la vitrine de l'agence. Elle semble remontée contre quelqu'un. Son époux, je suppose. La plupart du temps, Véro se plaint de son homme, au point que nous nous demandons tous ce qu'elle fait encore avec lui.

Selon elle, il fait partie de ceux qui laissent toutes les corvées ménagères, la charge mentale et l'organisation de la maison à leur conjointe. D'après ce que j'ai compris, ils sont mariés depuis plus de vingt-cinq ans, et je n'ai pas l'impression que la flamme de l'amour flambe toujours entre eux.

Je me demande souvent comment ce genre de couple peut subsister. Pour ma part, je ne pourrais pas me contenter de la simple routine ou d'une sécurité financière et de la stabilité pour vivre avec une personne. Sans passion, l'existence ne vaut pas la peine d'être vécue, du moins à mes yeux. Mais je suis probablement mauvais juge ; éternelle célibataire et mère isolée, je suis mal placée pour critiquer la vie des autres. Néanmoins, j'ai la fierté de mener la mienne comme je l'entends.

Oui, parfois la présence d'un homme à mes côtés me manque. La chaleur, l'affection, les attentions, tout cela me manque. Toutefois, j'ai réussi à bâtir ma vie seule et j'en suis fière, et jamais je ne sacrifierai tout cela pour les beaux yeux d'un mâle, aussi larges que soient ses épaules. Si un représentant de la gent masculine veut se faire une place dans mon cœur, il faudra qu'il s'adapte à ma vie et non l'inverse. Et je ne tolérerai aucune routine entre nous, pas même après vingt-cinq ans de couple.

Dit celle qui tombe amoureuse au premier regard...

Amoureuse, peut-être, mais je n'en perds pas pour autant la tête !

T'es sûre de ça ?

Malgré moi, mes yeux se tournent vers Gabriel, de retour à son poste. Il m'observe déjà et m'adresse un sourire accompagné d'un clin d'œil. Aussitôt, je me détourne. Bon sang, mais à quoi joue-t-il ? On avait pourtant un accord tacite : ce qu'il se passe à Tignes reste à Tignes ! Et voilà qu'il me glisse des sous-entendus coquins au creux de l'oreille et me lance des clins d'œil au bureau.

Nos trois collègues franchissent la porte d'entrée, suivies d'Arthur, notre patron en pleine crise d'adolescence. Ce dernier traverse l'agence sous le nez de tout le monde, plongé dans son téléphone, indifférent à ce qu'il se passe autour de lui.

Abruti…

Il a beaucoup de chances d'avoir une équipe qui tourne sans

avoir besoin de son soutien. Rarement présent, toujours en retard, perdu sur la plupart des dossiers, je me demande souvent pourquoi il n'a pas encore été renvoyé. Quand Gabriel est arrivé, nous nous sommes toutes dit que ce n'était qu'une question de semaines avant qu'il ne parle à son père de l'incompétence flagrante de notre directeur d'agence, mais il n'en a rien fait. Il faut avouer qu'Arthur est un maître dans l'art de lécher les bottes du fils du patron. Visiblement, celui-ci aime ça.

Cette pensée noircit un peu la nouvelle image que j'ai de Gabriel. Ces derniers jours, j'ai un peu trop oublié qui il est et la façon dont il se comporte. Un « fils de » arrogant, voilà ce qu'il est.

Mes collègues s'installent à leurs postes respectifs en continuant d'échanger des banalités quand mon téléphone se met à sonner. Tasse de café en main, je rejoins rapidement mon propre bureau pour décrocher le combiné. Il s'agit d'une de mes clientes, une locataire dont j'ai la charge du dossier et qui m'appelle pour déclarer un problème avec sa chaudière. Je lève les yeux au ciel. Les pannes de chaudière arrivent toujours à cette période de l'année et il est de plus en plus compliqué de trouver des entrepreneurs disponibles pour faire les travaux de réparation. Au bout du fil, la femme s'énerve, alors que je n'ai même pas encore eu le temps d'en placer une.

— Oui… oui, madame Tournade, oui, j'entends bien, mais… Je vais… Oui. Mais je n'y suis pour rien, vous savez !

Elle me passe une soufflante comme si j'étais venue dans son appartement durant la nuit pour détraquer sa maudite chaudière.

— Non, ce n'est pas à vous d'appeler le propriétaire, madame…

Restée debout, je cherche d'une main aveugle mon siège de bureau en essayant de détendre la furie.

— Je vais faire le nécessaire. Non, madame Tournade, vous ne pouvez pas bénéficier d'un mois de location gratuit. Mais parce que ce serait du vol ! Mais non, vous ne paierez pas la réparation de la chaudière, sauf, bien entendu, s'il s'avère que vous l'avez vous-même mise hors d'usage.

Je finis par attraper l'accoudoir de mon fauteuil et le tire jusqu'à moi pour m'asseoir.

— J'entends bien, madame, mais je n'ai pas de pouvoirs magiques, je ne peux pas vous trouver quelqu'un d'un claquement de doigts !

Je pose mes fesses sur le siège, mais… un cri franchit mes lèvres quand je me sens partir en arrière. L'assise est basse, beaucoup trop basse ! Je tente de me rattraper au fauteuil – qui visiblement ne se trouve absolument pas sous mes fesses –, néanmoins les roulettes m'entraînent et, avant que je n'aie le temps de comprendre ce qu'il m'arrive, mon postérieur rencontre brutalement le parquet.

Un nouveau cri m'échappe ; dans l'espoir d'amortir ma chute, j'ai finalement lancé mon bras en arrière pour essayer de me retenir – envoyant mon café valser dans les airs par la même occasion –, et mon poignet a adopté un angle absolument pas naturel.

Ma main droite est toujours crispée sur le téléphone et ma cliente me hurle dans les oreilles tandis qu'une brûlure vive remonte le long de mon bras. Dans le bureau, j'entends des roulettes sur le sol, des bruits de pas précipités, des gens qui crient mon nom, mais mon esprit est totalement focalisé sur mon poignet.

Je respire profondément, j'essaie de déterminer s'il s'agit d'une simple douleur due à la chute ou de quelque chose de plus grave. Le visage de Julia apparaît devant mes yeux, celui de Gabriel aussi. La furie à l'autre bout du fil continue de gueuler. Professionnelle jusqu'au bout, je grince entre mes dents :

— Oui, madame Tournade. Une fois encore, je vous répète que…

Une grande main m'arrache le téléphone et Gabriel prend l'appel, bien moins aimable que moi :

— Nous allons faire le nécessaire.

Sans rien ajouter de plus, il raccroche.

— Tu es blessée ?

La voix de Julia, toutefois je suis incapable de répondre, je tente toujours d'évaluer la douleur.

— Clem, ça va ?

Cette fois-ci, c'est Gabriel. Il est là, tout près de moi, je sens la chaleur de son corps agenouillé à mes côtés, mais je serre encore les dents.

— Qu'est-ce qu'il s'est passé ?

Arthur arrive enfin, paniqué.

— Elle est tombée ?

Non, non, connard, je me suis dit que la vue était plus intéressante de sous mon bureau...

— Clem ? insiste Gabriel.

Je parviens à grincer :

— Je t'ai déjà dit que tu n'avais pas le droit de m'appeler comme ça.

Julia soupire.

— Ouf, elle va bien.

Bien ? On échange nos poignets quand elle veut. Et nos fesses aussi ! J'ai l'impression que les miennes ont remontées jusqu'à ma glotte. Lentement, je déplie mon corps crispé et un cri m'échappe.

— Quoi ? s'affole aussitôt Julia.

Cette fois-ci, aucun son ne franchit la barrière de mes lèvres, je me contente de rabattre mon bras gauche devant moi en serrant la mâchoire de toutes mes forces : mon poignet me fait vraiment un mal de chien.

J'entends tous mes collègues me poser dix mille questions en même temps, Arthur commencer à paniquer.

— C'est le poignet, comprend finalement Gabriel. Tu peux le bouger ?

Je finis par répondre entre mes dents.

— J'ai même pas envie d'essayer.

— OK, j'appelle les pompiers, s'exclame Arthur.

Mon cœur fait un bond.

— Non ! Non, non, ça va aller. Aïe...

— Tu es tombée sur ton lieu de travail, c'est la procédure, Clémence.

— C'est rien ! Je vais très bien.

Un autre gémissement m'échappe. Julia m'observe d'un air inquiet.

— Arthur, non !

Mais mon patron est déjà en train de sortir son portable.

— Je l'emmène aux urgences, intervient finalement Gabriel d'un ton autoritaire.

Arthur se fige, téléphone à la main, expression torturée. Je peux deviner son angoisse. C'est probablement la première fois qu'il doit gérer un accident du travail. Un accident du travail : s'asseoir à côté de sa chaise, je vais mourir de honte.

— J'ai pas besoin qu'on m'emmène où que ce soit.

Je lutte pour me relever, mais la douleur irradie dans mon bassin.

Eh oui, ma vieille, t'as plus vingt ans, tomber sur le cul, ça fait mal !

Mes jambes répondent parfaitement, c'est déjà ça, et si j'ai mal aux hanches, je n'ai pas l'impression de m'être cassé quoi que ce soit. Julia m'aide à me redresser.

— Tu peux bouger les doigts ? me demande-t-elle.

Une fois encore, je n'ai absolument pas envie d'essayer, malgré tout mes articulations remuent et je serre les dents en sentant de nouveau la brûlure se réveiller dans mon poignet. Je m'agrippe au bras de ma collègue, qui tire mon fauteuil pour que je puisse m'asseoir.

— OK, aux urgences, gronde Gabriel. C'est probablement foulé, mais il te faut une radio.

Cette fois-ci, je ne proteste pas. Véro me tend un verre d'eau fraîchement tirée à la fontaine du bureau, je la remercie d'un sourire. Arthur fait les cent pas, le visage crispé par l'angoisse. Tout à coup, j'ai de la peine pour mon patron incompétent.

— Tout va bien, Arthur, je ne vais pas mourir !

Il s'immobilise et j'ai l'impression qu'il est sur le point de tomber dans les pommes. Il ne manquerait plus que ça !

— Je ne sais absolument pas faire une déclaration d'accident du travail.

Sa voix est pareille à un murmure. Julia m'adresse un petit sourire et le rassure d'un ton plein de condescendance.

— On va t'expliquer, Arthur.

J'aperçois mes deux autres collègues, Sibylle et Alexandra, qui échangent un regard moqueur dans le dos de notre chef.

Gabriel a récupéré ses clés de voiture, son manteau et ses papiers.

— Allez, on y va. Il faut que je te porte, ou tu peux marcher ?

Julia est en train de m'aider à enfiler ma veste qu'elle laisse pendre sur mon épaule gauche : il n'est pas question que je glisse mon poignet à l'intérieur de la manche.

— Me porter ? Et puis quoi, encore ? Je peux très bien marcher !

Mon air furieux l'amuse. Julia lui tend mon sac à main et nous accompagne jusqu'à la porte de l'agence.

— J'espère que tu passeras vite aux urgences, me souffle-t-elle. Est-ce que tu veux que je contacte quelqu'un pour ton fils ?

Mathis ! Il termine les cours dans à peine quatre heures et il n'y aura personne à la maison quand il rentrera en bus. Je doute d'être sortie de l'hôpital avant au moins trois grosses heures et je ne sais même pas si je pourrai conduire.

— Je vais m'en occuper, merci.

Ma mère devrait pouvoir se libérer, je l'appellerai dans la voiture.

— OK, tiens-moi au courant quand tu en sauras plus.

Elle me dépose un baiser sur la joue avant que je n'emboîte le pas de Gabriel. Ce dernier m'observe d'un air inquiet.

— T'es sûre que tu veux pas que je te porte ? T'es vraiment blanche.

Je serre encore et toujours les dents. Après cette aventure, je vais avoir besoin d'un rendez-vous en urgence chez l'ostéopathe, je suis probablement en train de me bloquer tous les muscles de la mâchoire. Le vent froid de novembre me balaie le visage, j'inspire à pleins poumons.

— Non, ça va. Mais… ne marche pas trop vite quand même.

Chapitre 34

Clémence

Je repose mon téléphone sur ma cuisse et pousse un soupir. Le verdict est tombé : j'ai une vilaine entorse du poignet. Rien de vraiment surprenant, étant donné la couleur violacée qui a fini par apparaître tout autour de l'articulation. Heureusement, l'accueil des urgences m'a fourni une poche de glace qui a limité l'enflure. Je me retrouve donc avec de belles radios, une attelle et une ordonnance pour des antidouleurs.

Je viens seulement de caler mes fesses dans la voiture de Gabriel, il est plus de vingt-et-une heures et mon collègue est resté tout ce temps avec moi. Je lui ai proposé plusieurs fois de partir, lui assurant que je réussirais à m'en sortir toute seule et que je trouverais bien le moyen de rentrer chez moi, mais il a refusé.

Durant de longues, très longues heures, nous avons attendu qu'un urgentiste puisse me prendre en charge. À la suite de quoi, il a encore fallu patienter pour obtenir les résultats des radios, puis voir de nouveau le médecin pour le diagnostic et la sentence.

Mon chevalier servant s'installe derrière le volant et met le contact. Son regard se pose sur moi, je frissonne, il sourit.

— On peut dire que ça, c'est pas de chance.

— Quoi ?

— Un week-end de ski, une piste noire, et tu te fais une entorse au poignet en t'asseyant à côté de la chaise.

Il se paie ma tête. Je devrais être furieuse, je ne trouve pas du tout la situation marrante, d'autant plus que je me sens un peu ridicule. Malgré tout, je finis par rire, vite imitée par Gabriel, qui quitte sa place de stationnement pour se faufiler dans la circulation – bien moins dense à cette heure-ci – de Tours.

— Heureusement que c'est le poignet gauche : je suis droitière.

— Oui, c'est ce que je me suis dit aussi quand tu es tombée.

Il a remarqué ce détail ? Étonnée, je coule un regard vers lui, mais il est concentré sur la route.

Il a vu que tu étais droitière ? Et alors ? Vous travaillez ensemble depuis un an, il a largement eu le temps de s'en rendre compte. La majorité de la population est droitière, ça n'a rien d'exceptionnel.

Le poste de la voiture diffuse une musique douce et je reconnais les paroles d'une chanson familière.

— Charles Trenet ?

Ma surprise est justifiée : j'entends peu ce chanteur à la radio. Gabriel me coule un rapide coup d'œil et je m'aperçois qu'il a l'air… gêné ?

— Ouais, j'écoute de la vieille musique française, avoue-t-il.

— Vraiment ?

Pas de réponse. J'ai cru que la chanson était diffusée par une station de radio, mais ce n'est pas le cas, c'est une playlist, et les premières notes d'un grand classique de Brel s'élèvent maintenant dans l'habitacle de la Mercedes. Gabriel coupe le son.

— Non, laisse, c'est ta voiture ! Et puis j'aime bien Jacques Brel.

Il me jette un petit regard furtif, comme s'il voulait s'assurer que je ne me payais pas sa tête. Ce n'est pas le cas. Même si j'ai rarement rencontré des gens de ma génération qui écoutaient ce genre de musique, je sais apprécier moi aussi ces textes envoûtants et ces voix magnifiques.

— Tu n'écoutes que ce style ?

Ma question peut paraître condescendante et j'ai peur qu'il le prenne mal, toutefois il répond d'un ton neutre.

— Principalement, mais j'aime d'autres choses, le rock, par exemple, et… le classique.

Mes sourcils se haussent d'eux-mêmes. Le classique, c'est une grande première pour moi. Les hommes que je fréquente habituellement ont des préférences musicales plus… contemporaines.

— Tu es plein de surprises.

Ma remarque semble le soulager et un autre petit sourire recourbe le coin de ses lèvres.

— T'as pas idée.

Le retour du beau gosse arrogant.

— Et d'où te viennent ces goûts musicaux ?

— De ma mère.

Un silence s'installe entre nous tandis que *Le Port d'Amsterdam* caresse nos oreilles. Cette chanson a toujours eu le don de me filer des frissons.

— J'imagine que tu ne dois pas assister à beaucoup de concerts…

Ma blague pourrie me vaut un haussement de sourcils.

— Sérieusement ? T'as rien de mieux en stock ?

Je soupire.

— Ce soir, non, je suis au bout du rouleau. Mon humour est au ras des pâquerettes.

— Tu sais qu'on utilise plus cette expression depuis le siècle dernier ?

— Tu sais qu'on ne se moque pas d'une convalescente ?

Il lève les yeux au ciel. Je m'aperçois que nous n'avons pas pris la route de l'agence.

— Où on va ?

— Chez toi, répond-il sur le ton de l'évidence.

— Mais… je dois récupérer ma voiture !

Il me lance un regard de biais.

— Et comment tu comptes la conduire ? Avec une seule

main ? C'est une boîte auto ?

Non, mon Scénic possède une boîte de vitesses tout ce qu'il y a de plus classique et même si je pourrais tout à fait le conduire avec mon attelle, je dois bien avouer que ce soir je suis beaucoup trop épuisée et sonnée par la douleur et les cachets.

— Je te la rapporterai demain.

Ce n'est pas une proposition, mais une affirmation. Surprise, je me tourne vers lui.

— Tu n'es pas obligé.

— Je sais.

— Tu n'étais pas non plus obligé de rester avec moi aux urgences.

— Je le sais aussi.

— Alors, pourquoi tu l'as fait ?

Il quitte la route des yeux quelques secondes pour me regarder avant de hausser les épaules.

— J'en avais envie. Je fais toujours ce dont j'ai envie.

Perplexe, je reste silencieuse dans l'habitacle sombre de la voiture. Comment suis-je censée interpréter ses paroles ? Il avait envie d'être avec moi ? Quelque chose se met à remuer dans mon ventre, je l'ignore aussitôt et bride mon petit cœur d'artichaut qui s'emballe. Non, il avait probablement plus envie de ne pas retourner au bureau. Néanmoins, à choisir entre un après-midi de taf et plusieurs heures aux urgences, j'opte pour la première proposition.

Tout à mes cogitations, je ne remarque pas immédiatement que l'éclairage de la ville est devenu plus vif, mais quand mon regard se pose sur le pare-brise, un cri franchit mes lèvres.

— Oh, ils ont installé les illuminations de Noël !

Je sautille sur mon siège comme une gamine.

— Ouais, de quoi faire hurler les écolos, ricane-t-il.

Oui, je sais, tous ces éclairages vont à l'encontre des économies d'énergie et de l'écologie, malgré tout je m'extasie. Tours est une très belle ville, mais, à cette période de l'année, je la trouve juste somptueuse. Nous passons devant une rue piétonne entièrement illuminée, et une exclamation de stupeur m'échappe.

— Eh ben, ils ont mis le paquet cette année. J'ai hâte que le marché de Noël commence.

Gabriel ne répond pas et je me souviens soudain qu'il n'est clairement pas touché par la magie de Noël. Il me l'a déjà avoué et mon cerveau anesthésié par les événements de la journée l'a totalement occulté.

Nous traversons rapidement le centre-ville et regagnons la zone pavillonnaire où j'habite, dans la périphérie de Tours. Après Brel, les enceintes de la voiture diffusent à présent du Barbara. Décidément, Gabriel est vraiment fan des vieux artistes français. Je m'enfonce dans mon siège en écoutant *L'Aigle noir* et la voix envoûtante de la chanteuse. Le cuir est souple sous mes fesses, la chaleur de l'habitacle m'enveloppe, le son parfaitement réparti et le ronronnement régulier du moteur me bercent. J'avoue que la Mercedes est confortable, vraiment confortable, pour un peu je m'endormirais presque. Mes yeux se ferment d'eux-mêmes et je ne suis plus la route. De toute façon, Gabriel semble parfaitement se souvenir où je vis…

Chapitre 35

Gabriel

Elle s'est endormie. Rien de surprenant après la journée qu'on vient de passer. La douleur, le choc de la chute, l'attente, le stress… Non, pas étonnant qu'elle se soit assoupie sur le trajet du retour. Ce qui l'est plus, en revanche, c'est que je suis garé depuis cinq bonnes minutes devant chez elle et que je l'observe roupiller.

Je devrais la réveiller, mais quelque chose me retient et je reste là, comme un con. Qu'est-ce qu'il me prend ? Mon regard détaille son visage détendu dans le sommeil, ses longs cils qui caressent ses pommettes, sa bouche aux lèvres légèrement roses et si douces – je me rappelle encore leur contact contre les miennes –, sa peau claire et parfaite, parsemée de petites taches de rousseur sur ses pommettes et son nez…

Bordel, mais secoue-toi, Gab ! Elle n'est pas si passionnante que ça et son visage n'a rien d'exceptionnel !

Ah ouais ? Alors pourquoi je n'arrive pas à en détourner les yeux ? Elle bouge légèrement et j'entends soudain la vibration d'un téléphone, *son* téléphone toujours posé sur sa cuisse et qui glisse… entre ses jambes. Merde, à présent je fixe son entrejambe.

Même si elle a un pantalon, je me souviens parfaitement de ce qu'il dissimule et… et voilà, je bande.

Clémence ouvre les paupières dans un sursaut, réveillée par le portable. Son regard tombe sur moi et je fais comme si je venais tout juste de couper le contact.

— On est arrivés.

Pas question qu'elle devine que je l'ai matée pendant qu'elle dormait. L'air un peu hagard, elle récupère son téléphone et jette un coup d'œil à l'écran.

— C'est maman, elle commence à s'inquiéter.

D'après ce que j'ai compris, sa mère est venue garder son gosse chez elle, elle doit donc se trouver en ce moment même derrière une des fenêtres à guetter le retour de sa fille. Elle n'a pas pu manquer la voiture garée de l'autre côté de la rue depuis près de cinq minutes et dont personne n'est encore sorti.

— Je t'offre un café ? Après cette journée, c'est la moindre des choses.

Je devrais dire non, en temps normal je n'aurais aucun mal à le faire, mais ce soir…

— Avec plaisir.

Abruti…

J'ignore cette voix moqueuse au creux de mon oreille et descends de la caisse. Elle me devance jusqu'au portillon qui délimite l'allée menant à la porte d'entrée. Sa maison est assez typique de ce genre de lotissement, un étage, toiture en ardoise, deux fenêtres en façade qui encadrent l'entrée. Je sais que l'une d'entre elles donne sur la cuisine, l'autre, probablement sur le séjour ou la salle à manger.

Je fais visiter des centaines de baraques de ce style tous les ans et elles ne restent jamais bien longtemps sur le marché. C'est le genre de produit qui plaît beaucoup, petit jardin pour les barbecues l'été, suffisamment grand pour installer une piscine autoportée ou tubulaire, mais pas trop pour conserver un entretien facile et rapide.

À peine avons-nous atteint la porte que celle-ci s'ouvre à la volée. Une femme apparaît, la cinquantaine, les cheveux blonds coupés en un carré soigné, yeux bruns.

— Clem, enfin ! Je commençais vraiment à m'inquiéter !

s'exclame-t-elle en attirant sa fille dans ses bras.

Je remarque qu'elles sont toutes les deux sensiblement de la même taille.

— Je sais, maman, c'était un peu long. Mais tout va bien, ce n'est qu'une entorse du poignet.

Clémence se dégage doucement de son étreinte et surprend le regard curieux que sa mère coule aussitôt sur moi.

— Maman, voici Gabriel, un collègue de travail qui m'a conduite aux urgences et qui est resté avec moi tout l'après-midi. Gabriel, ma maman, Évelyne.

Je hoche la tête, un sourire aux lèvres.

— Enchanté, madame.

— Évelyne, ça suffira, répond-elle sans me lâcher des yeux. Entrez donc, tous les deux, il fait un froid de canard.

Elle s'écarte pour nous laisser passer et je reste un instant planté dans le hall, un peu gêné. Ouais, moi, le mec arrogant et sûr de lui, je suis gêné de me trouver pour la seconde fois dans ce foyer et d'assister à nouveau à un échange naturel d'amour entre une mère et son enfant. Évelyne papillonne autour de sa fille, l'aide à ôter son manteau, récupère son ordonnance, lui demande des détails de son accident et l'enveloppe d'attentions.

Je songe à ma propre mère, si peu tactile, si peu… maternelle…

Et voilà, je regrette d'avoir accepté d'entrer, j'aurais dû déposer Clémence et retourner chez moi. Ma première visite dans cette maison m'avait déjà laissé une impression étrange, je n'aurais jamais dû revenir. Pourtant, une part de moi en avait envie, non, en crevait d'envie plus exactement.

Comme si elle se souvenait soudain de ma présence, Clémence se tourne vers moi.

— Tu peux accrocher ta veste ici, Gab. Je vais préparer le café. À moins que tu veuilles autre chose ?

Gab ? C'est la première fois qu'elle m'appelle ainsi et je bugge un moment.

Réagis, idiot ! C'est pas comme si on ne t'appelait jamais Gab !

C'est vrai, tout le monde le fait, enfin, tous mes amis.

— Non, non, un café, c'est parfait.

Elle disparaît dans la cuisine, sa mère sur ses talons, et je me retrouve seul. J'inspire profondément, essaie de chasser l'impression étrange qui grandit en moi.

Tout en enlevant mon manteau, je lance un petit coup d'œil en direction du salon, sur ma gauche. La pièce est fidèle à ce qu'elle était quand je suis venu la première fois : spacieuse, mais surchargée de jouets, meubles, livres et bibelots en tous genres. Un canapé, noyé sous une avalanche de plaids, fait face à une télévision qui diffuse un programme de variété avec le son au minimum, et dans le fond un espace accueille une table de salle à manger surmontée d'un plateau de verre et huit chaises. La décoration n'est pas uniforme, mais donne à l'ensemble un côté douillet, chaleureux et… vivant.

Je rejoins les deux femmes dans la cuisine au moment où Clémence prend des nouvelles de son fils.

— Il dort depuis environ une heure, l'informe sa mère. Ne t'inquiète pas pour lui, il va très bien.

— Tu es sûre ? Il n'était pas trop perturbé ?

Évelyne lève les yeux au ciel.

— Mais non ! Ce n'est plus un petit bébé, Clem, il grandit ! Tu te tracasses beaucoup trop. Je lui ai expliqué que ce n'était pas une blessure grave et il l'a très bien compris.

— Est-ce qu'il a fait ses devoirs ?

— Bien sûr, enfin ! Est-ce que tu me prends pour la pire des grands-mères ?

Elle fait mine d'être vexée, mais je devine qu'il n'en est rien. Clémence s'approche et la serre dans ses bras.

— Merci, maman.

— Mais de rien, ma chérie. Tu sais bien que tu peux toujours compter sur nous, papa et moi. Donne-moi ton ordonnance, je passerai récupérer tes médicaments demain matin et je te les déposerai.

Le ton n'admet aucune discussion et Clémence n'essaie même pas. Debout près de sa cafetière, elle semble au bout du rouleau.

— J'ai préparé un hachis parmentier, il est dans le four, il n'y a qu'à le faire réchauffer, continue sa mère. Maintenant, je file avant que ton père ne s'endorme sur le canapé à la maison.

Elle plaque un baiser sur la joue de sa fille et se tourne vers moi.

— Bonne soirée, Gabriel, et merci de votre aide aujourd'hui.

Ses prunelles brillent d'une étrange lueur et je trouve son sourire un peu énigmatique.

— Mais c'était tout naturel. Merci, bonne soirée à vous aussi, mada… Évelyne.

Son sourire s'élargit et elle disparaît dans le hall, non sans avoir adressé un clin d'œil complice à sa fille. Quelques secondes plus tard, la porte se referme doucement derrière elle.

Clémence pivote vers moi et me désigne une chaise autour de la petite table dans un coin de la pièce.

— Vas-y, installe-toi.

Au moment où je m'assieds, son portable vibre. Elle consulte son écran, sourit à son tour et le glisse de nouveau dans sa poche. Je veux bien parier qu'elle vient de recevoir un message de sa mère.

— Est-ce que tu aimerais un peu de hachis ? me demande-t-elle.

Une fois encore, je devrais dire non, mais je n'ai rien avalé depuis des heures et… une part de moi a envie de rester ici, dans cette maison si pleine de vie, avec *elle*.

Mais tu débloques complètement !

— Avec plaisir.

Crétin !

Je l'aide à mettre le couvert et elle fait chauffer le plat dans le four après avoir éteint la cafetière. Quelques minutes plus tard, nous sommes tous les deux attablés face au hachis parmentier fumant qui diffuse une odeur succulente.

— Tu as de la chance, commente Clémence, ma mère est un cordon-bleu.

Je n'en doute pas une seconde, rien que le fumet me met l'eau à la bouche. Par égard pour le poignet blessé de ma collègue, je fais le service et elle me remercie avant d'attaquer sa part goulûment. Elle n'a pas menti, sa mère est une parfaite cuisinière et je me régale.

Durant quelques minutes, nous mangeons en silence, trop occupés par le contenu de nos assiettes respectives. Une douce quiétude grandit en moi et je me rends compte que je suis étonnamment à l'aise dans cette cuisine que je ne connais pas, dans cette maison qui n'est pas la mienne, en compagnie d'une femme qui m'insultait quelques semaines plus tôt.

Mon regard quitte enfin mon assiette pour se poser sur elle. Elle dévore toujours sa portion et son appétit m'amuse.

— Quoi ? me demande-t-elle.

— Toujours aussi affamée.

Elle hausse les épaules.

— Je te l'ai déjà dit, j'ai un bon métabolisme. Ma mère dit que c'est le stress qui bouffe toutes mes calories superflues.

— Tu es stressée ?

— Absolument pas !

Au moment où ces mots franchissent ses lèvres, une voix ensommeillée appelle du haut de l'escalier :

— Maman ?

Aussitôt, le visage de Clémence change. Elle bondit de sa chaise et se précipite au bas des marches. La porte de la cuisine est ouverte et me permet d'apercevoir la petite silhouette à l'étage.

— Je suis là, mon chéri.

Un vague malaise grandit en moi. Des pas descendent et son fils apparaît, en pyjama Spider-Man. Mathis se jette dans les bras de sa mère qu'il serre à l'en étouffer. Cette dernière lui rend son câlin. Je me sens de trop, je n'aurais pas dû rester, cette scène est trop intime, trop puissante, mon malaise s'accroît.

Mais qu'est-ce que tu fous là, Gab ? Tout ça, ça ne te ressemble pas ! Rentre chez toi.

Toutefois, au moment où je m'apprête à me lever pour partir, le gosse m'aperçoit dans la cuisine.

— C'est ton collègue de travail ? demande-t-il à sa mère.

Clémence hoche la tête et relâche son étreinte avant d'entraîner Mathis jusqu'à la table.

— Oui, c'est Gabriel. Tu te souviens de lui ? Il m'a accompagnée aux urgences et est resté avec moi.

Le petit me salue d'un sourire vague. Ses yeux, encore brillants de sommeil, tombent sur le poignet de sa mère et son attelle.

— C'est grave ?

— Pas du tout, le rassure-t-elle. Une simple entorse. Tout sera guéri dans quelques jours.

Le visage de l'enfant se détend aussitôt et je remarque sa ressemblance avec sa mère : mêmes prunelles brunes, même ligne du menton, même nez. Tous deux échangent quelques mots que je n'entends pas vraiment. Puis Clémence le renvoie au lit, non sans lui avoir de nouveau certifié que tout allait bien. Nous nous retrouvons encore une fois tous les deux dans la cuisine.

— Tu es très protectrice.

Ses yeux plongent dans les miens.

— Je suis une maman.

— Toutes les mères ne le sont pas.

Je suis bien placé pour le savoir…

Elle pousse un soupir et se rassied en face de moi.

— Il est toute ma vie.

— Et son père ?

Elle grimace et je regrette aussitôt ma question.

Pourquoi est-ce que je mets ça sur le tapis ? Je suis vraiment con ce soir.

S'il n'y avait que ce soir…

— Il m'a laissée tomber à sept mois de grossesse. Je n'ai plus jamais entendu parler de lui. Un fantôme.

Merde, quel mec fait un truc de ce genre ? Un enfoiré, un connard, un salaud. Même si je suis loin d'être le plus classe des types, je n'aurais jamais fait ça. Quitter sa femme enceinte est une chose, disparaître totalement de son existence en est une autre. Mon dégoût et ma colère doivent se lire sur mon visage, car Clémence agite la main, comme pour les effacer, en déclarant :

— Je suis bien mieux sans lui. *Nous* sommes bien mieux sans lui. Je n'ai besoin de personne pour élever mon fils et j'ai la chance d'avoir une famille formidable qui est toujours présente pour nous deux.

Ça, je n'en doute pas.

Le petit moment auquel j'ai assisté entre sa mère et elle tout à l'heure me le prouve bien.

— T'as jamais songé à retrouver quelqu'un d'autre ?

Mais pourquoi je lui pose toutes ces questions ?

Qu'est-ce que ça peut me foutre ? Il faut vraiment que je me tire d'ici.

Elle secoue la tête.

— Je n'ai jamais trouvé quelqu'un à la hauteur. J'ai fréquenté des hommes, je ne suis pas une nonne, j'ai une vie sentimentale comme tout le monde, se défend-elle. Mais… aucun d'entre eux n'a jamais mérité que je le présente à Mathis.

— Je comprends.

Le pire, c'est que c'est la vérité. Après le divorce de mes parents, j'aurais nettement préféré que ma mère ne me présente pas chacune de ses nouvelles conquêtes. Je détestais tous ces types et je vivais constamment dans l'angoisse que l'un d'entre eux finisse par me priver du peu d'affection que maman me donnait encore.

— Et toi ?

La question me prend de court.

— Quoi, moi ?

— Tu n'as jamais eu personne dans ta vie ?

Je ne réponds pas immédiatement et ses yeux s'élargissent.

— Oh, non ! Ne me dis pas que tu es en couple ! Pas après ce qu'il s'est passé entre nous à…

— Non, non ! Je n'ai personne dans ma vie.

Elle pousse un soupir de soulagement.

— J'aurais détesté être une « maîtresse », plaisante-t-elle.

— Je suis pas ce genre de connard-là.

Elle sourit.

— Tu es quel genre, alors ?

Je hausse les épaules.

— D'après mes ex, plutôt égocentrique et pas du tout attentionné.

Un de ses sourcils s'arque, elle pose sur moi un regard étrange et l'air crépite entre nous. Il est temps pour moi de partir avant de faire une grosse connerie, du genre la plaquer sur cette table et dévorer sa bouche. Si elle n'avait pas une attelle au poignet et s'il n'y avait pas le gosse à l'étage…

Non, non, non ! Ôte-toi tout de suite cette idée de la tête et casse-toi d'ici !

Ouais, j'ai assez dérapé comme ça pour aujourd'hui. Je me lève et me racle la gorge.

— Bon, eh bien, il se fait tard. Merci pour le dîner.

Elle se lève à son tour et m'accompagne jusqu'à l'entrée. Est-ce que c'est de la déception que je lis dans ses yeux ?

Nan, crétin, tire-toi !

— Si tu me donnes tes clés, je te rapporterai ta voiture demain matin.

Encore un acte de chevalier servant. Décidément, je suis un vrai gentleman ce soir.

Elle secoue la tête.

— Tu en as déjà beaucoup fait.

— Ça ne me dérange pas.

Et voilà que j'insiste, pour un peu elle va me prendre pour un désespéré qui essaie lamentablement de s'attirer ses faveurs.

C'est pas ce que t'es ?

Elle penche la tête de côté et me lance un regard suspicieux. Elle commence même à se poser des questions sur mon comportement. Il est vraiment temps que je foute le camp d'ici. Après quelques secondes, elle finit par me tendre ses clés.

— Si tu n'as pas le temps…

— T'inquiète, je m'en charge.

Je me tourne vers la porte, prêt à sortir.

— Gabriel ?

— Ouais ?

Je pivote et me rends compte qu'elle s'est rapprochée. Ses yeux plongent dans les miens, elle se hisse sur la pointe des pieds. Je retiens mon souffle. Elle ne va quand même pas… Ses lèvres douces effleurent ma joue et y déposent un baiser.

— Merci, murmure-t-elle à mon oreille.

Eh merde, j'ai l'impression que mon cerveau est en bouillie, j'arrive plus à formuler une seule pensée cohérente.

— Pas de quoi. Bonne nuit.

— Bonne nuit.

Sans rien ajouter de plus, j’ouvre le battant et prends la fuite, littéralement.

Chapitre 36

Clémence

Une semaine d'arrêt de travail, voilà ce que j'ai gagné, comme si je pouvais me permettre une baisse de salaire à cette période de l'année. Je me donnerais des baffes !

Ma mère m'attend sur le parking quand je sors du cabinet de mon médecin traitant. À ma tête, elle devine que je suis loin d'être de bonne humeur. Je râle dès que mes fesses sont posées sur le siège de la voiture. Elle s'y attendait probablement, car elle ne dit rien, se contente de m'écouter, un petit sourire au coin des lèvres.

— Tu te moques de moi ?

— Absolument pas, chérie, je me disais juste que tu ressemblais de plus en plus à ton père.

Humm, ça, c'est un coup bas. J'adore mon père, mais il est le râleur officiel de la famille…

— Ce n'est pas la fin du monde, vois le bon côté des choses, tu vas pouvoir te reposer et décorer la maison pour Noël.

Ma mère trouve toujours les mots pour me remonter un tant soit peu le moral. Elle a raison, c'est aussi l'occasion de préparer les fêtes. À ce sujet, j'ai quelques points à voir avec maman au sujet du repas de Noël et nous discutons cuisine tout le trajet de retour.

Lorsque nous arrivons à la maison, elle se gare le long du trottoir et hausse les sourcils à la vue de mon Scénic dans l'allée du garage.

— On t'a rapporté ta voiture ?

— Oui, c'est Gabriel, il a récupéré mes clés hier soir, et ce matin à mon réveil, le Scénic était là.

Elle pose sur moi un regard lourd de sens et je lève les yeux au ciel.

— Je te vois venir, maman, et non, il n'y a rien du tout entre Gabriel et moi. C'est seulement un collègue de travail.

Je sais qu'elle ne me croit absolument pas. Hier, juste après avoir franchi le seuil de la porte de ma maison, elle m'a envoyé un SMS en me sommant d'inviter mon « chevalier servant » à dîner avec moi – ce que je me suis empressée de faire, car je suis une fille obéissante.

À d'autres ! T'étais bien trop contente de l'avoir sous ton toit.

En réalité, je ne dirais pas « contente », mais plutôt… excitée. Oui, même si je fais de mon mieux pour le cacher, Gabriel m'inspire un désir que j'ai rarement ressenti pour un autre homme. De plus, son attitude à mon égard toute la journée, sa prévenance et ses attentions m'ont troublée, je dois bien l'avouer. Mais cela ne change rien au fait qu'il n'est qu'un collègue de travail et rien d'autre.

Un collègue que tu aimerais bien remettre dans ton lit…

Je descends de la voiture et file jusqu'à la porte d'entrée. La pluie est de retour, accompagnée d'un vent violent qui me fouette le visage. Maman pénètre dans la maison à ma suite en frissonnant et referme derrière nous.

— Tu ne me feras pas croire qu'il n'y a rien entre vous. Quel homme passerait tout un après-midi aux urgences avec une femme sans éprouver le moindre sentiment pour elle ?

Ma mère, cette grande romantique.

— Un homme serviable, probablement.

Cela dit, Gabriel n'est habituellement pas du genre serviable ni empathique, et encore moins gentleman…

— Ou un homme amoureux !

Je rejoins le salon en lui lançant par-dessus mon épaule :

— Et dire que tout le monde me demande pourquoi j'ai un cœur d'artichaut. Je tiens ça de toi !

Elle balaie ma remarque d'une main et s'assied sur un fauteuil.

— J'ai parfaitement vu la façon dont il te regardait.

— Avec ses yeux, je suppose.

— Des yeux qui brillaient !

— De fatigue après avoir passé presque huit heures au service des urgences.

— Et pour qui ?

Je pousse un soupir et me laisse tomber sur le canapé.

— Cette conversation tourne en rond.

— Il t'a rapporté ta voiture, encore une preuve !

— Il n'y a aucune preuve, maman, parce qu'il n'y a rien à prouver ! Maintenant, change de sujet, s'il te plaît, je n'ai pas envie de passer ma journée à parler du fils du grand patron de ma boîte.

Ses sourcils s'arquent. Pourquoi est-ce que je viens de lui donner ce détail ? Comme si la naissance de Gabriel avait la moindre importance. À moins que… je ne cherche inconsciemment à parler de lui avec ma mère. Non, certainement pas ! Le sujet est clos, point à la ligne.

Mais elle me regarde maintenant avec un petit sourire en coin.

— C'est bien la première fois.

— Quoi ?

— Que tu ne vois rien. Habituellement, tu vois des signes là où il n'y en a pas, et alors qu'ici ils crèvent les yeux, tu es aveugle.

— Il n'y a rien à voir, maman ! Pour la dernière fois, changeons de sujet !

Elle lève les mains comme si je la braquais avec une arme.

— Très bien, joue les naïves tant que tu le voudras, mais ne viens pas te plaindre cette année encore d'être seule pour Noël.

Je croise les bras sur ma poitrine et me renfonce dans mon canapé.

— Je ne me plains jamais.

— C'est vrai, mais tu bois beaucoup trop à chaque repas de Noël, si tu veux mon avis.

Choquée, j'ouvre de grands yeux. Moi ? Trop boire ? Certainement pas ! Je profite juste de la fête et du bonheur de me retrouver en famille avec les gens que j'aime ! Bon, d'accord, j'abuse peut-être un peu de l'apéritif, mais ce n'est pas pour noyer mon chagrin d'être seule, car je ne suis jamais seule, j'ai Mathis.

Malgré tout…

Oui, bon, je me sens peut-être un peu laissée pour compte lorsque, chaque année au chalet, tous les couples de la famille réunie s'enlacent autour du sapin pour regarder leurs enfants déplier les cadeaux. J'ai peut-être légèrement abusé du vin chaud il y a deux ans au marché de Noël quand je me suis retrouvée seule mère célibataire au milieu d'une flopée de familles qui espéraient toutes avoir une photo de leur bambin sur les genoux du père Noël. Et l'année dernière, alors que ma sœur rencontrait l'homme de sa vie… je suis peut-être allée me coucher avec le fond de la bouteille de whisky.

Et cette année, est-ce que je vais noyer ma solitude une nouvelle fois ? Une chose est sûre, je ne me plaindrai pas. Et quoi que puisse en penser maman, Gabriel ne nourrit pas le moindre sentiment à mon égard.

Mais alors, pourquoi est-ce qu'il est resté avec toi aux urgences ?

Chapitre 37

Gabriel

— J'arrive pas à croire que tu m'as traîné jusqu'ici.

Le rire de João retentit.

— J'arrive pas à croire que tu as accepté de venir.

Le marché de Noël. Ouais, je me trouve bien au marché de Noël avec mon idiot de pote. Son excuse pour m'entraîner ici ? Il connaît soi-disant une des artisanes qui expose ses œuvres dans les cabanons installés au cœur de la ville de Tours, boulevard Heurteloup. Je crois surtout que c'est une excuse pour me traîner ici. Heureusement, il m'a promis qu'il y aurait du vin chaud.

Aujourd'hui, c'est l'inauguration du marché et il y a du monde, beaucoup de monde, en majorité des familles avec leurs enfants. Beaucoup, beaucoup trop d'enfants ! Je comprends vite pourquoi en entendant la mélodie si caractéristique d'un carrousel. Des manèges, des illuminations de Noël, des haut-parleurs qui crachent des chansons de Noël, des sapins de Noël, des friandises de Noël sur les stands… Je vais faire une overdose.

— J'ai l'impression que je suis en train de te perdre, là, se marre João.

Je secoue la tête, comme si je sortais d'une transe.

— J'ai du mal à comprendre toute cette folie autour d'une simple fête. Tu ne me feras pas croire que tous les gens qui sont ici ont une conscience religieuse et voient cet événement comme faisant partie de leurs croyances.

Il sourit.

— Nan, Noël n'est plus une fête religieuse pour la plupart des gens. C'est juste… magique ! Pour les gosses, c'est un beau conte, et l'occasion de s'éclater et d'avoir plein de cadeaux ; et pour les parents, j'imagine que c'est l'émerveillement de voir leurs gamins heureux et survoltés. Et puis c'est aussi une occasion de passer un moment avec les gens qu'on aime, amis, famille…

Je grogne. Je ne suis pas anti-Noël, je ne le comprends pas, tout simplement. Dans ma famille, cela n'a jamais été un véritable événement, et après le divorce mes parents jouaient à celui qui me couvrirait le plus de cadeaux. Si c'était plutôt cool pour un ado, quand je suis devenu un jeune adulte, j'ai compris le côté pathétique de la chose.

Nous avançons le long du boulevard et mon regard balaie les petits chalets où les artisans présentent leurs produits. Untel vend des articles en laine, un autre, des spécialités culinaires, un autre encore, des décorations et des jouets en bois… Il y a véritablement de quoi séduire toutes les tranches d'âge.

— Et toi, tu rentres au pays pour les fêtes ?

Mon ami acquiesce.

— Yep. Ma grand-mère n'est plus toute jeune, pas question de la laisser seule pour Noël, nous allons tous fêter ça au village, dans la maison familiale.

J'ai déjà eu l'occasion de me rendre au Portugal, et plus particulièrement au « village », comme le dit toujours João. Sa famille détient une grande maison dans un petit bourg dans le nord du pays, au milieu d'un espace naturel préservé. Un endroit calme, loin de l'agitation des villes, magnifique et dépaysant. La maison n'est pas toujours habitée, car la famille s'est dispersée et nombre d'entre eux vivent aujourd'hui en France ; quant à la grand-mère paternelle de João, elle est pensionnaire d'un petit établissement pour personnes âgées.

Néanmoins, tous ses enfants, petits-enfants et arrière-petits-enfants aiment se rassembler pour les grandes occasions, et les fêtes de fin d'année en sont une, assurément.

Tous les gens que tu connais vont se retrouver en famille, et toi, tu seras seul.

Ouais, ma mère a décidé que, cette année, elle irait fêter Noël à New York en compagnie de sa nouvelle conquête. Ce dernier a visiblement des amis sur place et ils ont tous deux été conviés pour les fêtes de fin d'année. Je ne devrais donc pas revoir maman avant… l'année prochaine.

J'imagine que je devrais en être attristé, mais ce n'est pas le cas. J'aime ma mère, mais, à cette période de l'année, elle devient exécrable. Peut-être parce qu'elle regrette l'époque où papa, elle et moi formions une famille, ce qui est paradoxal dans la mesure où même en ce temps-là nous ne fêtions pas réellement Noël, du moins pas que je m'en souvienne. Mais il y a bien longtemps que j'ai cessé d'essayer de comprendre les états d'âme de maman. Si elle est heureuse de se rendre à New York, alors je le suis aussi.

L'amie de João – Vanessa – fabrique de petites peluches en laine qu'elle expose dans un chalet près de la grande roue. Oui, une grande roue, rien que ça !

Pendant que mon pote discute, je jette un coup d'œil à l'étal. J'imagine que je devrais trouver les créations mignonnes ou attendrissantes, mais elles n'ont aucun effet sur moi. En revanche, j'ai l'impression que ma personne a beaucoup d'effet sur la créatrice. Tout en parlant avec João, elle me dévisage ouvertement et ne cache pas son intérêt. Qui est cette fille déjà ? L'amie d'une amie ? Ou l'amie de sa cousine ? Ou alors c'est sa cousine ?

Je n'en sais rien, je n'écoutais pas quand il me l'a expliqué. Toujours est-il que Vanessa – si c'est bien son prénom, j'ai un doute à présent – n'est pas indifférente à mon charme. Mon pote l'a remarqué et je vois à son sourire en coin que cela l'amuse. Moi, en revanche… je m'en balance.

Cette fille est jolie, elle a une voix agréable, légèrement rauque, un peu sensuelle, mais elle ne m'intéresse absolument pas. Je ne suis pas venu au marché de Noël pour draguer ou me faire draguer, je suis venu seulement parce que mon pote m'a promis des châtaignes grillées et du vin chaud.

Mon manque de réaction n'échappe pas à João et, pendant que son amie sert des clients, il me tire par la manche.

— Qu'est-ce qu'il t'arrive ?

Je hausse les sourcils.

— Rien. Pourquoi ?

— C'est la première fois que je ne te vois pas sortir ton sourire de beau gosse à une « femelle » qui s'intéresse à toi. Elle ne te plaît pas ?

L'étonnement dans sa voix me fait prendre conscience que j'ai pour habitude de draguer à peu près toutes les femmes que je rencontre. Ce constat me laisse un goût amer dans la bouche. Parce que mon attitude me dégoûte ? Ou parce que je n'éprouve absolument aucune envie de draguer qui que ce soit aujourd'hui ? Bonne question.

Une voix familière s'élève soudain à quelques pas de nous, me dispensant de répondre à mon pote.

— Maman, regarde, c'est Gabriel !

Surpris, je tourne la tête et aperçois Mathis et Clémence devant un chalet à quelques mètres de là. Le regard de la jeune femme percute le mien et je lis la stupeur dans ses yeux bruns. Un sourire s'épanouit sur son visage, mon cœur fait un bond, mon estomac, une pirouette, et ma bite…

Arrête de penser à ta bite dès que tu la vois !

Bon, d'accord, j'arrête. Enfin, j'essaie. Je souris à mon tour, comme un con, et leur fais un signe de la main. Clémence prend celle de son fils dans la sienne et ils s'avancent vers nous. J'entends vaguement le ricanement de João ainsi que son marmonnement :

— Ça y est, j'ai compris.

Il n'a rien compris du tout ! Et moi non plus d'ailleurs.

— Qu'est-ce que tu fais au marché de Noël ? me lance ma collègue en riant une fois arrivée à notre niveau.

— On m'a forcé.

João s'incline dans une courbette ridicule.

— Je plaide coupable.

En riant, Clémence présente son fils à mon pote et, alors

qu'ils échangent quelques mots, je détaille la jeune femme. Elle semble aller bien, en dépit de l'attelle à son poignet. Je ne l'ai pas revue depuis mercredi soir, quand j'ai fui de chez elle, la queue entre les jambes. Dans la matinée de jeudi, elle m'a envoyé un SMS pour me remercier d'avoir rapporté sa voiture, auquel j'ai répondu par un simple « Je t'en prie », sans m'étaler. Je crevais d'envie de prendre de ses nouvelles, de savoir si elle avait pu consulter son médecin traitant, si quelqu'un l'avait conduite à la pharmacie, si elle avait besoin d'aide pour faire ses courses, mais je m'en suis empêché.

Encore heureux ! Je ne suis pas ce genre de mec, serviable, attentionné et inquiet ! Non, je suis un connard, toutes mes ex sont d'accord sur ce point ! Alors, qu'est-ce qu'il m'arrive avec cette femme ? Je dois couver un truc, un virus que j'aurais attrapé à Tignes.

Ouais, le virus de la connerie !

— On y va ?

Je me tourne vers João et me rends compte que je n'ai absolument pas suivi la conversation.

— Où ça ?

— Sur la grande roue ! Mathis veut faire un tour et Clémence a le vertige.

Mes yeux se tournent vers la jeune femme, qui dissimule mal un sourire. Elle n'a pas du tout le vertige et nous sommes bien placés pour le savoir : elle a fait les remontées mécaniques avec nous le week-end dernier !

— Et si vous y alliez tous les deux pendant qu'on va chercher des châtaignes grillées ?

J'ai tapé dans le mile.

— Oh oui ! s'exclame Mathis. Des châtaignes, j'adore ça !

Fidèle à lui-même, João se met à rire et conduit le gosse en direction de la grande roue, sous le regard de sa mère.

— Tu le laisses partir avec un mec que tu connais à peine ?

Elle hausse un sourcil.

— C'est ton pote, s'il arrive quoi que ce soit à mon fils, je te décapite.

Je lève les mains en l'air.

— Ne me rends pas responsable des conneries de João, j'ai

pas les épaules assez larges.
— Dans ce cas, tu aurais peut-être dû les accompagner…
— Parce que tu as plus confiance en moi qu'en lui ?
Elle réfléchit un instant.
— Disons que j'aurais moins de mal à te retrouver en cas de problème, me menace-t-elle finalement.
J'éclate de rire.
— D'ailleurs, depuis quand tu as le vertige ?
— Depuis qu'il fait cinq degrés et probablement zéro avec un vent glacial en haut de cette maudite grande roue. J'ai eu assez froid le week-end dernier, merci bien.
Effectivement, l'hiver est en train de s'installer et, à défaut de la neige des montagnes, nous avons droit aujourd'hui à un vent glacial qui s'engouffre dans les rues de la ville. Mais, pour la première fois depuis plusieurs jours, pas une seule goutte de pluie ne mouille le pavé.
— Et toi, pourquoi tu n'es pas allé faire un tour de grande roue ?
— Parce que je préfère rester avec toi.
Merde, les mots viennent de franchir mes lèvres sans mon consentement ! Je me fige, guette sa réaction, m'insulte mentalement, jusqu'à ce qu'un sourire fende son visage en deux.
— C'est une bonne raison. Je suis d'une compagnie bien plus agréable qu'un enfant de huit ans.
— Et d'une modestie à toute épreuve.
Ma remarque me vaut une tape sur l'épaule pendant que nous déambulons dans la rue, direction les châtaignes grillées.
— Comment va ton poignet ?
— Plutôt bien. Je n'ai plus mal. Normalement, je reviens au bureau jeudi prochain.
— Tu vas pouvoir assurer tes visites clients ?
Elle hausse les épaules.
— J'en ferai peut-être un peu moins. Il va falloir que tu m'apprennes ta méthode pour vendre et louer sans bouger ses fesses de son fauteuil.
— Oui, enfin, si tu t'assieds bien sur le fauteuil, ce sera déjà un bon début.
Nouveau coup dans l'épaule. Nous venons d'atteindre la file

devant le stand de nourriture. L'odeur des châtaignes grillées me chatouille délicieusement les narines.

— Alors, j'imagine que tu es en plein dans les préparatifs de Noël. Tu as décoré ta maison ?

Elle sourit.

— Du sol au plafond. Il faudrait que tu voies ça, des guirlandes dans tous les recoins, des pantins qui descendent le long de la rampe d'escalier, des cheveux d'ange accrochés au plafonnier, on se croirait dans la maison des lutins de Noël.

Il faudrait que je voie ça ? C'est une invitation ? Depuis quand est-ce que nous sommes devenus aussi proches ?

Probablement depuis que vous avez baisé dans ta chambre d'hôtel.

Nan, la baise ne m'a jamais permis d'être proche d'une femme, et encore moins de m'occuper d'elle tout un après-midi aux urgences…

Je la vois guetter en direction de la grande roue et je me penche pour murmurer à son oreille :

— Ne t'inquiète pas, il ne va pas le kidnapper.

— Il vaudrait mieux, si tu tiens à ta tête.

Son parfum caresse mon visage, j'inspire profondément, le savoure. Des images me traversent la tête. Elle, allongée sous moi, sa peau douce contre la mienne et son odeur dans mes draps.

Je chasse cette pensée et rajuste mon jean. Devant nous, la file avance.

— J'espère juste qu'il n'aura pas froid là-haut, marmonne-t-elle en se mordillant la lèvre.

Merde, moi aussi j'ai envie de mordre cette lèvre. Je me mettrais des baffes.

— Tu n'auras qu'à lui faire un chocolat chaud en rentrant.

Elle secoue la tête.

— Il ne rentre pas avec moi. Nous devons retrouver un de ses amis et ses parents au pied du sapin place Jean-Jaurès. Mathis est invité à dormir chez son copain ce soir.

Une idée germe aussitôt dans mon esprit. Non, je ne vais quand même pas oser.

— Et toi, tu as quoi de prévu ?

Quelques heures plus tard, João et moi regagnons ma Mercedes. Le tour de grande roue est terminé depuis longtemps et nous avons quitté Clémence et Mathis depuis un moment déjà. La nuit est tombée, le vent est plus froid que jamais et mes oreilles sont saturées par la musique de Noël des haut-parleurs. Si j'entends encore une fois *Vive le vent*, je vais faire un carnage. Nous avons trouvé plusieurs connaissances sur le marché et bu un peu trop de vin chaud, j'ai l'impression de transpirer la cannelle et la fleur d'anis.

— Au fait, je ne serai pas là ce soir au *80*.

Le *80* est une nouvelle boîte de nuit que nous avions prévu de tester pour fêter le divorce de João en compagnie de plusieurs amis. Ce dernier ne cache pas sa surprise.

— Tu me lâches ?

— J'ai quelque chose de prévu.

— Quelque chose qui n'était pas prévu tout à l'heure avant qu'on parte de chez toi ? Oh, ne me dis pas que…

— Clémence m'a invité à aller voir ses décorations.

Les sourcils de mon pote sont à présent si hauts qu'ils disparaissent presque sous la ligne de ses cheveux.

— Aller voir ses décorations et plus si affinités ?

— Non, juste les décos.

Un silence souligne ma réponse.

— J'ai l'habitude que tu me lâches pour un plan cul, mais là…

Je grimace.

— C'est pas un plan cul.

— Non, c'est une maman ! Je croyais que tu ne couchais pas avec les mamans. Tu as déjà fait une entorse à cette ligne de conduite à Tignes, et voilà que tu continues.

— Je ne vais pas coucher avec elle, c'est juste un dîner entre potes.

Il plisse les yeux, l'air suspicieux.

— Tu kiffes cette fille !

— Pas du tout !

Ma défense est trop rapide.

— Bien sûr que si ! C'est pour ça que tu n'as pas branché Vanessa.

Je lève les yeux au ciel.

— Je ne suis pas obligé de brancher toutes les femmes que je rencontre !

Ma réponse ne semble pas le satisfaire. Il m'observe avec une attention qui finit par me taper sur les nerfs.

— Quoi ?

— Tu sais dans quoi tu t'engages, là ? J'veux dire, elle a un gosse, c'est une maman. Un gosse carrément génial, soit dit en passant. Bien élevé, intelligent, plein de vie…

Impossible de lui répondre. Non, je ne sais pas dans quoi je m'engage. Je ne sais même pas ce que je suis en train de foutre ! Cependant, je sais que j'en ai envie, et je fais toujours ce dont j'ai envie.

Chapitre 38

Clémence

— Waouh, t'as mis le paquet !

Je souris face à la réaction de Gabriel qui vient de franchir le seuil de mon salon. Oui, la déco est grandiose. Je l'avais prévenu, mais il n'avait visiblement pas compris que mon séjour brillait plus que la place Jean-Jaurès et son grand sapin. Amusé, il fait quelques pas dans la pièce, son sac de chez le traiteur à la main.

Oui, il a apporté le dîner et je n'ai même pas honte de dire que je n'ai absolument pas insisté pour préparer moi-même quelque chose à manger. En premier lieu, il souhaitait m'inviter au restaurant, mais, avec les antidouleurs que je m'enfile à longueur de journée, je suis plutôt fatiguée et je n'avais pas vraiment envie de sortir. Il a donc proposé d'apporter le dîner directement jusqu'à moi.

Pourquoi cette invitation ? Je n'en sais rien. Pourquoi est-ce que j'ai accepté ? Je n'en ai pas la moindre idée. Peut-être tout simplement parce que je me sens bien quand il est là. Et dire que quelques semaines plus tôt je ne pouvais pas le voir en peinture. J'ai du mal à comprendre ce qui est en train de se passer entre nous.

Tandis qu'il détaille chaque élément de ma décoration, je me rince l'œil. Ce soir, il porte un jean noir qui flatte ses longues jambes et une chemise grise qui épouse parfaitement ses larges épaules. Je le trouve beau, comme toujours, et me demande même ce que cet Apollon fait chez moi. Il pourrait probablement avoir toutes les femmes qu'il souhaite, et pourtant c'est ici qu'il se trouve, en compagnie d'une mère de famille au poignet estropié, et un peu trop fan de Noël.

Un étrange sentiment s'empare de moi. J'invite très rarement des hommes dans ma maison. Même s'il arrive assez régulièrement que Mathis découche chez des copains les week-ends, j'ai toujours évité de faire venir mes anciens mecs ici. Cette maison, c'est un peu mon sanctuaire, mon petit nid construit tout particulièrement pour mon fils. Ici, nous vivons tous les deux dans notre bulle et rien ne peut nous atteindre. Inviter un homme dans ce foyer, c'est le laisser entrer dans notre intimité et je ne suis pas encore prête à faire entrer qui que ce soit dans la vie de mon fils. Je le surprotège certainement, mais c'est ainsi.

Néanmoins, Gabriel a déjà franchi toutes les limites que j'impose habituellement aux hommes que je fréquente. Il s'est pointé ici sans me demander mon avis quelques semaines plus tôt pour me faire signer son formulaire, rencontrant par la même occasion mon fils et pénétrant bien malgré moi dans notre sphère privée. Sans le savoir, il a franchi la barrière invisible qu'aucun autre n'est parvenu à passer. Alors, quand il m'a proposé de venir dîner ici ce soir avec moi, je n'ai même pas hésité une seule seconde et j'ai dit oui, comme une idiote.

Oui, parce que je suis une idiote qui bave un peu trop devant son sourire ravageur et sa belle gueule de Charmant. Je sais que je ne devrais pas, que je devrais mettre un frein à cette histoire tout de suite, que tout cela ne nous mènera à rien, que nous sommes trop différents et même pas issus du même milieu, mais j'en suis incapable. Et quand il se tourne vers moi et me sert son sourire Colgate, je fonds presque sur place.

— Et le sapin ?

Je souris à mon tour.

— J'irai en acheter un avec mon père le week-end prochain.

Habituellement, je fais ça seule, mais, à cause de cette petite chose, j'aurai besoin de ses bras.

Je lève mon poignet, bien au chaud sous son attelle. Gabriel ouvre la bouche, comme s'il s'apprêtait à dire quelque chose, mais la referme finalement. Un silence un peu pesant tombe sur le salon, je le romps rapidement.

— Il faut faire réchauffer tout ça au four, j'imagine ?

Il semble se souvenir soudain qu'il tient toujours le sac du traiteur.

— Oh, oui. Il y a aussi quelques petits fours pour l'apéritif et…

Sa main extirpe une bouteille de whisky du sac. Pas n'importe quel whisky, le Aberlour que j'ai commandé le premier soir de notre week-end à Tignes. Stupéfaite, je dois m'obliger à refermer la bouche que j'ai grande ouverte.

— Mais… tu as dû payer ça la peau des fesses !

— Et plus encore, rit-il. Mais j'ai cru comprendre que tu avais le palais délicat en matière de whisky.

Soufflée, je secoue la tête.

Je sais combien peut coûter une bouteille de ce genre, et je sais aussi qu'il n'a pas dû la trouver dans le rayon du premier supermarché du coin. Ce n'est pas une simple bouteille, pour moi, c'est une folie, une excentricité que je ne peux pas me permettre, mais, pour lui, c'est juste un achat compulsif. Sans le savoir, il vient de mettre le doigt sur une de nos plus grandes différences : le milieu d'où nous venons et dans lequel nous vivons.

Tu n'aurais pas dû accepter cette soirée…

Je dissimule mon trouble derrière un sourire.

— Tu as prévu de me faire boire, ce soir ?

Son regard devient chaud, brûlant même. Sans attendre sa réponse, je récupère le sac et file dans la cuisine en lançant par-dessus mon épaule :

— Installe-toi, j'arrive, je mets tout ça à chauffer.

Mes mains tremblent quand je glisse une plaque dans le four. Bon sang, mais qu'est-ce qu'il m'a pris de l'inviter ce soir ?

Je sais que tout cela ne mènera à rien, je sais que je vais finir par m'attacher comme une idiote et que je vais encore souffrir. Souffrir en amour, c'est ma grande spécialité. Je ne suis pas capable d'entretenir une relation juste pour le sexe, ce n'est pas dans ma nature.

Même si je pouvais gérer un dérapage le temps d'un week-end loin de chez moi, là, c'est une tout autre histoire !

Il est dans ton salon !

Un élan de panique monte en moi et j'inspire profondément. Oui, Gabriel est issu d'un milieu différent du mien et il a probablement bien plus de facilités dans sa vie quotidienne. Oui, c'est le fils de mon patron et mon collègue de travail. Oui, il est beau comme un Dieu et je sais qu'il baise tout aussi bien.

Quoi ? Clem, un peu de tenue !

Et alors ? Ce n'est qu'une soirée, rien d'autre. Pourquoi est-ce que je me prends la tête ? Nous dînons entre amis…

... entre amants.

… et rien de plus !

Qui est-ce que tu crois berner comme ça ?

Un gémissement m'échappe. Bien sûr que j'ai envie de plus. Je sais que ce n'est pas raisonnable, mais… je suis raisonnable tout le temps, j'ai bien droit à un petit extra de temps en temps, non ? Après tout, on n'a qu'une vie.

— Tu as besoin d'aide ? me demande-t-il depuis le salon.

Déterminée, j'attrape deux verres à apéritif dans le placard et le rejoins, sourire aux lèvres, bien décidée à profiter de cette soirée.

Il est près de vingt-trois heures quand nous nous installons sur le canapé. Le repas était délicieux, toutefois je n'en attendais pas moins. Au cours de notre week-end à Tignes, j'ai eu tout le loisir de remarquer que Gabriel était un épicurien et qu'il savait choisir ses restaurants. Le stress qui m'animait en début de soirée a vite disparu après le premier whisky, et le second l'a définitivement enterré.

La conversation lors du repas a essentiellement tourné autour de Noël, à mon plus grand plaisir. Gabriel m'a posé des questions sur mon menu, sur mes projets, sur ma famille, sur les cadeaux que j'avais prévu d'offrir, il s'est montré intarissable sur le sujet. Il a fallu attendre la fin du repas pour que je me rende compte qu'il ne m'avait pas parlé une seule fois de lui.

J'ai eu la bonne idée d'attraper la bouteille de vin avant de quitter la table, et je remplis son verre. La télévision diffuse une chaîne de radio pop-rock, ma came, même si je sais apprécier d'autres styles, comme les classiques français…

Après ce repas copieux, le whisky et le vin, j'ai un peu la tête qui tourne, la faute à ces maudits antidouleurs. Je n'aurais probablement pas dû boire ce soir, mais j'avais besoin de me détendre.

Te détendre, ou finir une fois de plus aux urgences ?

Je fais taire la voix moqueuse de ma sœur qui siffle dans mon oreille, et me concentre sur les yeux bleus du bel éphèbe à mes côtés.

— Alors, tu as des projets pour les fêtes de fin d'année ? Tu prévois toujours d'aller au restaurant avec ta maman ?

Il secoue la tête.

— Nan, elle a annulé. Elle passe les fêtes à New York avec son nouveau petit ami.

Petit ami ? Étrange façon de désigner le conjoint de sa mère. Il devine ma pensée et précise :

— Le gars a environ vingt-huit ans, et ma mère, bientôt soixante.

— Ah.

Le coin de ses lèvres frémit.

— Ouais, mon père et elle font une sorte de concours, c'est à celui qui sortira avec le plus jeune. Bientôt, ils vont faire les sorties d'école si ça continue.

Je sens le ressentiment dans sa voix. Je n'ai rien contre les couples qui ont une grande différence d'âge, du moment que les gens sont heureux, pour moi, c'est le principal. Mais je dois avouer que je me sentirais un peu… perdue si ma mère devait fréquenter un homme plus jeune que moi.

— Et toi, dans tout ça ?

Il hausse les sourcils.

— Quoi, moi ?

— Tu es aussi du genre à sortir avec des ados ?

Un rire souligne ma question.

— Nan, moi, je ne sors avec personne. Je te l'ai déjà dit, il paraît que je suis invivable. Trop égoïste, trop superficiel, trop puéril…

Oui, il me brosse le portrait que j'avais de lui quelques semaines plus tôt, celui d'un gosse de riche qui se croit tout permis et à qui tout réussit sans qu'il ait à fournir le moindre effort. Mais, à présent, ma vision a changé.

— Je ne trouve pas vraiment égoïste de ta part d'être resté avec moi aux urgences.

Il hausse les épaules et boit une gorgée de vin. Pour ma part, je termine la soirée à l'eau pétillante, j'ai déjà bien assez mélangé l'alcool et les médicaments.

— J'ai pu sécher le taf, répond-il en m'adressant un clin d'œil.

Je ne réponds pas.

Même s'il semble insouciant, je sais qu'il n'a pas fait tout ça uniquement pour ne pas passer son après-midi au bureau. Quoi qu'il en dise, il peut se montrer serviable et même empathique.

— Arrête de me regarder comme ça, gronde-t-il finalement.

— Comme quoi ?

— Comme si tu cherchais à comprendre comment je fonctionne. Y a rien à comprendre. Je fais ce dont j'ai envie, quand j'en ai envie, point final.

Son ton devient moins léger, plus sérieux.

— Donc, tu avais envie de passer ton après-midi avec moi aux urgences. Ou alors…

Je fais mine de réfléchir très fort avant de reprendre :

— Tu avais juste envie de passer ton après-midi avec moi ?

Un autre sourire éclaire son visage.

— Peut-être bien.

Il se penche vers moi et mon cœur s'arrête de battre. Son parfum m'enveloppe, son souffle chaud caresse mon visage, je déglutis péniblement. Il s'est immobilisé à quelques centimètres de ma bouche, comme s'il attendait mon feu vert, ou que je franchisse moi-même le dernier pas qui scellerait nos lèvres.

— Tu sais ce que tu es en train de faire, là ? On n'est plus à Tignes, les choses sont différentes, c'est la vraie vie, ici.

Au lieu de me répondre, il glisse un bras autour de ma taille pour me rapprocher de lui. Mon souffle s'arrête. Quelques secondes de plus comme ça et je vais tomber dans les pommes, c'est sûr !

— Je te l'ai dit, je fais toujours ce dont j'ai envie. Reste à savoir si tu en as envie aussi.

Ce n'est pas ce que j'appellerais une réponse, mais... moi aussi, j'en crève d'envie. J'envoie balader toutes mes convictions, toutes mes règles concernant mes relations précédentes, et je fonds sur sa bouche si tentante.

Ses mains passent sous ma robe de soirée – oui, je me suis faite belle pour ce repas, comme si j'espérais quelque chose... –, m'attirent jusqu'à lui, et je me retrouve bien vite à califourchon sur ses genoux. Ses lèvres glissent des miennes pour explorer mon cou et descendre jusqu'à ma poitrine. Un gémissement m'échappe quand ses doigts se faufilent sous l'élastique de ma culotte.

J'ai déjà l'impression d'être sur le point d'imploser, chaque parcelle de mon corps vibre sous ses caresses, ses baisers. Mon bassin s'active de lui-même, mon souffle s'accélère, je m'agrippe à ses épaules, mes lèvres de nouveau soudées aux siennes.

Une pensée traverse soudain mon esprit : je n'ai jamais fait l'amour sur mon canapé. Gabriel est le premier homme que j'invite chez moi, le premier que j'embrasse ici, sur ce canapé, le premier qui me caresse, m'arrache des soupirs, des gémissements... Cette idée fait encore monter d'un cran mon excitation et, quand il glisse un doigt en moi, j'explose littéralement entre ses bras.

Je sens son sourire contre ma bouche tandis que l'orgasme me fait vibrer de la tête aux pieds. Le souffle court, je demande d'une voix rauque :

— Tu es fier de toi ?

— Ouais, assez, crâne-t-il.

Mais ce n'est pas suffisant, aucun de nous ne veut en rester là. En quelques minutes, nos fringues jonchent le sol et nos positions s'inversent. Je me retrouve assise sur le canapé, le beau mâle à genoux entre mes cuisses, ses bras autour de mon corps et sa bouche dévorant la mienne. Mon attelle me gêne lorsque je tente de passer ma main entre nous pour le caresser.

— Stupide poignet.

Il se met à rire et s'écarte légèrement sans cesser de m'embrasser pour me laisser libre accès à son sexe dur dressé entre nous. L'anatomie de Gabriel n'a décidément rien de commun avec celle d'une statue grecque et il est bien plus brûlant que le marbre. Un grondement gonfle sa poitrine quand je le serre dans ma paume et exerce de lents mouvements de va-et-vient. Son souffle s'accélère, son bassin s'active au rythme de mes caresses, ses doigts parcourent de nouveau mon corps, s'arrêtant sur mes seins qu'il prend dans ses paumes.

J'ai l'impression que chaque centimètre de ma peau est devenu hypersensible et ses effleurements déclenchent de véritables décharges électriques dans toutes mes terminaisons nerveuses, des décharges de plaisir.

À quel moment exactement tend-il la main vers son jean pour en tirer une capote ? Je n'en ai aucune idée. Mon cerveau est anesthésié par ses baisers, son odeur, sa chaleur. Il me fait glisser en avant jusqu'à ce que mes fesses se retrouvent au bord du canapé et, avec une lenteur qui tient presque du supplice, il me pénètre.

Mon souffle se bloque sur un cri de plaisir. Je bascule le bassin vers l'avant, accueille chaque coup de reins, gémis, m'agrippe à son cou, avale son souffle du bout de nos lèvres toujours soudées et explose une nouvelle fois dans un orgasme dévastateur. Un grondement bestial lui échappe et je sens son corps se tendre à son tour au moment de la jouissance.

Essoufflés, nous restons liés l'un à l'autre durant de longues secondes. Nos regards se percutent, j'esquisse un sourire et demande :

— Et maintenant ?

Ses lèvres déposent un baiser léger sur les miennes. Il sent terriblement bon !

— Tu ne m'as pas encore fait visiter ta chambre, murmure-t-il contre ma bouche.

Ma chambre, un autre endroit où je n’ai jamais emmené aucun homme… jusqu’à ce soir.

Chapitre 39

Clémence

Une semaine d'arrêt maladie, c'était ce qu'il me fallait pour organiser les festivités de Noël à la maison. Après avoir fait et refait le menu une bonne dizaine de fois avec maman et établi quels plats elle préparerait elle-même – malgré toute ma bonne volonté, je sais que je ne serai pas capable de tout cuisiner seule, surtout si je ne veux pas empoisonner mes convives –, je suis enfin prête à recevoir toute la famille dans une vingtaine de jours.

Oui, vingt jours, déjà ! Cependant, ce soir, je ne pense pas à Noël, mais au beau blond installé à son bureau, à quelques mètres de moi.

Depuis notre soirée à la maison, nous nous sommes revus trois fois. Oui, trois fois en une semaine à peine ! Et à chaque rencontre nous avons fini à poil dans les bras l'un de l'autre. Gabriel est venu chez moi durant sa pause déjeuner, les bras chargés de bouffe. Je commence à croire qu'il a peur de ce que je pourrais lui cuisiner.

Retourner à l'agence était à la fois une source d'angoisse et d'impatience, et quand j'ai franchi la porte ce matin, j'étais aussi nerveuse qu'à mon premier jour de travail. D'un commun accord, nous avons décidé de garder ce qu'il se passe entre nous – quoi que ce soit, nous ne l'avons toujours pas déterminé – sous silence. J'imagine déjà la réaction de mes collègues si elles découvraient que je couche avec le mec que j'ai insulté sous leurs yeux le mois précédent. Une girouette, voilà ce que je suis, ni plus ni moins.

Tu dramatises !

Oui, j'en suis bien consciente.

Mais la situation me met mal à l'aise et j'ai du mal à faire comme si tout allait bien. Je ne suis pas du genre à cacher mes aventures, d'autant plus que je suis incapable de mentir et on peut voir au premier coup d'œil quand je suis amoureuse.

Amoureuse ? Mais tu n'es pas amoureuse ! Ce n'est... qu'une passade.

Mouais, qui j'essaie de convaincre, là ?

Mon regard s'égare en direction de Gabriel. Concentré sur son écran, il ne m'accorde pas la moindre attention, du moins en apparence, car, depuis que je suis arrivée, il m'a déjà envoyé trois SMS clairement… tendancieux :

Gabriel : Jolie jupe !

Moi : Je la porte presque toutes les semaines…

Gabriel : J'avais remarqué, mais, maintenant que je sais ce qu'il y a dessous, je la trouve limite indécente.

Moi : C'est toi qui es indécent !

Gabriel : Je sais ☺

Je tente de me concentrer sur mon travail sans plus penser à l'homme qui hante mes rêves ces dernières nuits.

— Alors, comment va ce poignet ?

Véro vient de s'arrêter devant mon poste, un air compatissant sur le visage.

— Très bien, ce n'est qu'une entorse bénigne, je n'ai presque plus de douleurs.

— Et tu dois garder cette attelle combien de temps ?

— Deux à trois semaines, si tout va bien.

Elle hoche la tête et ses lunettes renvoient la lumière des néons. Aujourd'hui, le ciel est sombre et chargé de nuages, et toutes les lampes du bureau sont allumées. Ce n'est pas vraiment flatteur pour Véro, qui a mal étalé son fond de teint ce matin, une ligne bien nette apparaît sous son menton et au coin de sa mâchoire. Elle me parle encore quelques minutes et se dirige vers son poste. Mon téléphone vibre.

Gabriel : T'as vu le masque qu'elle a sur la figure ? Qu'est-ce que tu crois qu'elle cache là-dessous ? Des pustules ?

Je retiens un sourire.

Moi : On ne se moque pas ! Ce n'est pas digne du fils du patron.

Gabriel : Justement, c'est tout à fait le genre de connerie que fait le fils du patron : se payer la tronche de ses collègues.

Je glousse comme une adolescente.

Moi : Laisse-moi travailler ! Il y a des gens sérieux, ici !

Gabriel : Oh oui, j'aime quand tu es sévère.

Moi : Sérieuse, pas sévère !

Gabriel : Oups…

Nouveau gloussement que je ne parviens pas à refréner. Cette fois-ci, Julia m'a grillée et fait rouler son fauteuil près du mien.

— Avec qui tu discutes comme ça ? me chuchote-t-elle.

Je glisse aussitôt mon portable dans mon sac.

— Avec ma sœur.

Elle m'observe, un sourire au coin des lèvres.

— Je connais cet air par cœur. Toi, tu as un mec.

Je feins l'innocence. Dans le dos de Julia, je vois Gabriel hausser plusieurs fois les sourcils en me lançant un regard lascif. Il a tout entendu et s'amuse de la situation. Il se marrerait moins s'il savait que je suis une piètre menteuse.

— Mais pas du tout.

Comme je le redoutais, Julia ne me croit pas.

— À d'autres ! Tu sembles bien trop joyeuse depuis que tu es arrivée et tu n'arrêtes pas de pianoter sur ton téléphone. Le cœur d'artichaut a encore succombé.

Je cherche à toute allure une réponse qui pourrait la persuader qu'elle se trompe, mais, peine perdue, rien ne vient. Mais où est passé mon sens de la repartie ? Je me bafferais.

— Je le connais ? demande-t-elle.

Un vieux réflexe me pousse à hurler un non bien trop révélateur, mais je me contiens et hausse les épaules.
— J'en doute.
— Ah, je savais qu'il y avait quelqu'un !
Mais que je suis bête ! Achevez-moi !
— Tu l'as rencontré où ? Aux urgences ?
Je grimace.
— Aux urgences ? Tu parles d'une rencontre !
— Toi, tu ne regardes pas assez de comédies romantiques. C'est toujours dans les endroits les plus improbables que se croisent les héros.
Elle a raison, bien entendu. Mais je n'ai rien d'une héroïne, et Gabriel… si, Gabriel porte le nom d'un ange et il a la gueule d'un dieu, c'est bien un héros.
— Je l'ai rencontré au marché de Noël.
Les yeux de ma collègue scintillent et je sais qu'elle va me poser une avalanche de questions. L'angoisse monte. Comment est-ce que je vais arriver à me dépêtrer de cette situation sans tout de suite me faire griller ? Julia est maligne, elle a une sorte de sixième sens qui détecte le moindre mensonge.
— Je préfère ne pas en parler pour le moment, c'est tout frais et… je ne veux pas me porter la poisse.
Un sourire entendu recourbe ses lèvres.
— En tout cas, je suis contente pour toi, tu as l'air épanouie.
Nouvelle danse des sourcils du côté de Gabriel. Ce petit prétentieux n'a pas vraiment besoin qu'on flatte son ego. Heureusement, mon téléphone de bureau sonne et met fin à ma conversation avec Julia. Je me rends compte que j'ai les mains moites et que mes doigts tremblent quand je saisis le combiné. J'inspire profondément et chasse le beau blond de ma tête, enfin, j'essaie.
La matinée se déroule calmement. Je n'ai pas l'habitude de rester à l'agence, mais mon médecin m'a conseillé de me ménager et de ne pas trop forcer sur mon poignet, mieux vaut donc limiter les déplacements en voiture. Je pourrai faire quelques visites en transport en commun cet après-midi, même si cette idée ne m'enchante pas.
— Quoi ? Mais c'est quoi ce bordel ?

La voix de Gabriel trouble le silence de l'open space. Il fixe son écran d'un air ahuri.

— J'ai jamais postulé pour ça !

Sibylle lâche son écran des yeux pour se tourner vers lui.

— Qu'est-ce qu'il se passe ?

— Je viens de recevoir un e-mail du comité d'entreprise. Il me remercie de m'être porté volontaire pour faire le père Noël lors du repas de fin d'année. Mais je ne me suis jamais…

Son regard tombe sur moi, le sang quitte mon visage. Il plisse les yeux.

— C'est toi ?

Partagée entre une envie de rire et celle de m'enfuir au plus vite, je ne bouge pas d'un cil et tente de prendre l'air innocent, mais j'échoue lamentablement et finis par éclater de rire. J'entends les autres filles glousser derrière leur poste. Incapable de retrouver mon souffle face à l'expression outrée de Gabriel, j'ai du mal à formuler une phrase complète.

— Je ne m'en souvenais plus… je t'ai inscrit sur la liste des volontaires il y a plusieurs semaines. Une petite revanche après cette histoire de vente volée. Il faut croire qu'il n'y avait pas d'autre père Noël potentiel.

Durant quelques longues secondes, il est pétrifié et je m'attends à ce qu'il explose. Mon fou rire se tarit sans qu'il ait prononcé le moindre mot. Nous l'observons toutes, appréhendant sa réaction.

Finalement, son visage se détend et il hausse les sourcils.

— Tu veux jouer à ça, Clem ? Très bien, on va jouer.

Chapitre 40

Clémence

Je suis nerveuse. Est-ce qu'ils s'en sont rendu compte ? Bien entendu qu'ils s'en sont rendu compte, je n'arrête pas de parler depuis que Gabriel nous a rejoints devant le cinéma. Mais qu'est-ce qu'il m'a pris de l'inviter à venir voir le dernier film Marvel avec Mathis et moi ? Je ne fais jamais ce genre de chose, je ne mêle jamais ma vie amoureuse – non, pas amoureuse, sexuelle, et rien d'autre ! – à ma vie de maman ! Je protège Mat de toute rencontre qui pourrait le faire souffrir si les événements ne se passaient pas au mieux.

Justement, tu le protèges peut-être un peu trop.

Cette fois-ci, c'est la voix de ma mère que j'entends dans ma tête. Pour une fois, je ne suis pas totalement en désaccord avec elle. En dépit de tous mes efforts, je sais qu'une présence masculine manque parfois dans le quotidien de mon fils. C'est principalement la raison pour laquelle je ne lui présente aucun des hommes que je fréquente : j'ai peur qu'il s'attache à eux trop vite. Malgré tout, ce n'est pas parce que nous allons au cinéma avec Gabriel qu'il va se mettre à l'appeler papa du jour au lendemain. Mathis n'est plus un bébé, c'est un petit garçon intelligent qui sait faire la part des choses. Tout le monde s'accorde à dire qu'il est très mature pour son âge et sa réaction quand je lui ai parlé de Gabriel le prouve bien.

Nous nous trouvions tous les deux dans la cuisine, hier soir, quand j'ai lancé l'idée de cette sortie ciné.

— Oh oui, je veux bien aller voir ce film ! Il va y avoir tous les super-héros que j'aime dedans ! s'est-il écrié.

J'ai alors pris mon courage à deux mains pour lui demander :

— Et ça te dérange si j'invite un ami pour venir le voir avec nous ?

Il a légèrement haussé les sourcils.

— Tu veux inviter Gabriel ?

Sa perspicacité m'a surprise.

— Oui.

— Est-ce qu'il y aura João, aussi ?

— Non, seulement Gabriel.

Il a réfléchi quelques instants avant de me poser la question fatidique.

— Est-ce que c'est ton petit ami ?

Que répondre à un enfant de huit ans quand il vous interroge sur votre plan cul ? Parce que c'est seulement ce qu'il est, n'est-ce pas ? Un plan cul, rien d'autre. Enfin… je crois.

— Peut-être bien, ai-je toutefois dit à Mathis.

J'appréhendais sa réaction, mais il a hoché la tête d'un air presque satisfait avant de déclarer :

— D'accord, ça ne me dérange pas.

Qui aurait cru ça ? Sa réponse m'a figée et j'ai eu l'impression que quelque chose venait de changer brutalement. Comme si la relation que j'entretiens avec Gabriel – peu importe sa nature – prenait soudain une toute nouvelle dimension et devenait encore plus réelle.

Et nous voilà à présent, tous les trois, dans la file d'attente, moi, me rongeant les ongles dès que Gabriel ne me regarde pas.

Il porte un jean bleu stone et un pull noir sous sa veste en cuir. Sa haute taille domine la plupart des gens autour de nous et il se tient très droit, plein de charisme et de charme. Je me sens tout à coup bêtement intimidée. Me retrouver ici, près de lui en compagnie de Mathis, me sort de ma zone de confort.

Pourtant, je devrais me détendre : mes deux compagnons de la soirée sont engagés dans une discussion enflammée sur les super-héros Marvel. Un sujet qui, pour ma part, est loin de me passionner, au grand dam de mon fils qui aimerait avoir mon point de vue sur la question : qui est le plus fort, Hulk ou Thor ?

Gabriel a dû percevoir mon trouble, car il pose sur moi un regard curieux.

— Tout va bien ?

J'acquiesce et lui souris. Oui, tout va bien. Tout va trop bien. En règle générale, quand les choses se passent trop bien, un drame arrive toujours.

Non, pas cette fois ! Tu es trop défaitiste.

Oui, certainement, mais mon passé ne m'aide pas. Quand on vous abandonne alors que vous êtes enceinte de sept mois, il est difficile d'accorder de nouveau sa confiance et de croire en l'avenir. Mais, pour le moment, je vais seulement profiter de l'instant, savourer ce film et le restaurant que nous avons prévu juste après.

— Alors, tu as aimé le film ? me demande Gabriel.

La séance est terminée depuis presque deux heures maintenant et nous sommes au restaurant. Mathis s'est éloigné pour se rendre dans la petite salle de jeux de l'établissement, trop impatient de faire quelques parties de flipper entre le plat principal et le dessert.

— Oui, les effets spéciaux étaient plutôt bien faits, et les super-héros, très sexy.

Il hausse un sourcil.

— Tu sais qu'ils ne sont pas réellement aussi musclés, ils sont retouchés à l'écran.

Je pose mon menton entre mes mains.

— Tu sais que ce n'est pas très beau d'être jaloux.

— Moi, jaloux ? Jamais !

— Pourtant, Thor a des biceps beaucoup plus gros que les tiens.

— Tu dis ça parce que tu ne les as jamais vus en pleine action.

— Vraiment ? Je serais curieuse de voir ça.

Il se penche par-dessus la table et son regard plonge dans le mien.

— Quand tu veux, Clem.

Waouh, il fait chaud tout à coup ! Je bois une gorgée de Coca. Mauvaise idée, trop de sucre, j'ai encore plus soif. Je décide de changer de sujet, c'est plus prudent, nous nous trouvons dans un restaurant familial, après tout.

— Alors, tu as choisi ton dessert ?

Un sourire machiavélique apparaît sur son visage.

— Oui, toi, recouverte de crème chantilly.

Je m'étrangle avec ma salive et lance un coup d'œil autour de nous. Heureusement, les autres parents présents sont bien trop occupés avec leurs marmots, toutes tranches d'âges confondues, pour prêter attention à notre conversation. Malgré tout, je me sens légèrement rougir.

— Je ne crois pas qu'ils proposent ce genre de dessert dans ce restaurant.

Gabriel ne se départit pas de son sourire.

— C'est un dessert maison, alors.

— Je n'ai pas de crème chantilly chez moi.

— Je peux en demander au serveur. À emporter.

Cette fois-ci, j'ai l'impression que mon visage est en feu. Il n'oserait tout de même pas faire ça ! Devant mon expression, il éclate de rire.

— Il ne fallait pas me déclarer la guerre.

Je soupire. Depuis qu'il a reçu ce maudit e-mail du comité d'entreprise pour confirmer sa participation au repas de fin d'année comme père Noël, il m'en fait voir de toutes les couleurs au bureau. Des gamineries de cours d'école qui me laissent sans stylos, sans souris, parfois même sans fauteuil.

— C'est toi qui as commencé cette guerre et tu le sais très bien.

Il hausse les épaules.

— Peut-être, mais je ne serai pas celui qui y mettra un terme.

Le serveur s'approche pour prendre nos commandes et je retiens mon souffle. Non, il ne va quand même pas oser !

— Est-ce que vous auriez de la chantilly ?

Si, l'enfoiré, il a osé. Gabriel, tu n'es qu'un connard. Mais un connard délicieusement sexy.

Chapitre 41

Gabriel

Des voix à l'étage inférieur me réveillent. J'ouvre un œil et me rends compte que je ne suis pas dans ma chambre, encore moins dans mon lit, mais plutôt dans celui de Clémence. Si, jusqu'à présent, elle ne m'a jamais invité à dormir chez elle quand son fils était présent, hier soir, elle a finalement changé d'avis. Il faut dire que je ne lui ai pas vraiment laissé l'occasion de me dire non après les promesses plutôt… sucrées que je lui ai faites au restaurant.

Le souvenir de son corps recouvert de chantilly m'arrache un grondement. J'ai toujours son goût sur mes lèvres, cette femme est en train de me rendre taré.

— Mais non, maman, tu mélanges tout ! Il faut suivre la recette !

La recette ?

Clémence fait la cuisine ?

Voilà bien un événement que je ne veux rater sous aucun prétexte.

Ni une ni deux, je bondis du lit, ramasse mes vêtements éparpillés un peu partout dans la pièce et les enfile. Un saut dans la salle de bains pour me rafraîchir et je débarque dans la cuisine, où règne un véritable bordel.

De la vaisselle déborde de l'évier, de la farine recouvre le plan de travail, du chocolat en poudre tapisse un coin du sol, une petite flaque de lait entoure le pied de la bouteille posée à côté d'un saladier où se trouve une mixture granuleuse qui me fait un peu penser à du mortier couleur cannelle.

— J'ai manqué la Troisième Guerre mondiale ?

Mère et fils, tous deux vêtus de tabliers largement tachés de farine et de chocolat, lèvent les yeux vers moi. Mathis m'adresse aussitôt un large sourire.

— Salut, Gabriel ! On fait des sablés de Noël !

Des sablés ?

J'avais plutôt l'impression qu'ils étaient en train de repeindre la cuisine. Clémence m'observe avec des billes rondes, comme si elle avait oublié ma présence ici. Je comprends aussitôt qu'elle ne sait pas comment se comporter avec moi devant son fils. Ça tombe bien : moi non plus.

Je me passe une main sur le visage et franchis le seuil de la porte.

— Des sablés de Noël ? C'est pas seulement pour le grand jour ?

Mathis secoue la tête.

— Non, dès qu'on est en décembre, on peut en manger, déclare-t-il avec autorité.

Je jette un coup d'œil à sa mère, qui sourit cette fois-ci.

— C'est une tradition. Le premier week-end de décembre, nous préparons des petits sablés.

— Mais maman n'est pas très douée.

Je retiens un rire devant l'air choqué de Clémence.

— Pardon ? s'écrie-t-elle. Je pense qu'il n'y aura pas de sablés pour toi, puisque c'est ça !

Mathis me lance un regard en coin et souffle à mi-voix :

— Elle ne suit pas la recette et balance tous les ingrédients ensemble dans le bol.

— Et alors ? Tout sera mélangé de toute façon !

Cette fois-ci, j'éclate franchement de rire et, pendant que les deux pâtissiers en herbe se disputent, je me sers un café. La cuisine embaume le chocolat, le sucre et la cannelle, des odeurs chaleureuses, réconfortantes, qui me mettent aussitôt à l'aise. D'ailleurs, tout dans cette maison me met à l'aise, même le joyeux bordel qui règne dans chaque pièce.

Ma tasse à la main, je viens rajouter mon grain de sel et, avant même de m'en rendre compte, je me retrouve avec les manches relevées et les paumes pleines de farine, en train d'étaler la pâte sablée.

Pendant près d'une heure, nous formons de petits biscuits, à l'aide d'emporte-pièces, que Clémence décore avec une poche à douille.

Bientôt, le plan de travail est recouvert de bonshommes de neige, pères Noël, rennes avec traîneaux, flocons de neige et étoiles de Noël, tous décorés avec un glaçage blanc, rouge et vert. Je ne suis pas d'une nature gourmande, mais je pense que je vais faire un sort à la plupart de ces gâteaux, en espérant que la pâte est comestible, et, d'après Mathis, ce n'est pas gagné avec sa mère.

Cette dernière s'est détendue au fil de la matinée et son rire joyeux a plusieurs fois retenti dans la cuisine.

Un son qui a tendance à me faire sourire sans raison, comme un con, un son qui a de drôles d'effets sur mon estomac, comme si cet abruti se sentait pousser des ailes. Ses œillades régulières ont fait remonter en moi le souvenir de cette nuit et de toutes celles qui ont suivi depuis qu'elle m'a rejoint dans ma chambre à Tignes. À plusieurs reprises, j'ai dû calmer le jeu dans mon fute et remettre discrètement mon boxer en place.

La première tournée de biscuits est à peine enfournée que Mathis se tourne vers moi.

— Tu veux venir faire un foot avec moi dans le jardin ?

En temps normal, j'aurais décliné l'invitation. Premièrement parce qu'il fait un froid de canard, deuxièmement parce que je ne joue pas avec les gosses. Mais ma bouche s'ouvre d'elle-même et je lui lâche sans hésiter un :

— Ouaip, mais, d'abord, on aide ta maman à ranger tout ce bazar.

Clémence hausse les sourcils. J'ai tout à coup l'impression de me transformer en gars autoritaire, toutefois le gamin acquiesce aussitôt et ouvre le lave-vaisselle sans protester. Sa mère s'approche de moi et me souffle à l'oreille :

— Je pensais que tu n'aimais pas trop les enfants.

Ouais, c'est le cas. Mais j'aime bien celui-ci.

— Je suis un mec plein de surprises, Clem.

Elle esquisse un sourire presque enjôleur et une fois encore ma bite fait un bond dans mon boxer.

Bordel, cette fille est en train de me rendre fou.

Chapitre 42

Gabriel

Je n'arrive pas à croire que je fais ça. Je lance un regard à mon reflet dans le miroir et pousse un soupir. Moi, en père Noël, c'est… ridicule.

Quand elle a lu mon nom sur la liste, Astrid s'est empressée de me donner le rôle. Est-ce qu'elle savait que je ne m'étais pas inscrit de mon plein gré ? Bien entendu. Cette vieille toupie me connaît depuis des années et n'ignore pas mon manque total d'intérêt pour les fêtes de fin d'année et tout ce qui s'y rapporte. D'ailleurs, le repas de Noël de l'entreprise est le seul événement auquel je ne participe jamais.

Je me tourne pour me regarder de profil et pousse un énième soupir à la vue de mon faux ventre, habillé de velours rouge et blanc, qui dépasse de la ceinture du pantalon. Il me reste encore la barbe à passer et j'en frissonne d'avance. Je vais crever de chaud avec ce truc sur la tronche !

Dans la pièce adjacente, j'entends les rires et les cris des enfants. Le repas de Noël est, comme celui d'Halloween, ouvert à tous les employés de la société et ils sont nombreux à être présents. Je vais me ridiculiser devant une petite centaine de personnes.

Et alors ? Tu feras plaisir aux gosses.

Ouais, les gosses.

Je grimace rien que d'y penser. Si je suis là ce soir, attifé ainsi, c'est à cause de Clémence, et elle va me le payer. Cela a d'ailleurs commencé. Depuis que j'ai reçu l'e-mail du comité d'entreprise pour m'informer que « j'avais le rôle », j'ai passé mon temps à lui faire des crasses. Des conneries d'adolescent, comme ouvrir tout un tas de sites porno sur son PC quand elle s'absente pour aller en rendez-vous ou aux W.-C., verser du sel dans son café, lui planquer sa souris de bureau, débrancher son écran... Ouais, j'ai la mentalité d'un gamin de quatorze ans, je l'avoue.

J'aurais pu être plus agressif, lui voler quelques clients, quelques ventes... L'ancien Gabriel aurait agi de cette façon, sans aucun scrupule, cependant j'ai changé. Ouais, j'ai du mal à l'admettre, mais, ces dernières semaines, j'ai un peu – un peu seulement – perdu mon esprit de compétiteur, du moins en ce qui concerne Clémence.

João ne manque pas une occasion de se foutre de ma gueule à ce sujet. D'après lui, je n'ai jamais été aussi gentil avec une femme, et encore moins avec une collègue de travail. Il a raison, bien sûr, et ma tenue de ce soir en est la preuve. Si qui que ce soit d'autre m'avait inscrit sur la liste des pères Noël potentiels, j'aurais tout simplement refusé d'enfiler ce costume ridicule et envoyé Astrid se faire voir. Soit je me ramollis, soit je...

Nan, pas question de penser à ça, je ne suis pas en train de tomber amoureux, c'est stupide.

Et pourtant... Ouais, je reconnais que je passe beaucoup de temps avec elle. Enfin, chez elle, avec elle, sous elle, dans elle.

Humm, très classe !

Non, sans déconner, cette dernière semaine, je n'ai pas dormi plus d'une nuit chez moi. Si, au début, elle paraissait très nerveuse d'assumer notre relation auprès de son fils, ses a priori se sont vite envolés après l'épisode des petits sablés – qui étaient délicieux, je tiens à le préciser. D'ailleurs, au cours de la partie de foot dans le jardin – enfin, à deux, ce n'était pas réellement du foot, mais plutôt des passes –, j'ai eu tout le loisir de me rendre compte que je kiffais ce gamin. João avait raison à son sujet, il est agréable, bien élevé, pas trop bruyant et intelligent. Je n'en demande pas plus à un môme de huit ans.

Son approbation à mon égard a aussitôt détendu sa mère. Elle m'avait confié n'avoir jamais présenté ses conquêtes amoureuses à son fils, et je me sens flatté qu'elle agisse différemment avec moi. Il faut dire que je ne lui ai pas vraiment laissé le choix, je me suis plutôt imposé dans sa maison bien avant que les choses ne passent à la vitesse supérieure entre nous.

Cet après-midi-là, nous avons décoré le sapin de Noël, déniché la veille par le père de Clémence. Ouais, moi, une tasse de chocolat chaud à portée de main, j'ai accroché des guirlandes et des boules dans un sapin. Hallucinant ! Je crois même avoir fredonné sur les refrains des chants de Noël qui tournaient en boucle sur la playlist Spotify de Clémence. Heureusement que João n'a ni vu ni entendu ça, il serait encore en train de me charrier à l'heure qu'il est. Il était déjà mort de rire quand je lui ai parlé de cette histoire de père Noël pour le repas du comité d'entreprise…

Un soir de cette semaine, j'ai invité Clémence chez moi. La sobriété et le décor minimaliste l'ont amusée.

— C'est tout à fait l'image que je me fais d'un appart de célibataire : trop de blanc et pas assez de bordel, a-t-elle commenté.

Elle a raison. Après avoir passé quelque temps dans sa maison, je me rends compte à quel point mon intérieur est vide et sans vie. Pourtant, j'aime mon appart, mais il y manque quelque chose.

Peut-être un peu de bordel, justement…

La porte de la petite pièce où je me prépare s'ouvre sur un visage familier : mon père. Ce dernier s'immobilise à ma vue et je lis clairement l'amusement dans ses yeux. Je le préviens d'un air féroce :

— Aucun commentaire.

Il n'en fait pas, mais éclate de rire.

— Je ne voulais pas croire Astrid, mais il semblerait qu'elle avait raison.

D'un geste du menton, je désigne la salle d'où il vient et grommelle :

— J'imagine que cette vieille pie doit bien se marrer là-bas.

Mon paternel affiche une moue moqueuse.

— Ne sois pas désagréable. Après tout, c'est toi qui t'es porté volontaire.

— Tu sais bien que non !

Il me connaît suffisamment pour deviner que je ne me suis jamais inscrit sur la liste des potentiels pères Noël. Un nouveau rire secoue ses épaules.

— Comment tu en es arrivé là ? Un pari ? Ou tu as mis quelqu'un de la boîte en colère ?

Je secoue la tête.

— Je ne mets jamais personne en colère.

Il s'esclaffe de nouveau.

— Ben voyons ! Comme si j'allais croire ça. Je te rappelle que je suis ton père et je suis assez bien placé pour savoir que tu es très doué pour mettre les gens en colère contre toi.

Il a raison, bien entendu. Je le détaille un moment tandis qu'il s'empare de la barbe blanche pour l'examiner sous toutes les coutures. Mon paternel me ressemble beaucoup – ou alors c'est moi qui lui ressemble ? –, grand, avec une allure athlétique qu'il entretient en passant de nombreuses heures en salle de sport, il porte ses cheveux blonds plus courts que moi. Une barbe recouvre le bas de son visage et des rides marquent le coin de ses yeux noisette. J'ai hérité mes prunelles bleues de ma mère, à sa plus grande fierté.

— C'était bien ces vacances au soleil ?

Il a le teint beaucoup trop hâlé pour un mois de décembre, ce qui fait ressortir l'éclat de ses dents trop régulières : des facettes en céramique, premier extra qu'il s'est accordé quand la société a commencé à vraiment bien se développer.

— Oui, Cassi a adoré. D'ailleurs, nous repartons la semaine prochaine, pour Tahiti cette fois.

Cassi ?

Je mets un temps avant de me rappeler qu'il s'agit du diminutif du prénom de sa nouvelle femme, Cassandra. Il faut dire que je ne l'ai rencontrée qu'à trois occasions au cours desquelles je ne lui ai pas vraiment adressé la parole. Je n'aime pas les croqueuses de diamants et celle-ci en est un bel exemple.

— Tu sais qu'elle profite de toi.

Ce n'est pas une question, mais une affirmation. Mon père pousse un profond soupir et me lance un regard exaspéré.

— Gabriel, elle a vingt-cinq ans et moi, soixante. Qui profite de qui, à ton avis ?

Le sous-entendu aurait pu me faire marrer s'il n'était pas sorti de la bouche de mon paternel. Sans vraiment le vouloir, je songe à maman. Elle aussi aura bientôt soixante ans, et si le temps marque son visage et son corps, elle a gardé une élégance et une beauté naturelle que beaucoup de femmes lui envient. Mais ce n'était pas suffisant pour mon père, qui s'est détourné d'elle à de nombreuses reprises durant leur mariage pour lui préférer des *modèles* plus jeunes, selon ses dires. Elle en a souffert, elle était très amoureuse de lui, elle l'est encore probablement…

L'amour fait toujours souffrir. Regarde ce qui est arrivé à João…

Je chasse cette pensée de ma tête et tends la main vers la barbe, résigné à devoir enfiler le costume en entier. Mais mon père ne me la donne pas immédiatement. Je m'aperçois alors qu'il m'observe avec un peu trop d'intérêt.

— Quoi ?

Un soupir franchit ses lèvres.

— Je comptais te l'annoncer au cours d'un dîner, mais j'ai peur de ne pas avoir le temps de te revoir avant mon départ pour les vacances de Noël.

Je serre les dents. Apparemment, passer Noël au soleil avec sa bimbo est plus important que de dîner avec son fils.

— M'annoncer quoi ?

Un sourire illumine son visage et fait naître de petites pattes d'oies au coin de ses yeux.

— Je développe la société. Nous allons ouvrir une nouvelle agence et je veux que tu en sois le directeur.

J'ouvre la bouche, mais il me coupe en levant la main.

— Non, non, pas d'objections. Je sais que tu n'étais pas

qualifié quand je t'ai fait cette proposition au début de ta carrière, et tu as eu raison de refuser. C'était du favoritisme, un piston qui aurait plus desservi ton image auprès des employés qu'autre chose. Mais, aujourd'hui, les choses ont évolué, *tu* as évolué. Tu es le meilleur agent que j'ai ! Tu t'es formé sur le tas et tu es plus que capable d'assumer ce poste.

Moi, le meilleur agent ? Je devrais être euphorique, j'ai enfin obtenu ce titre que je visais tant. Néanmoins, inconsciemment, je pense à Clémence. Quoi que disent les chiffres, c'est elle la meilleure agente. Toujours sur le terrain, proche de ses clients, agréable, prête à se couper en quatre pour leur faire plaisir, battante.

— C'est… une grosse responsabilité.

— Que tu es à même d'endosser, j'en suis certain !

Sa confiance en moi me flatte. Malgré tout, je reste méfiant. Je sais que je peux gérer ce poste. Il a raison, je me suis formé, j'ai gravi les échelons, j'en suis capable aujourd'hui. Cependant…

— Elle est où, cette nouvelle agence ?

Son sourire s'élargit.

— La société se lance à la conquête d'une autre région : tu pars à Lyon, en Auvergne-Rhône-Alpes.

Merde, une brique vient de tomber dans mon estomac.

Chapitre 43

Clémence

Je retiens un éclat de rire à la vue du père Noël. Gabriel endosse son rôle à merveille, étonnant pour quelqu'un qui n'est absolument pas touché par cet esprit et pas très à l'aise avec les enfants. Pourtant, il leur offre leur cadeau, prend les plus petits sur ses genoux, fait des photos, offre des bonbons, lance des « oh oh oh » à tout va.

— Il est plutôt bon acteur, me souffle Julia.

— Oui, qui l'eût cru ?

— Toi, visiblement.

Je tourne vivement la tête vers elle, la gorge nouée, le cœur tambourinant.

— Qu'est-ce que tu veux dire ?

— Tu devais bien te douter qu'il serait parfait, sinon tu ne l'aurais pas inscrit sur la liste.

Elle me fait un clin d'œil, et un sourire un peu figé recourbe mes lèvres. Je sens l'ironie dans son ton, mais je ne sais pas si elle plaisante au sujet du fait que j'ai inscrit Gabriel juste pour l'emmerder ou si elle se doute qu'il se trame quelque chose entre nous. Non pas que j'aie peur d'en parler… En fait, si, j'ai un peu peur.

Pour tout avouer, je suis incapable de poser des mots sur ce qu'il se passe entre Gabriel et moi. Je suis bien à ses côtés, vraiment bien. Malgré tout, nous n'avons jamais évoqué l'avenir, nous ne discutons même pas de notre relation, nous nous contentons de la vivre au jour le jour. Cela ne fait que quelques semaines après tout, à peine un mois… et néanmoins, j'ai l'impression qu'il s'est passé tellement plus de temps !

— Mathis Poirier ?

L'objet de mes pensées vient d'appeler mon fils, qui le rejoint sur son beau fauteuil de père Noël. Mat, qui ne croit plus au vieil homme en rouge depuis cette année, a pour consigne de jouer le jeu devant les plus petits et, tout comme Gabriel, il remplit son rôle à merveille. Attendrie, je les observe de loin, un sourire aux lèvres, avant de me rendre compte que Julia me fixe un peu trop intensément.

— Quoi ?

— Toi, tu me caches quelque chose.

— Mais pas du tout !

Ma défense est trop rapide, erreur de débutante. Je me grille toute seule comme une idiote, en rougissant par-dessus le marché. Elle écarquille les yeux et je sais que je suis cramée.

— Tu couches avec Gabriel ? murmure-t-elle.

— Bien sûr que non ! Tu sais bien que je peux pas le supporter !

Mais une nouvelle fois mes dénégations sonnent faux. Julia me scrute, les sourcils légèrement froncés.

— C'est juste une histoire de cul, ou c'est un peu plus ?

Je soupire. À quoi servirait-il de continuer à lui mentir ? Elle a clairement tout compris.

— Ça dépend. Est-ce qu'un simple plan cul dort chez toi pendant une semaine, dîne avec toi et ton fils et te paie le restaurant dès qu'il le peut ?

Elle écarquille les yeux.

— Merde, alors c'est plus que ça !

Je secoue la tête.

— En fait, je n'en sais rien du tout. Je ne lui ai pas vraiment posé la question.

— Mais, toi, tu as déjà dépassé le stade du simple plan…

— Arrête de dire *cul* ! Il y a plus de gosses que d'adultes dans cette pièce, les tiens y compris !

Heureusement, ses jumeaux sont en compagnie de leur père un peu plus loin, près du buffet des enfants.

— Tu ne présentes jamais aucun homme à ton fils, Clem, me souffle-t-elle d'un air entendu.

— Mathis connaissait Gabriel avant que… qu'on couche ensemble. Il était déjà venu à la maison déposer le formulaire pour le week-end à Tignes.

Les prunelles brunes de Julia s'ouvrent en grand.

— C'est à Tignes que ça s'est passé ? Sous mon nez et sans même que je m'en rende compte !

J'acquiesce et souris à Mathis qui revient vers nous, un paquet cadeau entre les mains.

— Dans quoi est-ce que tu t'es embarquée ? Tu sais qu'il n'a pas vraiment la réputation du parfait petit ami.

Je siffle entre mes dents :

— Oui, je sais.

C'est d'ailleurs un euphémisme. Gabriel a la réputation d'être un vrai coureur de jupons et tous ses anciens collègues de travail le confirmeront. Je me voile probablement la face avec cette histoire, je joue avec le feu !

Mathis se tient à présent devant moi, les yeux brillants.

— Tu n'ouvres pas ton cadeau, chéri ?

Il me sourit et jette un coup d'œil autour de nous pour s'assurer qu'il n'y a pas d'enfants dans les parages avant de murmurer :

— C'est Gabriel le père Noël.

— Tu crois ?

— Oui, j'ai reconnu ses yeux et sa voix.

Julia me lance un regard éloquent. Oui, cet homme a passé suffisamment de temps chez nous pour que mon fils le reconnaisse sous un déguisement de père Noël. Oui, je prends un risque avec cette relation et, pour la première fois, j'embarque Mathis dans tout ça. Je n'ai pas besoin des regards appuyés de ma collègue pour en prendre conscience. Je devrais mettre un frein avant de foncer droit dans le mur, mais une petite voix, au fond de moi, me souffle que je fonce plutôt sur une large autoroute, sans aucun obstacle à l'horizon. Encore ce fichu cœur d'artichaut, certainement.

Mat déballe son paquet et y découvre un exemplaire de sa BD préférée et un Nerf. Il adresse un clin d'œil et lève son pouce en direction du père Noël, qui lui répond d'un sourire à peine visible entre sa moustache et sa barbe blanche. Son regard bleu percute le mien et mon cœur bondit. Dans mon sac, mon portable émet une sonnerie. J'ai un message :

Gabriel : J'aurai droit à un cadeau, ce soir, moi aussi ?

Je retiens un sourire et m'assure que Julia s'est éloignée avant de répondre :

Moi : Seuls les enfants sages ont des cadeaux.

Le père Noël tapote discrètement sur son téléphone entre deux enfants.

Gabriel : Je ne suis plus un enfant… Le père Noël aimerait bien faire sa fête à maman Clem, ce soir. Elle n'a pas été très sage cette année.

Merde, je rougis comme une pivoine et j'ai une soudaine bouffée de chaleur. De nouveau, mon regard croise le sien et y lit une promesse qui met mes sens en ébullition.

Tu es en train de tomber amoureuse, Clem…

Je fais taire ma conscience et n'écoute que mon cœur quand je lui réponds :

Moi : J'ai hâte d'être à ce soir, dans ce cas. J'espère que tu garderas ton costume.

Chapitre 44

Gabriel

— Tu vas lui dire ce soir ?

Je ne réponds pas et João me donne un coup de poing dans l'épaule.

— Merde, Gab ! T'as plus le choix ! Ça fait une semaine que tu sais que tu vas prendre ce poste à Lyon, tu dois lui dire !

Bien sûr, je le sais parfaitement, mais chaque fois que les mots s'apprêtent à franchir mes lèvres, chaque fois que je veux expliquer à Clémence que je vais changer de région dans quelques mois, ma gorge se noue et je ferme ma gueule. Pourquoi ? Ça ne devrait pas me toucher autant. Après tout, mon travail a toujours été ma priorité. Gravir les échelons, prouver ma valeur et gagner ma place en tant que directeur d'agence, c'est ce que je visais depuis le début. Je ne suis pas un opportuniste qui profite du nom de son père pour se la couler douce. Je voulais mériter ce poste, et c'est chose faite ! Pourtant, cette « victoire » me laisse un goût amer.

Je n'arrive pas à m'en réjouir. Même João semble plus emballé que moi sur ce coup-là. Je ne comprends pas ce qu'il me prend.

Tu le sais parfaitement ! À Lyon, il n'y aura pas Clem.

— Alors ? insiste mon pote.

Je le fusille du regard. Nous nous sommes retrouvés dans un bar au coin de la rue où je vis pour boire une bière après le travail, et voilà qu'il me gonfle avec cette histoire de mutation.

— Mais qu'est-ce que ça peut te foutre ?

Mon ton est agressif. Il fronce les sourcils.

— Ça me fout que c'est une fille bien et qu'elle mérite que tu sois honnête avec elle. Ne la mets pas devant le fait accompli !

— C'est bon, je ne pars pas demain non plus ! J'ai le temps de lui en parler.

Le regard qu'il me lance me fait grincer des dents.

— Tu sais ce qu'il va se passer si tu traînes trop : elle va s'attacher. Toi aussi d'ailleurs. Je me demande même si c'est pas déjà le cas.

— Certainement pas ! C'est juste une histoire comme ça.

Je vois à son expression qu'il est sceptique. Pourtant, c'est la vérité. Je ne suis pas attaché à Clémence. Nous profitons seulement de bons moments ensemble. De très bons moments. Au point même que je ne passe pas une journée sans la voir ou lui parler au téléphone…

— Pense à son fils alors. Lui, il va s'attacher, c'est sûr ! C'est un gamin qui n'a aucune figure paternelle.

Je m'étouffe avec ma gorgée de bière.

— J'ai rien d'une figure paternelle !

João ricane.

— Je suis bien d'accord sur ce point. Mais le gosse, lui, est jeune et naïf.

L'idée que Mathis puisse me voir comme… ça me terrifie tout à coup. Il ne s'agit pas que de Clémence et moi, il y a l'enfant aussi. Un enfant que j'ai appris à connaître et à apprécier. Dans cette histoire, Mat n'est qu'une innocente victime.

Une victime ? Voilà que tu penses comme si tu allais commettre un meurtre ! João est en train de te retourner la tête !

Ouais, et même si je fais le malin, je sais au fond de moi qu'il a raison. Je dois dire à Clémence que je vais partir. Merde, j'ai encore l'estomac dans les talons et la gorge sèche. J'essaie de faire passer ces étranges symptômes d'une gorgée de bière, c'est un échec. Il faut se rendre à l'évidence, je stresse !

— Tu sais, j'ai repensé à Noël.

Je souris à Clémence, attablée en face de moi, un verre de vin à la main.

— Quand est-ce que tu ne penses pas à Noël ?

Elle me tire la langue, gamine. Ce soir, nous dînons chez moi, car Mathis est invité à passer le week-end chez un copain. Je sais que Clémence n'aime pas vraiment mon appartement, beaucoup moins chaleureux que sa maison, malgré tout elle a accepté de venir. Depuis le début du repas, je suis sur des charbons ardents. Les paroles de João résonnent inlassablement en moi.

« Ça fait une semaine que tu sais que tu vas prendre ce poste à Lyon, tu dois lui dire ! C'est une fille bien et elle mérite que tu sois honnête avec elle. Ne la mets pas devant le fait accompli ! »

Ouais, je dois lui en parler, ce soir, mais les mots sont bloqués dans ma gorge, encore.

— Si tu es seul le jour de Noël, tu peux venir chez moi.

Je me fige et ses yeux s'écarquillent légèrement. Elle rougit un peu.

— Enfin… c'est comme tu veux. Ça ne dérangera pas du tout ma famille, et puis Mat sera content.

Merde, elle vient de dire exactement ce que j'espérais ne jamais entendre. Comme si ce n'était pas suffisant de vouloir me présenter à sa famille, elle sous-entend en plus que son fils en serait heureux.

Voilà, t'es dans la merde, Gab.

Elle s'est attachée. Je ne voulais pas le croire, mais c'est arrivé, et bien trop vite à mon goût. Tout est ma faute, je n'ai pas été assez prudent, j'aurais dû poser des limites, ne pas la voir autant, ne pas aller chez elle…

— Mais c'est peut-être prématuré, continue-t-elle de plus en plus rouge. Oublie, c'était une idée stupide, je n'aurais pas dû…

— Je vais partir.

Et voilà, les mots viennent de franchir mes lèvres, ces mots qui restaient bloqués depuis des jours. Je ne voulais pas formuler les choses ainsi, aussi brutalement, cependant son invitation vient de donner une autre dimension à notre relation.

Elle s'est immobilisée, son verre de vin à mi-chemin de sa bouche, ses yeux légèrement écarquillés.

— Quoi ?

OK, il est temps de se prendre une veste vite fait, bien fait. Je pose mon propre verre et me racle la gorge.

— Mon père ouvre une agence à Lyon et il m'a demandé d'en être le directeur.

— Et tu as accepté ?

— Oui.

J'observe attentivement son visage qui passe par diverses expressions : la surprise, la déception, l'amertume.

Un petit rire sec franchit ses lèvres. Le pied de son verre de vin cogne sur la table.

— J'aurais dû m'attendre à ce que les choses se déroulent de cette façon. Après tout, on ne s'était rien promis. Tout ça devait bien finir un jour.

— On est pas obligés de tout arrêter maintenant.

Elle fronce les sourcils.

— Que veux-tu dire ?

Je suis sur une pente glissante, je devrais faire marche arrière, je le sais, mais je continue, comme un abruti.

— Je ne pars qu'au printemps, on pourrait continuer à se voir d'ici là.

— Pour le sexe, tu veux dire ?

Aïe, je n'aime pas ce ton sec et sévère. Sa main est dangereusement proche de son verre et je m'attends à en prendre le contenu dans la tronche d'un instant à l'autre.

— On a dépassé ce stade le jour où tu as accepté de venir au cinéma avec mon fils et moi, et tu le sais très bien. Je ne présente jamais d'hommes à Mathis, ça aussi tu le sais. Si pour toi ce n'était rien d'autre qu'une histoire de cul… c'était différent pour moi.

Elle me fusille du regard.

Allez, dis quelque chose, imbécile !

Ouais, mais quoi ? Est-ce que j'ai vraiment profité de la situation en sachant que pour elle les choses étaient probablement plus sérieuses que pour moi ? Ouais, peut-être bien. Est-ce que j'ai été un connard ? Bien entendu, comme toujours…

Comme je reste silencieux, elle plisse les paupières et serre les lèvres.

— Ce n'était qu'un jeu pour toi, en fin de compte.

Je grimace.

— Bien sûr que non.

— Depuis combien de temps tu es au courant, pour cette mutation ?

Mens-lui ! Dis-lui que ça ne date que d'hier !

— Une semaine.

Mais tu es vraiment le roi des cons…

Cette fois-ci, ses yeux lancent des éclairs.

— Une semaine ? Et tu ne m'en parles que maintenant ?

— Je ne trouvais pas le bon moment…

— C'est une blague ? Sept jours, sept putains de journées au cours desquelles tu aurais pu me le dire, et tu n'as jamais trouvé le bon moment ?

La Clémence en face de moi n'a soudain plus rien à voir avec celle que je fréquente depuis un mois. J'assiste au retour de la furie que j'ai eu le malheur de mettre en colère juste avant Halloween.

— Une semaine durant laquelle tu as dormi chez moi, dîné chez moi, passé du temps avec mon fils !

Ouais, j'ai merdé sur toute la ligne.

— Qu'est-ce que tu cherchais à faire ? T'amuser encore un peu ?

Je fronce les sourcils.

— Je n'ai pas joué avec toi !

Et le plus étonnant, c'est que c'est la vérité. Même si je suis incapable de qualifier notre relation, ce n'était pas seulement un divertissement à mes yeux.

— Pas joué ? J'aimerais bien savoir comment tu appelles ça ?

Elle s'est mise debout et frappe la table du plat de ses mains à chaque mot. Je bondis à mon tour pour lui faire face.

— C'était pas un jeu ! C'était… important.

Putain, quelle éloquence, Gab ! Tu vas la calmer avec ça, c'est sûr !

Je me donnerais des baffes. Je n'ai jamais été doué pour les disputes, en règle générale je ne rappelle plus la fille, c'est bien plus simple. Et pourtant, je suis là, face à cette femme, tentant lamentablement de me justifier.

Elle croise les bras sur sa poitrine et plisse les yeux.

— Visiblement, bien moins important que ta carrière.

Ah, très bien, on est lancés sur une bonne prise de tête comme je les déteste. Je pourrais juste me contenter de lui montrer la porte et d'oublier son numéro, je pourrais aussi ne plus répondre et attendre qu'elle parte d'elle-même – cette méthode fonctionne plutôt bien habituellement –, mais non. Je ne sais pas pourquoi, mais j'ai besoin de lui expliquer.

— Tu ne comprends pas ! J'aurais pu être directeur d'agence il y a des années, quand j'ai quitté le lycée et sans même un diplôme en poche ! Toutefois, j'ai été un cancre toute ma vie et je voulais le mériter. Pour une fois, je voulais que mon père me propose cette place parce que j'en ai les capacités et pas uniquement parce que je suis son fils ! Et ce moment est venu ! J'ai bossé comme un malade, je suis son meilleur agent immobilier, je rentre plus d'argent dans la société que tous les autres employés !

Loin de l'apaiser, mes piètres justifications lui arrachent une grimace.

— Le fric, c'est tout ce qui compte.

Je soupire.

— Bien sûr que non !

— Mais si. De toute façon, j'aurais dû le comprendre dès le début. Nous n'avons pas la même façon de vivre, pas les mêmes responsabilités, pas le même rapport à l'argent. Nous n'avons même pas les mêmes centres d'intérêt. Ce qui m'énerve le plus, ce n'est pas que tu aies accepté cette mutation, mais que tu aies osé me le cacher pour profiter encore un peu. C'est dégueulasse et égoïste.

Des vérités qu'elle m'assène d'une voix neutre, sans émotion. Je crois que je préférais encore quand elle criait et tapait sur la table.

Elle hausse les épaules.

— Finalement, c'est peut-être mieux comme ça. Mon seul regret, c'est d'avoir entraîné Mathis dans toute cette mascarade ridicule.

J'ouvre la bouche, et la referme. Qu'est-ce que je peux bien rétorquer à ça ? Toujours debout face à face, nous nous observons en silence durant de longues, très longues secondes, jusqu'à ce qu'elle secoue la tête d'un air blasé.

— Tu sais quoi ? Ce n'est même pas contre toi que je suis en colère. Nous n'avons fait aucun plan, jamais parlé d'avenir, nous n'avons même jamais vraiment parlé de cette relation ni mis un seul mot dessus. C'est contre moi que je suis furieuse. Furieuse d'avoir pensé… Laisse tomber. C'est peut-être aussi bien que les choses se terminent si vite.

Sans rien ajouter, elle vide son verre de vin d'un trait et s'éloigne vers l'entrée de mon appart. Je devrais la retenir, certainement, la rappeler, m'excuser. Mais je reste là, debout comme un con dans mon immense salle de séjour aux murs blancs, à la décoration impersonnelle, sans vie. La porte claque, je serre les dents et me rassieds lentement pour finir, à mon tour, mon verre de vin.

Chapitre 45

Clémence

— Le connard !

Ma sœur est assise à côté de moi sur le canapé, Julia, en face dans un fauteuil. Comme je n'avais vraiment pas le moral après ma dispute avec Gabriel, je les ai appelées toutes les deux. Sans se faire prier, elles ont aussitôt rappliqué, chacune une bouteille sous le bras : whisky pour Aurore, mélange de mojito tout préparé pour Julia.

Je suis à présent installée dans mon salon, deux verres en face de moi sur la table basse, une boîte de mouchoirs en papier à portée de main et la musique *A Whiter Shade of Pale* en boucle diffusée par mon compte Spotify depuis ma télévision. Je hausse les épaules en reniflant. Mes yeux sont gonflés et rouges, je sais que mon nez n'est probablement pas en meilleur état, mais elles m'ont toutes les deux déjà vue au pire de ma déchéance.

— On ne s'était rien promis.

— Arrête de répéter ça en boucle ! s'écrie Julia. Et coupe cette fichue chanson !

Impossible. C'est ma musique de rupture. Celle que j'écoute après chaque déception amoureuse. Aurore esquisse un geste vers la télécommande, bien décidée à changer la chanson.

— Laisse, elle est trop belle et romantique !

— Romantique ? T'as déjà bien écouté les paroles ? C'est l'histoire d'un mec bourré qui lève une nana dans un bar !

Je hausse de nouveau les épaules.

— Et alors ? C'est à ça que ressemble ma vie amoureuse de toute façon : des coups d'un soir, rien d'autre.

Ma sœur et Julia échangent un regard exaspéré.

— Tu as surtout un don pour choisir les mauvais mecs ! s'exclame mon amie en buvant une gorgée de mojito. Gabriel ! Non mais qu'est-ce qu'il t'a pris ?

Je secoue la tête.

— J'en sais rien ! Il était différent, il avait changé.

Julia m'observe d'un air ahuri.

— Changé ? Je vois pas en quoi ! Il est toujours aussi arrogant et insupportable avec tout le monde.

— Mais pas avec moi.

Elle plisse les paupières.

— Non, c'est sûr, et c'est d'ailleurs pour ça qu'il s'est payé ta tête en ne te disant pas immédiatement qu'il allait quitter la région.

Mes yeux me brûlent et je sens de nouvelles larmes faire surface. Je ne sais pas ce qui me fait le plus mal : d'y avoir cru une fois encore, même si je n'osais pas vraiment me l'avouer, ou qu'il m'ait menti. Ma fierté souffre, mon cœur fragile souffre, mon cœur de maman aussi. Bien qu'il le connaisse depuis peu, je sais que Mathis apprécie beaucoup Gabriel et, à son âge, on s'attache vite aux personnes qui entrent dans notre vie. Je geins en cachant mon visage dans mes mains.

— J'ai été stupide.

Ma sœur est étonnamment silencieuse à mes côtés.

— Peut-être pas si stupide que ça, souffle-t-elle au bout d'un moment. Tu dis qu'il a passé tout un après-midi avec toi aux urgences ? On ne fait pas ça pour une simple histoire de fesses. Et on ne va pas non plus récupérer la voiture de son plan cul au lever du jour pour la garer devant sa maison et repartir en Uber.

Je lui jette un regard entre mes doigts.

— Ce genre de remarque ne m'aide pas du tout, Aurore. Je préférais quand tu le traitais de connard.

— Excuse-moi de me faire l'avocat du diable, mais…

— Un diable, voilà, c'est ça. Un diable avec un prénom d'ange et un sourire de prince charmant, c'est tout à fait lui. Et comme j'ai le cœur d'une naïve petite princesse Disney, je me suis laissé prendre au piège, il n'y a rien d'autre à ajouter.

Aurore lance un regard aux deux verres qui trônent sur la table.

— Les princesses Disney ne boivent pas jusqu'à plus soif.

— Figure-toi que si, quand elles finissent par voir le vrai visage de leur prince.

Un sourire relève le coin des lèvres de ma sœur.

— Mais où est donc passé ton légendaire romantisme ?

La chanson recommence depuis le début, au grand dam de Julia qui lance :

— Apparemment, il est dans un bar en train de lever une nana aussi bourrée que lui.

Nous éclatons toutes les trois de rire et, durant tout le reste de la soirée, nous pestons sur le dos de Gabriel. Même si je suis toujours aussi triste – oui, pas seulement dépitée, réellement triste –, la présence des filles me soulage un peu. Qui plus est, je ne peux pas passer mon temps à me lamenter. Noël aura lieu dans à peine dix jours, je serai en vacances avec Mathis à la fin de la semaine prochaine et j'ai encore des tas de choses à préparer pour recevoir toute la famille.

La semaine prochaine ! Me retrouver face à Gabriel dans le bureau ! Je n'y avais pas encore pensé. Comment parviendrai-je à jouer l'indifférence, moi qui ne sais absolument pas dissimuler mes émotions ?

Tu y arriveras ! Tu ne lui feras pas l'honneur d'avoir l'air triste. Il est assez orgueilleux comme ça, pas la peine d'en rajouter.

Oui. Après tout, il se trouve probablement dans un bar à l'heure qu'il est, ou en boîte de nuit avec João, sans plus s'inquiéter de moi. Je l'imagine souriant à une autre femme, l'entraînant dans son appartement, l'allongeant dans son lit…

Un frisson de dégoût me secoue et je bois une gorgée de whisky que je pousse avec un peu de mojito. Non, pas question qu'il me voie dans cet état, lundi je serai égale à moi-même, l'employée parfaite. Comment m'avait-il surnommée ? Miss Parfaite ? Très bien, je peux endosser ce rôle, et tant pis si ce n'est qu'une façade.

Au bout de trois ou quatre verres, je lance à mes compagnes de beuverie d'un air convaincu :

— Vous savez, en fait, je suis plus déçue que triste. Parce que, pour être triste, il aurait fallu que je sois tombée amoureuse de ce mec, et c'est pas le cas ! Je suis pas le genre de fille qui tombe amoureuse en seulement un mois !

Aurore et Julia échangent un regard et cette dernière pousse un profond soupir avant de répondre :

— Chérie, tu es le genre de fille qui tombe amoureuse en cinq minutes.

Je gémis. Et dire que je vais devoir faire face à cet idiot lundi matin ! J'espère que la semaine passera vite ! Vendredi, je serai en congé et je n'aurai plus qu'à me soucier d'une seule chose : organiser le plus beau des Noëls pour Mathis. Parce que c'est tout ce qui compte, après tout : mon fils, notre famille, ces moments partagés. Nous n'avons jamais eu besoin d'un homme avec nous, et ce n'est pas aujourd'hui que les choses vont changer.

Malgré tout… j'aurais bien aimé pouvoir me blottir au creux de grands bras musclés cette année pour regarder mon fils déballer ses paquets sous le sapin.

Oublie ça, tes bras musclés vont s'installer à l'autre bout du pays dans quelques mois.

Je noie cette pensée d'une autre gorgée de whisky. Si ça continue, je vais finir alcoolique !

Chapitre 46

Gabriel

La journée commence mal. Mon réveil n'a pas sonné, ou plutôt si, il a sonné, mais je l'ai éteint et je me suis rendormi. Il pleut et, en quittant mon immeuble, j'ai mis les deux pieds dans une flaque d'eau.

Deux connards s'étaient garés si près de chaque côté de ma caisse que j'ai mis dix minutes à la sortir de son stationnement sans érafler la peinture. Sur la route jusqu'à l'agence, je me suis tapé tous les feux rouges et maintenant je tourne en rond depuis un quart d'heure pour trouver une place où me garer. Un lundi matin comme je les déteste, ceux qui annoncent une belle semaine de merde.

Ah, ça y est, je trouve finalement une place et j'insère ma Mercedes entre deux petites citadines. Il pleut encore, je soupire. La neige de Tignes me manque tout à coup, cette pluie glaciale qui plonge la ville dans la grisaille est déprimante. Un coup d'œil à mon portable m'informe que je suis à la bourre d'une grosse demi-heure.

— Eh merde !

Heureusement, je ne suis pas très loin de l'agence et, en moins de cinq minutes, je franchis la porte d'entrée. Toutes mes collègues sont déjà à leur poste et me jettent un regard stupéfait. Ouais, je ne suis jamais à la bourre, et alors ? Mon expression les dissuade de faire le moindre commentaire.

Instinctivement, mes yeux se posent sur Clémence, mais elle est la seule à ne pas m'observer d'un air ahuri. Concentrée sur son écran, elle ne lève pas la tête vers moi, pas plus qu'elle ne répond au « bonjour » général que je lance. Après notre dispute de samedi soir, je n'en suis pas étonné.

Je gagne mon bureau et me fige soudain. Là au milieu de la table de travail se trouve la bouteille de whisky que j'avais offerte à Clémence – bien entamée, même presque vide –, trois caleçons étalés bien en évidence et une chemise. Une boîte de capotes ouverte trône sur l'accoudoir de mon fauteuil, son contenu réparti un peu partout sur l'assise et autour de mon poste de travail.

Dans le pot à stylos, je retrouve une brosse à dents et un rasoir. Pour parfaire le tout, mon fond d'écran a été changé et, en lieu et place des paysages embarqués dans le système d'exploitation, je découvre une image des chanteurs du groupe LMFAO dans leur magnifique slip panthère avec écrit en gros en travers de l'écran : « *I'm sexy and I know it.* »

OKayyyy, celle-là, on ne me l'avait jamais faite. Je lance un regard autour de moi, toutes les femmes de l'open space ont les yeux rivés à leur écran, mais je devine les sourires dissimulés derrière leur air faussement concentré. Elles n'ont pas pu rater la nouvelle décoration de mon espace de travail. Clémence les a-t-elle mises à contribution ?

Je soupire et commence à ranger tout ce foutoir. Les slips et la chemise m'appartiennent, comme tout ce qui se trouve sur et autour de mon bureau. Ce sont des affaires que j'avais oubliées chez elle. Ouais, chez elle, là où je ne remettrai plus jamais les pieds. Je serre les dents et, une fois toutes les capotes dans leur boîte, je me laisse lourdement tomber sur mon fauteuil.

Arthur pénètre à ce moment-là dans l'open space et je me demande s'il a seulement remarqué que je n'étais pas à mon poste ce matin.

— Petit moment d'attention, tout le monde, s'il vous plaît !

déclare-t-il en tapant dans ses mains comme une maîtresse d'école face à ses élèves. J'ai une nouvelle à vous annoncer.

Les filles arrêtent de faire semblant de travailler et lui jettent un regard vaguement curieux. De mon côté, je crains le pire.

— Je viens juste d'avoir l'info, donc ce n'est pas encore totalement officiel, mais l'entreprise se développe ! Jean-Pierre Dubret a fait l'acquisition d'une nouvelle agence en région Auvergne-Rhône-Alpes et plus précisément à Lyon ! Et devinez qui va être le directeur de cette agence : Gabriel !

Oh non, je n'y crois pas… L'annonce ne pouvait pas plus mal tomber.

Cet idiot applaudit en me lançant un clin d'œil et je n'ai d'autre choix que d'approuver d'un hochement de tête. Je n'ose même pas tourner les yeux en direction de Clémence, mais lorsque Véro m'adresse ses félicitations, mon regard se pose sur elle, comme attiré par un aimant.

Elle est retournée à son travail, l'air indifférent. Pas d'éclat de colère, rien. Voilà, aujourd'hui, je ne suis plus rien pour elle, juste un collègue qui va bientôt faire ses valises et partir dans une autre région.

Cette journée est vraiment merdique.

— Tu pars quand ?

— Dimanche matin, mon avion arrive à Porto à onze heures et ma tante me récupère à l'aéroport.

J'acquiesce et plonge le regard dans ma pinte de bière. Nous sommes vendredi et il est vingt-et-une heures, João m'a donné rendez-vous dans un bar que nous fréquentons souvent, pour notre dernière soirée de l'année. Dimanche, il s'envole pour le Portugal, où il fêtera Noël et le Nouvel An en famille.

— T'es sûr que tu veux pas venir ? Tu sais, il y a toujours de la place pour une ou deux personnes de plus quand on se réunit tous au village.

Je lui souris et décline une fois de plus son invitation.

— Nan, les grandes fêtes de famille, c'est pas mon truc.

Une vérité ou une fatalité ? Je n'en sais foutre rien. Mais je suis certain de ne pas être d'humeur à passer quelques jours, entouré de cousins et cousines de João, tous plus heureux les uns que les autres de ces retrouvailles annuelles. Leur bonheur et leur joie de vivre risqueraient de m'éclabousser.

— Tu embrasseras ta grand-mère pour moi.

Il hoche la tête.

— Sans faute.

Durant quelques instants, nous buvons notre bière sans échanger un mot, entourés par le bruit des clients et de la musique diffusée dans le bar.

— Mec, t'as une sale gueule, me lance soudain João.

Je hausse un sourcil.

— Moi aussi je t'aime.

— Nan mais, sérieux, tu t'es regardé dans un miroir aujourd'hui ?

Bien sûr que je me suis regardé, et je me suis trouvé la même gueule que d'habitude !

— T'as des cernes, t'es mal rasé et tes cheveux, c'est n'importe quoi. Je t'ai connu plus soigneux de ton apparence.

Je passe une main sur ma joue râpeuse. Merde, quand est-ce que je me suis rasé la dernière fois ? Avant-hier ? Je ne m'en souviens plus. Je secoue la tête et prends l'air indifférent.

— Je suis juste un peu crevé. Tu sais, les fins d'année ne sont jamais faciles.

Surtout pour moi, et je n'ai pas besoin de préciser ce point à mon meilleur pote, il me connaît trop bien. D'ailleurs, le regard qu'il pose sur moi, yeux plissés, sourcils froncés, me met un peu mal à l'aise.

— Conneries ! C'est pas de la fatigue, ça, c'est de la déprime !

J'éclate de rire.

— Déprimer ? Moi ? J'ai aucune raison de déprimer. Tout va bien, j'ai la vie que j'ai toujours voulu et je viens de décrocher le poste pour lequel je fais mes preuves depuis ma sortie du lycée. Pourquoi je déprimerais ?

Il m'observe encore, comme s'il me sondait.

— C'est à cause de Clémence, c'est ça ?

Clémence ? Quelle Clémence ?

Celle qui ne fait plus partie de ma vie depuis une semaine ? Celle qui ne m'adresse plus la parole, ne répond plus à mes messages, m'ignore même au bureau ? Celle qui s'est jetée sur mes clients le matin même, avec une hargne de pit-bull enragé, pour leur proposer une maison qu'elle venait de repérer avant que je n'aie le temps de faire la moindre recherche pour eux ? Pourquoi est-ce que cette Clémence me ferait déprimer ?

— J'ai tourné la page et elle aussi.

— Menteur, clame-t-il aussitôt. J'ai très bien vu dans quel état tu étais quand elle est partie en furie de ton appart vendredi dernier. T'es accro à cette fille.

Eh merde, pourquoi est-ce que j'ai demandé à cet idiot de passer me voir après le départ de Clémence ? Probablement parce que je ne voulais pas être seul. J'aurais pu faire une connerie, comme courir après cette Miss Parfaite pour... pour quoi, au juste ? La supplier de me pardonner ? Nan, je suis bien trop fier pour ça.

Mouais, à d'autres !

— Je ne suis pas accro. J'ai jamais été accro à aucune fille d'ailleurs, c'est pas mon genre, je m'attache pas.

— Sauf cette fois-ci.

— Arrête de dire des conneries.

Il est en train de me foutre en rogne.

— J'ai seulement passé une semaine de merde.

Un sourire moqueur illumine son visage.

— Ouais, parce que l'amour de ta vie ne t'adresse plus la parole.

— C'est pas l'amour de ma... Tu sais quoi, laisse tomber.

— Que je laisse tomber ? Certainement pas ! C'est la première fois que mon pote tombe amoureux, je vais pas lâcher l'affaire aussi facilement.

— J'suis pas amoureux !

Merde, j'ai braillé un peu trop fort et plusieurs clients nous observent maintenant d'un air curieux. Je ravale mon envie de leur gueuler de se mêler de leurs miches et bois une grande gorgée de bière. João me fixe toujours d'un air presque condescendant.

— L'amour, c'est de la merde. Et puis on s'est fréquentés à peine un mois, c'est pas assez.

— Pas assez ?

Il éclate franchement de rire et j'ai envie de lui en mettre une.

— T'es tellement borné, mec. On peut tomber amoureux en à peine une heure ! Le temps n'a rien à voir là-dedans. Et c'est pas de la merde, comme tu le dis.

— Ah ouais ? Parce que ton mariage s'est bien terminé, peut-être ? Et celui de mes parents ? Ma mère en souffre encore et se tape des gamins plus jeunes que moi dans l'espoir de faire réagir mon crétin de père.

Merde, ma main tremble et je suis carrément furax maintenant. Qu'est-ce qui m'arrive ? Pourquoi je prends les choses autant à cœur tout à coup ?

Mon pote grimace.

— Ouais, t'as pas forcément eu les meilleurs modèles qui soient, mais tu ne retiens que le négatif. J'ai eu de très bons moments avec Lisa et tes parents ont été heureux eux aussi.

— Et ils ont aussi été très malheureux.

João soupire.

— Ton paternel était infidèle, et on sait tous les deux que tu ne l'es pas.

Ça, c'est vrai.

Si je peux être le roi des connards, je n'ai jamais trompé une femme. Peut-être parce que mon père m'a justement montré l'exemple à ne surtout pas suivre. À mes yeux, il n'y a rien de plus lâche que l'adultère.

— Et je n'imagine pas Clémence te faire cocu. C'est une femme responsable qui sait ce qu'elle veut. Elle a élevé son fils seule, merde, si ça, c'est pas une preuve de maturité ! Cette fille, c'est une *warrior* !

J'ai raconté le passé de Clémence à mon pote et il n'a pas caché son admiration. J'avoue que je suis de son avis. Non seulement elle a assumé son enfant seule financièrement et émotionnellement, mais en plus elle n'a jamais cherché à lui trouver un père ; non, se reposer sur un homme, très peu pour elle. Ce petit bout de femme a une force de caractère impressionnante.

— En fait, t'as peur de souffrir, ajoute João.

— J'ai peur de rien du tout ! J'suis pas amoureux, OK ? J'suis même plutôt soulagé que cette histoire soit finie, ça devenait beaucoup trop compliqué.

— C'est sûr, les sentiments, ça complique toujours les choses.

Je le fusille du regard. S'il continue, je vais lui faire ravaler son sourire.

— Je vais partir et elle a un gosse.

Ma réponse lui attire un soupir.

— Tu adores ce gamin. Et les relations longue distance, ça existe.

— Très peu pour moi. J'ai pas besoin de ce genre d'inquiétude dans ma nouvelle vie. Je vais partir libre comme l'air et l'esprit serein.

— Libre comme l'air ? Tu m'oublies aussi vite ?

Je ricane.

— La blague, tu m'appelles en visio trois fois par semaine et je sais que tu viendras squatter chez moi dès que t'auras deux jours de congé.

— Amen.

Mon amitié avec lui est de celles que la distance n'effraie pas. Nous pourrions vivre sur des continents différents, cela n'entacherait en rien le lien qui nous unit depuis que nous avons passé nos premières heures chez la même nourrice. À mes yeux, João est plus un frère qu'un pote et je sais que la réciproque est également vraie.

— Alors, t'es heureux de partir ?

— Ouais.

— Dans ce cas, tu peux m'expliquer un truc ?

— Tout ce que tu voudras du moment que t'arrêtes de me parler de sentiments à la con.

Il pose sa pinte de bière et penche la tête sur le côté, l'air moqueur.

— Tu peux me dire pourquoi tu tritures non-stop cette horreur en cuir à ton poignet ?

Mon regard tombe sur ma main gauche qui joue

machinalement avec le bracelet que m'a offert Clémence, à Tignes.

Eh merde.

Chapitre 47

Clémence

Et voilà, nous y sommes enfin, ce moment que j'attendais avec tellement d'impatience et en même temps d'appréhension est arrivé : le réveillon de Noël.

En ce jeudi soir, toute la famille est rassemblée autour de ma table de salle à manger. Mes parents, Aurore et Luc ainsi que Sylvia, la mère de ce dernier.

Excité comme une puce, Mathis passe de l'un à l'autre, trop heureux de finalement fêter Noël dans sa propre maison. Les conversations vont bon train, les rires aussi, la bonne humeur est au rendez-vous. Quand je dépose sur la table le plat principal – un canard à l'orange que maman m'a aidée à préparer –, ma sœur m'applaudit. Elle sait que je suis mauvaise cuisinière et que ce plat m'a demandé beaucoup de travail. Heureusement, on m'a libérée de mon attelle il y a deux jours et mon poignet est totalement opérationnel, ce qui m'a permis de tout organiser sans trop d'inquiétude.

Je m'installe, invitant tous les convives à se servir, et baisse les yeux sur Mathis. Son visage est rayonnant, ses joues un peu roses, ses prunelles pétillent de joie, et mon cœur de maman se gonfle d'amour.

Oui, c'était tout ce que je voulais : un Noël parfait pour mon fils.

Et pour toi ?

Je retiens un soupir. Est-ce que ce Noël est parfait pour moi ? Non, probablement pas. Malgré la colère, Gabriel me manque. Cet idiot égoïste est parvenu à prendre une place importante dans ma vie et si j'ai été bien occupée ces derniers jours, je n'ai malgré tout pas cessé de penser à lui.

Je n'ai pas remis les pieds au travail depuis vendredi, soir de mes vacances, et j'ai l'impression que cela fait au moins un mois que je ne l'ai pas vu. Pourtant, ma dernière semaine à l'agence n'a pas été des plus agréables. La colère grondait toujours en moi et plus d'une fois j'ai prétexté une visite d'appartement ou des clients à rencontrer pour quitter le bureau.

Une colère à la fois contre Gabriel et contre moi-même. Je ne lui en veux pas d'avoir accepté ce poste à Lyon – même si je suis déçue qu'il n'ait pas pris le temps de la réflexion, comme si je ne représentais réellement rien à ses yeux –, je lui en veux de me l'avoir caché pendant toute une semaine. Je lui en veux d'avoir pensé que nous pourrions continuer à nous « amuser » jusqu'à ce qu'il parte, et je m'en veux, à moi, d'avoir pensé que cette histoire pourrait mener à quelque chose de plus sérieux. Je m'en veux de l'avoir officiellement présenté à Mathis comme mon petit ami. Je m'en veux de l'avoir laissé dormir sous mon toit, sous *notre* toit, notre foyer, notre refuge. Et ce soir, alors que je devrais être pleinement heureuse de partager ces fêtes que j'aime tellement avec ma famille, une pointe de mélancolie et de tristesse me gâche un peu ce réveillon.

En face de moi, Aurore m'adresse un clin d'œil auquel je réponds par un sourire.

— C'est délicieux, Clémence, s'écrie Luc à la première bouchée.

— Merci, j'aurais aimé que tu n'aies pas l'air aussi surpris.

Il se met à rire.

— Je n'ai jamais douté de toi.

— C'est pour ça que tu as préparé le dessert ?

Mon beau-frère cherche une excuse à toute allure.

— Tu avais déjà beaucoup de choses à organiser, je me suis dit qu'il fallait te soulager un peu.

— Mouais.

Aurore rit à son tour. Ma mère se penche un peu par-dessus la table.

— Moi, chérie, je n'ai jamais douté de toi.

— Merci, maman.

Son regard se pose sur Mathis et je sens mon cœur se gonfler. Je sais qu'elle ne parle pas seulement du dîner de ce soir ni de celui de demain, mais de ma capacité à orchestrer ma vie et celle de mon fils. Maman ne manque jamais une occasion de me rappeler à quel point elle est fière de moi et de celle que je suis devenue. Et quel moment plus propice à ce genre de pensée que le réveillon de Noël ?

Mais, pour la première fois depuis des années, j'aurais souhaité ne pas avoir à tout gérer toute seule, j'aurais souhaité avoir une épaule sur laquelle m'appuyer de temps en temps…

Ça suffit, arrête de ruminer et profite de cet instant.

Oui, je me lamente pour une énième déception amoureuse, alors que j'ai tellement de chance d'avoir une famille aimante, la santé, un fils merveilleux et encore tout l'avenir devant moi.

Un de perdu…

Mouais, une doctrine stupide qu'on me rabâche à chaque rupture. Cette fois-ci, je ne voulais pas perdre *celui-là*.

— Maman, si c'était toi mon père Noël toutes ces années, qui est-ce qui t'offrait des cadeaux à toi ? me demande soudain Mathis.

J'échange un regard amusé avec mes parents.

— Tout le monde, chéri. Tout le monde.

Oui, j'ai vraiment beaucoup de chance.

Chapitre 48

Gabriel

Le père Noël est une ordure, un grand classique que je mate pour la énième fois, vautré sur mon canapé, les reliefs de mon dîner solitaire étalés sur la table basse, un cendrier plein juste à côté – ouais, j'ai clopé une bonne partie de la soirée, ce n'est pas bien, je sais. Je me suis fait livrer chinois, on est assez loin du repas traditionnel pour un réveillon, mais mon réveillon n'a rien de traditionnel.

Ce n'est pas la première fois que je suis seul pour Noël, mais, ce soir, j'ai le cafard. En fait, il n'y a pas que ce soir. Je suis dans cet état depuis plusieurs jours déjà, depuis le moment où Clémence a franchi la porte de cet appart pour la dernière fois, à vrai dire. Jamais une rupture ne m'a rongé comme celle-là. Habituellement, au bout de quelques jours, je suis de nouveau d'attaque, prêt à faire la fête et à enchaîner sur une autre conquête. Mais, là, j'ai l'impression d'être une véritable loque.

Chaque matin, je me traîne hors de mon lit pour me rendre au bureau, sans enthousiasme. Je passe les trois quarts de ma journée à glander sur les réseaux sociaux et Internet, en m'obligeant à ne pas consulter ma messagerie toutes les cinq minutes dans l'espoir qu'elle m'ait laissé un SMS.

Heureusement qu'Arthur est incompétent, sans quoi il n'aurait pas raté mon manque de professionnalisme et d'assiduité cette dernière semaine. Ce matin, j'ai même raccroché au nez d'une cliente. Une mamie acariâtre qui avait l'air bien décidée à me passer une soufflante sous prétexte que je n'ai pas trouvé de nouveau locataire pour le taudis qu'elle appelle un appartement. J'ai déjà peu de patience habituellement, mais, aujourd'hui, elle est tombée sur le mauvais agent immobilier. À peine sa voix est-elle montée dans les aigus que j'ai raccroché le téléphone, un peu trop violemment d'ailleurs, d'après les regards curieux que m'ont lancés mes collègues de travail.

Ces dernières ont bien compris qu'il ne fallait pas me brosser dans le sens inverse du poil depuis quelque temps et elles ne m'adressent presque pas la parole. Peut-être que Clémence leur a en partie raconté ce qu'il s'est passé entre nous et qu'elles font preuve de solidarité féminine.

Clémence. Je m'étais juré de ne pas penser à elle ce soir, et voilà qu'elle s'invite de nouveau dans mon esprit. Et comment pourrait-il en être autrement ? Mon humeur est totalement liée à elle.

Mon téléphone, posé sur la table basse, se met à sonner. Un appel visio de ma mère. Surpris, je décroche. Presque aussitôt, le visage d'une femme de cinquante-six ans, cheveux bruns, teint de pêche et magnifiques yeux bleus apparaît à l'écran.

— Hey, maman, est-ce que tout va bien ?

Elle est assise dans une pièce à l'éclairage tamisé, mais on devine le jour qui filtre par la fenêtre derrière elle. Il est vingt-deux heures trente en France, mais, à New York, il n'est que seize heures trente. Le réveillon où elle est conviée n'a visiblement pas encore commencé, même si elle est déjà apprêtée et maquillée. Comme toujours, sa beauté et son élégance me frappent.

— Bien sûr que tout va bien ! Tu as l'air étonné que je t'appelle.

— Je pensais que tu étais déjà à ta soirée.

Elle esquisse un petit sourire.

— Non, pas avant une heure, au moins. Je voulais prendre des nouvelles de mon fils.

Je fronce les sourcils. Même si nous nous téléphonons régulièrement, elle ne semble pas très naturelle ce soir et son coup de fil, en visio qui plus est, me met la puce à l'oreille.

— Toi, tu as discuté avec João.

Son sourire se fige légèrement, mais elle ne se démonte pas.

— Oui, j'ai eu João. Il m'a appelée il y a à peine une heure, et heureusement ! Sans quoi, je n'aurais même pas su que mon fils passait les fêtes de Noël tout seul ! Pourquoi tu ne m'as rien dit ?

— Ce n'est pas la première fois, m'man.

Elle écarquille les yeux.

— En tout cas, c'est la première fois que je l'apprends !

Je pousse un soupir. João est un emmerdeur qui se mêle de ce qui ne le regarde pas.

— Ce n'est pas comme si nous avions déjà réellement fêté Noël.

Un silence suit ma remarque avant qu'elle ne lâche, d'une voix faible :

— Nous le fêtions quand tu étais tout petit. Et puis… tout a changé.

Je sais qu'elle fait allusion au moment où elle a découvert les tromperies de mon paternel. J'étais trop jeune pour me souvenir de l'époque où ils étaient heureux ensemble, malheureusement.

— João m'a aussi parlé de l'offre que t'a faite ton père, ce poste, à Lyon.

Elle insiste bien sur le nom de la ville et je devine aussitôt que mon meilleur pote n'a pas fait qu'évoquer ma nouvelle future carrière.

— Il t'a dit quoi d'autre ?

Mon ton est presque agressif tout à coup. Mais maman ne relève pas et continue, une fois encore sans se démonter :

— Il a fait allusion à une jeune femme.

Et voilà la véritable raison de cet appel surprise : Clémence. Je serre les dents.

— Il n'y a plus de jeune femme.

— Oui, c'est ce que j'ai cru comprendre.

Durant quelques secondes, aucun de nous deux ne parle. Ma

mère ne s'est jamais mêlée de ma vie amoureuse jusque-là et j'aimerais que les choses continuent sur cette lancée. Elle a déjà suffisamment de mal comme ça à gérer ses propres histoires de cœur.

— Tu es amoureux ?

La question tombe comme un couperet et j'en perds le souffle. Merde, je ne m'attendais vraiment pas à avoir ce genre de conversation ce soir avec ma mère. Je voudrais nier, tourner cette histoire en ridicule, lui accorder à peine plus qu'un rire moqueur, mais c'est impossible. Mon visage se fige, ma gorge se noue et je n'ai même pas besoin de parler.

— Oui, tu es amoureux, je le vois à ton regard. D'ailleurs, tu as mauvaise mine.

— Merci, m'man, trop aimable.

Elle soupire en secouant la tête.

— Nous t'avons donné un bien triste exemple de l'amour, ton père et moi.

C'est rien de le dire, mais je garde mon opinion pour moi et ne réponds pas.

— Est-ce que tu tiens vraiment à ce poste à Lyon ?

— Oui ! C'est une chance pour moi, c'est l'occasion d'évoluer, de prouver de quoi je suis capable !

— De le prouver à qui, Gaby ?

Elle est la seule sur terre à me surnommer Gaby et un frisson remonte le long de ma colonne vertébrale chaque fois qu'elle le fait. Mes lèvres s'ouvrent, mais aucun son n'en sort.

— À ton père ?

De nouveau, je suis muet. Non, je ne veux rien lui prouver, je mérite cette place, c'est tout ! Pourtant, je ne parviens pas à répondre. Maman secoue la tête encore une fois.

— Tu as toujours tout fait pour qu'il te remarque, depuis l'instant où il nous a abandonnés.

Je lève les yeux au ciel.

— Il ne nous a pas abandonnés, m'man ! Il t'a quittée.

— Non, chéri, il est parti pendant près de neuf mois sans donner la moindre nouvelle. Tu avais à peine quatorze ans ! Et bien qu'il se soit excusé des dizaines de fois, bien qu'il ait tout fait pour rattraper cette erreur, elle est gravée au plus profond de toi !

Merde, me revoilà muet. Elle en profite pour enchaîner :

— À partir de ce moment, tu as tout fait pour attirer son attention. Tes échecs scolaires, les conneries que tu as pu faire, tes fugues… tout a commencé à cet instant.

Elle a raison, même si je ne veux pas l'admettre, elle a entièrement raison et je l'ai toujours su au fond de moi.

— Et quand il t'a proposé la place de directeur de l'agence de Blois à la sortie du lycée, tu as encore refusé parce que c'était trop facile ! Une fois que tu aurais été bien installé dans ton petit bureau, il ne t'aurait pas plus remarqué qu'un autre. Au lieu de ça, tu es devenu le meilleur agent de son entreprise, papillonnant d'une agence à l'autre, amassant les clients et les rentrées d'argent.

Je ne parle toujours pas, tandis qu'elle me démontre par *a* plus *b* qu'une grande partie de mon existence a été conditionnée par une seule erreur de mon paternel.

— Mais tu n'as rien à lui prouver, Gaby. Ton père a énormément de défauts et moi aussi, néanmoins, tout comme moi, il n'y a qu'une seule constante dans sa vie : toi. Nous avons été maladroits, des parents égoïstes, bien trop occupés à se faire la guerre pour ne pas voir les répercussions de nos querelles sur notre fils unique.

Cette fois-ci, ma voix revient et je lâche même un petit rire incrédule.

— Ben dis donc, t'as avalé un bouquin de psychologie, ou quoi ?

Elle hausse les épaules, toujours très digne, toujours très belle, et en même temps je lis la tristesse dans ses yeux.

— Disons que mes séances de psy ont fini par payer. Je suis désolée, mon chéri, de ne pas avoir su te montrer à quel point tu étais aimé. Et je sais que ton père t'adore plus que tout au monde. Si tu dois accepter cette place, fais-le uniquement pour toi, et pas pour lui. Quelle que soit ta décision, cela ne changera rien entre vous, sois-en certain.

Nouveau silence. Merde, elle vient de foutre un sacré bordel dans mon crâne. Est-ce que j'ai réellement envie de ce poste ? Si on m'avait posé la question une heure plus tôt, j'aurais répondu oui, sans hésiter, mais maintenant…

— Parle-moi un peu de cette jeune femme.

— M'man !

— Ne fais pas l'enfant, Gaby ! Si elle est importante pour toi, j'aimerais la connaître.

Est-ce que Clémence est importante pour moi ? J'ai l'impression d'entendre João ricaner dans ma tête et me lancer :

T'as vu l'état dans lequel tu es depuis qu'elle t'a planté ?

OK, je l'avoue, elle est importante. Je ne comprends pas pourquoi ni comment c'est arrivé, mais c'est arrivé.

— Elle est… tout l'opposé de ce que je suis. Responsable, bordélique, délirante, un peu folle même, et… maman.

Je m'attends à ce que ma mère rebondisse sur ce dernier détail, mais, au contraire, un large sourire fend maintenant son visage en deux. Mon côté connard reprend aussitôt le dessus :

— Mais je ne resterai pas uniquement pour elle.

Menteur !

— Non, chéri, tu resteras uniquement si tu en as envie.

— Elle m'a planté.

— Qu'est-ce que tu avais fait ?

Ma mère me connaît bien…

— J'ai… je pense que j'ai tout gâché.

— Gaby…

— C'est mieux comme ça, c'était trop compliqué, entre son gosse, le travail, les responsabilités.

Le regard qu'elle me lance m'arrache une grimace.

— Tu sais, chéri, demain c'est le jour de Noël et, à Noël, tout est possible.

Chapitre 49

Clémence

— Maman, maman, il neige !

Quoi ? Le cri de Mathis m'arrache au sommeil en sursaut. De la neige, ici, à Tours ? De la vraie neige qui accroche au sol et forme un tapis blanc ?

C'est un fait suffisamment rare pour me tirer du lit. Euphorique, mon fils vient d'entrer en trombe dans ma chambre, vêtu de son pyjama Spider-Man.

— C'est Noël et il neige ! scande-t-il.

Sa joie me fait rire.

Je me lève pour ouvrir le volet et constate, avec surprise, que la route est blanche dans la petite rue du lotissement. Mon jardin a disparu sous la poudreuse et le toit des maisons est recouvert de neige fraîche.

— Alors ça, c'est étonnant. Il n'a plus neigé comme ça depuis des années.

— C'est le miracle de Noël, lance une voix derrière nous.

Je me retourne pour faire face à ma sœur qui se trouve dans l'encadrement de la porte. Elle et Luc ont dormi dans la chambre d'amis cette nuit, tandis que Sylvia logeait chez mes parents, qui vivent à seulement quelques minutes d'ici. Une épaule appuyée au chambranle, son plus beau tee-shirt Mario Kart par-dessus son short de pyjama, elle m'adresse un clin d'œil, un large sourire aux lèvres. Nous ne passons peut-être pas les fêtes au chalet, mais la neige s'est invitée chez nous.

Mathis, qui vient de foncer à l'étage inférieur, se met à crier dans toute la maison :

— Le père Noël est passé ! Le père Noël est passé !

Aurore me regarde et éclate de rire. Peu importe l'âge que nous avons, chez nous, il y aura toujours un père Noël.

Quand je sors de ma chambre, enroulée dans ma robe de chambre, un Luc au regard endormi fait son apparition dans le couloir en pantalon de jogging et tee-shirt Star Wars.

— Pourquoi c'est toujours aussi tôt ?

Je ricane.

— Parce que c'est un enfant ! Et il attendait ce moment depuis bien trop longtemps.

— Mais il ne croit même plus au père Noël.

— Ça n'enlève rien à la magie.

Je lui fais un clin d'œil et rejoins mon fils à l'étage inférieur. L'année dernière, Luc a fêté pour la première fois Noël en notre compagnie. Nous étions alors dans le chalet de mes grands-parents, en Auvergne, et il venait de passer la nuit avec ma sœur – leur première nuit ! – quand Mathis a réveillé tout le monde en fanfare. Visiblement, il en garde encore le souvenir.

Au rez-de-chaussée, je retrouve mon petit garçon dans le salon face au sapin de Noël, au pied duquel trône une avalanche de cadeaux. Pour conserver l'effet de surprise, nous avons tous déposé nos présents une fois qu'il était couché, de sorte qu'il ne sache pas ce qu'il découvrirait à son réveil.

— Il y en a trop ! s'exclame-t-il, les yeux écarquillés.

Pour une fois, je suis assez d'accord avec lui. Les paquets s'étalent au sol jusque sur la table de la salle à manger et certains se sont même égarés sur le canapé. Cette année, le père Noël a été particulièrement généreux.

— Je peux les ouvrir maintenant, maman ?

Il me lance un regard de chien battu et je soupire.

— Ce serait plus gentil d'attendre que tes grands-parents et

Sylvia arrivent, mon chéri.

J'ai à peine fini ma phrase que la sonnette d'entrée retentit. Perplexe, je vais dans le hall. Qui peut bien me rendre visite le matin de Noël à huit heures et demie ?

— Surprise ! s'écrie ma mère dès que j'ouvre le battant.

Je la retrouve derrière la porte en compagnie de mon père et de Sylvia.

— On ne voulait pas manquer l'ouverture des cadeaux, m'explique-t-elle en déposant deux baisers sur mes joues. Joyeux Noël, ma chérie !

— Mamie, papi, venez vite voir tous ces cadeaux ! les interpelle Mathis depuis le salon.

J'embrasse Sylvia tandis que mes parents rejoignent leur petit-fils.

— Désolée pour la tenue.

Je suis toujours en pyjama, un magnifique ensemble en pilou avec un renne de Noël au nez rouge sur le buste. Elle sourit et me fait un clin d'œil.

— C'est la tenue parfaite pour un matin de Noël.

J'adore cette femme.

Luc, qui vient de descendre l'escalier, se fige dans le hall de la maison. Lui aussi est toujours en pyjama et il écarquille les yeux.

— Vous êtes déjà là ? Mais… vous vous êtes levés à quelle heure ?

Sylvia éclate de rire.

— Mon fils, toujours aussi matinal, à ce que je vois.

Très vite, nous nous retrouvons tous dans le séjour, chacun une tasse de café fumante à la main, les viennoiseries apportées par mes parents au milieu de la table du salon. Mathis a commencé la distribution des paquets cadeaux en en déballant quelques-uns au passage, mon père mitraille tout le monde avec son appareil photo et chacun a un sourire radieux sur le visage. Un matin de Noël comme je les aime, dans les règles de l'art, plein de chaleur, de rires et d'amour.

Mon regard dévie en direction de ma sœur, blottie dans les bras de son homme, et mon cœur se serre. Oui, c'est un matin de Noël comme je les aime, mais, cette année plus que toutes les autres, je me sens un peu seule.

Chapitre 50

Gabriel

De la neige, à Tours, de la neige qui s'accroche au bitume et ralentit la circulation, voilà bien des années qu'un truc pareil n'était pas arrivé. Je vais finir par croire à cette fichue « magie de Noël » si ça continue. Heureusement, la Mercedes a toujours ses pneus neige, équipée pour le week-end à Tignes, car, aujourd'hui, je pense que les routes ne seront pas déneigées avant plusieurs heures. La circulation, presque à l'arrêt, a mis mes nerfs à rude épreuve, mais je finis par me garer et prends une profonde inspiration.

Allez, Gab, c'est le moment de te prendre une nouvelle veste, vite fait, bien fait.

Je tourne le regard en direction de la maison de l'autre côté de la rue. Comme toutes ses voisines, son toit est recouvert d'une épaisse couche blanche. Mon palpitant tambourine dans ma poitrine, j'ai la gorge sèche et les mains un peu moites. Mais qu'est-ce qui m'arrive ? Je n'ai plus été nerveux comme ça depuis… Je n'en sais rien en fait, je crois que je n'ai jamais vraiment été stressé par quoi que ce soit.

Mon téléphone vibre dans ma poche, je l'en extrais. J'ai un message :

Papa : Joyeux Noël, Gab. Profite bien de ta journée, fiston.

Je soupire, mon cœur se serre, ma raison remonte à la surface. Qu'est-ce que je suis en train de faire ?

Une petite voix – qui ressemble encore une fois étrangement à celle de João – me répond :

Fonce ! Arrête de réfléchir, ça te réussit pas. Vas-y à l'instinct, comme toujours.

Ouais, à l'instinct. Déterminé, j'attrape ma veste sur le siège passager et le paquet qui l'accompagne avant de sortir de la voiture. La neige crisse sous les semelles de mes baskets, un bruit qui me rappelle Tignes et notre week-end là-bas.

La rue est déserte, la plupart des familles du quartier sont probablement en train de déballer les cadeaux ou – pour les rebelles qui ouvrent leurs présents la veille de Noël – attablées autour d'un bon petit déjeuner. Pour ma part, je n'ai rien avalé, j'avais l'estomac noué ce matin. D'ailleurs, j'ai passé une nuit de merde à cogiter et à me tourner dans tous les sens. Tout à coup, mon lit si confortable me semblait trop grand, trop vide, trop froid.

La petite allée qui conduit à la porte d'entrée ne doit pas excéder quatre mètres, et pourtant j'ai l'impression de marcher le long d'une foutue autoroute. Quand mon doigt se lève pour appuyer sur la sonnette, mon esprit se fait la malle et je me rends soudain compte que je ne sais absolument pas ce que je vais dire. Malgré tout, j'appuie.

Je crois entendre plusieurs voix à l'intérieur. Clémence devait organiser le repas de Noël pour sa famille, j'espère qu'ils ne sont pas encore arrivés…

La porte s'ouvre et mon cœur manque un battement. Face à moi, un type, dans la trentaine, cheveux bruns mal peignés, piercing au coin de la lèvre, nez busqué et regard sombre. Qui c'est ce mec ?

— B'jour.

Il n'a pas l'air réveillé, et pas du tout aimable. Ça tombe bien, je suis dans le même état d'esprit. En revanche, sa tenue n'a rien à voir avec la mienne. Son pantalon de jogging n'est visiblement pas de première jeunesse et son tee-shirt Star Wars lui donne l'allure d'un ado qui aurait refusé de vieillir.

— Bonjour, je voudrais voir Clémence.

Sans répondre, il me détaille d'un air suspicieux. Mais qui c'est ce type ? Est-ce que je me suis complètement planté, est-ce qu'elle m'a déjà oublié dans les bras de ce mec ? À cette pensée, mon cœur tombe quelque part au niveau de mon estomac.

— Qui c'est ?

Une voix que je ne connais pas, une femme qui apparaît dans l'encadrement de la porte et une seconde paire d'yeux soupçonneux qui se pose sur moi.

— Un mec qui veut voir Clem, gronde le gars.

L'inconnue qui vient d'arriver est assez petite, ses cheveux châtain clair cascadent sur ses épaules en une masse dépeignée et ses grands yeux bruns me fixent avec attention. Des yeux qui me rappellent ceux d'une autre blonde au carré plus net et à la silhouette un peu plus menue. Si je ne me trompe pas, je dois être face à la sœur de Clémence.

— Bonjour, et vous êtes ? me lance-t-elle avec froideur.

— Gabriel.

Ses yeux s'écarquillent légèrement, elle échange un regard avec le brun, qui esquisse un sourire narquois.

— Clem, y a quelqu'un pour toi ! crie-t-elle.

Bon sang, j'espère que Clémence va pointer le bout de son nez avant que toute sa famille ne débarque à la porte ! Le type me détaille de la tête aux pieds, comme s'il cherchait à me juger. J'ai envie de lui dire de regarder comment il est fringué avant de se permettre la moindre remarque, mais une voix que je connais bien cette fois-ci se fait entendre.

— Quoi ? Qui ? C'est le matin de Noël !

Son ton légèrement irrité n'annonce rien de bon. Moi qui pensais créer la surprise…

Elle apparaît finalement à côté de sa frangine et sa bouche forme un O muet à ma vue.

— Gabriel, mais qu'est-ce que tu fais là ?

OKayyyy, j'ai connu mieux comme accueil, mais il faut dire que je l'ai bien cherché.

— J'aimerais te parler, seul à seul.

— On vous laisse, déclare aussitôt sa sœur.

Mais, avant de partir, elle se penche vers elle et lui chuchote à l'oreille – sans vraiment baisser le ton pour que je puisse l'entendre :

— Je ne savais pas que tu avais commandé un prince charmant pour Noël.

Sans lui répondre, Clémence les pousse, elle et le grand brun, à l'intérieur avant de fermer la porte derrière elle.

Je note alors sa drôle de tenue : un ensemble molletonné aux couleurs de Noël avec un renne au nez rouge en travers de son buste, une robe de chambre elle aussi rouge et des chaussons bottines avec des pompons blancs sur les côtés. Son regard un peu fatigué, ses cheveux un peu en bataille et son teint pâle trahissent un réveil trop matinal. Apparemment, je les cueille tous au saut du lit.

Sourcils froncés, elle croise les bras sur sa poitrine.

— Alors, qu'est-ce que tu veux ?

Sa voix marque sa colère et je sens que je vais ramer comme un malade.

— Eh bien, tu m'avais invité pour Noël…

L'expression de son visage me fait comprendre que la plaisanterie ne prend pas. Je soupire.

— Je suis venu m'excuser. J'ai été un connard.

Elle hausse les sourcils.

— Mieux vaut tard que jamais.

La femme que j'ai en face de moi n'est que froideur et mépris, rien à voir avec celle qui s'est glissée dans ma chambre à Tignes, celle qui m'a fait rire de nombreuses fois, celle avec qui je suis allé au restaurant, au cinéma, au ski, celle qui m'a ouvert la porte de son foyer. Non, là, j'affronte une femme blessée qui n'est visiblement pas prête à pardonner. Je cherche mes mots, mais ne les trouve pas. Finalement, je tente la carte de l'honnêteté. Après tout, avec Clémence, je n'ai jamais eu besoin de jouer un rôle. Elle m'a toujours accepté tel que je suis, alors peut-être que ça marchera une fois encore.

— Tu avais raison, je suis un égoïste. Je fais toujours ce qu'il me plaît, quand ça me plaît. Jusqu'à présent, je n'ai pensé qu'à moi et ça me convenait parfaitement. Mais depuis quelque temps je me suis rendu compte que… ce qui me plaît le plus, c'est de te faire plaisir, de te faire rire, de t'énerver, de te faire crier même parfois. Ce qui me plaît, c'est d'entendre le son de ta voix chaque jour, de voir tes yeux se poser sur moi, de t'arracher un sourire même quand tu es de mauvaise humeur, de lire la surprise dans ton regard chaque fois que je me montre attentionné, comme si tu ne le méritais pas, alors que personne sur cette terre ne mérite plus que toi d'être choyé et aimé. Ce qui me plaît, c'est de m'endormir avec toi et de me réveiller enveloppé dans ton odeur, ta chaleur. Ce qui me plaît, c'est de partager des instants du quotidien avec toi, des petits bouts de rien qui deviennent tout à coup si importants, si essentiels à ma vie. Alors, ouais, je suis égoïste, mais j'ai pas envie d'abandonner tout ça.

Je me tais et reprends mon souffle. J'ai l'impression d'avoir débité un monceau de conneries mièvres et sans saveur. Si elle ne me rit pas au nez, j'aurai de la chance, et pourtant je pense chacun de ces mots. Je n'ai pas l'habitude de faire ce genre de chose, je ne suis pas de ceux qui se déclarent, qui essaient de sauver une relation, non, je suis plutôt de ceux qui fuient et tirent un trait. Mais pas cette fois ; cette fois, j'ai envie de me battre.

Immobile face à moi, elle me dévisage. J'aimerais pouvoir lire une expression sur son visage, cependant elle ne laisse rien deviner et je suis là, comme un con, les pieds dans la neige, à attendre son verdict. Au moment où je finis par me dire que tout est perdu, qu'elle va rentrer chez elle et me claquer la porte au nez, elle ouvre finalement la bouche.

— Et ton poste à Lyon ?

Sa voix est à peine plus forte qu'un murmure. Je secoue la tête.

— Ce n'est qu'un job, j'aurai d'autres occasions.

— Alors… tu ne pars plus ?

Je retiens mon souffle. Est-ce que c'est de l'espoir que je décèle dans son regard ? Peut-être bien.

— Ça dépend.

— De quoi ?

— De toi.

Un silence s'ensuit et je finis par le rompre.

— Si tu m'envoies balader, je partirai parce que je ne supporterai pas de continuer à travailler près de toi si je ne peux pas être avec toi, te serrer dans mes bras, t'embrasser… Mais, si tu nous accordes une chance, je reste.

Elle ne répond pas, ses lèvres tremblent légèrement. J'espère qu'elle ne va pas se mettre à pleurer. Si je suis nul pour les déclarations, je suis encore plus mauvais quand il s'agit de consoler une femme en larmes.

— On est très différents, toi et moi, déclare-t-elle.

— C'est vrai. Je ne peux pas te promettre que ça va marcher, néanmoins, je peux te promettre de faire tout mon possible pour que ce soit le cas.

Ses yeux brillent de plus en plus. Oh non, elle va pleurer !

— Je ne suis pas seule, Gab, souffle-t-elle. Je ne peux pas penser qu'à moi, je dois aussi penser à Mathis.

— J'adore ce gosse.

Les mots ont jailli d'eux-mêmes et je me rends compte que je suis sincère, j'apprécie vraiment ce gamin.

— Il ne s'agit pas seulement de l'aimer, si les choses tournaient mal entre nous…

— Pourquoi est-ce qu'elles tourneraient mal ?

Elle ne répond pas. Je fais un pas en avant et son parfum caresse mon visage. J'ai envie de la prendre dans mes bras, toutefois je me retiens, pas question de tout gâcher maintenant.

— Clem, tu as passé un peu plus de huit ans de ta vie à penser à Mathis et il va parfaitement bien. Pour une fois, il est peut-être temps que tu sois un peu égoïste, toi aussi.

Qui suis-je pour lui faire la leçon, moi qui n'ai pas d'enfant ? Malgré tout, mes mots la touchent et elle esquisse un petit sourire.

— On dirait le discours de ma mère.

— Il faut toujours écouter sa maman.

Un rire franchit ses lèvres, le son fait scintiller une lueur d'espoir en moi. Ses yeux plongent dans les miens, l'envie de la prendre dans mes bras devient impérieuse, mais une fois encore je me retiens.

Soudain, un bruit à ma gauche attire mon attention.

— Ta famille est en train de nous espionner à travers la porte vitrée du salon. J'ai l'impression de tourner une scène d'un de ces téléfilms gnangnan qui passent en boucle à cette période de l'année.

Elle rit de nouveau avant d'adopter un air plus sérieux.

— On les appelle des films de Noël, et si tu as l'intention de faire partie de cette famille, tu vas devoir apprendre à les apprécier.

Mon cœur bondit dans ma poitrine. Est-ce que c'est une porte ouverte ? Je fais un pas de plus et me retrouve si près qu'elle doit lever la tête pour continuer à me regarder dans les yeux.

— Pas de problème, je veux bien mater tous les films de Noël qui existent si c'est avec toi.

Ses yeux pétillent et ses mains se verrouillent à mon cou.

— Quel charmeur ! Tu baratines toutes les filles comme ça ?

— T'as vu mon physique ? J'ai pas besoin de les baratiner, elles tombent toutes comme des mouches.

Ma réplique me fait gagner un coup sur l'épaule, mais son rire vaut toutes les claques du monde. Je l'enlace, penche mon visage vers le sien jusqu'à ce que son souffle chatouille mes lèvres.

— Alors, est-ce que ton invitation pour Noël tient toujours ?

Elle se hisse sur la pointe des pieds et sa bouche effleure la mienne d'un baiser léger, semblable à la caresse d'une plume. Merde, je viens de perdre plusieurs neurones.

— Ça dépend. Est-ce que j'aurai un cadeau ?

Incapable de me refréner, je fonds sur elle et l'embrasse à en perdre haleine. Son rire retentit à mes oreilles, son corps se plaque contre le mien, son parfum m'envoûte et mon cœur s'envole littéralement.

Soudain, la porte d'entrée s'ouvre et quelqu'un se racle la gorge.

— Je ne veux pas jouer les trouble-fêtes, mais ton fils s'impatiente !

La mère de Clémence nous observe d'un air mi-réprobateur, mi-amusé. Sa fille, les joues légèrement rouges, glousse et glisse sa paume dans la mienne pour m'entraîner à l'intérieur.

Cinq adultes nous attendent, la mère de Clémence me salue chaleureusement avant de me présenter son mari, un homme au regard sérieux qui me détaille de la tête aux pieds d'un air sévère, mais qui se déride vite quand sa fille m'apporte une tasse de café en me souriant.

Près de la porte-fenêtre, le grand brun me serre la main et se présente finalement.

— Luc.

Son prénom fait tilt, Clémence m'a déjà parlé de lui.

— Ah oui, le geek, c'est ça ?

Un sourire moqueur relève le coin de ses lèvres et fait briller le piercing qu'il porte.

— Ouais, et toi, tu es le connard, c'est ça ?

Aurore, la sœur de Clémence, éclate de rire. J'acquiesce.

— Ouais, c'est ça.

Mathis est ravi de me voir, mais son impatience prend le pas sur tout le reste et il enguirlande presque sa mère, qui s'est absentée alors qu'il s'apprêtait à ouvrir le plus gros des paquets, celui qu'elle lui a offert.

Je m'installe à table à côté de Sylvia, la mère de Luc, pour regarder l'enfant déballer la console de jeux dont il rêvait. Ses cris de joie nous tirent à tous des rires et je me rends compte que je suis tout à fait à l'aise ici, dans cette maison, entouré de ces gens que je connais à peine, la main de Clémence glissée dans la mienne.

Alors que tous les invités ouvrent leurs cadeaux respectifs, j'offre à la jeune femme celui que je lui ai apporté. Surprise, elle rosit légèrement en me remerciant avant d'arracher le papier pour découvrir une boule à neige. À l'intérieur de la paroi de verre se trouvent une petite montagne et un chalet au toit blanc. Sur le pied, j'ai fait graver une inscription personnalisée.

— « Tout ce qui se passe à Tignes… », lit-elle en souriant.

Ses yeux pétillent quand elle les lève vers moi et je lui adresse un clin d'œil coquin.

— Tu sais quoi ? L'année prochaine, je pense m'inscrire pour la prochaine session de ski, me déclare-t-elle.

— Tu as bien raison. Je crois savoir qu'ils vont de nouveau privatiser le Jacuzzi.

Elle se penche vers moi pour me chuchoter à l'oreille :

— J'espère bien.

Épilogue

Clémence

Le soleil se reflète sur la neige et m'éblouit, à moins que ce ne soit le beau mec à côté de moi, *mon* mec !

— Pourquoi tu souris comme ça ?

Je hausse les épaules et réponds à Gabriel.

— Parce que je suis heureuse.

Il me sourit à son tour, de ce fabuleux sourire Colgate qui m'aveugle un peu plus.

— L'année dernière, tu n'étais pas si enthousiaste.

— L'année dernière, tu m'avais fait du chantage pour que je vienne et tu t'étais comporté avant cela comme un véritable connard.

Quelqu'un ricane de l'autre côté du télésiège où nous sommes assis. Installé à la droite de Gabriel, João se penche en avant pour me regarder.

— C'est toujours un connard, Clem, c'est juste que tu ne le vois plus.

Je lui adresse une petite grimace.

Oui, c'est vrai, Gab est toujours aussi intraitable au travail, mais ce n'est plus l'homme qui m'a volé une vente un an plus tôt. Aujourd'hui, il sait aussi mettre en pause sa compétitivité maladive et faire preuve d'empathie et d'humanité avec ses collègues. Enfin… sauf avec Arthur, je dois bien le reconnaître.

— Notre ancien directeur d'agence serait probablement d'accord avec toi.

Gab se met à rire.

— Il était totalement incompétent ! Il fallait bien que je finisse par en informer mon père.

— Et lui prendre son poste au passage, ça faisait partie du plan ?

Un petit sourire moqueur illumine son visage.

— C'était juste un bonus.

— Clem aurait pu avoir la place, elle est meilleure agente que toi, fait remarquer Julia, assise à côté de moi.

— Le poste lui a été proposé, mais elle a préféré le refuser ! s'écrie-t-il, un peu sur la défensive.

— Je ne voulais pas que tu fasses un caprice, chéri.

Son regard m'arrache un éclat de rire.

— Je ne voulais pas être directrice d'agence, j'ai bien assez de responsabilités au quotidien, avec un préado qui commence à s'affirmer. Et puis j'aime le travail de terrain, alors que Gab est plus à l'aise derrière son ordinateur.

C'est la pure vérité.

Les responsabilités au bureau, très peu pour moi. Gabriel est donc devenu notre directeur d'agence, mais j'aime à me dire que ce n'est pas le changement le plus important de son existence. En effet, depuis bientôt trois mois, il a emménagé chez moi. Quand la question d'une vie en commun s'est posée, c'est tout naturellement que nous avons tous les deux choisi ma maison plutôt que son appartement en centre-ville, très bien agencé, mais beaucoup moins chaleureux et familial. Mathis n'a pas caché sa joie et il a débordé d'enthousiasme durant le déménagement de Gab. Mon fils a très vite accepté Gabriel et tous deux s'entendent à merveille, surtout lorsqu'il s'agit de me faire tourner en bourrique.

Oui, notre vie à tous les deux a bien changé et si je souris aujourd'hui, c'est parce que je suis heureuse. Heureuse d'être ici, à Tignes, en compagnie de ces personnes qui font désormais partie de mes amis et de ma vie, heureuse d'être aux côtés de cet homme si différent, et pourtant si complémentaire de moi, heureuse tout simplement.

— Tu as eu des nouvelles de Mat ?

Maintenant, Gabriel s'inquiète presque autant que moi au sujet de mon petit garçon.

— Oui, il s'éclate avec Luc sur la console. Je crois qu'ils ont prévu un ciné demain soir, si Aurore ne vomit pas trop.

Gab se met à rire.

En réalité, cela n'a rien de très drôle, ma sœur souffre de terribles nausées depuis environ un mois, mais c'est pour la bonne cause : un heureux événement est attendu d'ici le printemps de l'année prochaine. Aurore voulait nous faire la surprise et nous l'annoncer à Noël, mais son estomac capricieux en a décidé autrement. Difficile de cacher une grossesse naissante quand on passe les trois quarts de ses journées la tête dans la cuvette des toilettes.

Ma sœur, maman.

J'ai encore du mal à réaliser. Un nouveau petit bébé dans la famille, ma mère est folle de joie. De mon côté, je ressens une certaine nostalgie. Mon propre bébé grandit à toute allure, et très vite il prendra son indépendance, une étape qui me terrifie. Mais, heureusement, Gab est là pour me rassurer dès que je commence à paniquer :

— Les enfants ont toujours besoin de leur maman, Clem, me certifie-t-il.

Une vérité que j'oublie trop souvent.

Nous arrivons au sommet du glacier de la Grande Motte et descendons tous du télésiège. Je n'aurais jamais pensé poser de nouveau les pieds – ou plutôt les skis – ici, et pourtant me voilà, en compagnie de l'homme que je détestais l'année dernière à la même époque et qui aujourd'hui partage ma vie.

— Partez devant, on vous rattrape, lance celui-ci à Julia, Maxence et João.

Le beau Portugais – encore célibataire, avis aux intéressées… – nous adresse un de ses sourires mystérieux et se dirige vers la piste en compagnie des deux autres. Je me tourne vers Gab.

— Pourquoi on ne part pas avec eux ?

— Parce que… je voudrais te parler de quelque chose.

Mon cœur se met à battre trop vite, ma gorge s'assèche, je manque d'air et cela n'a rien à voir avec l'altitude à laquelle nous sommes. Son visage est tout à coup beaucoup trop sérieux. Est-ce qu'il va me larguer ? Là, au sommet de ce glacier ? Ce serait vraiment terrible de faire ça ici ! Je suis beaucoup trop proche du précipice !

Calme-toi, il n'a aucune raison de te larguer ! Tout va très bien entre vous !

Oui, bien entendu, malgré tout son expression m'inquiète.

— Quelque chose ne va pas ?

Il m'entraîne un peu à l'écart pour ne pas déranger les autres skieurs impatients de dévaler la pente.

— Si, tout va bien, je voulais seulement… te poser une question.

Gabriel, habituellement si à l'aise et sûr de lui, semble maintenant timide et même un peu gêné, comme le jour de Noël quand il m'a fait sa déclaration grandiloquente sur le pas de ma porte.

— Je t'écoute.

Mais il semble avoir du mal à trouver ses mots. Au bout d'un moment, il se lance finalement :

— Tu sais, j'ai toujours pensé que je n'étais pas fait pour avoir une famille. Avec ce qu'il s'est passé entre mes parents, je songeais qu'il valait mieux éviter de rendre quelqu'un aussi malheureux que mon père avait pu le faire avec ma mère. Mais, depuis que je suis avec toi, les choses ont changé. Je croyais détester les gosses, et pourtant j'adore Mat et, aujourd'hui, je me dis que… si tu avais envie, un jour, peut-être…

Je n'en crois pas mes oreilles. Est-ce qu'il est en train de sous-entendre ce que je pense ? Je n'ai jamais osé aborder le sujet avec lui, redoutant sa réaction et sa réponse.

— Nous pourrions peut-être fonder une nouvelle famille, finit-il par lâcher d'un ton hésitant.

— Tu voudrais avoir un enfant ?

Non, non, idiote, il te parle d'adopter un chien…

Ma bêtise me sidère, néanmoins j'ai besoin d'entendre sa confirmation.

— Oui, avoue-t-il sans détour. Je sais que tu es déjà maman, tu es déjà passée par là et les choses ne se sont pas déroulées comme tu l'espérais, mais, cette fois-ci, je peux te promettre que je serai là, je ne t'abandonnerai pas.

Un silence plane entre nous, j'ai l'impression qu'il retient son souffle et je sens la vulnérabilité en lui. Mon cerveau met un temps avant de réagir et, tout à coup, un cri de joie jaillit de ma bouche et je lui saute au cou.

— Oh oui, j'adorerais avoir un enfant avec toi, Gab ! Un bébé mi-ange, mi-démon, comme son père. Un petit frère ou une petite sœur pour Mathis.

Il rit et m'embrasse à pleine bouche. Quelque chose de froid tombe sur mon visage : de la neige.

— Je t'aime, souffle-t-il contre mes lèvres.

— Moi aussi, je t'aime. Et si nous faisions un peu de hors-piste en descendant ce glacier ? Je connais une petite cabane isolée à flanc de montagne, un vrai nid d'amour.

Son rire fait vibrer sa poitrine contre la mienne.

— S'il neige trop, nous pourrions rester bloqués là-bas durant plusieurs heures.

— Humm, je jouerai la demoiselle en détresse et tu seras mon chevalier servant.

Nouveau rire.

Il niche son visage dans mon cou, son nez froid contre ma peau m'arrache un glapissement.

— Vendu ! murmure-t-il au creux de mon oreille.

Un soupir de bonheur franchit mes lèvres. Finalement, j'ai droit moi aussi à mon conte de fées et son happy end, j'ai bien fait de toujours croire au prince charmant.

Printed in France by Amazon
Brétigny-sur-Orge, FR

25555849R00217